蛇从革 著

THE MASTER

廣東旅游出版社
GUANGDONG TRAVEL & TOURISM PRESS
悦读书·悦旅行·悦享人生

中国·广州

图书在版编目（CIP）数据

大宗师．7，三铜齐聚 / 蛇从革著．— 广州： 广东旅游出版社，2020.4

ISBN 978-7-5570-1950-1

Ⅰ．①大… Ⅱ．①蛇… Ⅲ．①长篇小说 – 中国 – 当代 Ⅳ．① I247.5

中国版本图书馆 CIP 数据核字（2019）第 142231 号

出 版 人：刘志松
责任编辑：周思思　李　丹
责任校对：刘光焰
责任技编：冼志良
装帧设计：宋晓亮　冉　冉

大宗师．7，三铜齐聚

DA ZONG SHI.7, SAN TONG QI JU

广东旅游出版社出版发行
（广州市越秀区建设街道环市东路 338 号银政大厦西楼 12 楼 邮编：510060）
邮购电话：020-87347732
河北文盛印刷有限公司
（河北省涿州市东仙坡镇下胡良北口）
880mm × 1230mm　32 开
12.5 印张　323 千字
2020 年 4 月第 1 版第 1 次印刷
定价：45.00 元

震 篇

铜镜里，道士从梧桐树的顶部跳出来，身体在炙热的熔岩上跳跃，瞬间冒出了冲天的火焰。道士终于跳到了冉遗身体之外的范围，扑进了一条小溪后，笔直站立起来。道士身体上的火焰被溪水浇熄，但是他的道袍已经燃烧殆尽，裸露的身体上有大片大片的烧伤痕迹。道士面目全非，五官已经融为一团，鼻子嘴巴无法分辨，眼睛只剩下两个孔洞。

冉遗已经不能再动弹，凝固的熔岩变成了一座巨大的山丘。山丘上散发着炙热的烟雾，隐约还冒着红黑的暗光。

道士在溪水里一动不动，他的使命才真正开始。

晷分部：阴长一尺一厘，宽三分五厘，玄武斜偏四分

连绵终南山，白雪皑皑，瘦弱的身影在茫茫大山中蹒跚而行。

黄裳长期在大山中游荡，风餐露宿，居无定所，身体已经变得羸弱不堪。原本养尊处优的富家子弟，变成了一个看起来几乎随时要倒

下的病汉。黄裳的脸上胡须虬结，头发散乱，只有从透过毛发闪射出来的锐利眼神中，才能感受到他的身体蕴含的巨大能量。

黄裳在山中漫无目的地行走，寻访自己的赐名道士，他相信这个道士一定就在山中，在某个地方等着他，然后告诉他，穷奇转世的缘由和他存在的真正意义，以及他的义兄周侗在哪里。

黄裳从终南山开始，顺着秦岭一直走到了岐山，又从岐山折回，重访华山，就这么来来回回，走了一年。

从百鬼朝拜之后，黄裳就不愿意再和常人接触，他是穷奇转世，专以恶鬼为食。老道士告诉他之后，他就一直无法释怀，担心伤害常人。偶然遇到樵夫，也是远远避过。就连向山中的村民投宿，也免掉讨要吃喝。渴了，就在山涧里掬一捧清泉；饿了，就采摘野果松榛。冬日里野果松榛难觅，本想在雪地里捕捉野兔，溪水里捕捉鱼类，可冬日溪水冰封，根本无法捕鱼，野兔也极难见到，有病在身的黄裳身体极度虚弱，一连多日都饿着肚子，感觉自己快要无法支撑下去。

担心自己就要饿毙在山中，黄裳无奈，只能勉强向阳而行，他远远看到前方的向阳山坡上有一片依山开垦的田地，既然有农田，那么就一定有农户。不过，前方的山坡虽然看得见，但要走过去，却需要花费很长的时间。

黄裳耗尽全身力气，在天黑时分走到了田地旁，看见了一户村舍。黄裳虚弱地走到村舍的柴扉前，院内一只黄色的小犬跑过来，隔着围栏对着他狂吠不止。

黄犬叫了几声之后，突然哑声，呜咽着跑回柴房。黄裳病饿交加，终于支撑不住，看着村舍的房门打开，只见一个穿着羊毡皮袄的男人提着油灯出来，然后黄裳便晕倒了过去。

不知道过了多久，黄裳醒了。但是他醒来后发现自己全身被捆绑起来，而且浑身剧痛。他扫视一圈，发现自己并未身在农舍中，而是被丢在了满是杂物的柴房。

黄裳接着看到自己的身上有好几处伤口，伤口已经凝结，不再有鲜血流淌。大腿上则有一支箭杆，箭头已没入大腿皮肉。黄裳想了一会儿，明白自己是被人暗算后，绑缚着扔到了这里。

屋外光芒从木门的门缝透进来，黄裳察觉到现在已经是白天，他回忆起自己晕倒之前，见过一个猎户从房屋里走出来，心里明白自己被当成了强盗。

黄裳现在双手和四肢都被捆住，不能动弹，于是心想只能等待猎户过来，再向他解释自己并非山中的强盗。但黄裳从小愚钝，十七岁开窍，并不善于言辞。他也不知道该如何去证明自己的身世经历。

就在他思索对策之时，柴房的门开了，一个小孩向屋内探了探头，随即缩回去。过了一会儿，小孩的脑袋又冒出来。黄裳大喊："把我放开。"

小孩立即退开，可是过一会儿之后，又凑到门口看着黄裳。如此反复了几次，黄裳知道自己叫喊会吓到小孩，于是轻声地说："我要喝水。"

小孩看来是听懂了，从门外扔进来几个雪团。一个雪团滚在黄裳嘴边不远，黄裳用嘴咬着吃了，虽不再干渴，但是雪水入肚，腹中却更加饥饿。

"我要吃东西。"黄裳仍旧轻声说。

小孩随即离开，但过了很久也没有回来。黄裳想着这小孩一定是被大人阻拦不再来了，但没想到又等了一会儿，小孩捧着一把铁蚕豆返回来，站在门口不敢靠近黄裳，只是一颗一颗将蚕豆喂进嘴里，咯嘣咯嘣地咀嚼。过了片刻，小孩扔了三四颗铁蚕豆在黄裳的身边。黄裳用嘴去寻找蚕豆，半天才触碰到两颗，他没法剔除蚕豆壳，只得含在嘴中慢慢嚼烂，蚕豆嚼在嘴里苦涩酸臭，但黄裳也顾不得太多。不过，黄裳已经饿了多日，两颗铁蚕豆哪里能缓解饥火。可看着小孩破旧的衣裳，黄裳也明白，如此贫困的猎户人家，应该是拿不出什么多余的食物来了，分给他几颗铁蚕豆，也是因小孩天真，心地单纯。

小孩现在没有那么害怕黄裳了，他慢慢走进柴房，与黄裳隔得远远地蹲下，饶有兴趣地看着黄裳。

黄裳轻轻地说：“告诉你爹，我不是强盗，让他放了我。”

小孩突然说话：“我知道你不是强盗。”

“那为什么要绑着我？”黄裳问。

“你是吃人的妖怪。”小孩睁大眼睛，露出怯意，“一到冬天，就从山洞里跑出来吃人。”

黄裳焦急地说：“我明明是个人，哪里像妖怪了？”

“妖怪白天变成人，接近我们！”小孩的胆子大了一点，“晚上就显出原形吃我们，我的哥哥和妈妈就是被你们妖怪吃了！”

黄裳听了，立即明白自己为什么会困在这柴房里。

小孩说了那句话之后，好像想起了妖怪的样子，突然又感觉到了害怕，立即从柴房退出跑开。

又过了不短的时间，黄裳听到了远处有人踩雪的声音，而且人数不少。来人的步伐沉重，黄裳听得明明白白，这些人走到了茅屋的院内，全部停下。一些人在喘息，一阵人声嘈杂之后，一个老者的声音说：“把那个山魈带出来。”

三个猎户走进了柴房，黄裳也无法分辨其中是不是有这间茅屋的主人。

黄裳身体被绑缚，无法解脱。三个猎户看了黄裳一会儿，然后把他提起来走出柴房，接着又狠狠地把他扔在院内的地上。

其时天空中没有再大雪纷飞，时间已经到了傍晚。黄裳被摔在地上，牵动伤口，忍不住疼得呻吟起来。

呻吟片刻之后，黄裳扭头，看到除了一个老者坐在一个轿子上没有下来，其余院内站着的十几个人，几乎都是猎户。

轿子的帘子掀开，几个猎户围着轿子站立。所有的猎户都警惕地看着黄裳，黄裳在他们眼中看到了深深的惧意。于是他大声对所有人说："我不是妖怪，我只是在山中寻访仙人，才冒犯贵地。"

猎户和老者听了黄裳的话，相互看了看，最后把目光全部放在了其中一个猎户的身上。那个猎户立即说："昨晚我看到了他显形的样子，就是山魈无疑。幸好他饿得狠了，我才得手把他抓住……"

黄裳听了，连忙说："我一个普通人怎么就是山魈了，一定是大哥误会我了，我看见你的房屋，本就是想来讨要点吃的……"

这句话一说，所有的猎户都同时把手中的猎叉和柴刀提起来。黄裳不知道自己说错了什么。

老者说："你来讨要吃的？"

黄裳只能回答："是的，我饿了。"

"别犹豫了，"老者说，"必定是那个山魈无疑。"

所有的猎户提着猎叉和柴刀，却没有一个人敢上前。猎户对老者说："他刀枪不入，我昨晚也没法除掉他。"

黄裳狐疑地说："你昨晚……我身上的伤痕都是你……"

老者说："无妨，天慢慢就要黑了，到了子时，他就会显出真身，你们记住，当他变作山魈，就用火烧。"

猎户一拥而上，把黄裳的胳膊用绳索绑缚，然后将他挂在了院内的大树上。其中一个猎户已经等不及，手中的猎叉就要捅进黄裳的腋下，就在这时，黄裳的身后突然冒出一只黑色的手掌，把猎叉死死地握住，然后把猎叉掰断。猎叉的尖头飞快地飞向那个冒失的猎户，幸好那猎户身手敏捷，躲开了断裂的猎叉。

所有人都不敢造次。

老者说："找柴火来。"

猎户们立即在黄裳的脚下堆积了柴薪。黄裳心里叫苦，看来自己就算不被刺死，也要被烧死了。

但由于刚才黄裳身后的黑色手掌拧断了猎叉，猎户现在也不敢立即点燃柴堆，而是都看着老者。

老者说："子时极阴，山魈不论如何厉害，也会害怕被火焰灼烧。"

黄裳不断向众人解释，可是众人并不太理会，都恶狠狠地看着黄裳，嘴里诉说着山魈的恶行。这个茅屋的主人也在向其他人诉说他昨晚抓到山魈的情形。

断断续续地，黄裳听明白了事情的缘由。

原来这里处于大山深处，方圆几十里只住了几十户山民。大山内土地贫瘠，粮食匮乏，到了冬天，山民就只能靠打猎勉强过活。

两年前，这里来了一个老妇人，说自己饿了，向一户山民讨要吃的。山民淳朴，当即答应。老妇人接着说："你既然答应了，我就不再客气。"

山民给老妇人端出食物，老妇人却不吃，等到半夜，老妇人变化成山魈，把山民的小孩掳走。第二日，山民聚集，在山涧里找到了小孩的几根手指。猎户们大惊，人人自危。不过过了几个月，这件事情慢慢被人忘却。后来，山里又来了一个书生，走到了另一户山民家里讨要吃的，山民也答应了，仍旧是到了半夜，书生化作山魈，把山民的小孩掳走。结果也是一样，山民第二日在山涧里找到了沾满鲜血的小孩的鞋子。

大山里山魈肆虐，山民们都警惕起来，可是山魈仍然变成各种人的模样，有时候是和尚，有时候是道士，有时候是妇孺，都是借口讨要食物，而且不论山民答不答应，山魈都会掳走他们的小孩。后来小孩几乎被吃尽，山魈就开始掳走山民的妻子。

山民苦不堪言，开始在山里寻找山魈，终于他们在山涧尽头的深潭里找到了山魈巢穴。可是山魈力大无穷，猎户死伤了几个也无法杀死它。

山魈为害一方，山民们实在无法生活，只能从山外请来了一个老道士，也就是这个老者。这老者在当地有点名声，所以山民便将他请来对付山魈。老者来后的一年时间里，山魈似乎知道了厉害，突然消失，连深潭的巢穴也扔掉不管。大家都以为是山魈害怕老者才这样跑了，可没过多久，今年冬天大雪封山，山中难觅食物，山魈在夜间又捣毁了一猎户家的房屋，抓了猎户的妻子离开。

山民们这才知道，山魈并没有离开，到了饥饿难耐之时，就会出来吃人。

这就是为什么黄裳刚才说自己只是来讨要吃的，所有猎户立即警惕的原因。因为这就是山魈吃人的切口。黄裳运气不好，刚好合上了这句话。

而昨晚黄裳走到这户猎户家门口，猎户就看到自己的院外站着一个妖怪，猎户跟妖怪打斗了很久，妖怪因为饥饿，力气耗尽，被猎户刺伤后晕倒。猎户把妖怪绑缚在柴房里，他知道自己无法杀死妖怪，就连夜出去找其他的猎户，猎户们又一起将老者请来。

黄裳听到这里终于明白，原来茅屋主人口中的妖怪，就是他们所说的山魈，也是在说自己。

天渐渐黑了，日头落山，月光映射在雪地上，黑夜里的微光令四周更显阴寒。猎户们点燃了火把，他们一刻都没有放松对黄裳的警惕。每个人都咬紧腮帮，黄裳明白，这些猎户长期被山魈荼毒，一心要报复，现在“山魈”被他们抓住，定然没有放过的道理，可偏偏被当作山魈的是自己，黄裳心里一片茫然，想不明白为什么自己晕倒后会变成妖怪的模样。

子时越来越近，老者在不停地计算时刻。黄裳知道当子时到来，就是自己毙命之时。

“子时到了。”老者对猎户们说，“山魈就要显出原形。”

三四个猎户把手中的火把递到黄裳身下的柴堆上，柴堆立即点燃。黄裳危在旦夕，只能大喊：“我是福建剑浦人氏，姓黄，叫黄裳，我黄家在福建剑浦是当地望族，各位如果发现我是被错杀，一定将我的骨灰送还到剑浦我的家中。”

柴堆的火焰开始熊熊燃烧，子时已经过了，猎户看着黄裳，仍然是人的形状，并没有显出山魈的样子，都相互看了看，然后一起狐疑地看着老者。

山民质朴，却也不知道该不该把黄裳放下来，其中一个猎户轻声说：“该不会是错怪了好人？”

老者也在犹豫，把抓住黄裳的猎户叫过来：“你确定昨晚他化作了妖怪？”

“确认无疑。”那人说，“虽然当时妖怪已经力竭，但我还是花了好大的力气，才将他制服。”

“是什么模样的妖怪？”老者追问。

黄裳脚下已经感受到火焰的炙热，见老者和猎户还在对答，心中焦急万分。

“脸上都是光溜溜的骨头尖刺，头发金黄，上下各有四颗长长的牙齿……”那猎户向老者回忆。

老者“咦”了一声，又仔细看了看黄裳。

几个猎户开始犹豫：“可千万别害了好人的性命。”

老者想了想，说：“山魈是野鬼冤魂聚集在野兽身上化作害人的妖怪，可是如你所说，这人并非是兽，却是夜叉的模样。”

“夜叉也不是好东西，”那人回答，“也不算错杀好人。”

黄裳的身体已经开始被火焰烤炙，他的身体剧痛，不由得扭动起来。就在这时，他身上的铜镜掉落在柴堆之上。铜镜在火焰里发出绿色的光芒，刺痛了猎户们的眼睛。

老者不再犹豫，对着猎户吩咐：“快将火扑灭！”

猎户们本来就担忧错杀好人，立即打起井水，将柴堆的火焰扑灭。

黄裳被放下来，捡回了一条性命。老者手里拿着铜镜，不断地打量。看了很久之后，他让猎户把黄裳身上的绳索解开。

黄裳身体放松，但是由于被绳索绑缚的时间过长，身体关节酸麻，躺在地上很久才慢慢站起来。他走到老者面前，拱手作揖："谢老先生。"

"你这个东西，是从何而来？"老者询问黄裳。

"是山中一个老道赠送予我。"黄裳如实将遇到古殿以及老道的情况一一细说，并且告诉老者那个古殿上的匾牌是通天殿。

老者听了沉默很久，才对所有猎户说："好险好险，差点误杀了一个异人。"

猎户们对老者十分信服，面对黄裳都感到愧疚。老者继续向猎户解释："这面铜镜刚才放出的光芒，世间的妖物都无法抵挡，这位异人随身携带，必然会被铜镜照射出真身。"

老者对黄裳说："你去过的那个古殿，旁人无法接近。你不仅去了，还遇到了仙人，那个古殿绝不是山魈鬼魅能够接近的地方。"老者说完，把铜镜交给了黄裳。

所有人同时醒悟，为什么老者看到铜镜之后，放过了黄裳。

黄裳接过铜镜对老者说："我在终南山寻访仙人，也是误入，对那位仙人和宫殿，并不知晓。"

老者对黄裳说："你说的那个古殿，叫作无为宫，无为宫建在无为山的山巅，峰顶就是通天殿。我听我的师父提起过终南山的异事，无为宫毁于隋末，上山的道路蔽塞已久，没有人能够登上。无为宫也是道教铲截大战之地，无数术士宗师葬身于无为山。你既然去过无为宫，一定是有大道行的异人。而且赠送你铜镜的仙人，一定是当年在无为宫幸免于难的前辈高人。听说当年道教大战后幸存的高明术士，不愿意再参与天下道教的纷争，于是隐入终南山。看来你是得到了高人指点，专门来终南山寻仙。"

黄裳立即坦诚："我出生之日，承蒙终南山一个道士赐名，并许诺我十七年后有相见的缘分，所以我不辞万里，来终南山寻访旧人。"

老者说："道教凋零已久，也该是从头兴盛的时候了。若不是当年道教术士几乎死伤殆尽，天下也不会有这么多妖魅鬼怪为害，连终南山这种地方都不能幸免。"

黄裳对老者说："我适才听到你们说起的山魈，的确是令人愤恨，既然老先生说我是有缘人，看来我到这里，也是命中注定。"

"你除了有一面铜镜，还有什么本事？"老者询问。

黄裳把脖子上佩戴的螟蛉拿出来："这是我义兄周侗所赠，在我年幼时，这个螟蛉剪除过几十个山匪，而我自己当时并不知情。"

"周侗？！"老者笑起来，"我这个老朽竟然差点伤了周大师的义弟，如果你真的有什么损伤，我一把老骨头烧成灰也不能弥补过错。"

"老先生认识我的义兄？"黄裳听了大喜。

"不敢在你面前称老先生，"老者说，"周大师比我高了两个辈分，既然你是他的义弟，我要叫你师叔祖都够不上。我姓王，年轻的时候跟着一个游方的道士学过几天道术，但没有归入道籍，你就叫我王三即可。周侗周大师我见过，年纪轻轻，但是为人仗义，本领高强，是我敬佩很久的人物。我的儿子王中浮现在就跟随周大师学艺，以后还望黄大仙人多加照应。"

黄裳听王三竟然称呼自己是黄大仙人，难免窘迫，连忙推辞："我只是一个寻找故人的晚辈，怎么能担仙人的称呼。"

王三凑近黄裳："刚才我在铜镜里，已经看到了仙人的真身，仙人无须推辞。"

黄裳更加窘急。

王三先生和黄裳被众人挽留在猎户家中，众人升起火塘，猎户将家中存的半只獐子拿来煮了。黄裳多日忍饥挨饿，总算是吃了一口饱饭。

吃完，猎户端来热水让黄裳洗漱。黄裳把乱蓬蓬的胡须和头发用猎刀割了，大家这才看出眼前的竟是一位样貌清秀的少年，只是黄裳两眼之间开阔，与常人不同，一看就是天赋异禀。猎户家中都有金疮药以备不测，黄裳本就是皮外伤，没有伤筋动骨，敷上金疮药后，亦无大碍。

收拾停当，黄裳开始四处张望，寻找他之前见到的小孩。听到黄裳口中说着小孩，所有人都愣住，猎户说，自己的妻子和小孩半年前都遭了山魈的祸害，所以他心中愤怒，一直不肯离开，就是要找山魈报仇，这也是他见到了黄裳化作妖怪的时候，毫不留情的缘故。

猎户说完，黄裳和众人同时沉默。

王三先生立即询问黄裳见到的小孩是什么样貌。

黄裳将自己被缚，小孩给他喂铁蚕豆的事情向大家说了个明白。听完，众人虽没有说话，但是每个人都紧咬着牙关。

王三先生叹口气："也是你的命大，山魈不敢近你的身，不然那个小孩就把你给吃了。不过，你身上有铜镜和螟蛉，山魈定然是不敢害你。"

原来黄裳见到的这个小孩并非猎户家的幼童，而是山魈所化。黄裳想着那个小孩的天真模样，心道这山魈真的是无法防备。

猎户听到黄裳说小孩给他铁蚕豆吃，并且只吃了两颗，于是立即去了柴房，过了很久才回到众人面前。猎户紧紧攥着的手慢慢张开，只见两节腥臭腐烂的手指头摊在他的手心里，其中一节指头上面还套着一个顶针。

一个猎户看见了，号啕大哭："这是我家大丫头的顶针，我背柴火下山赶集，她在家里缝补被褥，临走前还嘱咐我给她带回一尺红绳，可等我回来前她就遭了山魈的祸害！"

黄裳听着猎户大哭，看见两节黑漆漆的手指头，鼻子闻见一股腐烂腥臭的味道，再也无法忍受，把刚刚吃进腹中的獐子肉尽数吐了出来。

将腹中清空，黄裳直起身做出决定："看来山魈惧怕我，那就只能由我去给大家除害了。"他想了想又说，"山魈既然爱吃小孩，那么还需要找一个小孩，把山魈引出来。”

听完黄裳的话，猎户们却都不回答，过了很久，王三先生说：“既然如此，我儿王中浮正回家省亲，我就把他叫来。”

所有的猎户都向王三先生跪下，不停地磕头。

王三先生说：“我儿跟随周侗大师学艺两年，身上已经有了些本事，黄大仙在一旁跟随，应该不会有难。”接着，王三先生便写了一封手信，让其中一个猎户去家中把幼子王中浮带来。

第二日中午，猎户带着一个少年回来。少年进门，看见了王三先生，立即大声地质问：“这种恶事，为什么不早些叫我，实在是可恨！”

黄裳见这个少年，身材虽然矮小瘦弱，还是个幼儿的模样，可是声如洪钟，中气十足，又感觉他是一个志气男儿。

王三先生让儿子王中浮向黄裳跪拜：“这是你恩师的义弟黄裳，也是你的长辈。”

黄裳的样子比王中浮并未成熟多少，王中浮有些踌躇，但在黄裳把螟蛉拿出来递给王中浮看后，王中浮立即跪下磕头，一连十几下：“果然是叔叔，我师父常常提起你，说你是几百年难遇的术士……看来叔叔你现在已经、已经不是……”

“我在十七岁那年已经开窍。”黄裳微笑着说，“所以来寻找你师父。”

“那还磨蹭什么？”王中浮站起来，“我们把山魈给杀了，我带你去见我的师父。你们兄弟二人分别这么多年，难道你不想他，我师父可是每日都惦记你。”

黄裳看着王三先生说：“你家的公子，脾气可急得很。”

王三先生说：“他出生在腊月十九，脾气暴躁，自己把名字改成了世雄，他的师父赐了他道号‘重阳’，他也很喜欢。年纪轻轻在外面自称为‘重阳子’。”

“重阳子，”黄裳看着王中浮，“你师父还好吗？”

“好得很，”王中浮对黄裳说，“咱也别啰唆了，赶紧去把山魈给收拾了，我带你去见我师父去。”

黄裳、王中浮和众人于是马上商议：大雪已经下了很多天，山魈一定饥饿难忍，王中浮年幼，山魈在山里吃不到幼童，见到王中浮一定会被吸引过来。于是决定让王中浮到山魈当年出没的深潭去做诱饵，黄裳在一旁守护，一旦山魈出现，黄裳就用螟蛉和铜镜来对付山魈，其余的猎户则都安排躲避在更远处。

王中浮对这一安排不以为意，把背后的长剑抽出来，递给旁人看：“这是师父给我的赤霄宝剑，别说区区一只山魈，就是上古神兽我也照斩不误。”

众人看着这柄长剑几乎跟王中浮的身体等长，被一个小孩捧在手里，觉得有些好笑，可是当王中浮嘴里说出这些豪言壮语的时候，散发出一股宗师般非凡的气度，让人不敢轻视。

既然谋划已定，大家也不再耽搁，各自拿着猎刀弓箭，送黄裳和王中浮去山涧中的深潭。王三先生心念儿子的安危，也让人抬着轿子跟随。

其时鹅毛大雪又开始纷纷落下，道路十分难走。众人踏雪走到了山涧，距离前方的深潭还有四十丈远，黄裳和王中浮让众人躲避到山涧里的丛林里，两人一起走到深潭边。

黄裳看了看四周环境，深潭已经结冰，向下流淌的溪水也已经冻上。当他看见深潭四周并无任何阻挡的石头和树木，有些犹豫。

王中浮让黄裳在深潭边蹲下，然后又把地面的积雪堆在黄裳的身体上。黄裳心领神会，王中浮虽然年轻气盛，却并不心浮气躁，而是十分机灵。大雪片刻就在黄裳的身上堆积起来，就算是细看，也看不出来有一个人蹲在这里。

王中浮特意在黄裳的眼窝前掏了两个小小的洞，以便黄裳能够观察到外面。

黄裳一动不动，看见王中浮把长剑埋在脚下的雪地里，脚踩在长剑上，昂首站在深潭边，身姿笔挺，发髻高耸，双手背在身后交错，捏着剑诀，头高高地仰着入定，的确是一代道教宗师的风范。

大雪下得更大，黄裳透过眼前的小孔能看见的范围有限，只能看到王中浮站立在深潭边，过了片刻，黄裳看见一个小孩子已经走到了王中浮的身边。黄裳心里一动，这正是他被绑缚在柴房的时候给他“铁蚕豆”吃的小孩。小孩用手牵住王中浮衣服的下摆，轻轻摇晃，黄裳正要看个究竟，眼前的小孔却被雪花覆盖遮掩住，只能听见小孩子说：“我想吃馍。”

黄裳忍隐着没有一跃而出，继续凝神静气地听着。他听见王中浮并没有接上切口，而是反问：“你家人呢？”

小孩说：“被妖怪吃了。”

王中浮问：“你多大了？”

小孩却说：“你陪不陪我去玩？”

王中浮迟疑片刻，说道：“我陪你去玩。”

这时，小孩的声音变了，变成沙哑粗重的声音，呵呵地笑起来。“咯咯。”

黄裳知道山魈要变化了，立即扒开身上的积雪，拿出螟蛉和铜镜冲出来。只见一只巨大的山魈已经把王中浮瘦弱的身体捏在手掌之中。

山魈猛然看见黄裳跳跃出来，立即用另一只手一把将黄裳也给捏住。黄裳看见山魈的脑袋乌黑一片，并无毛发，身上背着一个巨大的盾牌，胸前有金光闪闪的护甲，手脚都十分粗大。

猎户们已经看到山魈显形，纷纷跑过来，朝着山魈的身体射箭，可弓箭射到山魈的身体上，都被弹落下来，看来山魈有盾牌和护甲，刀枪不入。猎户们又用弓箭瞄准山魈的脑袋，山魈十分狡黠，把手臂伸在面前，用王中浮和黄裳的身体作为掩饰。猎户投鼠忌器，不敢再放箭。

黄裳和王中浮两人被捏在空中，相互看了一眼。黄裳看见王中浮脸色平静，并不慌张，并且他已经把那柄赤霄宝剑握在了手里。看来是山魈显形的时候，他迅速捡起了脚下的长剑。

黄裳拿着手中的铜镜，照射山魈的头颅，铜镜里显出了山魈的原形，原来是一只巨大的老鼋。黄裳收了铜镜，把螟蛉含在嘴巴里，这个动作是他无意中所为，自己都没有发觉。王中浮看见黄裳嘴里含着螟蛉，眼神立即变了，变得十分惊讶，黄裳都能看见他的瞳仁在放大。

王中浮不再犹豫，拿着手中的赤霄宝剑，朝着抓着自己的山魈的胳膊砍下，长剑的剑刃如同斩切豆腐一样，无声无息便把山魈的胳膊斩下。王中浮顺势跳到地上，然后右脚向后撤半步，右手持着长剑，左手平伸，捏着剑诀，食指和中指并拢指着山魈的两眼之间。他身材瘦小，在山魈的巨大体形面前更显得微不足道，但是气势强盛，丝毫不落于山魈的下风。

山魈受了重伤，就要张口去咬王中浮。王中浮身体纹丝不动，当山魈的巨口到了面前，他将手中的长剑狠狠地插入到山魈的额头正中。

山魈头部后仰，长剑的剑身又从山魈的脑门里抽离出来。整个过程，王中浮没有后退半步。

猎户们被激起了斗志，纷纷冲到山魈的跟前，却都被山魈用腿踢开，猎户们纷纷受伤。

山魈的手臂断口和脑门流出鲜血，性情已经变得十分狂躁。就在山魈抬脚将要踩向王中浮的时候，它的身体突然静止不动了。

猎户和王中浮也一样，都静止不动。

所有人都看向黄裳。

黄裳的身体开始暴长，瞬间变得比山魈更加巨大。

黄裳的身体已经化作了穷奇。

大傩十二猛兽之首穷奇在黄裳身上显形，它伸手将山魈的龟甲按住，然后狠狠地踩在脚下。穷奇仰头，发出尖锐的嚎叫。

山涧里刮来一阵阴风，奇冷无比，潭水的表面冰块向上爆裂，冰块下方的潭水瞬间凝结，开始不断挤压上方的冰层。

穷奇的脚下用力，山魈的龟甲发出咔咔的声音，龟甲表面开始出现裂纹。山魈的嘴巴张得老大，却无法发出任何声音。

穷奇的凶恶已经显露，猎户全部退开，远远地看着，只有王中浮并不惧怕穷奇。无数的黑色身影站在山涧里，更加增添穷奇的可怕。所有的黑影都匍匐在地面上，面朝穷奇的头部，王中浮顺着所有黑影注视的方向看去，看到了穷奇狰狞的嘴里一片鲜红。仔细看了，发现是螟蛉发出了艳红的光芒。

穷奇显出真身，山魈彻底被制服。现在最大的问题，反而是如何让凶恶的穷奇恢复为黄裳本身。

王中浮正在想办法，突然深潭的坚冰破开了一个裂口，又一个小孩从裂口走出来。看来山魈并不止一个，王中浮正要用手中的赤霄劈斩小孩，小孩对王中浮摇头："百鬼朝拜的穷奇，我家师父要见他一面。"

王中浮忍住没有出手，小孩将手中的拂尘轻轻弹到穷奇的身上，穷奇不再暴躁。接着小孩用手抚摸山魈，山魈化成了一只方圆两尺的老鼋。小孩又开始注视穷奇，慢慢地伸出手，将穷奇身上的铜镜翻转，穷奇终于恢复成黄裳。黄裳站在原地，小孩又把黄裳嘴中的螟蛉取了出来。

黄裳和王中浮看着只剩下三条腿的老鼋慢慢地爬进冰层的缝隙，王中浮对小孩说："这个畜生害了这么多条性命，我怎么能让它走？"

小孩对王中浮作揖："我先带这位先生下去见我的师父，老鼋作孽的事情，一定给你们一个交代。"

黄裳知道，他无法拒绝这个小孩，于是对王中浮说："你们暂且回去等我，我去去就来。"

王中浮本就是一个修道的道士，立即明白黄裳要见的人非同小可，于是也不再阻拦，走回了猎户这边。

小孩转身，朝着冰层的裂缝走进去，老鼋跟在身后。黄裳也信步走进裂缝。

黄裳跟着裂缝，行走到深潭之下，发现潭水已经全部结冰，所以缝隙通到了潭底。他又看到潭底的坚冰里，无数的鱼虾还保持着游动的姿态，看来是刚刚被自己的百鬼阴寒凝结在水中。

黄裳跟着小孩走到了潭底的一块巨石前，然后绕了一个圈子，看到巨石的后面有一个孔洞。孔洞里没有坚冰，看来就算是潭水不结冰，这个孔洞也是干的，只是不知道有什么讲究。小孩和老鼋钻进了孔洞，黄裳也跟着钻进去，刚刚进入孔洞，就发现孔洞入口的地方雕刻着两条鲤鱼，鱼嘴之间镶嵌一颗明珠。原来是这颗定水珠阻拦了潭水灌入，让孔洞里维持着干燥。

孔洞并不深，走到了底部之后，他们进入了一个明亮的房间，房间有几十颗夜明珠，屋内的光芒都是来自于这些夜明珠。

黄裳虽然并不贪念钱财，但是看到这么多价值连城的夜明珠在一起，免不了还是有些震惊。接着黄裳看见了一个道士，坐在一张黑色的石床之上。

待看清道士的模样，黄裳顿时惊讶得说不出话来。

道士看见黄裳的表情，点了点头。

黄裳抑制住内心的翻腾，半天才开口：“仙人为何在这个地方？”

老道士不说话，仍旧看着黄裳，仔细打量。

黄裳继续说：“通天殿一别，没想到在这里又见到了仙人。”

没想到，听了黄裳的话，老道士开始摇头。

“不是你？”黄裳明白了老道士的意思。

“把你的铜镜拿给我瞧瞧。”老道士命令黄裳，黄裳不敢违背，把铜镜交到老道士的手里。

小孩和老鼋都消失了，变成了两只小鳖趴在老道士的黑色石床之下。

老道士拿着铜镜，不停地叹气："看来终于等到了该来的人，不然他也不会把铜镜给你，大傩十二猛兽之首的穷奇，果然被他等到了。"

"前辈和通天殿上的仙人……"黄裳犹豫了很久，"为什么样貌一模一样？"

"我们不是兄弟。"老道士说，"只是我们都活了不少时日了，修道的人过了一百五十岁，长相也就差不多了。你再仔细看看。"

黄裳听从吩咐，又仔细端看，这个老道士的样貌虽然和通天殿见到的那位几乎一模一样，不过，气度并不相仿。通天殿上的老道士一脸红润，而面前的这个道士，脸色煞白，还透露出一股黑气。

黄裳问老道士："通天殿上的仙人，和前辈您，是不是有莫大的关联？"

"关联？"老道士笑起来，"的确是有巨大的关联，我们当年是不共戴天的仇敌。"

黄裳听了，忍不住倒吸一口气。

老道士说："道教沉寂了几百年，那个老家伙认定了你，你生下来就受百鬼朝拜，他把铜镜相赠，也是无可厚非。"

"我不明白前辈到底在说什么。"黄裳说，"我来终南山，是要找寻当初给我赐名的老道，看来通天殿上的仙人和前辈您，都不是那位高人。"

"当然不是我。"老道士说，"可是当年能苟且偷生到如今的几个老家伙，也没几个。我猜也猜得到是谁给你赐名。"

"请前辈指点。"黄裳深深地作了一个揖。

"不能由我来说破。"老道士说，"你见到那人之后，自然就认识了。"

"那前辈召我下来，到底是什么用意？"黄裳大惑不解，立即警惕，"难道是要把我留下来。"

“哈哈。”老道士笑起来，“我怎么会做这种事情，刚好相反，我也要送你一件东西，让你将天下无可匹敌。既然他把铜镜托付给你，那我也不能落他之后。”

“晚辈不明白。”黄裳谨慎地回道。

老道士说：“你是为山魈的事情而来，可是此事我说起来就长了，不知道你愿不愿意听我这个老家伙絮叨。”

“前辈尽管说给我听。”黄裳再次作揖。

“好吧，我说给你知道。”老道士说，“我跟通天殿上的那个家伙，放在当年，见面就会拼得你死我活。只是现在我们老了，当年的恩怨都慢慢淡了，能够在各自的牢笼里苟且存活，就已经十分庆幸。”

黄裳知道老道士要说一些久远的事，于是恭敬地听下去。

老道士也不说自己的名号，只是从本源开始慢慢地叙述。

道教的铲截二宗已经缠斗了几百年，到了隋末之时，剩下的道派在几个地方做最后的决战。这几个地方分别是岱山、太行山、终南山和夔州道的巫山。

最终，岱山之役和太行上之役，铲教获胜；终南山之役，截教获胜。最后一役由截教在夔州道布下红水阵，但最后却以失败告终，铲教最终获胜。原本终南山一役，虽两宗道士损失惨重，死伤了几乎所有高明的道士，但其实仍有几个幸存者，他们看到了最为残酷的厮杀，再也不愿意参与到红水阵法里去。

所以黄裳在无为山上遇到的截教老道，就永远留在了通天殿的遗址。而此时面前的这个铲教老道，因为身受重伤，躲到了这个深潭之下。截教的老道需要通天殿上的日月光华维持周天，而铲教老道弄到一块黑色的冷玉，凭借至阴至寒来休养生息。从此两人再也无法离开所在的地方，更谈不上延续两宗的恩怨杀伐。

这两个道士分别被禁锢在终南山内的两个地方。时间久了，身边有灵性的野兽也被驯化。如通天殿上的鼯鼠和深潭之下的两只老鼋。当年的铲截两教在终南山厮杀惨烈，冤魂无数，附着在老鼋的身上便成为山魈。深潭之下食物稀少，鱼虾几乎被两只老鼋吃尽，到了冬天，深潭附近的野兽极少出没，老鼋只得化作山魈出去肆虐山民。

讲到此处，老道士从怀里拿出一个小小的木盒子，盒子十分精致。老道士说："当年飞星派要把三铜埋入飞星陨石的坑洞，你见到的那个截教道士，把铜镜抢了过来。我动手慢了，飞星派铜镜丢了之后，看管铜炉和铜鼎便更加严密，所以我只抢到了铜炉里的一星火焰。"

老道士说着话，把精致的木盒子打开，黄裳的眼睛立即被木盒子里面的光芒刺痛。过了很长时间，黄裳才勉强能看清楚木盒子里装的是什么东西。

那是一个蓝色的火点，应该是来自一块小小的石头，手指头大小，棱角突兀。蓝色石头应该十分炙热，只是不知道这个木盒子到底有什么讲究，能够抵挡这么炙热的东西。

老道士告诉黄裳："当年天外飞星，四方震动，飞星在坠地之前擦过昆仑山，然后撞入地下，飞星坠地，出现了一个深不见底的孔洞。天下最高明的道士从四方而来，到昆仑山聚集，得到了飞星散落的部分，被术士炼化为三铜。"

黄裳问："三铜？"

"铜炉、铜鼎、铜镜。"老道士说，"飞星是天外陨石，炼铜术士将陨石炼成三铜，你手中的铜镜就是其一，又名'夺魄'。"

黄裳忍不住将铜镜拿在手里仔细查看。原来这个叫"夺魄"的铜镜是这番来历。

"这个木盒里的火石，就是当年飞星的碎片。"老道士说，"飞星的碎片聚集后，炼铜术士将碎片炼为三铜，剩下的细小碎片还有一百单八块，这一百单八块碎片分别交给一百单八个术士，也就是唐朝之前，天下一百单八宗术士门派的创始人。这一百单八个术士宗派，利用碎片，各自修炼自己的道法，于是成就了一百单八个门宗。最后这些门宗都统一并入到龙虎山道教。飞星碎片在道教铲截两宗大战之后，随着门派泯灭也都全部消失，或者是被道教术士炼为法器。我现在将手上的这块飞星火石交给你，接下来由你将它炼成坤道的斩鬼法器。”

黄裳看着这块炙热的石头，不知道老道士的用意。老道士对着黄裳说：“你身上的螟蛉，是一个至阴的法器，本来是诡道所有。你出生的时候，百鬼朝拜，那么干脆我让你手中的螟蛉，成为天下斩鬼的利器，你是穷奇转世，要斩鬼无数，我就让你得偿所愿。”

老道士说完，黄裳一直挂在脖子上的螟蛉突然飞到了火石上，看来是火石有巨大的磁力，把螟蛉吸附。螟蛉靠近火石，突然化作了一柄长剑，老道士把长剑捏在手上，火石的烈焰在长剑上燃烧起来。接着老道士看着脚下的两只小鳖，将手中的炎剑劈砍到小鳖之上，两只小鳖顿时化作灰烬。

黄裳见了，大惊失色。炎剑的火焰立即熄灭，重新化为螟蛉。而飞星碎片已经消失。

老道士把螟蛉递交给黄裳：“螟蛉已经化为炎剑，你需要用十万厉鬼来给炎剑祭奠。当你用炎剑砍杀十万厉鬼冤魂之时，这个螟蛉就是天下斩鬼的第一等利器。”

黄裳听了老道士的指点，把螟蛉捧在手心，双手不断地颤抖。

“你我的缘分到此为止。”老道士说，“山魈犯下的孽债，也落在你手中的螟蛉之中。你可以拿着螟蛉给山民一个交代了。”

老道士说完便开始静默打坐。黄裳呆立了很久，说不出一句话来。

“你怎么还不走？”老道士把眼睛睁开，“世上已无铲截之争，你将是天下道教坤道的第一个高手，还要遇到无数波折，你自己好自为之。”

黄裳听见洞外发出隆隆的响声，看来是深潭的坚冰正在融化，此地不宜久留，于是跪下来给老道士磕了一个头，站起身飞快地走出洞口。黄裳看到深潭下的坚冰已经开始分崩离析，相互交错，而且在不断地激烈碰撞，缝隙已经消失，融化的冰水正在四处蔓延。

黄裳等了片刻，将螟蛉捏在手上，螟蛉化作炎剑，火焰发散。黄裳持着炎剑，身体四周的坚冰瞬间融化，给黄裳分出一条路来，一直到深潭之上。

黄裳从深潭里破冰而出，站到潭边，王中浮和一干山民仍旧在等待，看到黄裳手里的炎剑发出妖魅一般的火焰，都被震慑得说不出话来。

黄裳对着山民把炎剑横在身前，左手伸出两指，在剑身上慢慢掠过："山魈的怨灵，已经被这把剑收服。大家今后将不再为山魈所苦。"

山民开始纷纷交头接耳，片刻之后，齐齐拜服在黄裳身前大喊道："黄大仙人。"

王中浮站在黄裳的左边，对黄裳说："师叔请跟我下山，去见我的师父吧。"

黄裳收了炎剑，与山民告别，跟随王中浮下山。终于，他可以去见他的结义金兰义兄周侗了。黄裳和王中浮下了终南山，一路向东，出了潼关，直奔洛阳。

黄裳在长安无法找到周侗，原因是周侗已经在洛阳扬名立万，成为中原一代豪杰。

王中浮带着黄裳到了洛阳的周宅，周宅在洛阳是一个大宅，是洛阳城内最繁华所在。王中浮和黄裳走到了门口，王中浮对黄裳说："师叔你先等待片刻，我现在就去通报师父。"

可是大门推开之后，二人却看到周宅里站满了各种奇装异服的怪人。黄裳分辨出来，其中一人正是当初他在西安对付的一个西域胡人——努扎尔。

算沙部：七千一百八十八进，三万三千九百三十五出

七星阵法在王鲲鹏手上维持了两轮，第三轮他将指挥权交到了徐云风的手上。不可否认的是，王鲲鹏给了徐云风一个很不错的局面。

该来的人基本都来了，接下来怎么做就交由徐云风自己决定了。这是王鲲鹏向徐云风表示尊敬的方式。

徐云风把旌旗拿在手上，最后一刻就要到了，决定七星阵法胜败的几场冥战即将开始。

第一场：徐云风与同断武，天权和玉衡星位合二为一，申德旭和方浊作为徐云风的副手。

第二场：何重黎与四个厉鬼，天枢的宋银花和开阳星位合二为一。

第三场：黄坤和邓瞳要在天玑星位把冉遗驱赶到七眼泉，但是要面对龙门的老道士的阻挠。

而王鲲鹏、张家岭、老严三人之间的矛盾，已经和七星阵法没有直接的关系。这是他们研究所内部的恩怨，王鲲鹏也表达得很清楚，这件事，跟徐云风无关，由他自己来解决。

第四场：摇光、天璇星位的钟家五兄弟加上秦晓敏、陈秋凌。虽然黄溪的对手仍然没有出现，但是他们一定会到，这一点，徐云风心里十分明白。

事件的走向越来越清晰，第三轮之后，张元天就要现身了。他没有任何理由继续在暗中操纵，没必要了。徐云风和王鲲鹏在这一点已经达成了共识，张元天就要出现在他们的面前。

徐云风手握旌旗，在心中默念，那就来吧。明天，他和同断武之间的约期就到了，他必须要赢，这历时几十年的布局，就在他和王鲲鹏的手里彻底终结吧。

徐云风最后一次摇动旌旗：“何重黎、宋银花！”

何重黎跟蛊人站在鬼街的石林里，看着已经显出了身形的四个厉鬼，何重黎与官庄的宋银花同时回答徐云风："可以了。"

"黄坤、邓瞳！"

黄坤看着眼前的巨大冉遗："包在我们身上了。"

"钟富、黄溪！"

钟富和覆舟山上的黄溪同时回答："准备好了。"

"好。"徐云风一把将旌旗揉在手里，"各凭天命，好自为之。"

七星阵法不再联动，从这一刻开始，各自为阵。

钟家五兄弟在摇光轮流值守。钟宝亥时，钟富子时，钟平丑时，钟贵寅时，钟安卯时。钟富最先发现了问题。

子时，钟富看到似乎有人在头顶上方的空中移动，立即叫醒了四个弟弟，五个人在半岛上寻找，却没有发现任何端倪。整座半岛上，没有任何可疑的踪迹，但五兄弟不敢放松警惕，仍旧在地面上慢慢寻找，最终却连个脚印都没有找到。钟富认为是虚惊一场，大家继续轮流休息。

一夜无事。

但是第二个晚上，钟富在子时和丑时交接的时候，非常清晰地看到了一张脸在空中掠过。钟富顿时暴起开始追逐那张人脸。四个弟弟一直心神不宁，都并未睡实，听到钟富的动静，也快速起身查看。

钟富追到了江水边，那张人脸在波浪里若隐若现。

"是哪一位高手？"钟富大声喊，"为什么不堂堂正正出来现身？"

清江的江水在深夜里慢慢流淌，没有任何回应。

两个人傀和陈秋凌都还在熟睡。钟家五兄弟相互对视，钟富问："你们都看到了？"

"看到了。"钟平、钟安、钟贵、钟宝都点头回答。

钟富说："其他星位的对手都早已现身，只有我们的对手还在暗处，不知道是什么原因。”

“也许隔得远了，走得慢一些。”钟宝说。

“我却觉得不然。”钟富说，“徐云风已经把六个星位合做三个，加上天玑不动。一共联合起来对付四个对手。现在同断的后人，何家的老对手都到了，虢亭的冉遗也已经开始苏醒，只有我们的对手迟迟不现身，应该是他得到的消息迟了很久。”

“我们钟家树敌无数，也不知道是什么样的对手。”钟平说。

“不见得是我们认识的对手。”钟富推测，“可能是老祖宗的仇人，我们结下的仇人，都没有这么厉害。”

“人来了，连人傀都没有被惊动。”钟安说，“证明这人的路数十分隐秘。术士家族中，以西南外道最为隐秘，除了我们钟家，苗家和魏家已经被王鲲鹏收服，黄家更是跟诡道站在一起。我想不起来还有什么门派和我们是一样的路数。”

“有的。”钟富的声音变得低沉，“而且当年是我们钟家的死对头。”

钟平被提醒：“是的，不仅是我们钟家，也是苗家、黄家，特别是魏家的死敌，当年我们四个家族一起联手把这个家族赶出了西南，而那一派的巫师，只能远走他乡，在他国安顿下来，渐渐扬名立万。”

“黑苗的后代。”钟富点头，“当年被我们西南四大家族联手剪灭，后人去了南洋。”

“降师。”钟平说，“没想到过去这么多年，他们竟然还有人被牵扯进来。”

“我怀疑，这两个晚上来的人，就是一个十分厉害的降师。”钟富说，“来无影去无踪，降师中最高明的降头，被我们碰上了。”

钟家五个兄弟沉寂很久，终于钟安打破了平静：“飞头降！”

“是的。”钟富说，“如果猜得没错，就是飞头降。”

钟家五兄弟相互看了看，眼中都流露出绝望。降头之术在中土失传几百年，一直在东南亚盛行。而能够使用飞头降的降师，即便在东南亚，也不会超过五个。

徐云风来到了西陵峡中段石牌的那个餐馆，也就是当年他上小学的位置——三峡古道曾经的出口。

这次徐云风不会再空等，因为同断武已经和曾婷来赴约了。他看着同断武走近，用脚点着脚下：“这里本来有块石头，当年你爷爷跟着日军侵略中国时，他们的一艘军舰被宇文发陈拖下古道，困入其中。其实我挺佩服他们的，他们在下面坚持了几十年，一直试图顺着石头的缝隙往上爬，只不过最终功亏一篑，没有爬上来。”

“如果把这个缝隙重新打开，我们就能回到我爷爷葬身的地方吗？”同断武问。

徐云风摇头：“我当年就已经尝试过。不过进入古道需要寻找到赑屃和傲天，但这两个神兽已经离开了三峡。”

“去了哪里？”

徐云风神经质地扭了扭脖子：“你觉得我会告诉你这么重要的事情？”

赑屃和傲天在荆州的河段，沉入了九曲荆江的河底。这段时间，荆江的河流比往常更加湍急。傲天和赑屃在荆江河底移动，荆江大堤的基脚被搅动，长江荆江段的河道管理局加强了监管非法挖沙船的力度。

已经有一艘挖沙船在半夜里无声无息地沉没在荆江，但是消息被河道管理局封锁，原因不明，也不允许相关部门调查。

这件事情，老严当然是脱不了干系。他还有两关要过，最后一关是张元天，不过压力在王鲲鹏的身上。只是张家岭的这一关，得由他自己来解决。

张家岭已经到了，老严站在万寿宝塔的最高一层，看着张家岭直接走进万寿塔公园，然后一路走向宝塔。

由于荆江大堤几百年垫高了十几米，万寿宝塔的基座已陷入大堤之下三层。张家岭走到了宝塔边，看见站在宝塔最高一层的老严。老严所在的高度仅比张家岭所站的位置高几米而已。两个老同事相互对望。

终于老严开口了：“这些年过得好吗？”

“不用这么客气。”张家岭摊了摊手，“你拿了铜炉，王鲲鹏拿了铜镜，我就要完成我的目标了。”

“如果你有本事拿到三铜，破解这个死局，”老严说，“当年我就不用对付你了。”

“你就是太自负。”张家岭说，“你认为只有你能做到，不相信任何人。”

“我只是不相信你而已，”老严说，“王鲲鹏你见过了，我相信他。”

“他让我拿着你的铜炉跟他对赌，”张家岭一点都不啰唆，“他的确很有种。”

宝塔四周悄无声息地聚拢了十几个人，这些都被张家岭看得清清楚楚，张家岭哼了一声，说道：“你几十年只培养了一个王鲲鹏，这些人保护不了你。”

老严平静地看着张家岭：“我不能和你在这个地方解决我们当年的恩怨，我们换个地方。”

“我无所谓。”张家岭说，“我很有耐心。你说去哪里？”

“还需要我来告诉你吗？”

“好！”张家岭爽快地说，“我带你去见王鲲鹏，你亲口告诉他，当年是怎么逼迫赵建国的。”

“这件事情，我总是要跟他说个明白的。”老严没有张家岭想的那么怯弱，“我现在就去。”

“别忘了带着铜炉。”

"你还是老样子，一点没变。"老严笑了笑。

七眼泉上，王鲲鹏看见张家岭回来了，并且推着轮椅。其实王鲲鹏心里清楚张家岭一定会把老严带来，老严欠自己一个说法，现在该到时候了。

王鲲鹏心里想着：疯子，我们哥俩现在开始就各顾各，你把你的事情处理好，现在我要面对我这辈子一直在逃避的事情了。该来的终究会来。

徐云风说话的时候一直盯着同断武的眼睛，可是曾婷就在同断武的身边，无论如何他都无法将曾婷从现实里去除。

同断武说："我不让她来，可是你也知道，她的性格……"

"你是来跟我谈这个的吗？"徐云风打断同断武，"我哥们，就是这次布下阵法的王鲲鹏，我叫他王八——曾婷你记得吗？"

"记得。"曾婷说，"我都想起来了，他是个有担当的人。"

"嗯。"徐云风继续说，"他告诉过我，人，这辈子不能一味逃避，该面对的事情，终究是要面对的。比如你们站在我面前，我就逃避不了。"

"理解。"同断武说，"我现在也特别相信，我到这里，重复我爷爷做过的事情，也是我无法逃避的命运。"

徐云风说："你打败我，就去姜家庙找申德旭，他一定会把和泉守鉴定交给你。"

"我相信。"同断武说，"这个不用你再提醒我。"

"然后带着曾婷走。"徐云风说，"别去上海，这事到此为止。"

"还没打，你就认输了？"同断武看着徐云风，"如果你输了，这件事情，就该与你无关。"

"好吧，是我操心太多。"徐云风说，"即便是我赢了……"

"如果你赢了……"同断武看着曾婷，"你和她以后……"

"我轮不到由别人来安排我的生活。"曾婷决绝地说，"我自己的路自己走。”

“对，就应该这样。”徐云风低下头，然后立即把头抬起来，“那么我们也没什么好说的了。”

“你水性看起来不太好。”同断武问，“真的要跟我在水里比试？”

“不在水里赢了你，这事就不算完。”徐云风说。

“好！”同断武慢慢朝着江边走去，“我等你。”

徐云风看了看曾婷，曾婷的眼神里饱含着关切，却是看着同断武的背影。徐云风的心如同被一把尖刀划过，他颤抖着说：“你也保重。”

同断武和徐云风同时在江边站定，等着上游的三峡大坝泄洪闸开启。到那时候，长江会变得汹涌湍急。

王鲲鹏看着张家岭推着轮椅上的老严。

老严虚弱地对王鲲鹏说：“我来给你一个交代，关于赵一二的。”

王鲲鹏面无表情：“我等你这句话很多年了。”

王鲲鹏、张家岭和坐在轮椅上的老严三人相互对视，沉默不言。七眼泉上一片寂静。红水阵在王鲲鹏的掌控之下，杀意渗透到老严和张家岭的每一个毛孔里。

张家岭和老严同时打了一个寒战。张家岭突然非常清楚地意识到，面前的这个年轻人十分可怕。

老严是三人中最虚弱的一个，虽然他曾经把面前的两个人都操纵于股掌之间，但是现在，他也非常清楚，时过境迁了，他老了。法术和能力也不能再跟王鲲鹏相提并论，他已经是砧板上的鱼肉，没有丝毫的力量反抗。

老严看着王鲲鹏，和张家岭一样，眼中流露出深深的怯意。

“你终于等到了这天。”老严说，“你忍隐了这么久，就在等着今天吧。”

“你我都知道会有这么一天。”王鲲鹏没有流露出一丝激动，他等这一刻太多年了，早已心如止水，“不然我为什么按照你的安排，一步一步走过来。”

老严看着张家岭：“我没看错人吧？”

张家岭认同地说：“的确比赵建国厉害。”

“你们布置的这个局，卷了这么多人进来，改变了我师父的命运，也改变了我和徐云风的命运，”王鲲鹏说，“我一定要知道，当初到底发生了什么事情。”

“徐云风？”张家岭茫然地问，“我听马接舆说起过这个人，按理说不应该有这么一个人存在啊？”

“多出来的一个人，我也很意外。”老严苦笑一下，“他和我们不是一路人，却偏偏是关键的胜负手。”

“好玩。”张家岭说，“越来越有趣了，赵建国有本事，把事情弄得这么有趣，可惜他命不长。”

围绕着三人的木桩顶部的油灯立即亮起，一阵烟雾后化作夜叉，举着一个金刚杵朝张家岭劈下来，张家岭举起双手，格挡住金刚杵，王鲲鹏伸手把张家岭的衣领揪住：“你眼睛睁开，就真的挡得住我？”

张家岭惊呆了。王鲲鹏收了看蜡的夜叉，手也缩回来。

一招之间，王鲲鹏显露了他的真实本领。

张家岭一时还无法接受这个现实，过了很久才对老严说：“你教的？”

“我教了一半。”老严诚实地说，“另一半是赵建国教的。”

“竟然能在看蜡的同时攻击对手。”张家岭佩服地看着王鲲鹏，“你一天的修炼，抵得过别的术士一个月，的确是一个勤奋的术士。”

老严插嘴：“我当初跟他就说过，后天的努力，比天赋更重要。他真的信了。”

“他不仅信了，还做到了。”张家岭说，“他有常人未有的努力，这本来也是一种天赋。”

“还是把赵建国当年的事情说了吧。”老严说，“不然他绝不会放过我们两个老家伙。”

“我本以为我在地下心无旁骛修炼了这么多年，出来后，天下将没人能胜过我。”张家岭黯然，“可是我错了，错得厉害。”

王鲲鹏目光阴鸷地看着张家岭：“你们一辈子都在算计他人，到了今天，终于尝到了被人算计的滋味吧。”

老严看着张家岭，无奈地苦笑：“没办法，这恰恰说明他是最合适的人选。”

“你是对的，他的确是比赵建国合适多了。”张家岭把头对向王鲲鹏，“我告诉你这个安排是谁定下的，这人你知道。”

“古赤萧。”王鲲鹏说，“他是你们的直接领导人。”

“所以……”张家岭说，“这件事不由你们诡道人来解决，还能有谁？”

“但是缺一个将这些连接起来的关键人物。”老严开口了，“我们找了很久，希望他是一个天赋异禀的年轻人，要有谋略，要能承担起所有的责任，然后让他去投奔诡道。”

“所以你们趁着我师父走投无路的时候，选中了他。”

“是的。”张家岭说，“我认定了赵建国。可是老严不同意。他说赵建国性格太骄傲，太骄傲的人做不了这件事情。”

“这就是我和老严之间的矛盾。”张家岭说，“我们没时间了，等不起了，我就认定了你师父，可是老严却反对。我们研究所里的‘两张一严’，就为这件事情产生了巨大的分歧。”

老严伸手，示意下面的话由他来叙述。

当年张元天与日本的同断在三峡古道进行冥战，最后知道了一个秘密：天下术士最终都会消亡，只有梵天才能留下。张元天要破局，但是古赤萧知道张元天会导致整个术士世界的崩溃，于是暗中联络了当时还是庄崇光的老严，将张元天摁在了地下，然后他让另一个亲信孙鼎去取代张元天的位置。孙鼎的能力有限，直到他的孙子孙拂尘才完成了这一步，而老严要一直监视着其他的竞争者，当然最重要的人物，就是张元天。

孙拂尘带了几个高明的术士作投名状，可是天下最高明的术士都已经四散而逃，孙拂尘能找到的最有身份的术士，只有清静派的掌门见清，也就是方浊的师父。见清是个好人，可惜被孙拂尘抹去。不过，老严不忍见清冤屈而死，收留了见清的徒弟寻蝉和方浊，当作自己的亲传弟子对待，这是后话。

但是孙拂尘事情没做干净，大家只能从头再来一次，把天下所有的术士再次聚集起来。这件事就要由张元天出阴来引发。

古赤萧死前，知道这件事最终还是要由诡道来出头，因为天下能真正对付张元天的只有诡道的人。但是当时吕泰已经老了，徒弟金盛本领一般，所以“两张一严”，就要替诡道寻找一个合适的幺房。

他们等了三年，终于找到了赵建国。赵建国什么都合适，就是脾气太坏，老严犹豫了。可是张红玉和张家岭觉得不能再等，于是“两张一严”闹翻，张红玉扔下所有的事情，什么都不再管。张家岭认定了赵建国，便将古赤萧留下的铜镜交给了他，并让他立即离开北京，去河南躲避。

铜镜其实一直在诡道流传，赵建国拿着的铜镜，就是诡道的信物。吕泰和古赤萧也有默契，知道如果有人拿着铜镜，那就是古赤萧留给吕泰徒弟的，也就是那个合适的人选。所以赵建国流浪到了河南，便被金盛找到。金盛把赵建国捡回来，带到了吕泰的面前。

吕泰立即就按照当年和古赤萧之间的约定，收了赵建国为徒。从此这世界上就没了赵建国这么一个热血大学生，而是多了一个诡道传人——赵一二！

徐云风和同断武顺着江面上的一条缆绳，杂耍一样先后走到了距离江岸十几米的一块石头上。

徐云风看着同断武蹲下，用手去触碰长江的水流之后，站起身来："江水上涨得很快，十分钟后，我们就会被江水淹没。"

长江上的滚装船都已经抛锚停航，徐云风不用同断武提醒，就知道长江水正在飞快地上涨："还有十分钟，我们就进入江水之下，只能有一个人回到岸上。"

"是啊。"同断武和徐云风同时看着江岸上的曾婷，"是个好女人，可惜命不好。"

"跟我们这行沾上边的女人，没有一个命好的。"徐云风轻声地说，"至少我没见到过。"

"我也不多说了。"同断武说，"没有我们，她能过得更好。你肯定也早就想明白了。我的命运把我带到了这里，没办法，谁叫我有这么一个爷爷呢。"

"你的爷爷是一个大人物，而我的爷爷是个普通得不能再普通的小船工。"徐云风顿了顿，"抗战的时候，他在长江上做水手，差点被你们日本鬼子的飞机炸死在这里，幸亏他水性好，捡回来了一条命，爬上了长江里的这块还魂岩。"

"这礁石的名字挺好。"同断武点头，"还魂岩。"

"这名字有来历的，"徐云风说，"是滟滪滩的副礁。"

"滟滪滩我听说过。"同断武和面前的这个冤家对头也只有不多的时间说话了，"可惜，我们不是朋友。"

"古时候船下川江，进入最为凶险的西陵峡，绕过黄牛崖下的时候，湍急的江水就会狠狠地把船只抛向滟滪礁，这时候舵工就要全神贯注，把持方向，船工站在船舷用撑杆顶开船只旁边的礁石，避让滟滪礁。"徐云风对同断武本人也没有太多的保留，干脆喃喃地说起来，"这都是我爷爷告诉我的，我爷爷是老船工，知道船只进入到这段死亡水域的时候，必须把船头的方向一直对着滟滪礁之南的一块巨大礁石，只要让船朝着这块礁石撞上去，就能避开滟滪礁和一系列的浅滩。当船绕过滟滪礁，即将迎头撞上这一块巨大礁石的时候，会有一道回旋的水流将船拉开，之后便安全了。但如果不是经验丰富的船工，任谁也不敢这样冒险。”

“这块礁石之所以叫还魂岩，大意就是能把行船船工的性命挽救的意思，也有朝着礁石行船，十分凶险的含义。后来疏浚河道炸礁的时候，长航所有的船工都恳求，要留下这块保命的礁石，于是还魂岩就没有被炸掉。葛洲坝截流后，长江三峡的水位抬升，还魂岩几乎被淹没，只剩下了最上面方圆一丈的石面，就是我们现在站立的地方。”

“我的爷爷就死在这块礁石之下的地下深处。”同断武说，“你爷爷当年却在这里侥幸生还。”

“挺有趣的是不是？”徐云风说，“就跟有人安排好了似的。”

“不知道今天我们谁生谁死？”同断武说，“我知道我是九龙宗的后人，跟水离不开关系，我们的命运就由长江来替我们决定吧。”

江水上涨到了他们的膝盖处，岸边的人看见两个人站在江面上，连忙跑动起来大声呼叫，有个热心的当地居民在岸边用绳索绑了一块石头，抡了两圈，把绳索扔到了徐云风和同断武的上游，绳索随着江水荡过来，徐云风把绳索捞在手里。

岸上的人发出了一阵欢呼，可是当他们看见徐云风轻轻地把绳索扔到水里，又同时发出了一阵惋惜之声。

站在曾婷旁的一个游客焦急地说：“这两个人疯了吗，为什么不要命了？”

“他们就是不要命的混蛋。”曾婷已经满脸泪水，“都死了才好！”

江水已经漫过了徐云风和同断武的大腿，激流的冲击力让两人站立不稳。徐云风和同断武同时扭头看了看江岸，江岸瞬间消失，他们被江水彻底吞没，已经听不到江岸上的惊呼。

七眼泉上，当年威名赫赫的张家岭和老严，安静地看着王鲲鹏。

二人都在向王鲲鹏表达一个意思：他们当年的决定，是对的。

怎么能不承认他们的正确呢？现在几乎把一切都掌控在手中的王鲲鹏，就是赵一二的弟子，诡道的司掌，吕泰一生心血的延续。

没有赵一二，就没有诡道王鲲鹏；没有老严，就没有天下第一术士王鲲鹏；而没有张家岭，就没有赵一二。

王鲲鹏想起了徐云风当年对自己的愤怒，但是这一切真的是他自找的吗？也许在见到老严之前，王鲲鹏自己还有选择的余地。可是当他跟着老严，丢下了赵一二之后，他还有选择的权利吗？

“我师父——”王鲲鹏长叹一声，“我们三个人的手上，都沾着他的血。还有吕泰，还有古赤萧，还有张元天。可笑我一直把所有的仇恨都发泄在张元天的身上，也许这也是我一直在刻意回避的事情吧。”

“去世的人已经走了，”张家岭说，“可是我们还有机会把这个轮回终止，就看你的选择了。”

王鲲鹏苦笑：“我刚刚还认为我根本就没有选择。”

张家岭看向老严。王鲲鹏这才发现老严的腿上搁着一个黑色绸缎的包裹。老严慢慢把包裹解开，一个绿锈斑驳的铜炉露出来。

“我从来没见过你拿出这个东西。”王鲲鹏问老严，“研究所里所有的东西我都有权限查看，可是从没见过这个。”

“铜炉被我放在万寿宝塔的顶层。”老严说，“之前我放在武当山的金顶。”

“但是玉真宫出事了。”王鲲鹏说，“你还是不放心，所以只能就近找一个地方，把铜炉从武当山带到了荆州。”

“三铜我们已经拿到了其二。”张家岭兴奋地说，“最后一个铜鼎，还在大青山的地下，我们把铜鼎取出来，一起完结这一切。”

“现在就走？”

“当然是事不宜迟。”

“我答应了。”王鲲鹏斩钉截铁。

张家岭兴奋起来：“太好了。”

“可不是现在。”王鲲鹏的回答让张家岭失望透顶。

老严悠悠地说：“七星阵法里有徐云风，有方浊，有苗家的后代，有钟家人、黄家人，有赶尸的魏家、白丹派的申德旭，还有邓家的子弟……”

“到现在这个时候了，顾不上了。”张家岭急切地说。

“我曾经也这么想过，”王鲲鹏看了看老严，又看着张家岭，“认为目的最重要，所以我当年在大鲵村丢下了我师父。”

张家岭看见老严在苦笑。

王鲲鹏坚定地说：“这一次，我绝不会再扔下任何人。一个都不会。”

“你不做，我去做！”张家岭疯狂地喊道，“把铜镜给我！我回大青山。我自己一个人把铜鼎挖出来，然后给你们这些长着榆木脑袋的笨蛋烧香！”

“你在我这里，别说铜镜和铜炉，”王鲲鹏淡然地回答，“你连一个铜钱都带不走。”

“你们都是疯子！”张家岭指着老严，“果然都是冥顽不化的混蛋。当年就是你阻拦我……”

“我可没阻拦你，”老严轻蔑地说，“我可是把你送到了大青山，你如果有本事，自己去把铜鼎挖出来不就得了，我可给了你十八年的时间。”

张家岭恼羞成怒，一把将老严手中的铜炉抢到手上，紧紧地抱住。

老严已经手无缚鸡之力，王鲲鹏看着老严：“你也有今天。”

“是啊，我也有今天。”老严无谓地笑笑，“跟你师父当年一样，英雄末路。”

“你算哪门子英雄末路！”张家岭大喊，“你就是个出卖张元天，投奔古赤萧的三姓家奴，你有什么资格说自己是英雄？”

“我这句话不说第二遍，”王鲲鹏轻蔑地指向张家岭，“你把铜炉给老子放下。”

“铜镜在哪里？”张家岭已经近乎疯癫，“我不陪你们这些疯子玩下去了。”

张家岭眼睛赤红盯着王鲲鹏，还在讨要铜镜，根本没意识到他的脚下裂开了一道细微且平行笔直的裂缝，接着又一道垂直的地缝裂开，然后是第三道、第四道……

天地阴阳风雷水火金石丝竹鸟兽云雨人鬼神——

诡道阳谋纵横天下十九道！

曾婷看着江面，长江水位在继续升高，身边的众人纷纷后退，只有曾婷茫然不觉，江水已经漫到了她的小腿。旁人已经报警了，但是就算警察过来，也只能在江边观望。

上游的三峡大坝正在冲沙，蓄积了几个月的江水汹涌而下。江面上的船只全部抛锚停航，等着冲沙结束。

警察把曾婷的胳膊挽住，把她拉到更高的位置，不断地询问她刚才两个落水的游客是不是和她一起的，但是曾婷听不见，她所有的注意力都在长江上。

两段回忆在曾婷的脑海里闪现，她也不知道哪个更加真实。

一个是自己在医院里生病，那个一无所有的男人在她身边守护，他什么都做不了，只是手足无措地蹲在床边。

另一个是自己独自一人前往异国打拼，遇到了无微不至照顾她的男人。

曾婷很难理解，为什么她要面对这种残酷的情形，却只能无助地看着水面。

徐云风和同断武二人在浑浊的江水里什么都看不见。同断武用他家族的本事，发挥他身体上的每一寸皮肤来感知水流的动向，但是却很难判断徐云风所在的位置。同断武有几次勉强感知到徐云风就在自己不远处，但他的龙臂伸过去，却空空如也。

同断武知道，徐云风并没有离开自己太远，对方也在水中感触着自己的方位。

水流变得相对缓和了，同断武的身体不再主动地游动，而是在水下顺着水流漂动，他立即察觉到水流的异动，来自自己下游不到两米的方位。同断武做好了准备，打算用龙臂去抓住对方，可是他立即又察觉到自己上游方向也有同样的颤动，难道对方能同时分作两个人来跟自己在水下比拼？

随即同断武又发现，水流细微的异动不仅仅来自于上下游，而是四面八方都有对手存在。现在只有两种情况，一是对方化作了无数人把自己包围了起来，但是其中一个才是真身。在水下的这种环境里，同断武无法用眼睛去分辨真假。

但是同断武立即确定了是第二种情况，徐云风并没有招来分身，他始终还是一个人，只是他的身体发生了变化，他变得十分巨大。这种体形的改变，在陆地上可能无法显出真正的威力，但是在水里，对同断武则会产生非常大的威胁。

徐云风的身体在拉长。

当同断武意识到这点的时候，徐云风长长的身体已经把他紧紧地绕起来。

曾婷和众人仍旧站在原地，突然众人发出了巨大的惊呼。曾婷跟所有人一样，看着长江的江面上刮起了一阵旋风。江水咆哮，江面上方的一团积云距离江面只有几十米高。龙卷风把江水吸起来，一股江水在云团和江面之间竖立，摇摇晃晃地盘旋。

"起蛟了！"一个老年人大声地喊起来，"这都什么年代了，还有蛟？"

曾婷的身体瘫软，坐在江边的地上。

那条巨大的蛇，一直在曾婷梦魇里出现的蛇！现在曾婷明白了，她梦境里发生的一切是她这辈子终将不能摆脱的命运。

随着众人的惊叹声，曾婷看着人群中的一部分人飞快地走到江边，站在水里，想看个仔细，而另一部分人飞快地朝着岸上逃离。

曾婷的记忆回到了当年在出租屋里看见的那条大蛇，那条蛇和现在江面上的大蛇别无二致，一样的狰狞，一样的癫狂，甚至头顶的草帽她都可以看得清清楚楚。还有无数的鬼魂缠绕着大蛇，全部都紧紧贴在大蛇的身体上，每个黑影都龇牙咧嘴，全部露出非笑非哭的神情。

徐云风的蛇属已经化作了蛟龙，这是他意料之中的事情，也是他跟同断武决一死战的最后一搏。在姜家庙，当他看见曾婷对同断武的眼神的那一刻，他知道，自己在俗世的一切留恋都已经崩塌。唯一没有被梵天抹去的曾婷，也彻底从内心忘记了自己。

而王鲲鹏和方浊，甚至秦晓敏记得自己的原因，只是因为王鲲鹏现在引发的术士大阵而已。对，这就是个交易，王鲲鹏和孙拂尘之间的交易。

徐云风在姜家庙懂了，却也知道，自己根本就没有半点选择的余地。王鲲鹏终于把自己逼到了这一步，自己却不能对他有任何的怨怼。

既然无法反抗，徐云风知道，那就不要再挣扎犹豫。

蛇属入水，化作蛟龙，这就是徐云风无论如何都不能回避的结局。

鬼魂在徐云风的蛟龙身体上露出了恐怖的笑容，在同断武看来，每一张脸上的牙齿都相互交错，十分狰狞。同断武的身体被蛟龙紧紧缚住，蛟龙的前爪已经掏入了同断武的前胸，抠住了他的肋骨。

同断武用最后的力气驱使着长江上的水流，巨浪把蛟龙的尾部拉扯入水中，但是反而激发了蛟龙的狂暴。龙头最后显现出徐云风的面孔：“对不住了。”

螟蛉炎剑将同断武的龙臂再次斩断，同断武无法再挣扎。

曾婷夹在江岸上的众人之中，看着龙卷风越刮越高，整个蛟龙的身体都显现出来。江底溺毙的冤魂都被这场战斗吸引到江面，全部发出统一的呼号，声音低沉又冷酷。

蛟龙的身体绷直，然后狠狠地落入水中。江面上的云团瞬间消失。

江面恢复了平静。

所有人目瞪口呆，茫然地看着长江，被刚才的起蛟震惊到了极点。

曾婷旁边的一个游客，拿起手中的 DV 对身边的人说："我录下来了。"

然后所有人都一窝蜂地围住那个游客，想将刚才的诡异情形再看一遍，曾婷哭着走向那人，一把将 DV 夺下扔到江水里。

游客拉扯着曾婷，破口大骂。一旁的警察将游客拉开，江岸上乱作一团。

曾婷没有任何挣扎，她把手里的戒指褪下来交给游客："我未婚夫给我的戒指，够赔你的摄录机了吧？"

游客被警察拉到一边调解。

众人又开始慌张地大喊："刚才落水的人爬上来了。"

徐云风全身湿漉漉地从江水里慢慢走上来。所有人都看见上岸的是一个年轻人，只有曾婷看见的是一条大蛇，大蛇戴着草帽，面目狰狞地在江面上游动，一直盘旋到自己的面前。

徐云风和曾婷相互对视一眼，两人都没有说话。徐云风低下头，默默地走开。

曾婷一直看他蹒跚着走到了远处，直至消失。这一次，是他们真真正正的最后一次相遇。

铜炉开始变得炙热，但是张家岭浑然不觉。

地面开裂了纵横十九道裂缝，每一道裂缝宽三尺，长十一丈，裂缝已经笔直地延续到整个红水阵的尽头。

裂缝之下泛起的黑色水雾，与地面木桩上的烟雾交融，三人站在红水阵之中，被笼罩在茫茫的烟雾里，只能看到彼此。

“红水阵。”张家岭看到了王鲲鹏已经施展出了什么样的阵法，“道教阵法千年不现，你们诡道一次布下两个大阵。诡道从来就没有这么兴盛过。”

老严也兴奋起来，看起来他对自己选择了王鲲鹏十分满意：“这都是当年古赤萧和吕泰的功劳，不是他们当年的设计，诡道如何能走到今天这个地步。”

张家岭看着老严的目光十分鄙夷：“一个诡道司掌开启了红水阵，一个诡道挂名驱动了七星阵。你竟然说是诡道前辈的功劳，明明是他们两人的能力，你要是觉得跟他们无关，你自己驱动其中一个阵法试试，就算你们崂山派倾尽全力，也做不到吧。”

“我不想跟你们二位啰唆，”王鲲鹏不耐烦地说，“红水阵不是为你们开启的，我的对手就要来了，你们不要在我面前浪费时间。”

“就是不知道你到底能把红水阵驱动到什么地步。”张家岭仍然没有死心。

十七个降魔兵器同时从黑雾中凌空而降，压到张家岭的头顶。张家岭一只手抓着铜炉，另一只手把十七把降魔兵器全数托起。

王鲲鹏愣了愣，看向老严。

老严说：“他的确是个有本事的人。不然怎么做到研究所的第三号人物。”

裂缝之下，冒出了一只巨大的黑色手掌，将张家岭的脚踝握住。黑雾里传来惨烈的厮杀和号叫声。张家岭无可奈何，只能把手中的铜炉松开。一片莲叶托起了铜炉，根茎调转，把铜炉送到了王鲲鹏的面前。

王鲲鹏把铜炉拿在手上，看着张家岭另一只手把脚下的黑色手掌攥住。现在张家岭双臂用力，勉强和红水阵的水火两道力量对峙。

张家岭的胳膊被两股力道扭曲到了无法想象的角度。王鲲鹏用手摸着下巴，悠闲地看着张家岭怎么坚持下去。

张家岭摇着头："你赢了。"

王鲲鹏对张家岭说："我们约好的，谁赢了，铜镜和铜炉就归谁，你还有什么话好说。"

"没什么好说的。"张家岭头顶上的十七把兵刃全部消失，脚下红水阵怨灵聚集的黑掌也松开了他的脚踝，"我输了，不仅是法术输了，论计谋，我和老严都不如你。"

老严哼了一声："你总算是想明白了。"

王鲲鹏把铜炉捧在胸前："可惜铜鼎还在大青山地底深处，我真的没时间去取了。"

"你相信三铜聚集，就能破解这个轮回的传闻？"张家岭狐疑地问。

"我能分辨，"王鲲鹏说，"当然相信你说的是真话。"

"你过了十几年，"老严摇头，"还是缺点脑子。"

"是啊，你的这个下属真的厉害，"张家岭说，"故意示弱，然后用一个赌注，就轻轻松松地把铜炉弄到了手上。最厉害的是，他听了我说的话，就知道了要把三铜聚集，开始谋划这个小伎俩。"

"并不是，"王鲲鹏说，"我师父的女儿把铜镜拿出来的时候，我就决定这么做了。"

"他离不开七眼泉，"老严面无表情，"如果他亲自找我要，我不给，他也不能逼迫我。但是他知道，天下能逼迫我的人只有你了，这个也是你自己告诉他的。你话太多，说多了，就露出破绽。"

"所以他故意用铜镜作为赌注，让我逼你带着铜炉过来，"张家岭点头，"铜炉到了我手上，他抢过去，并不是用本事强迫你严重光——他的老领导。这等做事的手段，也只有古赤萧能够相比。"

“他一直都是这么聪明。”老严说，“我真的没有看错人。”

“我服气了，”张家岭叹口气，“赵建国和金盛都没有这个心思。我输在你手上，不是因为我法术不如你，而是我一辈子跟人钩心斗角，却被你一念之间要得团团转。这个本事，天下少有。”

老严骄傲地看着张家岭：“你说这个世界上，怎么会有如此聪明的人？”

“你找到人，却来问我？”张家岭哼哼地说。

老严对着王鲲鹏说：“我所有的家底都被掏出来了，没有对你隐瞒任何事情。王抱阳王所长，今后就看你的了。”

“我们不会走远，我们要看着你打败张元天。”张家岭走到老严的身后，轻声对老严说，“说实话，我从来就不相信有人能跟张元天较量，现在我信了。你也赢了，你比我有耐心，多等了十几年，没白等。”

张家岭说完，就要推着老严的轮椅离开，看来两人十九年的恩怨，也在这一刻化解了。只是他们都是在王鲲鹏的碾压之下，无可奈何地走到了这么一个窘迫的境地。

“你们现在不能走，”王鲲鹏冷冷地说，“你们还有一件事情没做。”

“看来我们哥俩要死在这里了，”张家岭看着老严，“也罢，你培养的人，倒过来杀了你灭口，的确是你的一贯所为。”

“唉！”老严摇头，“你还是不够明白，帮个忙，扶我下来。”

张家岭看着王鲲鹏：“你到底要怎样？”

王鲲鹏默不作声，把木桩上的十七盏长明灯端下来，放在地面上：“这个法术，是诡道的看蜡，五大算术中，听弦和算沙我学不会，水分和晷分在我拜师之前就能用。唯一这个看蜡，是师父亲传。”

张家岭立即明白了，把老严从轮椅上搀扶下来，然后两个老头子趴在十七盏长明灯前，上半身匍匐在地上。王鲲鹏也走到了两人旁边跪下。

三人对着长明灯深深地磕头。

王鲲鹏泪流满面："师父，欠你的人，给你赔不是了。"

徐云风没有乘船，也没有搭乘大巴，而是慢慢地顺着长江南岸的小路行走，山间的村民多半已经搬迁，留下了当初只能供农用车通过的小路，道路多半破落，杂草长到了路中间。山路在长江边的山腰徘徊，道路崎岖，但是徐云风并不在意，如果没有要做的事情，他甚至愿意永远就这样走下去，一直走下去。

路总是要走完的，西陵峡走到了尽头就是牛扎坪。寻蝉对徐云风的到来并不意外，但是方浊看见了徐云风之后，十分激动："我以为，我再也看不到你了。"

"本来我也是这么认为的，"徐云风叹口气说，"可是现在我不是没地方可去了吗？"

"其他几个星位你不管了？"寻蝉问。

"不管了，"徐云风说，"如果他们不能解决自己面对的敌人，那么也没资格和我们一起对付张元天。阵法已经到了尽头，他们只能凭借自己的能力，从阵法里走出来。"

方浊和寻蝉同时点头："阵法现在你说了算，既然这样，我们就等吧。"

"姓申的应该也要到牛扎坪来与我们会合，"徐云风算了算，"他的鹿矫炼成了。"

"真希望鹿矫不是一个害人的东西。"方浊担忧地说，"外丹术我不放心。"

"等着吧。"徐云风说，"谁吃还不知道呢。"

"你如果累了，"方浊有点迟疑，"就休息一会儿。"

徐云风也不客气，他慢慢地走到悬崖边的树下，对着郑庆寿的尸体说："不好意思，挪挪。"然后把郑庆寿的尸体搬到了大树的另一边，自己靠着大树坐下来，面对着西陵峡口看了一会儿，才闭上眼睛。

方浊默默地走到徐云风身边，看着徐云风一张憔悴的脸，胡子拉碴，忍不住用手抚在徐云风的头顶。徐云风却没睡着，伸手把方浊的手掌握住。

方浊的手抽了一下，却又放弃，任凭被徐云风握着自己的手。

“陪我坐一会儿吧。”徐云风闭着眼睛，轻声地恳求。

方浊回头看了看寻蝉，寻蝉正在盘膝入定，守着剑柄没入岩石的开山宝剑。

方浊慢慢地坐下来，两人的手互相握着，同时靠着身后的树干。

“要是就这么坐着，什么都不用去理会，”方浊幽幽地说，“该有多好啊。”

徐云风没有回答，眼睛仍然闭着，不知道睡着了没有。方浊知道徐云风是不敢看自己，也不敢回答她任何的问题。

丹炉的火焰慢慢熄灭，申德旭要离开姜家庙了，他等着丹炉的温度渐渐凉下来，当丹炉全部熄灭之后，申德旭用和泉守鉴定在丹炉里挑出了一块翡翠一般的石头，石头里包裹着一个小小的红丸。

申德旭把翡翠一般的石头小心翼翼地用布匹包好，然后离开了星位，走了几步，回头看了看高耸的烟囱，想起之前来破阵的几个对手，每一步都惊心动魄，但是他知道，七个星位里，他的压力是最小的一个。现在他要去牛扎坪，与方浊和寻蝉见面了。

天权转玉衡星位的申德旭第一个出阵，也是七星阵法在徐云风调动下的第一个收阵。七星汇聚，第一个星位开始移动。但是申德旭不知道的是，他和寻蝉之间还有一件事情没有了断。

“见清。”徐云风终于开口说话了，“你的师父是清静派的掌门人。”

方浊点头：“你怎么知道我师父的名字？”

徐云风把寻蝉也叫过来：“有件事情，我很早就知道了，我一直没告诉你们。”

“看来你知道我师父的下落。”寻蝉心若死灰，既然徐云风用这种口气说话，那么她和方浊的师父，看来是已经不在世上了。

“有些事情，我想瞒下去，”徐云风说，“不知道比知道更好，可是现在看来，发生过的事情，即便是以为永远都不会真相大白，但是在最后还是会被翻出来。”

“我师父是被谁害死的？”寻蝉的拳头紧握。

“孙拂尘，”徐云风说，“当年两个人最有可能走到那个位置，孙拂尘知道得多一点，而你们的师父见清，没有任何准备。”

“看来你也是实在没办法了，所以现在才肯告诉我们，”寻蝉脸色煞白，“但就算你现在不说，到了关键的时候，也会有人告诉我们。”

“就是这个道理。”徐云风十分虚弱，“我很想永远瞒着你们，可是看来瞒不住。”

“孙六壬的父亲！”方浊吃惊地说。

“亏你还在我面前提起那个女人的好处！”寻蝉激动起来，“我师父连蚂蚁都舍不得踩死，却被孙家人给陷害死了。”

方浊茫然地看着徐云风：“你知道我们一直在等，等了好多年，我一直以为她哪一天就回来了，她答应我给我买糖葫芦回来的。”

“别哭。”寻蝉大声地呵斥方浊，“有点出息！”

可是方浊哪里忍得住眼中的泪水。

“孙家人我们找不到了，”寻蝉愤恨地说，“但是孙拂尘的副手申德旭还在。我们现在就去找申德旭讨要个说法！”

“不用你们去，申德旭马上就来了。”徐云风说，“可是这事，申德旭不知道。跟他有什么关系呢？”

“既然你觉得没关系，”寻蝉冷笑起来，“那你现在巴巴地提前告诉我们干吗？”

徐云风哑口无言。

“孙六壬的父亲，”方浊看着徐云风，又看着寻蝉，“这该怎么办？”

“到这个时候了，你问我怎么办？”寻蝉指着徐云风，“他们都不是好人，你是掌门，你问我怎么办？”

“孙家的妹妹也很可怜，”方浊犹豫起来，嘴里嗫嚅半天，“她也很可怜。”

“我们的师父就不可怜？”寻蝉一把将方浊拉起来，“你被你母亲放在山门的时候，差点被冻死，就算没被冻死，也会被野狗叼走。是师父把你抱回来，她一个道士，抱着你每天走几十里地，恳求山下的农妇给你喂奶。你知道她被别人耻笑了多少次吗？你身上出黄疸，师父听说野蜂蜜能止住黄疸，她一个女人在山崖上爬着找野蜂窝。她如果是个普通女人，早就掉下山崖摔死了。你有没有良心！”

方浊不知所措：“那我该怎么办？”

“等申德旭来了，我们杀了他给师父报仇，”寻蝉恶狠狠地说，“我们也不陪着诡道的东西送死了，张元天胜了，孙六壬这个丫头必死无疑。我们也就是给师父报了仇。”

徐云风知道这一幕一定会出现，他也没有办法去阻拦，只能说：“申德旭与此事无关，他的鹿矫已经炼出来，交给我就走了，别为难他。”

“好！”寻蝉指着徐云风，“我不为难申德旭，但是我们师兄弟也不能帮你跟张元天为敌，我现在巴不得张元天胜了你们。”

“可是那样，”方浊轻声说，“王师兄和徐大哥都会死……”

寻蝉看着方浊，怜悯地说：“你真的不应该做一个道士，师父看走眼了，把司掌交给了你。”

“我想让大家都好好地活着。”方浊说，“可是师父为什么偏偏是被孙家人给弄死的，徐大哥你告诉我师兄，我师父还没有死，她只是被困在什么地方了，你知道在哪里对吗？”

徐云风把头低下，然后抬起来：“对不起，我真的没法再瞒着你们了。你们可以走，开山留下就行。”

“没有我把开山拔出来，你怎么打得过张元天。”方浊抽泣。

“孙拂尘做过的事情，由他的女儿承担，”徐云风慢慢地说，“这也不是没有道理。你师兄没错，我和王八认了。”

“方浊！”寻蝉对着方浊大喊，“我再问你一遍，你走不走？”

“走吧，”徐云风向方浊摆手，“你师兄是对的。”

寻蝉对徐云风大声说：“不用你做好人，严重光也不是好东西，他把我们带到北京，就已经知道师父死了，可他就是不说。王鲲鹏可能也早就知道了，他也不说。我们清静派现在开始，两不相帮。我就看着你们这些欺负女流的混蛋，拼来拼去，能有什么好下场。”

徐云风知道这件事情的确是寻蝉和方浊的死穴，可是偏偏已经无法去掩饰。王鲲鹏既然把阵法交给自己，那就按照自己的方式去做，可是徐云风实在想不出来有什么办法安抚寻蝉和方浊。

寻蝉带着方浊下山了，寻蝉头也没回一下，她是铁了心。可是方浊一直走到山下，还望着徐云风，被寻蝉拉得踉踉跄跄。

徐云风深吸一口气，努力做出轻松的表情，把手抬起来，轻轻摇晃两下。当清静派的两个弟子消失在徐云风的视线之后，徐云风才靠着大树重新坐下来。

刚才和方浊坐在树下，两人牵着手的时刻，也许是徐云风在这个世界上，最后一次感受到温暖了吧。

申德旭终于可以放松了，他在路上还担心过自己会被突然出现的某个路数不明的术士攻击，将他身上的鹿矫抢了过去。甚至当他拿出自己的证件，通过葛洲坝坝体走向江南紫阳的时候，都还在隐隐担忧。

直到看见了牛扎坪山顶就在眼前，申德旭才彻底地想明白，自己的担心是多余的。王鲲鹏和徐云风两人先后控制的七星阵法，就是不会让每个人落单，并且排除了各种偶然发生的状况，这就是上古道教阵法的意义所在了，阵法在古时候本来就是不得已而为之的战争策略。

古人打仗，并非是几个人之间的小规模殴斗，双方的人数和形势一目了然，谁的身体强壮，谁就能获胜。但是随着殴斗的人数增加，形势就不受控制，个人的力量在群体间显得无足轻重。这时就需要有一个首领，提前告知下属，在什么时间，在什么位置，相互之间如何帮衬。能够把殴斗的过程预测准确的领导者，就是最强的首领。

这就是阵法的雏形。

随着打仗的人数增加，到了几千人上万人的时候，首领谋划的作用就更加重要，因为一旦几千上万人派遣出去之后，随着战局的变化，就没有时间快速指挥士兵。双方首领要做的事情，就是尽量猜测对方的意图，然后部署自己的战略，将所有的命令都提前告知下面的士兵。也就是说，打仗的双方，在开始交战的那一刻，就已经分出了胜败。

哪一方的首领能够计算得更准确，更能猜测到对方将领的心思，就能掌握胜负的关键。但是这种谋划，已经无法凭借个人的力量做到，于是就有了各种阵法。阵法就是根据天地日月气候等各种环境因素，计划出最接近准确的方式。

而能代表各种环境因素的天地日月气候运行，就是道家所长。道家根据大山大河平原地形，就能演变出合适的八卦阵；根据日月星辰的变化，维持坚定的目标和方向，就是星宿阵法。

然后道家再从天地星辰之间演化出各种不同的阵法，而真正能把这些阵法发挥到极致的，就是研习天地万物规律的术士。

术士也分大小，大如张良，能够将天下大势都囊括在自己的心胸之中；小如韩信，能够在每一场战争中都随机应变，根据瞬息万变的形势，计算出最合理的战斗方式。

这本来是人类战争中的阵法，最后在道教里被提炼出了精华，这就是道教的几百种上古大阵。道教阵法在隋末唐初已经消失，而人类战争的阵法仍然在继续。

王鲲鹏就是带领阵法的宗师人物。七星阵法在他的指挥下，每一步都如履薄冰地渡过难关。现在鹿矫已经炼成，天权星位和玉衡星位合二为一，申德旭的任务也即将完结。

申德旭从山下轻快地走上来，当他看到山顶上站立的是徐云风，而并非是方浊和寻蝉，还表现出了一点疑惑。不过鹿矫炼成之后，会在玉衡星位交给七星阵法的首领，按照阵法的运转节点，这也没错。

“她们下山了。”徐云风对申德旭说，“看来鹿矫已经炼成。”

申德旭把怀中的布包谨慎地掏出来，然后交给徐云风，徐云风拿过来，放入自己的怀里。

“你不看看？”申德旭询问。

“不是什么好玩意儿，”徐云风说，“有什么可看的。”

“清静派的人走了，”申德旭看着徐云风脚下的开山剑柄，“到时候最后的开山一击，怎么办？”

“好像只有我能做了。”徐云风轻松地说。

申德旭摇头：“你做不到。”

徐云风仿佛是要印证一下申德旭的判断，他单膝跪在地上，左手牢牢握住开山宝剑的剑柄，然后深吸一口气，把全身的力量都灌注到左臂。

开山纹丝不动，徐云风脸部涨得通红，肩胛骨发出咔咔的响声，但是开山宝剑仍旧稳稳地固定在石壁里。

徐云风松开了左手，把右手握在剑柄之上，然后重复刚才的力道。结果是显而易见的，他根本就拔不出千钧的开山宝剑。

“只有方浊有这个本事，不过你却把她给支走了，王鲲鹏说得没错，谁也猜不到你的路数。不过这次我觉得你做的不是没有道理……”申德旭突然想明白了什么，愣了一会儿，“原来你已经想好了。”

“马接舆来不了这里，”徐云风把申德旭的推测堵死，“王八那边一群老家伙之间的恩怨还没完，马接舆要在他那头帮忙。”

申德旭彻底没了主意：“难道你还有办法？”

“我又不是王鲲鹏，”徐云风挤出笑容，“我走一步是一步。”

“我也不知道还能帮上你什么，”申德旭叹气，“我跟王鲲鹏也是这句话，有什么要我帮忙的，说一声就行。”

“我不太放心邓瞳，这个小子总是有点缺心眼，”徐云风看着长江的下游，“冉遗去七眼泉得过江，并且只能走夜路，很多事情还需要你去安排。”

“这本来就是说好的事情，”申德旭说，“王鲲鹏早就嘱咐好了，这事，可比炼丹容易得多。”

申德旭嘴里这么说，心里却想着，按照王鲲鹏的说法，你自己当年不也是个缺心眼的笨小子，谁不是一步步走过来的。

“那就告辞，”徐云风向申德旭拱手，“希望还能见面。”

“会的，”申德旭说，“我相信你和王所长的本事，到了现在，已经没人能质疑你们两人的能力了。恭喜你们诡道又一次威震天下所有的术士。”

龙舟坪的半岛上，钟贵、钟平、钟安、钟宝分别面对着东南西北四个方位，每人都死死地盯着前方，钟富看着天空。

“卯时都要过去了，天已经开始亮了，”钟平开始不耐烦，“每个晚上都这样，再这样下去，我们还没动手，拖都给拖死了。”

“对方比我们更加艰难，”钟富的情绪仍然平静，“飞头降是一种极为耗费精力的法术，每施展一次对降师的身体都有很大的损害，我们处在守阵的位置，绝不能让他找到任何的破绽。”

钟富说这句话的时候语气非常镇定，跟他内心的惊慌刚好相反。如果他对黄家只是忌惮的话，那么他对降师就是怀以强烈的恐惧。连续这么多天出现的状况，已经让他知道，施展飞头降的降师，绝对是南洋最厉害的降师之一。

最为高明的降师，都是在东南亚的华人，其中有一个师父带了七个弟子，但是这八个降师从来不回中国内地，一直隐居在柬埔寨，看来他们其中的一个人改变了规则，而这个人施展的飞头降，已经达到了不受自身精血束缚的地步。

东南亚的华人巫师，如果不是因为事关重大，绝不会踏入中国内地半步。如泰国的周钦兰，虽然名声威震东南亚，但是他也只是在中国香港发展信徒，并不进入中国内地。而隐居在柬埔寨的詹森，则更加是一个传奇人物。

先说周钦兰，周钦兰的本领高强，但是他属于白巫师，也就是替人禳福，消灾，增加运势，在中国香港的艺人中有着深厚的人脉。很多知名的歌星影星都是周钦兰的信徒，特别是周钦兰收了当干儿子干女儿的艺人，无一不星运亨通，大红大紫，周钦兰因此在中国香港特别有名。周钦兰是一个秉承传统的人，因为当年古赤萧在抗日战争前，曾经在中国香港居住过一段时间，挑战东南亚的所有巫师，而在东南亚最厉害的几个巫师跟他交手后，无人能敌古赤萧。所以古赤萧就与东南亚的华人巫师立下了规矩，不能将降头术和南洋巫术带入中国内地。周钦兰就守住了当年的规矩，终生不踏入中国内地。但这个规矩到了20世纪70年代末、80年代初，对越自卫反击战的时候，差点被东南亚的黑巫师詹森破坏。

詹森原不是东南亚人，而是上海杨浦人。他从小就喜欢摆弄蟋蟀，在上海地下斗蟋蟀的圈子很有名。因为任何一只蟋蟀被他养了几天，性情都会变得异常凶猛，以至于当年圈内人都说詹森能与蟋蟀交谈说话，而且有天生的本领，各种动物都能被他驱使。

詹森后来去了西双版纳，此后又去了缅北，参加了缅北的游击队，然后就再也没有消息。过了多年之后，泰国出了一个高明的降师，叫作阿赞申。知道当年往事的人，比如“两张一严”，经过调查，才知道这个阿赞申就是当年的上海青皮詹森。之所以“两张一严”要调查阿赞申，就是因为东南亚的巫师在对越自卫反击战中跟中国的术士斗法，露出了形迹，被“两张一严”查了出来。詹森虽然输了，但是他个人的能力仍旧被所有巫师和术士认可。后来詹森隐居到了柬埔寨，潜心修炼降头术，又过了多年，他收了七个弟子，全部都是华人。

“飞头降的源头，是黑苗。”钟富看着四个兄弟，“你们也都知道，我们钟家和黑苗之间的恩怨。”

钟家五个兄弟都黯然不语，当年钟家在西南立足，最开始与黑苗交善，钟家的祖宗钟秉钧与黑苗的顶王建立了深厚的交情。但是钟秉钧忽略了一件事情，那就是沐昂会背信弃义。沐昂通过钟秉钧的担保，把顶王骗到了沐王府，然后翻脸铲除了黑苗。这件事情虽然不是钟秉钧亲自所为，但是黑苗的后人将仇恨记在了沐家和钟家两家头上。

黑苗中的大批巫师被驱散后，纷纷投奔了安南、寮国和暹罗，而后钟家人为了在西南地区立足，与魏家要建立基业，当然也免不了要碾压残余的黑苗巫师。这也是时势所迫，家族求存的趋势，并非个人能左右控制的事情。

再后来，黑苗的巫师在西南渐渐绝迹，所有的黑苗巫术都被带到了东南亚，与东南亚小乘佛教的法术融合，成就了如今降头术、古曼童、灵修佛牌等等法术。

明朝灭亡的时候，永历帝逃亡到了缅甸，当时的沐家后人沐天波在缅甸拥立永历帝为流亡政权，缅王得知平西王吴三桂要起兵攻打缅甸，便设宴邀请永历帝和沐天波，在宴席上，缅王发难，抓住了永历帝。当时沐天波名震缅甸，缅王的亲兵见到沐天波的凶悍，无法抵挡。关键的时刻，九个降师施展降头，将沐天波砍杀。然后缅王把永历帝绑缚送给了吴三桂。

当年沐昂也是在宴席上杀害的黑苗顶王。隔了两百年后，黑苗巫师终于大仇得报，解了纠缠两百多年的深仇大恨。这就是当年沐昂背信弃义，杀害顶王的轮回。

所以钟家和魏家，也一直对黑苗十分忌惮。黑苗巫师的后代，也就是现在的东南亚的降头师，一直都没有忘记钟家。即便普通的东南亚巫师遗忘了钟家和魏家的往事，但是最高明的降师，必须是华人，为的就是有朝一日，报复钟秉钧的后人。

这就是钟富和四个兄弟，感到了巨大的恐惧的缘由。

从飞头降出现开始，六天过去了，现在钟家五兄弟的脚下，有一只獐子，一条蟒蛇，还有两只狗。

第一个出现的是獐子，在天亮之前，走到了钟富的面前，然后瘫软在地上抽搐着死掉。钟富和四个弟弟看见这只来历不明的獐子倒在面前，都觉得奇怪。钟富一言不发，用镰刀把獐子的脖子割开，果然如他推测的一样，没有一滴血流出来。

钟富没有解释为什么会这样，只是不动声色地吩咐陈秋凌带着两个人傀，在小亭子里不要走动。

第二天同样的时间，一条蟒蛇从大树上掉了下来，刚好就落在钟平的身上。犁头巫家自幼跟野兽毒物打交道，钟平倒也不怎么惊慌，他身上有蛇药，蟒蛇闻到后，会立即离开。

可是蟒蛇仍旧搭在钟平的身上，却也没有把钟平缠绕起来。钟安和钟宝用钢叉把蟒蛇叉住的时候，钟富阻拦了他们："已经死了。"

蟒蛇如同软绳一样悬挂在钟平的肩膀上微微晃动，钟富看着头顶上的树枝，钟安分析说："这条蛇已经死了很久了，应该是几个时辰之前发生的事情。"

钟家的五兄弟都不说话了，这条蛇无声无息地死在了他们的头顶，而他们却茫然不察。钟富用手去捏蟒蛇的尸体，果然每一寸骨节都散开，蛇身也塌陷瘪缩，血液全部都被吸干。

之后连续两天，两只狗被江水冲到了岸上。跟前面的獐子和蟒蛇一样，尸体的血液被吸干。

今天即将天亮了，什么动物的尸体都没有出现，这反而令钟家五兄弟更加不安。

连续几天是动物，按照推测，接下来就是应该是人了，五兄弟同时将目光投向了亭子里的陈秋凌。

在一旁的陈秋凌看见钟家五兄弟连续几天都十分紧张，知道这五个厉害的端公遇到的敌人一定非常强大，强大到了她几乎能看见一股绝望之气笼罩在五兄弟头顶。

陈秋凌知道自己能帮得上的忙有限，于是白日里休息，到了晚上就守着两个人傀。

现在又到了黎明即将来临的时候，她抱着双头婴儿，秦晓敏抱着玩偶靠着她的身体沉睡。而双头婴儿也挺奇怪，一个脑袋睡觉，另一个脑袋就把眼睛睁着，不断地交替。

突然，陈秋凌怀中的双头婴儿开始凄厉地啼哭起来，哭声惊动了钟家五兄弟，五人飞奔到亭子这边。看见陈秋凌脸色煞白，双头婴儿仍旧在啼哭，如同猫叫，而秦晓敏把身体蜷缩在陈秋凌的膝盖下，瑟瑟发抖。

“你看到了什么？”钟富看着已经吓得说不出话来的陈秋凌，“有我们在，你放心，王鲲鹏把你托付给我……”

“人头，”陈秋凌终于能够说话了，“一共七个。他们刚才要喝秦晓敏的血。”

钟富立即把秦晓敏拉起来，果然看见秦晓敏的脖子左边有三个牙齿印，右边四个牙齿印。皮肤已经咬破，可是鲜血并没有流出来。

“跟几个牲畜一样，”钟安说，“他们在我们面前故意显示手段，人未至，先把我们镇住。”

“不过，飞头降怎么会失手？”钟富大惑不解。

天亮了。

太阳从东方升起，红彤彤地悬在山顶。

钟家的五兄弟同时呼出一口气，今晚算是挺过去了。钟富看了看半岛的四周，看到北侧有一丛竹林，然后带着四个兄弟，一言不发地走到竹林边，开始用手中的镰刀砍伐竹子。

钟家人砍竹子，却没有把竹子上的枝条削下，而是把这些竹子全部插到了亭子的四周，陈秋凌看着钟家兄弟做着这些，知道他们这么做一定是有道理的。

竹子之间的间隙，并不能阻挡人自由出入，也不知道这个栅栏有什么用处。钟富看着竹子做的栅栏，又带着四个兄弟在草丛里翻找蒺藜，然后把蒺藜挂在了竹栅栏上，不厌其烦地挂了一层又一层。

陈秋凌还是迷惑不解，人头比人的身体要小很多，竹子稀疏，就算是挂上了蒺藜，也不见得能阻挡。

钟家兄弟在白日布置竹栅栏之后，只能又在晚上等着飞头降前来。

到了子时，陈秋凌也慢慢地坚持不住，和秦晓敏两人靠着睡着。双头婴儿其中的一个脑袋还清醒着。

陈秋凌在梦中模模糊糊地听见有人在说话，声音越来越大，她猛然惊醒，发现说话的人并非钟家兄弟，而是秦晓敏。

秦晓敏已经走到了栅栏旁边，正在仰头跟一个人絮絮叨叨地说着什么。

陈秋凌抬头，果然看到有一张人脸出现在栅栏上，陈秋凌马上反应过来那是一颗人头。人头立即察觉到陈秋凌醒了过来，对着陈秋凌张开嘴巴，嘴巴越长越大，整张脸庞几乎变成了一张血盆大口。陈秋凌这才看到并不止一颗人头，其他几颗人头正在勉力想从栅栏中钻进来，只是竹枝叶和蒺藜布满了栅栏，几颗人头都暂时钻不进来。

陈秋凌吓得尖叫起来，惊动了钟家兄弟，钟富跑得最快，马上赶到了栅栏旁："来了，来了！"

几颗人头猛地飞离栅栏，飘浮在空中，瞬间就飞到了清江的河面上，消失无踪。但是对着秦晓敏说话的那颗人头的头发被蒺藜缠住，挣脱不开，并且下方还拖着一副内脏，鲜血淋漓。

钟富一声令下，五个兄弟同时把栅栏上的蒺藜往人头下方的内脏上缠绕。蒺藜越堆越多，人头越是挣扎，纠缠得就越紧。

最后人头无法动弹，挂在栅栏之上。陈秋凌这才明白了钟家兄弟布置栅栏的用意。

钟富把准备好的鱼篓将人头罩住，然后脱了上衣，蒙在鱼篓上。整个过程十分顺利，让陈秋凌觉得对付飞头降也没什么困难。

可是她看见钟家兄弟脸色并不欣喜，而是更加严肃，她这才知道，自己想得太乐观。

钟家兄弟安抚陈秋凌和秦晓敏，让她们继续睡觉，然后五个人围着鱼篓，一直在江滩上站到天亮。

陈秋凌哪里睡得着，闭上眼睛，人头那一张大嘴就浮现在脑海里，她一直忍耐到了天亮的时候，鱼篓里发出了巨大的嚎叫。

钟家五兄弟立即把鱼篓给摁住。鱼篓在不停地抖动，看来是里面的人头在拼命地挣扎碰撞。陈秋凌听着嚎叫的声音无法忍受，把耳朵紧紧地堵上。

太阳的光芒照射到了地面，鱼篓猛烈地抖动几下，终于平静下来。

陈秋凌从栅栏之间钻出来，慢慢走到了钟家兄弟的面前："结束了？"

"还早呢，"钟富冷冷地说，"这是一个没修行好的，看来不是詹森的徒弟，詹森的徒弟没这么不堪。"

钟富说着话，把鱼篓表面的衣服给掀开，然后倒转鱼篓，一颗黑漆漆的人头掉出来。陈秋凌吓得后退一步。

人头的脸已经烧得焦黑，露出白色的牙齿和颧骨。

钟富不嫌恶心，伸手把焦烂的人头捧在手上仔细查看，不仅看了前后左右，还看了嘴巴里面，又把手指伸进人头的眼眶里，用力地抠着什么。

陈秋凌看见钟富把一团半熟的烂肉剜出来，随手扔在地上，陈秋凌恶心得吐了。

可钟富并不停手，而是继续用手指在人头的眼睛里旋转，终于手指不动了："果然不是最高明的降师。"

他用手指掏出一个细小的泥人来，泥人做得十分粗陋，勉强看出来是一个人的形状。

"这是人偶飞头降，不是真正的降师。"钟富说，"现在能做到用死人炼出飞头降的，只有一个人。"

陈秋凌看见钟富更加紧张："没有侥幸，就是东南亚降师最厉害的人物，詹森。"

钟平、钟安、钟贵、钟宝四个兄弟相互看了片刻，然后四个人同时把目光看向老大钟富。

钟富沉默了很久："走不了啦……"

然后他对四个弟弟说："父亲死的时候，你们都还小，我作为当家的，这辈子没为钟家撑起过什么颜面。钟家到了我们这一辈，把祖宗的脸都差不多丢尽了。当年名震川东的钟家，竟到了给人续命的地步，我做大哥的，对不起你们。"

四个弟弟听钟富这么说话，都没法接上话头，钟平在几个兄弟里排行老三，犹豫片刻："钟家被张元天拖累才走到了今天这个地步。现在黄家、苗家、魏家都跟随了诡道王鲲鹏，诡道终究是钟黄魏家祖宗的头领，这也是和老祖宗当年一样的道路。"

“你们三个怎么说？”钟富看着钟安、钟贵、钟宝。

钟安、钟贵、钟宝还没有开口。钟富接着说：“这样吧，我是不走了。你们四个，觉得不该离开的，就用墨斗在手心点一下。觉得应该回巫山的，就不用了。只要有两个人的手心没有墨点，你们四个人就都回去。”

四个兄弟点头同意，也不再商量，各自用手指拿了墨斗，然后双手背在身后，接着同时把手伸到了钟富面前，四个人的手掌张开之后，钟富看见四个弟弟的手心上都点着一个黑漆漆的墨点。

钟富深吸一口气，接着说：“我没子女，老三有一个儿子，但是已经不愿意干我们这行，出门念书去了。”

钟平尴尬地说：“我也没办法。他有自己的路要走。”

剩下的三个兄弟里，钟贵没有子嗣，钟宝还没有成家，只有钟安生了两个儿子，但是并未成年。钟富对着钟安说：“你回去吧，我们四个人留下。”

钟安不说话，站着不动，把手心继续摊在钟富和其他三个兄弟的面前。

钟富没有用兄长的身份强迫钟安，而是把话题岔开：“诡道的金老二你们都见过，以他的德行，竟然没有跟着王鲲鹏守在阵法里。”

“他们诡道两房一直不对付。”钟安开口说话了，声音很小。

钟富摇头：“金老二也没几天活头了，诡道这一辈的人都活不长。这么一个骄傲的人都能背负一个临阵脱逃的污名，难道真的是为了多活几天？”

钟贵对着钟安说：“诡道还有个金离，我们钟家还有两个后辈。”

“把你的两个儿子教好，”钟富说，“我们这一代也就这样了，别让你的儿子在金离面前低一头。”

钟富说完，把钟安的手掌捏住，将钟安手心里的墨点揩拭掉：“这口气，就由我们来争了。我们要让诡道和魏家还有黄家知道，我们钟家也不是软骨头。”

钟安不再争辩，他知道老大钟富心意已决，至于兄弟之间商量什么的，只是不愿意让他误会心意而已。

钟家在钟义方这里站错了队，几十年在西南外道里面抬不起头，现在轮到了他们这代人，终于有把这口气给争回来的机会。代价很大，却是唯一的选择。

魏家的魏如喜已经用一条老命给了王鲲鹏一个大人情，何重黎已经是被王鲲鹏用性命担保要维护的。苗家的宋银花无论是死是活，方浊都是要去延续的。黄家的黄坤是诡道挂名徐云风的徒弟，徐云风也是下了保的。只有钟家，因为续命的事情，跟王鲲鹏和徐云风都没有交情，要么他们灰溜溜地离开，从此被外道其他几个家族鄙视；要么背水一战，硬着骨气留在龙舟坪，即便死了，也不在其他几家面前输了这一口气。钟安和他的两个儿子，也才能被其他家族尊重接受。

道理钟安都明白，但是他哪里迈得开这一步。降师詹森，是一个斩草除根的厉害人物，连古赤萧当年立下的规矩都可以不顾，可见其实力和地位，他根本不会让钟家能够有全身而退的机会。

而且还有一个重要的缘由，那就是钟家有一个巨大缺陷。钟秉钧和黑苗之间的一个渊源，导致了黑苗后人对钟秉钧家族有绝对的优势，这就是当年黑苗顶王对沐家和钟秉钧的诅咒。

沐家的沐天波已经应了顶王的诅咒，但是钟家对顶王的这笔债还没还。

黑苗对沐昂和钟秉钧的仇恨，哪怕过了六百年也一样要找回来。詹森过来也就是这个理由了。

先说青冥卫最后一个人物的下落：马三宝下西洋到了印度境内，遇到了朱允炆，朱允炆被尼泊尔王室护送到如今的印度。朱允炆是明朝落难的天子，马三宝是名扬印度洋的明朝使臣。两人在印度见面，也是必然的事情。

两人相见之后，马三宝也放弃了把朱允炆带回大明的意图。最主要的原因是朱棣已经驾崩，朱高炽继位，道衍也仙逝已久，马三宝已经没有把这个任务完成的必要。加上马三宝也知道了胡濙黄铁俞的想法，于是也就放过了朱允炆。

两人最后的结局都是流落到了海外，马三宝死前去了一趟麦加。而朱允炆在此之后，无论正史野史都没有了任何消息（漂洋过海到了欧洲的传闻云云，都是无稽之谈）。

而青冥卫的其他三个统领，分别创立了秀山黄家、夔州犁头巫家、辰州寨魏家，他们在西南与苗家的恩怨刚刚开始。

这时候西南四大家族已经开始渐渐成了气候。

黄、钟、魏三家的三个祖宗都还没死，三家的关系和睦，家门兴旺，涌现了不少杰出的晚辈。黄家在名义上仍旧是钟家和魏家的上司。三家是外来到西南立足，免不了和当地的苗家巫术有冲突，苗家当时最厉害的人物是石挫花。

而石挫花阴差阳错，与当年钟秉钧和魏易欣抓获的那个巫师结为了夫妇。巫师为了找回傀儡术的秘籍，不自量力，在钟秉钧和魏易欣手上讨不了好，输了一局之后，与妻子石挫花回到苗地，修炼蛊术，却不料被蛊术反噬，暴病死了。也有说法是巫师另觅新欢，被石挫花放蛊杀死。

黑苗虽然与白苗交战，争夺水源和耕地，但毕竟是同宗同族，黑苗的势力土崩瓦解之后，苗家的世俗之争完结，被沐王府的势力全盘掌控。不过西南苗家巫师和汉族术士之间的争斗，就在苗家石挫花与钟秉钧、魏易欣之间延续下来。

这就是西南四大家族从明朝开始的恩怨起源。

钟安走了，钟富四个兄弟看着他坐着万永武的小船离开。所有的事情对万永武来说已经是过眼云烟，现在只老老实实地在清江上摆渡。清江上弥漫起浓雾，小船隐没在雾气中，岛上的人只能听见木桨划水的轻微声响，当水声停止之后，浓雾之下一片寂静。

万永武的小船又回来了，从浓雾里慢慢显现出来。

万永武站在船头上，招呼钟富："有人放了个东西在我船上，我想了，他应该是要我交给你们。"

万永武与钟家兄弟一直没有说话，钟家兄弟也只当他不存在，钟富知道，既然徐云风已对此人置之不理，那么就说明这人不会再有什么威胁，无论这人看起来多么的深不可测。

钟富冷冷地说："谢了。"

万永武轻巧地把一个东西从船上扔到了岸边。钟家兄弟看到了这个物事，都没有什么表情，他们早已经做好了最坏的打算，这个东西出现了，也只有认命。

万永武给他们的是一个慈航道人的石雕。这东西就是黑苗巫术传人詹森降师掌握的当年钟家的弱点。

顶王当年在地下深潭边，与钟秉钧相处过不短的时间，早就对钟秉钧的法术和来源了如指掌，知道了钟秉钧当初是在青山城学习法术。

钟秉钧施展在战船上的法术，伤人无数。船底有滚钩，拖拽在水下潜伏的水性高超的水鬼。每一个在水中丧生的水鬼怨气强大，最终都会集聚在钟秉钧的身上。所以，钟秉钧到了晚年就要散掉一身的法术，于是他花费巨大的钱财，在水下修建一座道观，自己潜入水中超度自己的冤孽。

这个传统流传了几百年，每一代钟家子弟都要进入水下化解身上的冤孽。水下道观供奉的就是石头雕砌的慈航道人的塑像，这是钟秉钧之后的几代人从水中找到的一块巨石，一点点雕刻而成。之后，又慢慢地在水底搬运巨石，修建道观，钟家后人在水下道观敬拜，消磨水鬼怨气。

这是钟家的祖宗钟秉钧留下的原罪，要由钟家的后人世世代代来还。所以钟家在巫山立足之后，创建耕渔的法术，是为犁头巫家，并且广收外姓弟子，希望犁头巫家的法术能够尽量行善积德，消磨钟家的阴债。这个初衷本来是无可厚非，但是钟家的弟子在三峡地区开枝散叶，人多了，有好人也就有坏人。多数端公都是行善的本分之辈，但是总有少数作恶的宵小，所以钟家的阴债还了几百年也还不完。加上钟义方又替张元天续命这件事情，更是伤了阴德。现在全部都落到了钟家五兄弟身上。

所以詹森也是有备而来，先从巫山的江底，把钟家人的道观给毁了，又放出没有被消磨完的水鬼冤魂。

眼前的这个雕塑，就是詹森明白无误地告诉钟富，他詹森既然是黑苗巫术的后人，那就肯定知道个中缘由。

雕塑是慈航道人，也是南海观世音菩萨的形象，詹森既然能够从江底凿起，那么就是绝了钟家人的后路。

小船上的万永武轻声地说："水下面不安稳，你们保重。"然后划着小船，慢慢离开，回到了浓雾中的江心里。

钟富和三个弟弟，跪在雕像旁边，想把雕像给竖立起来，刚刚把雕像抬起，雕像的头部就滚落下来，这时候钟富才看到雕像的脸部已经被凿成了四面佛的模样。

七眼泉上的王鲲鹏和牛扎坪的徐云风同时都站立起来。

他们的眼睛都看向了长阳龙舟坪的方向，王鲲鹏心中焦虑，无端地感受到了巨大的威胁，这个威胁正针对七星阵法中某一个星位。王鲲鹏已经从七星阵法脱离，不能准确地察觉到是哪一个星位有了麻烦，所以他现在也无能为力，这已经是徐云风的事情了。王鲲鹏慢慢地在原地走了几步，然后回到木桩之间，把铜炉端在面前，仔细地打量。

张家岭和老严已经走了，研究所当年的两个领导，都在王鲲鹏面前彻底服气。现在三铜之中，除了铜鼎，铜镜和铜炉都在王鲲鹏掌控之中。王鲲鹏在慢慢地思索，张家岭话里的意思。

三铜齐聚，能够破解七星阵法和张元天之间的这个死局。但是从哪里做起，却没有半点头绪，张家岭对这个事情也说不清楚，也许只有把铜鼎也从大青山下挖掘出来，将三铜凑在一起，以王鲲鹏的七窍玲珑心，才能参悟这个方法吧。

可惜王鲲鹏自己知道，已经没有时间了。他在张家岭面前放了狠话，不会放弃任何一个在七星阵法里的人，这话说出口容易，要真让阵法里的所有人都全身而退，是绝无可能的。其实张家岭也明白王鲲鹏的另一层意思，王鲲鹏说的不放弃，那就是他会赔命。

王鲲鹏没有了旌旗，不知道龙舟坪到底发生了什么，但是在牛扎坪上的徐云风却对钟家兄弟的处境知道得清清楚楚。

天璇星位和摇光星位合二为一，现在这个星位已经完全黯淡。钟家人扛不住第三轮的对手，这几个老家伙死定了，徐云风想到这里心若死灰，魏老爷子本来就是大限将至，死在宋银花面前算是了结了苗家和魏家近几十年的恩怨。但钟家五个兄弟入阵，是徐云风和王鲲鹏两人绝对没有想到的变局。龙舟坪是七星阵法的死门，镇守者是肯定出不来的。钟家兄弟把徐云风替换出来，徐云风非常承情，他没有想到本来是水火不容的对手，竟然在这么关键的节骨眼上，搭上性命来延续和诡道的交情。这份好意，也是巨大的压力，死死地把徐云风压住。

这个世界上谁也不愿意欠别人人情，更何况是拿命来作为代价的交情。

钟家有这么几个后人，说明他们后代不会断绝。诡道之后，无论是金离还是黄坤，或者是邓瞳，只要是他们延续了诡道，那么他们帮助钟家的责任，就永远不会卸掉。

钟富这个人，虽然本事平平，但是他有骨气！

让徐云风更加沉重的是，不仅钟家兄弟，还有一个人，也没有了活下来的希望。

摇光和天璇两个星位已经合一，身在玉泉寺覆舟山上的黄溪，也搭进去了。

诡道同时也对黄家一份大大的亏欠！

黄溪在覆舟山，一切看起来都很平静，自从黄坤解决了李成素和胡东陵之后，玉泉寺恢复了平常的状态，每天多多少少有一些香客和游客过来。王鲲鹏动用关系，让玉泉寺挂出内部整修寺庙的告示，很长一段时间阻止游客和香客进入。

现在玉泉寺恢复了香火，看来天璇星位借用玉泉寺的日子到了。今天是周六，覆舟山下边人声鼎沸，山门前的汽车排起了长队，拥堵不堪。

已经没有必要去守护覆舟山下的铁塔了。黄溪只身躲避在覆舟山上的树林里，桌子上供奉的是黄家祖传的翻天印。

玉泉寺已经恢复到了往日的情形，黄溪所有的能力，都随着徐云风的指挥，来到了龙舟坪。

黄溪亲眼看到了黄坤的成长，从心底承认黄坤的天赋远远超过自己。当年黄莲清和黄松柏之间龃龉，黄溪心里也认为是黄松柏把五行符带走，偏心传给了自己的孙子。黄莲清虽然法术不弱，但是始终没有把黄家带领回西南术士家族的首领地位。

这件事情，黄溪一直是觉得不公平的。可是现在他明白了，黄莲清之所以没有去跟黄松柏理论，也是有道理的。两个老人终其一生不相互来往，这是情理之中。黄家的法术要流传到最合适的后代手上，黄莲清心里也是清楚的。

这不是老辈人偏心，而是老天爷注定好了的事情，黄坤有不世出的天赋，黄溪资质一般，怎么说黄家也要由黄坤来接手。

诡道的徐云风是天生的异类，黄坤做他的徒弟，看来也是命中注定。黄溪明白，这都是人一出生就安排好的事情，跟自己后天的努力无关，除非自己有王鲲鹏这样的聪敏和坚韧。再说回来，王鲲鹏智商超群，未尝不是天生的能耐。

如果是一般人也就罢了，偏偏黄溪出生在术士家族，天赋不足，就等于是给人用性命做陪衬。

黄溪坐在树林里胡思乱想，听见山下敲锣打鼓，声音嘈杂，还有和尚念经咒的声音。黄溪盘算日子，却想不起来今天是什么佛教节日。

黄溪站起来，山下果然有一群人慢慢地走上来，等这些人靠得近了，黄溪看到队伍中前面的一个人举着一根竹竿。

竹竿柔软修长，顶头是一个圆形的物事，还在不停地弹动，好像就在空中飘浮。

黄溪不明白这是玉泉寺的什么仪式，忍不住好奇地看着。

当这队人走过黄溪身边，继续朝着山顶走去的时候，黄溪这才看清楚，竹竿上是一颗纸扎的人头，人头的脸面画作了红色，上下都蓄着长须，在空中飞舞。如果不是黄溪早就看清楚竹竿，肯定会认为是一颗人头在空中飘浮而过。

黄溪被空中的纸扎人头吸引，正端详着纸扎人头的面貌，突然纸扎人头的眼睛睁开，瞳孔滴溜溜地对着黄溪转了一圈。

黄溪浑身发麻，背后寒毛悚立。那纸扎人头的目光如刀锯一样，直入黄溪的内心。

黄溪呆呆地看着这队人上了山顶，在覆舟山的山巅祭拜，然后鞭炮轰鸣，闹腾了很久后才陆陆续续地下来。黄溪被纸扎人头的诡异惊吓到，心情一直不能平复，无法确定这一切跟自己守住的星位是否有关联。

到了晚上，玉泉寺里的香客和游人散尽，整个覆舟山一片寂静，只从山下的寺庙隐隐传来僧人诵经的声音。黄溪本就心思烦乱，诵经的声音反而让他心中恐惧更甚。

黄溪躺在树林里，抬头看着天空，天空明净，只有一轮圆月。突然他看到一道黑影从圆月上掠过，一闪即逝。黄溪不以为然，认为是林中野鸟飞过。但黑影又转而飘浮到圆月之下，这次黄溪看清楚了，绝非野鸟，因为黑影在空中的飘浮的方向诡异，速度十分缓慢，并且这个黑影是圆形的物事。

黄溪顿时惊起，看着空中的圆形物事慢悠悠地飘到了山下。黄溪知道这事绝非偶然，于是立即爬到了山顶，看到白日里的道场一片狼藉，地上全是鞭炮碎屑，祭台上的水果还在，香烛也未燃尽。

黄溪环首四顾，寻找那个竹竿和纸扎人头。他看到祭台的后方，竹竿还稳稳地插在地上，但是竹竿顶端的纸扎人头已经消失不见。

黄溪心里知道不妙，立即跑下山，跑进寺庙里看见几个僧人在打课念经，其中一个年长的僧人敲着木鱼，正是白日里持着竹竿的那人。

僧人看到黄溪过来，知道是住持的相识，于是放下了木鱼槌，走过来冲黄溪颔首："住持有事离开了，施主有事？"

黄溪连忙问僧人："今天并非是佛教的祭拜日，但我在白天看见你们举着纸扎的人头上了山顶，到底是什么缘故？"

僧人严肃地说："我们是在祭拜关云长。"

黄溪一时间没有明白："你们是沙门，为什么要祭拜关公？"

僧人这才说："原来施主不知道，我们玉泉寺每年今日都要多一场祭祀，因为关公大圣就是在我们这里羽化升仙的。"

黄溪还是不明白。

僧人又解释说："当年吕蒙陷害关公，取了他的首级，献给曹操，所以关圣的头颅和身体并不在一处。”

“原来是这样。”黄溪才知道还有这么一个典故。

“关圣的尸身不全，冤魂不散，飘荡到我们玉泉寺，”僧人说得不紧不慢，“他在寺庙的山门前愤愤不平，对着寺庙的佛像大喊‘还我头来’，惊动了玉泉寺当年的僧人普净。普净法师道行高深，可是也无法超度关圣，关圣大怒，要引发覆舟山下的十八道黄泉，带着黄泉之下的厉鬼去东吴祸乱人间。普净法师劝慰关圣，让关圣等他两月，他将头颅带回，好让关圣羽化。关圣答应，魂魄在玉泉寺周围游荡，当时覆舟山下的牲畜皆死，百姓恐惧关圣，惶惶不可终日。普净法师到了东吴，才知道东吴吕蒙把关圣的头颅送到了曹操处，于是又奔赴魏国，将关圣的头颅取回，刚好在约定日子的前一天到达。关圣得了头颅，立即羽化飞升，位列仙班，这才免了覆舟山下十八道黄泉的劫难。从此，玉泉寺在关圣羽化的这天就要祭拜，每次都要将纸糊的关圣人头吊在竹竿上，走到覆舟山顶进行祭祀。”

黄溪听到这里，才明白了事情的缘由，随即询问僧人：“可是我看到了纸糊的人头能在覆舟山上飘浮，这又如何解释？”

僧人听了，忍不住笑了笑：“这本是佛门前人的仪式，施主何必真的捕风捉影。纸糊的人头，掉下来也是有的，怎么可能在覆舟山上飘浮。”

黄溪一听，立刻就要拉着僧人上山去看个究竟，可是还没等两人走出大殿，就看见殿门口那个纸糊的人头正飘浮在殿外的空中，龇牙咧嘴，对着黄溪惨笑。

大殿内诵经的僧人顿时都纷纷爬起来，四散而逃。黄溪身边的僧人没有逃跑，而是跪下来对着人头跪拜，口中不断地诵经。而人头却并不理会僧人，只是看着黄溪，发出呵呵的笑声。

黄溪看着人头在面前飘浮，一把将僧人拉起来：“我明白了，这事跟你们没有任何关系，关圣显灵的缘由我不懂，但是南国术士里的飞头降我却听说过，他是冲着我来的。”

“中土之地，怎么能有这种邪门歪道的法术存在？”僧人战战兢兢地说，“而且还冒犯关圣的神通。”

“他既然敢来，就没顾忌这一层。”黄溪苦笑，“这事既然是冲着我，你们玉泉寺就置身事外好了。”

僧人转身入殿内，拿了一根齐眉棍出来，伸手要取空中的人头，可是齐眉棍刚刚举起来，人头就退开，越飘越远，朝着覆舟山顶飞过去。

黄溪看见僧人的脸色煞白，这才注意到僧人的耳朵里不断流出鲜血，浸染了双肩上的僧袍。伏魔的神通早已在中土失传，玉泉寺的僧人如其他的佛门子弟一样，哪里是这种邪术的对手，但好在飞头降要对付的人是黄溪，僧人看来也没有大碍。

黄溪知道这一关必须由自己去面对，就算是黄坤没走，也不见得能和飞头降的降师抗衡。这事就是黄溪和钟家兄弟的劫数，躲不过的。

黄溪看着人头飘浮的方向就在山顶，深吸一口气，抬脚朝着山顶走去。

黄溪走到了覆舟山顶，将翻天印放在胸口。祭台上的瓜果已经全部腐败，变成了黑灰的颜色。人头回到了竹竿之上，随着轻风微微摇摆。

黄溪走到竹竿下面，仰头看着纸扎人头，一滴鲜血从人头上滴落，正好点在黄溪的印堂。黄溪用手把印堂抹了一下，看到手掌全部变成了乌黑色。

黄溪心里知道不妙，果然看到面前的竹竿变成了白森森的脊骨，脊骨弯曲下来，人头冲到黄溪的面前。一张中年人的脸与黄溪面面相对，和黄溪一样，两人都是胡须虬结。人头的胡须和黄溪的胡须同时飘起，然后连接在一起。

黄溪抬手要把人头奋力推开来，可是胡须已经纠缠在一起，哪里还能分开。黄溪眼看着对方的胡须颜色从黑色变成了红色，片刻之后，他感到头晕目眩。

黄溪的身体越来越飘忽，他这才意识到，自己在迅速地失血。胡须正在飞快地把黄溪身体里的血液吸入到对面的人头里。

人头和黄溪之间的胡须一根一根地断裂，这是黄溪在用力拉扯的缘故，但是黄溪仍旧失血很快。对面的人头脸皮焦黄，牙齿洁白，嘴巴张得老大。黄溪赫然看到这张嘴巴里根本就没有舌头，本应该长着舌头的部位只剩下舌头根部的一点点肉团，不知道这颗人头的主人是天生的残疾，还是后天被他人所为。黄溪无法可想，只能把自己手中的东西随手塞进了人头的嘴巴里。当全部塞进去之后，黄溪心里难免后悔，因为手里没有别的东西，只有他们黄家祖传的翻天印。

龙虎山翻天印瞬间在人头的嘴巴里变得通红，如同烙铁一样。龙虎山翻天印本来是张道陵镇服八万魔兵的法器，黄家流传的无论是真品或者是仿品，都延续着这个能力。

连接人头和黄溪的胡须顿时全部崩裂，鲜血涌出，溅了黄溪满脸，黄溪眼前一片血红，等他勉强睁开眼之后，人头已经消失得无踪无影。翻天印掉落在地下。

天璇和摇光星位合一，黄溪凭借黄家的法器，勉强击退了飞头降。但是詹森如果就此落败，古赤萧也不会一直惦记着他，到了如今还要把他从东南亚引诱过来。

詹森的飞头降吸了黄溪的鲜血，人头又晃晃悠悠地飘往龙舟坪方向。黄溪知道自己没有必要再留在覆舟山，于是飞奔跑下山，半夜里也找不到车，只能顺着公路狂奔，也朝着龙舟坪跑过去。

七星阵法开启之初，摇光星位就是有来无回，徐云风是钟家用性命替换出来的，现在黄溪的天璇星位入了摇光，黄溪顶替了钟安的名额，当他进入到龙舟坪的半岛上，死门摇光的人数就凑齐了。

这事王鲲鹏和徐云风都知道，甚至黄溪钟富等人也知道，可是他们已经没有了任何选择。

时间又过了一天，钟富看着天边的太阳渐渐落下。

“就是今晚了。”钟富对着三个兄弟说，“我们几兄弟应该是看不到明天升起的太阳了。”

钟富的话刚说完，就看到黄溪从南岸走到了半岛上。黄溪在白天焦急赶路，走错了方向，直接到了北岸的长阳县城，而清江上浓雾弥漫，没有渡船，万永武也不知道去了什么地方，当然不可能带着黄溪渡江。黄溪无奈，只能沿着清江向上游多走了几十里地，找了桥过河，绕了一圈赶过来，总算在夕阳完全落山前的一刻赶到了星位。

钟富四个兄弟与黄溪是认识的，知道这是老冤家黄莲清的后辈，但是看到黄溪满脸血污、颓废不堪的模样，几十年的恩怨，不用说也就了结了。

钟家和黄家终于又回到了当年联手抗敌的关系上。钟义方、黄松柏与黄铁焰、黄莲清之间的生死仇恨，在这一刻，烟消云散。

“哑巴，”黄溪看到钟富的第一句话就是，“那个飞头降是个哑巴。”

钟家兄弟同时苦笑，飞头降是哑巴，对他们来说并非好事。因为这证明詹森的飞头降已经修炼到了最高的境界。

黄溪和钟家兄弟已经没有时间叙旧，而是并肩站在一起，共同看着清江的水面。

钟富回头，看见陈秋凌也站到了身后，于是轻声对陈秋凌说：“你找个地方躲起来，两个人傀留下。”

陈秋凌犹豫不决。

钟富继续说：“总要有人替我们收拾身后事，这也是你过来的缘由。人傀已经不需要你再照顾了，他们该是什么样子，也该化成什么样子了。”

陈秋凌知道自己的确帮不上什么忙，只好说："你们保重。"然后走到了半岛上最靠南的部位。

秦晓敏和双头婴儿在钟富的身后，钟富左手按着秦晓敏的肩膀，右手按在双头婴儿其中的一个头顶上，所有人都看着清江的江面。

江面上的浓雾破开，人头从江水下冒出来，慢慢升起，下方又是两颗人头，两个之下是四个，最下面的四颗人头分别朝向四个方向，中间的人头朝东西方向，最上面的人头正对着钟富。

这种摆阵，象征着东南亚巫术至高无上的地位。

詹森的确是全力以赴，本来他和他的七个弟子都来了，但现在死了一个弟子，加上他还剩下七个，所以他也没有后退的余地。

秦晓敏的后脑勺显出人脸，身体与双头婴儿同时暴长，比钟家兄弟和黄溪高了两倍多，两个人傀的身体生出了巨大的鳞甲。

钟富把脑袋偏向左边问三个弟弟："准备好了吗？"

钟平、钟贵、钟宝点头。

钟富又把脑袋偏向右边问黄溪："你准备好了吗？"

黄溪把手里的翻天印抬了抬："听你吩咐。"

"好。"钟富沉声说，"今天我们黄钟两家应了当年青冥卫生死同袍的交情。"

方浊和寻蝉住在桃花岭的江笛招待所里已经两天，寻蝉的老公正在不停地劝慰妻子："你自己决定就好，我们现在就买票回去。"

寻蝉没有回答，只是看着方浊生气。

方浊从牛扎坪下来后一直没有说话，寻蝉的老公也知道方浊并非是在跟寻蝉怄气，而是她们师兄弟之间遇到了巨大的难题。

寻蝉知道方浊外柔内刚，到现在也无法劝说她离开。

"无论王鲲鹏和徐云风跟你有多深的交情，"寻蝉这句话已经说了几百遍了，"但是他们抵得上师父对你的养育之恩吗？"

方浊不说话，只是默然。

寻蝉的老公听见房间有人敲门，于是走去开门："看来又是那个宜昌的同行来找我喝酒了。"

桃花岭的江笛招待所是宜昌公安局内部的招待所，看来方浊和寻蝉在牛扎坪喝西北风的时候，寻蝉的老公天天在市内跟同事喝大酒，也算是个不操心的人。

寻蝉的老公出门了很久，没有回音。寻蝉脾气暴躁，对着门外大喊："你在外面死了吗，什么事情磨磨叽叽的！"

寻蝉老公回屋，尴尬地对着寻蝉说："不是来找我的，是来找你的。"

"我在这里人生地不熟，哪里会有人来找我！"寻蝉吼老公。

"真的是来找你的，"寻蝉老公倒是好脾气，"指名道姓。"

寻蝉又骂："他怎么不进来？"

"他指明只要见你……不见其他人。"

寻蝉对着方浊说："你自己好好想想，反正你跟我回北京，没有选择。"然后怒气冲冲地走出门外。

寻蝉的老公也不敢出门，只好转过来安慰方浊："你们姐俩别做什么道士了，你回去后，就还俗。你年纪也不小了，我给你介绍一个局里的实习生，中国政法大学毕业，人品很好，他父亲当那么大的官，都没有架子，我很看重那个小子……"

"哦，"方浊还是肯跟姐夫说话的，"跟王师兄是一个学校的。"

寻蝉老公耸耸肩膀，他根本就接不上茬。

过了很久，寻蝉回来了："明天我们就走。"

方浊仍旧沉默。寻蝉老公说："你就别逼她了，就让她在这里待着，反正也没上山。"

"你闭嘴，跟你有什么关系！"

方浊本以为寻蝉会继续逼迫她离开，没想到寻蝉对自己说："我们明天还偏偏就上山，去七眼泉，见王鲲鹏。”

方浊立即大喜，眼睛都放出了光芒：“刚才是徐大哥吗，他为什么不愿意见我？”

“我见的谁，你不要问，”寻蝉冷冷地说：“两个选择，要么跟我回北京，要么跟我去七眼泉，你选。”

“这还用选吗？”方浊站起来，“我们去七眼泉。”

方浊心情开朗，没有注意到寻蝉的手里拿着一个东西，而这个东西被寻蝉的老公看得清清楚楚——她手里那串糖葫芦已经干枯萎缩，成了几个小小的黑团。

谁都走不了。

这一幕已经重复了多少次，徐云风当然想不明白。他只能看着东方的日出，却不知道方浊和寻蝉正在朝着七眼泉的方向前行，而不是像他想的那样回到了北京。

距离终点越来越近，只是不知道能有多少人会坚持到最后一刻，至少现在天璇和摇光的镇守者走到终点的可能性是几乎没有了。

冉遗已经苏醒，黄坤和邓瞳会在张元天出阴之前赶到七眼泉，何重黎与宋银花正在和当年被叶天士镇服的厉鬼对峙，七星阵法在徐云风的手里收缩，前面两轮阵法的顺利运转为王鲲鹏争取了时间，让能够坚持下来的帮手面对张元天进行最后的孤注一掷。

七星阵法在王鲲鹏手里只折损了魏家老爷子一个人，而徐云风接手了阵法，立即将七星阵法缩小，剩下了天枢换到土城鬼街，天璇换到龙舟坪，申德旭炼成的鹿矫也到了玉衡，天玑星位跟着冉遗移动，朝着七眼泉进发。

徐云风已经尽了全力了，但是想到在自己接手阵法之后，钟家的几个兄弟，还有黄溪都要赴死，从情理上讲，徐云风很难接受。钟家是换了自己进来的，黄溪也是个够义气的哥们，但是他们都逃不过去。

什么孛星孙家，徐云风感叹，自己才是诡道的扫把星，在他跟诡道有纠葛之后，赵一二、金旋子、楚大，死前都是由他陪伴。徐云风很难不产生宿命的想法，他觉得下一个在自己眼前走向死亡的人，必定是王鲲鹏无疑。这个跟整件事情的趋势无关，而是他内心的一个预感。

起雾了，牛扎坪被山间的云雾笼罩。徐云风什么都看不见，身上的衣服湿漉漉的，湿润的雾气把他紧紧地包裹。徐云风感到了无边无际的压抑，领悟八寒地狱之后的孤独感又降临到了他的全身。

长阳龙舟坪降下了新中国成立以来观测到的最大雾霾。在之后的很长时间里，长阳的居民都记着这一天，大雾浓到了一米之外都不可见的地步，交通瘫痪，路灯亮起也于事无补，县城内所有的建筑都开启了电灯，所有的居民因为无法出行都待在家里，县电视台也紧急通知群众不要随意外出，整个白日如黑夜一般宁静。

整个县城进入了沉睡。

但是在清江上的半岛周围，浓雾却留下了方圆几十米的空隙。钟富等人还能看见清江平静的水流在七颗飞头下流淌而过。

飞头降露面了，这次詹森再也不需要一次又一次地试探钟家兄弟和黄溪，钟富等人和黄溪的弱点都已经在他的掌握之中，既然飞头降全部出现，就意味着他有了绝对的把握。

钟家的大限到了，一条船慢慢地从浓雾中漂到岸边，钟富等人看见了船上的万永武已经变成了一具干尸，皮肤塌陷贴在骨骼之上，本就瘦小的身躯变得更加纤细，脸上的鼻子已经消失，眼睛没有闭上，露出灰白的眼球。

万永武临死前的表情仍然凝固在脸上，皮肤显出一道道皱纹，看起来像是露出了微笑，十分诡异。

钟富等人明白，这是詹森在告诉他们，他们的结局就是万永武现在的样子。

七颗人头在面前猛地分散，在空中飘成了一排。每一张脸都是双眼紧闭，满脸的血污，然后人头用极快的速度冲向钟家兄弟和黄溪。钟家兄弟和黄溪本能地用手中的武器格挡在自己的面前，但是随即听到了双头婴儿的号叫。

他们转头看去，双头婴儿首先被七颗人头攻击，人傀的两个脑袋，双手双脚，还有腹部，分别被人头咬住。

钟家兄弟已经来不及援助双头婴儿，眼睁睁地看着双头婴儿在空中挣扎，身体不停地摆动，却无法挣脱。

人头带着双头婴儿在空中盘旋，婴儿的哭声越来越小，然后终于悄无声息。

婴儿的身体掉下来了，全身的血液被人头吸干，变成了一具干尸，果然跟万永武的尸体一模一样。钟富等人立即把秦晓敏围住，然后一步步退到了小亭子里，亭子周围都是他们布下的竹竿和蒺藜，这招已经用过，他们也知道不可能再次奏效，人头不会再被挂在竹竿之上，可是除此之外，他们也想不出好办法。

飞起来的人头在小亭子之上盘旋儿圈后，竹竿纷纷断裂，钟家等人和黄溪、秦晓敏的头顶上没有了任何的屏障。

钟富一把将秦晓敏拉扯着蹲下来，然后四个兄弟把手中的钉耙竖在秦晓敏身体四周，但是钟富等人错了，下一个目标并非秦晓敏。

钟富警惕地看着四周，突然听见钟宝轻声说："大哥，我要先走一步了。"

钟富连忙看向钟宝，已经晚了，钟宝的脸皮瞬间塌陷，身体里的所有血液已经干涸，眼球变成灰白。

钟富扔了手中的钉耙，用手去扶钟宝，钟宝身后，七颗人头瞬间飘起。钟宝的尸体趴在钟富的身前，钟富等人看见钟宝的后背有七个血淋淋的牙印。

飞头降的攻击比钟富想象得要更快，这一次，是钟贵。钟贵的身体被七颗人头叼到空中，就跟刚才人头对付双头婴儿一模一样。

钟富和钟平两人立即用身边的镰刀把钟贵的双腿勾住，人头飞不上去，上下角力，钟贵的双腿被镰刀拉扯，鲜血迸出。

钟贵大喝一声，双臂回转，揽住了胸口的那颗人头，两手紧紧地挤压，手指插入人头的眼睛之中，人头被这股巨大的力量揉得血肉模糊。

六颗人头也没有想到钟贵临死前能发挥出如此大的神力，暂时飘远了。

钟贵身上的七道血口不断地流淌鲜血，相较之下，腿上的镰刀伤口反而不那么严重。

钟富和钟平撕了身上的衣服，不停地堵在钟贵后脑勺、双肩的伤口上，可是鲜血瞬间就把布料浸染。

“这里也在流血。”黄溪也扑过来，撕下衣服填堵钟贵后背上的血口，可是这么做是徒劳的，钟贵身体上的血口仍旧不停地涌出鲜血。钟富换了一条又一条布，都无法止血。

钟贵的死因是失血过多，这是一个漫长的过程，钟贵在死前回光返照，喘息着问钟富：“我们钟家不丢人？”

钟富的眼睛赤红，哽咽着说：“不丢人！”

六颗人头又来了，冲向了钟平，在钟平的身体四周围绕飞舞。可是人傀秦晓敏猛地站立起来，双臂挥舞，六颗人头无法抵挡，只能向上躲避，其中一个飞得慢了一些，被秦晓敏蒲扇大的手掌抓住。秦晓敏将人头摔到地上，一脚踏下，把人头踩成了一摊血水。

钟富和钟平相互对视，黄溪也看着钟平。钟平的脸色平静，但是眼睛鼻子和嘴巴瞬间流出了鲜血，钟平开始咳嗽，身上突然冒出了六团血雾，血雾变成了激射的血柱，喷涌而出。

飞头降的牙齿下了残酷的法术，被咬到之后，全身的血液都会止不住地向外喷涌。

钟贵没有说话，而是努力让自己的脸部挤出一点微笑，他的笑容渐渐僵硬，然后慢慢地跪下来，身体瘫软在地上。

黄溪看着钟富的眼睛已经干涸，但是脸上还有些许的泪痕。当年黄家同宗同脉同血缘的情绪感染到了他，黄溪对钟富说："我能理解当年黄松柏的痛苦了。"

谁也无法接受自己的同胞兄弟死在自己的面前，现在钟富的心里一定是非常的痛苦吧。

剩下的五颗人头再一次飞过来，钟富暂时还不能从失去兄弟的悲痛中解脱，眼睁睁地看着人头朝着自己飞来。

但是一个巨大的身影拦在了钟富和黄溪面前，伸出双臂把钟富和黄溪的身体揽住，五颗人头吸附到了身影的后背上。

秦晓敏人头上的两张脸，一张对着钟富和黄溪，还是那张痴呆状的女孩模样，而她的后脑勺显露出了靛蓝色狰狞的面孔，秦晓敏的双臂骨节翻转，后背变为前身，五颗人头依次从上到下咬在她的身上。秦晓敏两手各自抓了一颗人头，相互碰撞，两颗人头顿时粉碎。

牛扎坪上的徐云风在瑟瑟发抖，他感受他人痛苦的本能回来了，钟宝、钟贵、钟平三人死前的恐惧和勇气都一一传达到了他的身体之中。

当然还有黄溪的震惊和钟富撕心裂肺的痛楚。

徐云风泪流满面，双拳紧握。这个亏欠，沉重地压在了他的身上，即便是他有心理准备，但真的到了这一步，他仍旧觉得是因为自己的无能，才导致了钟家人的死亡。

可是他不能走，他要把开山拔起来。

徐云风等不了了，双手握住开山宝剑的剑柄，用尽全力，可是全身的骨节咔咔作响，也不能拉起开山半分。

临死的绝望感又来了，这次是钟富。

徐云风的双手虎口崩裂，鲜血流淌到了开山宝剑的剑柄上，又流淌到了石头表面。

“我他妈的为什么拔不起来！”徐云风对着自己大骂，“我怎么这么没用！”

开山宝剑纹丝不动，徐云风的手腕脱臼，颓然地坐在地上。

我给你一个生活，或者让你做一个过阴人，你和你的朋友，慢慢成长，最终联手对付张元天，你会收一个黄家的徒弟，你的兄弟王八，会收一个荆州的世家子弟，你们诡道会传承下去。还有，你在日本的那个女朋友也会回到你身边……你即将面临的一切灾难都会避免。

徐云风想起当年孙拂尘对自己说的那句话，当时他是有选择的，可是他拒绝了。钟家几个兄弟的死亡，只是让他清晰地认识到了这件事情的最终走向。

这的确是个轮回，甚至残酷到了孙拂尘都不愿意承受的地步。可是徐云风即便是拒绝了孙拂尘的恳求，也无法做到置身事外。孙拂尘的层面有孙拂尘看到的残酷，徐云风拒绝接受，宁愿做一个睁眼瞎，那么他便只会看到自己所处位置的残酷。

即便徐云风不想看到一拨拨的术士走向灭亡，放弃了孙拂尘留给他的位置，他也跑不掉。好，既然你不愿意看孙拂尘要看到的轮回，那么就看着身边的人一个个地走向灭亡，你接受不了大的慈悲，那么就要去承受身边最亲近的人离去。

钟家兄弟和黄溪已经让徐云风知道了，这个代价才刚刚开始，他最亲近的人，王鲲鹏、方浊，已经深陷其中，也逃不过这个命运。他看着面前手中的开山宝剑，是的，这把宝剑，命中注定要由开山派的后人、天生神力的方浊拔出来。方浊肯定是走不了了，这不是张元天放不放过方浊的问题，是逃不掉的命运，在自己出生之前就决定好的。所有当时在世和未出生的人，只是填补这些位置的人选而已，每个人都要进来，只是刚好就是他们合适。

而徐云风本来就应该是一个被抹掉的人，不应该出现在世界上的人都被拉了回来，卷入这个一次又一次的轮回。

不该出现的人和事情，都要走向毁灭。

当王鲲鹏看到方浊和寻蝉走到自己面前的时候，他的想法也是和徐云风一样，内心明确地知道了这个无法避免的结局。

王鲲鹏看着方浊快步地走向自己，他想避开方浊的眼光，但是做不到，既然方浊决心要来，他就知道，方浊绝对不会再离开。

王鲲鹏又看向寻蝉，他立刻知道了，寻蝉是来看热闹的，寻蝉要亲眼看着自己失败，看着自己维护的孙六壬的一切都走向崩溃。或者还有其他的理由，比如在关键的时刻，寻蝉会反戈一击，把自己所有的布置都推向反面。

这种事情不是第一次发生了，当年老严就是这么对付张元天的。

但是至少有方浊陪着自己，这就够了。王鲲鹏压抑心中的忌惮，轻轻地拍了拍方浊的后背，然后对寻蝉说："你们还是过来了。"

"应该的。"寻蝉说完，就止口不言。

她的城府不深，王鲲鹏心里十分侥幸，还好，事情还没有那么糟糕。王鲲鹏已经在思考，如何在关键的时刻，既不伤及寻蝉，又能让寻蝉和方浊全身而退。

徐云风感受到了黄溪的绝望，钟富濒死的痛苦已经结束了。钟家的兄弟死了四个，看来他们留下了一个来延续家族。换作自己，也会做出一样的选择，而且是唯一的选择。

飞头降的詹森是黑苗顶王的后代，他们掌握着钟家最大的弱点。

钟家的兄弟在詹森面前无法施展出犁头巫家的所有本领，是因为詹森把钟家水下道观还没有超度完的冤魂都带到了龙舟坪。这些冤魂被放出来之后，只做了一件事情，就是蜂拥而上把钟家后代死死抱住，封印他们的法术，让钟家一身的本事都无法施展出来。

现在钟富全身的血液也干涸了，成了一具干尸。他的手中握着一把镰刀，两颗人头被劈成了四瓣，脑浆洒在地上。当年死在钟秉钧滚钩法术之下的冤魂数以百计，一排一排地慢慢走入了水中。他们离开了钟家水中的道观之后，报复了钟家的四个兄弟，仇恨还没有完结，他们要进入长江，回溯到巫山，去寻找钟安。不过钟安在没有外敌的情况下，即便是会被他们纠缠，也有办法对付他们。这就是钟安的事情了，他已经脱阵，会有办法解决。钟家不会断绝血脉。

黄溪和秦晓敏并排站在一起，还有最后一颗人头，也就是属于詹森的那一颗。

詹森的人头已经在秦晓敏的身体上咬出了十几个血口，但意外的是，秦晓敏的伤口在片刻之后就开始恢复，他无论怎样都吸不干秦晓敏的血液。

这不是秦晓敏人傀自己的本事，这是徐云风留在秦晓敏身上的定魂珠起了作用。真大派鹿真道的定魂珠，让秦晓敏拥有无穷尽的恢复能力。

秦晓敏的力量已经减弱了很多，黄溪等着詹森最后的攻击。詹森和秦晓敏打斗了很久，几乎是一天一夜，直到最后一次，天边有了光明，浓雾散尽了。黄溪在思考，难道詹森还要再等一天?

这个推测立即被否定。

詹森又出现了，这次却并非是以飞头降的形态出现。詹森的人头回到了他的身体上，一步步走到黄溪和秦晓敏的面前。

黄溪等到了太阳升起，钟家兄弟和秦晓敏争取的时间，就是让黄溪在天亮的时候，对付詹森。

詹森并非不可挫败，他的飞头降有个最大的弱点，只有黄溪能把握。

只要逼着詹森再次人头脱离，翻天印就能引导阳光，将詹森的身体烧毁。

“有件事情，我们可能都想错了。”王鲲鹏在七眼泉上对方浊说，“我们其实是有回旋的余地的。”

“现在说这些有什么用呢。”方浊回答，“已经到了这一步了，哪里还有退路。”

“我和你都是老严安排的人手，”王鲲鹏说，“所以我们的每一步，都是按照老严的方式去执行，我们一直不知道的是，当年研究所的张家岭说还有一个能解决所有困局的办法。”

“严师叔从来没有说过这件事情，他也从来没有提起过你说的张家岭。”寻蝉盯着王鲲鹏，“你是在后悔你的所作所为吗？”

“研究所是瞒不住‘两张一严’的，张家岭把这个秘密说给我了。”王鲲鹏说，“如果老严在之前提起过，以他的作为，我相信张家岭说的话会是无稽之谈，但是老严一直对这件事守口如瓶，甚至整个研究所都对张家岭和张红玉两人讳莫如深，这么看来，三铜的说法，还是有道理的。”

“三铜？”方浊和寻蝉同时问。

“是的，张家岭说的就是三铜，”王鲲鹏说，“他说三铜齐聚，就能破局。”

“三铜齐聚，能挽回我师父的命吗？”寻蝉问，“严师叔当年为什么不去找三铜？”

“老严有他的担忧吧，”王鲲鹏说，“三铜的事情，我肯定是想不通了，要由能想明白的人去思考。”

“到了这个节骨眼上，你莫名其妙地说起什么三铜来，”寻蝉哼了一声，“是想转移什么视线吗？”

“铜炉、铜鼎、铜镜。”王鲲鹏把铜炉拿了出来，“铜镜在黄坤手上，我们还缺一个铜鼎。”

在寻蝉的眼里，这个铜炉普普通通，毫无奇特的地方。方浊把手伸出来，铜炉在方浊的面前悬空飘浮。铜炉翻转了很多圈，方浊说话了：“里面有东西，但我看不到。那东西很奇怪，跟我们的世界里接触到的所有事情都不一样。”

“去问徐云风吧，”王鲲鹏看着寻蝉，“只有他了。”

“我哪里都不去，”寻蝉坚持说，“就在这里看着你们被张元天击败。”

“好吧，”王鲲鹏点头，“你们记得这件事情就行。”

方浊把铜炉还给了王鲲鹏，寻蝉走到红水阵的边缘处，悠闲地坐下来。三人之间已经有了巨大的隔阂，方浊也不知道该说什么，几个人全部都保持着静默。

“钟家完了。”王鲲鹏沉默了很久，自言自语地说，“疯子也没有办法。”

龙舟坪的半岛上，黄溪和詹森两人相距很近。詹森是个哑巴，黄溪身后站立着化作人傀的秦晓敏。黄溪看见詹森的视线绕过了自己的头顶，落在秦晓敏的身上。

钟家的傀儡术养出了两个人傀，詹森作为黑苗的传人，如果要得到傀儡术，就必须先把钟家人全数杀掉。詹森要剪灭钟家的理由，在常人看来是无法理喻的，这个面对过各种极端环境的巫师，他的思维方式根本就不能被普通人理解。

太阳完全升起，昨晚飘浮在龙舟坪的最后一丝雾气都消散在空气之中。

詹森举起手，似乎在召唤秦晓敏。人傀受到了詹森的引诱，喉咙里不再发出低嚎，黄溪本能地知道这并非一个好的兆头。

他的眼睛看着詹森的脖子，飞头降降师无论修炼到了多么高深的地步，脖子上都会现出一点点的红色疤痕。

黄溪的身体猛地向詹森冲过去，要趁着飞头降出现之前，把手中一截尖锐的竹子插入詹森的胸口。

詹森的身体没有躲避，竹子从他的前胸贯入，直通后背，可是黄溪没有看到任何鲜血流出来。黄溪没有想到，即便不使用飞头降，詹森的巫术也不弱于天下其他的术士。

黄溪的胸口突然一阵剧痛，这才发现自己前胸被竹子贯入，他看不见自己的后背，但是立即明白竹尖已经把自己的身体贯穿，就跟詹森的一模一样。

黄溪的力量迅速地流失，他的时间不多了。终于，他找到了詹森脖子上的那一道红色的伤痕，迅速把匕首搁在了詹森的脖子上，但是冰冷的刀刃掠过脖子的疼痛在黄溪的脖子上感受得清清楚楚。

黄溪立即停止了挥动匕首。

詹森轻蔑地看了黄溪一眼，然后伸手摸到了秦晓敏的肩膀。秦晓敏瞬间变成了小女孩的模样，一脸痴呆，目光呆滞。詹森的眼睛露出了热切的光芒。

黄溪的身体无法再支持下去，双膝跪倒，眼睁睁地看着詹森走到秦晓敏跟前，蹲了下来。黄溪绝望地看着秦晓敏伏到了詹森的背上。人傀害怕飞头降，但是对普通人形态的詹森没有任何的敌意。

天璇和摇光输了，七星阵法破了，导致的后果就是詹森把这个星位占据……而且不止詹森，还有那些已经接近，但是还没有出现的术士高手，他们会跟饿狼一样集聚在龙舟坪，从阵法的内部，将徐云风撕扯成碎片。

徐云风无法控制七星阵法的后果，就是邓瞳和黄坤也无法再控制冉遗，冉遗会进入到长江，然后在长江里找到赑屃和傲天，而赑屃和傲天被找到的后果：

刻着棋盘的铁板将会出现在张元天的视线里。

詹森和鬼街的四个厉鬼，还有其他的几个术士高手，以及当年的漏网之鱼，他们明白这一切的缘由，会用一切的手段和力量来反抗。

黄溪在生命流失的瞬间，把一切都想得很明白。他眼前开始模糊起来，看着詹森背着秦晓敏，一步步地走向了清江。内心里，他不能接受七星阵法的溃败竟然从自己开始。他很希望一切还有转机，希望能够出现奇迹，有一个帮手能够从天而降，阻拦詹森。黄溪的内心无比地期望这个奇迹。

奇迹真的发生了，黄溪的嘴角露出了微笑。秦晓敏只会让一个人背着自己去任何地方，那个人绝不是詹森，而是徐云风。

詹森背后的秦晓敏重新变回了人傀的模样，身体上的毛发和鳞甲全部竖立。

秦晓敏的身体再次暴长，她站在水中，一把将詹森举了起来。詹森和秦晓敏在清江的浅水区厮打拼斗。双方在短时间无法分出胜败。

黄溪知道自己该怎么做了。

匕首还在他的手上，还有最后一口力气，全部灌入到自己的手臂。黄溪手中的匕首，狠狠地割向了自己的脖颈。

詹森突然意识到了什么，他转头看着黄溪，完全不能相信黄溪会做出这样的事情。

又一个。

徐云风心若死灰，他能感受到黄溪身体的痛苦，但是这个痛苦已经终结。徐云风的眼前是一片黑暗。

詹森愣了片刻，就这么一个迟疑，他的头发被秦晓敏拽起来，然后腰身被秦晓敏另一只手狠狠地拉住。

詹森脖子上细微的红线立即变成了一道巨大的伤口，跟黄溪脖子上的伤口一模一样。伤口在秦晓敏的拉扯之下，顺着红线裂开，人头被拉扯开来。

詹森并不惶急，飞头降是人傀的克星。詹森的人头咬住了秦晓敏的脖颈，秦晓敏动脉的血液被人头吸吮。

定魂珠发挥了作用，秦晓敏的身体源源不断地补充血液精气，带着詹森的人头在清江里翻滚。

而詹森没有头部的身体，呆呆地站立在浅浅的江水里。

陈秋凌捧着翻天印，从钟家兄弟还有黄溪的尸体边走过。这本来是一个让女孩惊吓到晕厥的场面，但是陈秋凌不会，她从小就跟着一个鬼魂长大。她也不害怕那具没有头部的身躯，她曾经和尸体洞房了一夜。

陈秋凌走到了无头的尸体旁，把翻天印举了起来，阳光被翻天印吸引，如同被凸面镜聚集一样，照射在无头身躯之上。

无头身躯冒出了猛烈的火焰。

詹森的人头在水中冒出来，发出一声巨大的嚎叫，旋即被秦晓敏揉成了肉泥。

詹森也走到了命运的尽头，东南亚再也不会有詹森这样高明的降师了，事情的真相如同一张狰狞的大口，把术士一个个地吞噬进去。

同断武、詹森，接下来还有谁，开阳和天枢的那四个厉鬼，然后呢，就该轮到徐云风、王鲲鹏、方浊，可能还有张元天……

陈秋凌要做的事情完结了，她把翻天印小心翼翼地收入怀里，然后把钟富、钟贵、钟平、钟宝、黄溪，还有双头婴儿的尸体，一一搬到了岸边的小船上，和万永武的尸体堆在一起。

这是一个体力活，陈秋凌花了很长时间，脸颊赤红，气喘吁吁。整个过程陈秋凌都没有说话，最后，她将柴草堆放到了小船之上。

陈秋凌点燃了小船，然后退到了岸上，看着小船里的火焰越来越猛烈，江水下的黑色水鬼在水中飞速游荡，绕着火船发出兴奋的笑声。

陈秋凌转身，拉着秦晓敏的手，离开了龙舟坪的这个半岛，走到了南岸。

七星阵法里的天璇和摇光运转，就此而止。

七星阵法天璇和摇光已经牢牢固定。徐云风布置的阵法，死门关闭。钟家和黄家没有辜负使命，维护了西南术士世家的尊严。

他们的确是付出了巨大的代价，但是这个过程早就不是第一次了，从古至今的术士门派和家族，都会在某些时刻坚守最后的尊严。

三峡地区所有的端公在得到消息之后，全部在自己的胳膊上戴了一个黑色的袖筒。

钟家不会断绝，他们的后人要等到在下一次的劫难时再做出选择，但是这已经是很遥远的未来，这一代人看不到，也许在多少年后，钟家四个兄弟的赴死，会成为钟家后人奋起强盛的标杆。

徐云风手中的七星阵法，天玑仍旧在移动中，黄坤和邓瞳还在努力。何重黎与宋银花仍旧在跟四个厉鬼对峙，阵法即将完成王鲲鹏布置的使命。

而徐云风还没有任何的办法能将开山宝剑拔出来。

王鲲鹏已经不再关心七星阵法，他的对头要来了，但是这个对头来之前，他会有一个帮手过来，就是那个怎么都跑不掉的老道士：方浊的父亲，开山派的传人，当年差点成为道教协会会长的马接舆。

马接舆必须得来，没有他，王鲲鹏对即将来临的对手并不了解。

同断武来自东方，詹森来自南洋。王鲲鹏要面对的对手，来自北方苦寒之地。

萨满的巫师也要来凑这个热闹了。

对于马接舆来说，论私，方浊在王鲲鹏身边；论公，他这辈子最大的责任，就是抵抗北方萨满巫师进入中原。

马接舆自己知道他跑不了，他必须要回来，只是这次他的身份变了，从破阵者，变成了守阵人。

王鲲鹏、方浊、寻蝉三人在七眼泉上与马接舆会合。

王鲲鹏是胸有成竹，虽然这是他第一次见到马接舆。方浊和寻蝉已经和马接舆见过一次，也并不惊喜。

马接舆看到王鲲鹏第一句话就是："你知道怎么对付萨满的巫师吗？"

王鲲鹏摇头："兵来将挡水来土掩，我有红水阵。"

"看来我没来错，你果然没有办法。"马接舆说，"我跟他们打了半辈子交道，交手无数。"

"多谢前辈了。"王鲲鹏拱手。

"张家岭呢？"马接舆问。

"走了。"王鲲鹏说，"没他们什么事情了。"

"我猜不会。"马接舆说，"他们怎么会在这种时候离开。"

"那你说他们现在会去什么地方？"

两人都不说话了，都意识到了老严和张家岭会去哪里。

以张家岭的为人，他要去找一个人询问三铜齐聚到底会发生什么，三铜到底如何而来。而这个答案，只有一个人能告诉他，也就是王鲲鹏说过的人——徐云风。

这个问题不用方浊和寻蝉去询问徐云风了，张家岭等了这么多年，当然要问个究竟。

"没看到东西，凭几句话，我回答不上来。"牛扎坪上的徐云风虚弱地对老严说，"别问我了。我他妈的不想看见你。"

"这很重要，"张家岭看着徐云风，"难道你自己一点都不好奇吗？"

"你又是谁？"徐云风不认识张家岭。他对老严都没有任何尊敬，当然不会把张家岭放在眼里。

张家岭和老严相互对视了一下，老严是知道的，这人的脾气比王鲲鹏更加古怪，可是张家岭却没有见识过。

更何况徐云风心情低落，一肚子对钟家和黄溪的愧疚，看到了老严，哪里还有什么好话说出来。

张家岭这辈子受人敬仰惯了，就算是在大青山下被老严软禁，大青山的工作人员也是对他以礼相待，从没有被人这么无视过。

张家岭气得胸口起伏，他看了看身边四周，掰了一根茅草，然后插在脚下的泥土里。踮脚站上去，茅草很轻，被山顶的风吹得不断晃动，而张家岭的身体却在草上纹丝不动。

徐云风也把张家岭和老严都戏弄够了，才开口说："你们谁拿过铜炉？"

"都拿过，"老严回答，"不过我拿的时间更长一点。"

老严刚说完话，脑袋里就不断地显现出铜炉的样子。他待在暗室里这么多年，每天看着铜炉研究，后来担心铜炉被人发现，带着铜炉到处隐藏，最后藏到了万寿宝塔……他所有跟铜炉有关的记忆，在瞬间都浮现出来。

老严心神恍惚一阵，立即又恢复往常。他看见徐云风正在闭着眼睛思考，过了很久，徐云风才张口说话，但不再是刚才的那种玩世不恭的表情，而是语气凝重："铜炉里有个东西，很古怪，不属于我们的世界。"

老严和张家岭相互对视，然后问徐云风到底是什么情况。

徐云风叹口气："这东西可能真的有很大用处，可惜晚了，现在才把这个东西拿出来，对我们没有什么帮助了，就算是把铜炉拿到手上，也不够，至少还需要两个铜炉，才能做到。天下这么大，到哪里再去寻找其他两个。"

张家岭脚下的茅草顿时折断，本来他对徐云风并不太瞧得起，但碍于老严对徐云风的忌惮，自己又被王鲲鹏折辱过，他不敢再造次。现在徐云风说了这句话，张家岭至少明白，徐云风即便是法术不如王鲲鹏，他的见识和眼界，却远非术士可比。

“还有两个，铜镜和铜鼎。”张家岭热切地说，“铜镜在黄坤那里，铜鼎在大青山的地下深处。”

“那就真的来不及了。”徐云风说，“等掏出铜鼎来，已经没人能使唤这三个东西了。”

张家岭心若死灰，他能明白徐云风说的意思。老严对张家岭说：“我说过，这办法行不通，风险太大。能放心由面前的这个人来做吗？还是把这件事留给后人吧。”

“时间和机会都被你浪费了。”张家岭无奈地说，“还能怎样。”

“你们的话说完了吗？”徐云风摆手，“不送了。”

“我们来问你这件事情，并非是空手来的。”张家岭说，“你面前的开山宝剑，得有人拔出来。”

“方浊已经走了。”徐云风说，“这个我得自己想办法。”

“不用了，”张家岭回答，“方浊的父亲跟我是朋友。”

老严插嘴说：“方浊这丫头也没走，在七眼泉。”

徐云风苦笑：“看来是真的要赶尽杀绝。”

附 篇

天地金木水火土，
在人心肝脾肺肾。
五声宫商角徵羽，
凤凰梧桐树上唱。
东西南北中五方，
各就其位各守神。
奇妙出游在云霄，
忽然心中灵机动，
撮来黄泥捏泥人。
捏完男来又捏女，
泥人相貌好端正。

2009.01.13

佳利大厦，位于市中心最繁华的汉河路。

金仲和金离两人从公交车上下来，金离牵着金仲的衣服下摆，生怕在车水马龙的街道上走丢。

两人行走到佳利大厦的下方，看见大厦的入口处放着一个红色的招牌：

新人曹小飞尹丽丽新婚快乐百年好合

招牌的上方画着一个大大的箭头，也写了一行提示：请来宾移步到十八楼红阳天餐厅。

金仲仔细地看了看这个婚礼海报，又确认了一下佳利大厦的名字，然后带着金离走进大厅，来到电梯前，按了“18”，电梯门开了，金仲和金离走进去。

电梯飞快地上升，在电梯间里，金离突然问金仲：“叔叔，我们不是来吃喜糖吗？为什么我听见有人在哭。”

金仲闭上眼睛，然后回答：“哭声在下面，跟我们不相干。”

“哦。”金离不再说话，两人沉默起来。

电梯到了十八楼，门开了，两人走出电梯。餐厅的大堂布置得花团锦簇，到处悬挂着气球。几十张餐桌上摆满了菜肴，所有宾客都安静地坐在桌边，没有一个人说话。

金仲和金离在餐厅的入口站定，入口处摆着一张桌子，桌子后一个收礼金的知客站起来，对着金仲问：“请问是男方亲戚，还是女方的亲戚？”

金仲说：“都不是，我们是来唱歌的。”

知客立即热情地说：“原来是金师父，等你很久了。”然后指着摆在大厅尽头的气球拱门说，“新人就要行礼了，就等着您呢。”

金仲拱拱手，然后和金离两人一前一后走向大厅的尽头。大厅里的餐桌分列两旁，中间铺着一条长长的红地毯。金仲和金离两人慢慢走过，两旁的宾客都茫然地看着他们。

整个婚礼现场虽然摆设非常奢华，却没有任何人喧闹。

金仲和金离两人走过拱门之后，来到了一个小小的舞台上。一个五十岁左右的司仪看见金仲和金离走过来，伸手向旁边示意，那里有两个凳子，一高一矮。金仲和金离坐了上去。金仲拿出一个小鼓，递给金离，金离端在面前，轻轻敲了两下。金仲向司仪点点头，司仪开始拿起麦克风，对着大厅里所有的宾客开始说起来："各位亲朋好友，大家好！"

司仪说完，歇了歇，看着金仲，金离立即开始唱起来：

男女泥人成夫妻。
子孙世世代代传。
此是前缘与后因。
对着泥人吹口气，
要使泥人化原形。
化成一个土珠子，
珠子落在地上滚，
滚来滚去又变人。
取名就叫白丸子，
日后世间有土神。
昆仑山上碧瑶池，
碧瑶池中生青莲。
青莲生出莲蓬子，
莲蓬里边九火蛇，
火蛇口中吐火焰，
照得山上放光明。
天崩地裂混沌破，
灭天之时劫逃过，
孕化万物传人苗。

金离把这句话唱完，司仪继续说：“今天是公元2009年的1月13日，农历腊月十八。在这喜庆之日，我们一同欢聚，为曹小飞先生和尹丽丽女士举行新婚庆典。”

司仪说完，又停顿一会儿，所有的宾客都开始鼓掌。鼓掌声只持续了几秒钟，就很快停止。司仪继续机械地说：“我宣布，曹小飞先生和尹丽丽女士的结婚仪式正式开始，有请今天的王子和公主，我们的新郎和新娘入场！”

音乐在婚礼上响起。金离不用金仲提醒，继续唱起来：

阴阳交媾二气化，
才使万物来赋形。
但见青龙山顶上，
五棵古树自成林，
五色花朵满树开，
枝叶茂密树皮青。

大厅的前方，两位老人走了过来，每位老人的胸前都抱着一个相框。相框里分别是一个年轻的小伙子，和一个漂亮的女孩。

两个老人慢慢走在红地毯上，两旁的宾客都站立起来，沉默地看着老人。司仪非常尴尬，看来他也是第一次主持这么诡异的婚礼。当两个老人端着相框走到了舞台上，司仪才猛然醒悟，对旁边的人说：“放礼花。”

两个小伙子，立即把手中的花筒拉开，砰的一声，五彩的纸屑在空中飞舞。金离被响声吓了一跳，歌声中断。

司仪走到两位老人跟前，接过了两个相框，摆在舞台的桌子上，硬着头皮继续干巴巴地说起来：“这一刻，意味着两个相爱的人步入了神圣的婚姻殿堂。他们在今后的日子里，在黄泉之下，要相濡以沫、携手到永远……”

所有宾客都再次鼓掌，但是每个人都面无表情。司仪指着相框，对众人说：“现在我要介绍一下新人，这位尹丽丽女士，她是一位来自武昌的才女；而站在新娘旁边的这位英俊潇洒、儒雅挺拔的帅小伙就是咱们今天的新郎曹小飞先生，他是一位建筑工程师。相信我们在场的每一位都会和我一样有这样的感觉，他们俩在一起，那真是天生的一对，地造的一双……”

金离看着所有人，眼神开始呆滞。金仲走到金离的身后，用黑色的布带，把金离的眼睛蒙起来。

司仪对金仲说：“现在我们有请金师父，给两位新人证婚。”

金仲走到了桌前，对着相框简短地说：“现在我宣布曹小飞和尹丽丽两人正式成为夫妻。”说完，立即退到了原来的位置，继续看着所有人。

司仪见金仲并不啰嗦，也就不长篇累牍，立即说：“新人交换戒指。”

金仲把舞台后方的背景幕布扯下，露出了两口棺材，棺材并没有盖上盖板，两具尸体平躺在棺材里。就是相片里的新郎和新娘的真身。

金仲和司仪两人，分别把两具尸体从棺材里抬起来。金仲捏起新娘的手指，司仪把一个铜环戒指套到了新娘的手指上。金仲也如法炮制，把一个铁环戒指套到了新郎的手指。

司仪身体在发抖，他就要坚持不下去了，定了定神，然后勉强接着说：“朋友们，让我们由衷祝愿两位新人，爱情恒久远，两心永相伴。”

金仲不耐烦地说：“不用了，行礼吧。”

司仪立即大声对着两具尸体说起来：“接下来有请我们的二位新人在所有来宾面前，一拜天，二拜地，夫妻对拜。”

两具尸体在金仲的驱使下，分别弯腰拜了天地。

司仪长长叹了一口气，对着金仲说："金师父，可以结束了吗？"

"可以了。"金仲漠然地回答，"结束了，全部结束了。"

金离听见金仲说全部结束了，于是把脸上的黑色布带扯下来，金仲想去阻止，但是已经来不及了。

金离看到了眼前的一切，嘴里大声地叫喊："火，好大的火……"

婚礼的气球全部炸裂，所有的装饰都燃烧起来，地面上的红色地毯也开始燃烧，所有的座椅都冒出火来。

金离看着婚礼上的所有宾客全部变成被烧成木炭的尸体，大声地哭喊起来。

司仪身体瘫软，向后退去，一脚踩空，坐在地上。

金仲把司仪扶起来："温老板，结束了。"

水有源，歌有由，
句句丧歌都有头。
歌师得知天地事，
现在我来唱一出。
要讲清，说不完，
一担烟来一口茶。
众妙之门玄又玄。
下至息壤上九天，
问神仙，说黑暗。
或问日月怎明暗？
无边混沌多少年？
才有泥人出世间。
鸿钧老祖传混沌，
混沌传盘古，

千秋万代往后传。
上走黄河九曲湾，
下走长江青龙滩。
八方六合任我走，
歌鼓场上乐悠悠。
我问青松何时老?
白云问我几时闲?
我问长江翻何浪?
长江问我哭何人?
叹得人生多渺茫，
难比青山不老松。
我在这里唱一首，
歌师，歌兄，歌弟，歌朋友。
一场丧歌起个头，
好比长江滚滚流。

2010.02.02.03:35

凌晨三点多了，金仲和金离两人在黑夜里慢慢行走。

金离的脚崴了一下，但是没有吭声。金仲过了一会儿才发现，金离走路有点瘸，并且速度比刚才慢了一点。

“我们得走快点。”金仲的声音几乎没有起伏，“再过三个多小时，天就亮了。”

金离“嗯”了一声，加快脚步，金仲立即发现了金离的脚踝已经受伤。

金仲把金离的裤脚卷起来，发现金离的脚踝肿得厉害。于是蹲在金离的身前，金离伏在金仲的背上，金仲站起身，继续行走。

前一个晚上，两人在当阳清溪给人做了法事，白天休息了一天，晚上九点才开始赶路，现在走到了荆门后港境内。金仲背着金离走到了一片荒草地里，荒草长着一片芦苇，而芦苇生长在长湖的边缘。

金仲把金离放到地下，两人看着黑夜里茫茫的长湖，长湖对岸有零星的点点火光。

“是鬼火吗？”金离轻声问。

金仲用随身的膏药把金离的脚踝敷上：“是电鱼的人在打手电。”

“哦。”金离忍着疼痛，继续看着湖面。

金仲又把金离背起来在芦苇荡里行走，脚下的湖水漫过了他的膝盖。当湖水淹没到金仲大腿的时候，一只小船从芦苇荡里显露出来。

金仲把金离放到船上，然后自己爬上来摇动桨橹，小船立即从芦苇荡里穿出，破开水面和浓浓的夜色，滑行到了长湖的湖面上。除了金仲手中的木桨划动湖水的声音，几乎无声无息。

船行驶到了一片水域，几根竹竿从水面上伸出来，竹竿之间拉着渔网，这是承包渔场的分界线。

金仲慢慢靠近一根竹竿，然后弯腰伸手，摸到一个漂浮在水面上的圆球鱼漂，接着两手轮换，把鱼漂下的线绳往上拉，不一会儿拉出了一个鱼篓。

金仲把鱼篓抱到船上，稳稳地放平，然后伸手在鱼篓里掏了一会儿，手再伸出来的时候，满手都是密密麻麻的蚂蟥。金离并没有慌张，而是从金仲的手臂上扯下一条条的蚂蟥，都放在自己的手臂上。

蚂蟥在金仲的皮肤上吸附得很紧，金离费了好大的劲才完成。

蚂蟥瞬间在金离的手臂上暴长，隔了很久，金仲才将随身的一块肥皂在湖水里浸湿，手指沾着肥皂泡，依次点在蚂蟥的身体上，蚂蟥受了刺激，松开了金离的手臂，金仲用手全部接住。

然后，金仲从怀里掏出一块满是细微孔洞的石头，把蚂蟥都放在了石头之上。所有的蚂蟥都紧贴石面。

金离的手臂早已鲜血淋漓，于是他将手臂放入湖水中晃荡了一下，然后把衣袖扯下来遮住。

金仲点燃了一支香，小船上烟雾袅绕。蚂蟥对烟雾十分敏感，身体扭动，纷纷把鲜血吐了出来。

石头吸附了蚂蟥吐出的鲜血，即便是在黑暗中，也能看得出变成了血红色。

蚂蟥吐血之后，身体扭动几下，都僵直起来。金仲把所有的蚂蟥都扔到了湖水中，然后捧起血红色的石头。

金离问："师父，这是最后一个了吗？"

"是最后一个了。"金仲回答，然后把石头放入鱼篓，剪断了鱼篓上的绳索，小心翼翼地把鱼篓放入水中，石头的重量压着鱼篓渐渐沉没。

"八十八块，"金离说，"我点了数的。"

"是的，"金仲说，"就是八十八块。"然后继续划桨，渔船向湖心驶去。

"现在能告诉我为什么要这么做了吗？"金离问，"你一共烧了八十八块这种石头，用了两年的时间，各种吸血的虫子都试过了。"

金仲看了看金离满是细微伤口的手臂，现在还在渗血，用衣袖帮他把血擦拭干净。

"结束了。"金仲说，"欠的债都还了。"

这两年的时间里，金仲用蚂蟥，用牛蚊子（牛虻），用蝙蝠，用各种吸血的动物在金离的手臂上吸血，然后再涂到这种满是细微孔洞的泡石上，石头吸入了鲜血，就埋在田地里，扔到井水中，放到树洞里，沉进湖里。

船行到了长湖的中央，后港镇的玻璃厂灯火通明。金仲停止摇桨，小船漂浮在水面上静止不动。

金仲坐在船头，点燃一支烟，开始慢慢抽起来。抽完之后，金仲又咳嗽了很长一段时间。

咳嗽声停止后，金仲向金离招了招手。

金离走到金仲的跟前。

金仲指着船舷边：“跪下来。”

金离照做了。金仲说：“我们诡道曾经有一个人，做了错事。害了八十八具尸体，现在你已经帮他把他作的孽都还清了。”

“一块石头就是一个？”

“嗯，”金仲说，“那个人死了，但是他生前做的这件坏事，让你师爷无法原谅，于是你师爷让我把他的骨灰撒在湖水里……就是我们现在的位置。”

金离跪在船舷边，看着黑色的湖水：“他犯了什么错？”

“他用了一种方式，消磨自己的阳气，让自己成为纯阴之体，”金仲慢慢地说，“他需要找一百具尸体，结果还差十二具的时候，被你的师叔祖抓到。”

“消磨阳气入阴，”金离眼睛仍旧看着湖水，“这不是我们诡道的法术吗？祖师爷的听弦也是这么练出来的。”

“那个人的路数不一样，”金仲说，“他从小喜欢扮女人唱戏，时间久了，他琢磨出了一种捷径……他就是太喜欢唱戏了。”

“骨灰撒在水里，”金离说，“不得入地，魂魄散尽，无论他犯了什么错，这个惩罚也够严厉了。”

“所以，”金仲说，“你要记住，不能错一步，错了就回不了头。”

“有师父管着我，”金离说，“我怎么会犯错。”

这句话说完之后，金仲和金离两人都陷入沉默。金仲一直在咳嗽，开始以为是受了风寒，神棍治不好他——他自己就是一个厉害的神棍。去中心医院检查的时候，医生给他判了死刑——肺癌已经到了晚期。

时日无多，金离虽然年纪不大，但是他一年之内参加的葬礼，比普通人两辈子都多。金离知道金仲没多少时间了。

“我记住师父的话了。”金离点头。

“你十七岁了，”金仲说，“千万不要学我们诡道里的一些不能触碰的法术。”

“我知道，”金离回答，“一些书册里的法术，你都用墨水涂掉了。”

“好，”金仲说，“刚才我说的那个人，是我的师兄。当年他做了错事，被师叔祖清理门户，然后判了刑，被关进监狱，最后死在了沙洋农场——我带你去过。”

“我记得。”金离回答。

金仲说：“他的名字叫楚大。”

“这名字是祖师爷起的吗？”

“是的，”金仲解释，“他小时候跟着父母从河南过来讨饭，被你祖师爷看见了，收留了他，他不知道自己的名字，只知道自己父母叫自己老大，知道自己姓楚，你祖师爷就干脆叫他楚大。”

“我知道了。”

“楚大小时候就喜欢扮女人唱戏，”金仲说，“无论是哪个村子搭台子，无论多远，他都会去看戏。到了十七岁，跟你这么大的时候，有一个河南的草台豫剧班子过来，在我们村子附近唱了两天的戏，草台班子离开后，我和你祖师爷才发现，楚大离开了。”

“你们找过他没有？”金离问道。

“师父很生气，因为他带走了一本秘籍，那本秘籍是师父绝不让我们触碰的书。”金仲自言自语，“我当时哭了很久，因为师兄对我很好，每当我被人欺负之后，都是他去替我出头，可是每次都被别人的父母耻笑，说他是阴阳人。我们一直很穷，没什么吃的，他在别人的菜园子里偷红苕和土豆，都给我烤了吃，他为这些事情挨了不少打。”

金离没有说话了，继续看着湖水。

金仲继续说："又过了几年，也许是十年吧，他回来了。可是他不敢见我们的师父，他偷了师父的秘籍，没脸见师父。他告诉我，他已经修炼了一种入阴的法术，现在只差最后一步了，完成最后一步之后，他就是天下最厉害的入阴术士。"

金离说："那个法术，就是他要做的错事吧。"

"是的。"金仲点头。

金仲说："可是他身边带了一个不到一岁的小孩子，说自己没脸见师父，但是希望师父能看在师徒的情分上，收留他的儿子。我说没事的，师父不收，我把你的儿子当自己的儿子养。"

"所以我现在十七岁了，"金离说，"是要改姓，叫楚离了吗？"

金仲看着金离，面色木然："是的，从今日开始，你就改姓，叫楚离。"

金仲和楚离两师徒在船上待到了第二天早上。

楚离对金仲说："我想去看看。"

"看什么？"金仲明知故问。

"过了这么久，"楚离问，"我们还是不能回去吗？"

金仲犹豫了很久："先把你的脚伤养好，才能赶路。"

一个月后，两人回到金旋子在宜城乡下的宅子，宅子已经荒废，很久没有人居住。在金仲的安排下，楚大的徒弟早在三年前结为夫妻，双双去了广东打工，与诡道再也没有任何关系。

金仲把院门推开，然后在院中的一棵槐树树洞里拿出把钥匙，又费了好大的劲，才把已经锈蚀的挂锁打开。

屋内的地面和桌椅家具都积了厚厚的一层灰尘。

金仲和楚离都在这个宅子里长大，对房屋里的一切都十分熟悉。两人草草收拾了房屋，然后回到各自的房间里睡觉。

由于两人昼伏夜出很久，楚离很快就在自己的房间里睡着。一直睡到第二天中午，楚离听见屋外有刨木头的声音，起身走出卧室，来到堂屋，看到堂屋里摆放了一口棺材，但是还只是一个粗坯。

诡道传人的棺材必须要诡道门人亲手做出来，金仲就在自己做棺材，就跟从前金旋子一样。

楚离将刨子从金仲的手里拿过来，继续着金仲的工作。金仲累了，坐在一边的躺椅上看着楚离刨着木头。

当年吕泰死前，是金旋子帮助吕泰打造棺材，金旋子临死前，是金仲替金旋子打造棺材，这些事情都在金仲的回忆里历历在目，现在终于轮到了金仲自己。诡道的传承，就由这些门派传人一代又一代地延续下去，谁也不能例外……

除了那些不守本分的幺房，比如赵一二……

王鲲鹏最后还是承认了诡道的传统，与金仲化解了长幼两房的恩怨，并且让金仲带着楚离离开了那一场恶战，使诡道得以延续。

金仲的脑海里一一掠过王鲲鹏、徐云风这两人的作为。金仲累了，开始打盹，就像当年师父金旋子那样，坐着坐着，就睡着了。

楚离用了十几天，把棺材做好，现在他开始给棺材刷第一遍桐油。房屋弥漫着一股浓烈的桐油味道。

金仲忍不住躺在棺材里睡下，棺材大小刚好合适。金仲闻着熟悉的桐油味道，然后自己把棺材板阖上，只留了一条缝隙，每天晚上他都在棺材里睡觉。

当楚离给棺材涂第二遍桐油的时候，有人来了。

金仲不认识来人，但是认得来人胸前挂着的牌子。那个牌子，他在王鲲鹏的胸前看到过，是老严的研究所的身份牌。

来人十分客气，对着金仲行礼，然后用手摸着楚离身边的棺材：“金师父，我们有事情……”

“为什么方浊不过来？”金仲翻了一下眼皮。

“方所长出国了。”来人解释。

“你又是哪位？”金仲说，“从来没有见过你。”

“我姓张，”来人说，“张艾德。”

“名字听起来很古怪，”金仲说，“谁给你起的？”

“当然是我父母，”张艾德笑起来，“我小时候不在国内，大学毕业了才回来。方所长跟我说起过，有什么事情，我可以来找您。”然后手里拿出一块绿锈斑驳的青铜碎片。

“怪不得。”金仲看着对方，“也谢谢你还记得我们。”

“王抱阳的事迹天下闻名，”张艾德说，“他是我最钦佩的人，诡道门人都是了不起的人物。”

金仲说：“不说这些没用的，方浊的事情，我绝不会推脱。”

“好，”张艾德也爽快地说，“我先自我介绍一下，金师父也知道我们这个研究所是干什么的。”

“当然知道，”金仲哼了一声，“太知道了。”

“有个地质勘测队的人，在野外工作中消失了。”张艾德开门见山，“我们找不到下落。”

“我什么时候变成找人的了？”金仲咳嗽起来。

张艾德安静地等着金仲咳嗽完，才开口说：“他们失踪的地方，有我们无法解释的东西。”

“什么东西？”

“一间房子。”张艾德说，“很蹊跷的房子。”

“在什么地方，远不远？”金仲问，“太远的话，我去不了。”

“不算近。”张艾德说，“但是我怎么可能让您走路。”

“房屋到底在哪里？”

“现在不能透露。”张艾德说，“除非您先答应。”

“那么告诉我房子到底有什么蹊跷。”金仲追问。

“进去的人出不来。”张艾德说，“但是房间里什么都没有。”

“你是说一个空房子，能把人变没了？”金仲的眼神闪烁一下，这个细节被张艾德捕捉到。

“我们在房子里没有发现暗道，也没有发现机关，”张艾德说，“但是如果里面的人在晚上十一点之后还不出来，人就消失了。”

“这能算什么事故？”金仲轻松地说。

“勘测队七个人，我们后期救援的人员二十六个，”张艾德说，“都不见了。”

“这些人一定很重要。”

“是的，”张艾德说，“我只能来找您了。”

“到底在什么地方？”

“金师父去了，不就知道了。”张艾德说。

金仲看着楚离：“你说去不去？”

“师父说了算。”楚离的脸上却已经跃跃欲试。

“从现在开始，你可以做主。”金仲说，“螟蛉已经在你手上。”

“那我去，”楚离说，“师父你留在家里。”

金仲摇头：“不行。”

楚离向张艾德摊手：“我师父不答应，你请回吧。”

“我和你一起去。”金仲说，“就这一次。”

张艾德开车，带着金仲和楚离离开宜城的乡下。车没开多远，金仲脸色苍白，身体虚弱，在车上要呕吐。

张艾德早已看出来金仲得了重病：“金师父的肺上面有点毛病？”

“嗯，”金仲回答，“肺癌。”

张艾德听了，一时也无话，把车开慢了点，减少颠簸。一行人磨蹭到了襄樊，张艾德把车找地方停了，安排了酒店给金仲和楚离两人住下。

第二天下午，张艾德招呼两人去火车站，进站时并没有走普通的通道，而是直接被人引进小门进入，连车票都省了。

上车的时候，金仲看见列车表上的目的地是西宁。

张艾德主动对金仲说：“在青海。”

金仲没有说话。三人上车后，一个车站的负责人跟列车员交代了两句。列车员看了看张艾德，然后把三人带到了一个软卧车厢。三人没什么行李，张艾德进去后，让金仲躺在下铺休息，自己和楚离坐在对面。

金仲身体虚弱，躺在下铺不知道睡着没有。

列车开了一会儿，天就黑了，楚离趴在桌子上，看着车窗外。

张艾德见楚离一副小孩样子，眼睛一眨不眨地看着窗外，于是开口和楚离交谈：“没出过远门？”

“出过，”楚离回答，“去过四川。我和师父也都是晚上走路，跟现在一样。”

“哦，”张艾德又问，“你多大了？”

“十七。”楚离回答。

“都这么大了，真看不出来。”张艾德讪讪地说，“我十七的时候，和我女朋友开车去加拿大……”

楚离把头转过来：“我从小练功，师父说我发育得比别人慢一点。”

“你到底是什么来历？”金仲不知道什么时候醒了。

“我爷爷的堂兄，”张艾德说，“叫张源先。”

金仲的眼神立即闪烁了一下，然后支撑着要坐起来，楚离和张艾德两人帮忙扶起金仲，垫了枕头和被子在金仲的背后。

金仲靠着枕头，眼睛紧紧盯着张艾德看了很久：“去了台湾的张源先？”

“是的。”张艾德平静地回答，“我父亲是他的侄子，在美国念书，然后定居美国。”

“诡道是外道，”金仲说，“我就不跟你按道教的规矩来了。”

“没事，我不介意这个，”张艾德有着不同于常人的谦恭，“论起来，诡道的资历更长。”

金仲的脸色缓和了很多，对着楚离说：“你年纪小，还是给张天师一脉的后人拜一下吧。”

楚离听从金仲，双手合拳，拇指并齐，给张艾德作了一个道家长揖。

张艾德立即回礼：“千万别这么客气，你们诡道的王鲲鹏是我的偶像。我之所以回来，也是想结交一下你们诡道的门人。”

“客气了。”金仲的话不疼不痒。

“道家的阵法从隋末唐初之后，就再也没有人能摆弄出来，”张艾德说话的语气十分激动，“没想到在王鲲鹏的手上做到了，而且王鲲鹏是诡道的传人。”

“你回来干什么？”金仲还是忍不住要问这句话。

“严所长，方所长的师叔，”张艾德犹豫一下，“认识我爷爷……”

“不意外。”金仲摆摆手，“我见过他。”

“所以，”张艾德继续说，“我回来给方所长做副手。她现在太忙了，您也知道的，像她这样身份和级别的人，不便什么事情都亲自出面。”

“我倒是想知道，”金仲吭吭两声后，又问，“她和你们张家交换了什么条件？”

张艾德微笑起来：“这个我真的不知道，那是方所长和我堂兄之间的事情，我只知道，我过来做方所长的副手，应该是两边第一次接触，也算是表示诚意。”

“所以方浊出国，就是跟你们张家谈判去了。”金仲想了会儿，“现在也只有她最适合跟你们谈，张家的人要回来，我看也不太容易。”

“谈了很多次了。”张艾德说，“不过我不关心这个，我做好我的事就行。”

“好了，我知道了，”金仲说，“再说说那个房子的事情。”

张艾德立即说："事情是这样的，一个地质勘查队寻找铁矿和煤矿，您也知道，这种地质勘探队里面也有不是找矿藏的，比如其中一个小分队就长年累月在沙漠里、草原上寻找某种东西，可能是陨石，也可能是文物，或者是某些谁也不知道是什么的东西……"

"你接着说。"金仲摸索着要抽烟，张艾德把软卧包厢的门阖上，给金仲点了火，然后才继续说下去。

原来，张艾德半年前已经回国，一直跟着方浊做副手，结果上级就给了他们一个任务，让他们去调查一起事件，而交给方浊这个研究所的任务，当然是科学无法解释的。方浊作为研究所的所长，基本上就不再亲自处理外勤工作，所以这事就落在了张艾德身上。

张艾德拿了资料和卷宗，然后就看见了详细的事件记录，记录里还夹着一张照片，地点是青海西部的一片沙漠，沙漠的地名被隐去，只以六号区域代替。照片上是一片荒凉的戈壁滩，并没有奇特之处，满地黄沙和砾石，远处有几棵胡杨，近处是几丛沙棘，但是照片的正中，有一栋建筑突兀地立在戈壁上。

张艾德一看就非常清楚，这个建筑从格局和构造上判断，是一座十分典型的道观！

但是让张艾德觉得奇怪的是，按照道理来讲，道观应该已经非常破旧，可是照片上的道观却仿佛并没有经受过长年的风蚀，甚至连青黑的砖石、暗红的漆柱，还有亮黄的飞檐都显得十分崭新。让张艾德更加好奇的是，道观的建筑形式并非是西北地区特有的，更像是南方的。

张艾德仔细看了照片之后，实在是发现不了更多的线索，于是转而去看卷宗里的文字报告。

发现这个道观的人员隶属地质勘测的一个分队，但是这个分队的任务并不是勘测油气田和矿藏，而是在西北无人区寻找古老的陨石。这个分队一定会首先进行长期的资料研究，而不是盲目进入到荒漠里漫无目的地寻找。

当他们在一些历史文献里发现了某些飞星和异常天象的记载之后，就会根据各种线索计算，划分出陨石落地的范围。

其实这种科研活动一直在进行，最早的领队是苏联人。苏联在西伯利亚地区大范围地寻找古老陨石，与我国在共同合作期间派遣了几十支这样的勘测队伍，并且真的发现了很多成果，其中最著名的就是“大青山计划”。

这一支在西北寻找古老陨石的勘测队，在青海的戈壁沙漠里，根据他们的分析结果，寻找到了一处无人区，发现了这个矗立在沙漠里的道观。队员在发现后的第一时间拍下了照片，然后队员开始对道观进行研究，只留下一个队员在道观外围留守。

这个队员每天会写工作记录。张艾德得到的卷宗，都来源于这个人的记载。

这个队员的记录并不复杂，就写了其他的队员在进入道观之后再也没有出来，他在原地等了两天，于是决定进去寻找同伴，在进入之前留下了工作记录和照片——他在两天里照了很多张照片，可是这些照片的储存卡全部失效，只留下了唯一的一张。这个队员发了坐标之后，就进入了道观。

于是搜救队出发，但再也没有消息传来。最后一次联系就是他们告诉后方看到了道观，然后就音信全无。

由于出现了道观的线索，方浊所在的研究所争取了过来研究。

最后，方浊力排众议，将研究任务交给了张艾德，并在出国前，特意交代了这事让诡道的门人金仲参与进来。

这个提议说出来了，研究所里的人都没有话好说。诡道王鲲鹏是研究所的前任所长，又是老严当年钦点的接班人，诡道在几年前又解决了一次巨大的宗教危机，天下术士任谁都对诡道敬仰三分。

所以这件事才这么定下来，张艾德把这事原原本本地说给了金仲。

金仲想了一会儿，突然说：“也就是说，你也没去过那个地方？”

张艾德老实回答：“没有。”

“我有个要求。”金仲看着张艾德的眼睛。

张艾德看了看一边的楚离：“放心，别说是你提出来，就是凭着方所长的交情，我也不会扔下他。”

“不是这件事情，”金仲说，“王鲲鹏的师父赵一二，你们得让他入道籍。”

张艾德踌躇了很久：“这事，王所长也没有做到。”

金仲把脸扭到一边，看着窗外：“好像我们稀罕似的。”

“我只能答应您，”张艾德说，“既然张天师都有回来的可能，赵先生的事情，当然也能商量。”

金仲哼了一声：“好，有你这句话也就行了。”

两人该说的都说了，于是各自休息。第二天到了西宁，张艾德看着金仲的状况还行，于是三人就驱车驶入，一路向西。

开过了辽阔的草原，进入到戈壁沙漠。张艾德不停地摆弄他的GPS，确定坐标，寻找那个突然在沙漠里出现的道观。

张艾德驱车在荒凉的西部行驶，一开始，公路还是水泥路，后来变成小路，再后来连路都没有了，汽车在无边无际的沙漠上行驶，勉强辨认着方向。

在天黑之前，他们赶到了一个看起来已经废弃很久的房屋，孤零零地立在沙漠中央，张艾德把车停在了房屋的水井前。

屋子里走出来一个人，这人面色苍白，张艾德迎上去，出示了自己的证件，然后从车上拿出几瓶酒和几条香烟，以及一箱方便面。那人非常激动，却一个字都说不出来。

金仲和楚离看到这个人搬出油桶，给张艾德的汽车加了油，然后又从水井压水上来，用盛水的塑料壶装好，又搬了两箱压缩食物和一桶油放到汽车的后备箱上。

张艾德向那人道谢，然后和金仲、楚离上车。三人连夜赶路，汽车再次开向了广袤的沙漠，楚离趴在座椅后方，隔着汽车后窗，看着房屋隐没在黑夜里。

汽车开到了半夜，张艾德把车突然停下，把GPS摆弄了很久，然后摇摇头：“弄不好了。”

金仲点头：“那就休息吧。”

张艾德拿出压缩饼干，分给两人吃了。

金仲和楚离走出车外，金仲坐下来，靠着汽车的车轮，看着天空中的繁星，一动不动。

张艾德也靠在车门上，仰起头对金仲说：“不知道今后还有没有如王鲲鹏一样的人，能启动道教大阵了。”

“不会再有了，”金仲叹口气，“七星阵是最后一次。”

楚离突然开口：“刚刚那个房屋里面，不止一人……”

张艾德听了，眼睛看向金仲，金仲并不以为意。

楚离继续说：“还有一个女人，和一个小孩。”

张艾德忍不住问：“在哪里？”

楚离回答说：“女人背着小孩，一直牵着那个男人的衣袖。”

金仲打断楚离：“不相干的事情，别说了。”

于是楚离不再说话，爬到了车内的座椅上睡觉。

到了清晨，张艾德发现GPS恢复了正常，三人上车，继续在沙漠上行驶。

但是一直到了中午，他们三人仍然没有到达目的地。张艾德看着GPS的定位，计算经纬度，嘴里喃喃地说：“按道理，我们应该已经非常接近了。”

“快到了，”金仲面无表情，“很近了。”

“可是什么都没有，”张艾德指着车窗前方，“先把车停下。”

三人待在车内，日头照射，温度上升，沙漠的高温让地面上的一切都看起来模糊不清。张艾德把帐篷支在车边，三人躲在阴凉处。

等到了晚上，张艾德发现GPS已经完全失灵，正在一筹莫展的时候，金仲拿出了一个小小的罗盘，这个罗盘比一块手表大不了多少。

金仲看了看罗盘，对张艾德说：“我们走过了，往回走。”

张艾德就要开车，可是被金仲制止：“距离很近，走过去。”

于是张艾德收拾了一下补给，放入背包，三人行走在夜色中。半小时之后，他们果然在平坦的沙漠上远远地看见了一座建筑物。

张艾德放慢了脚步，慢慢地靠近过去，他终于看清，那的确是一座道观。

但是这个道观，与照片里的道观并不一样。

三人走到道观跟前，张艾德吸了一口气：“怎么变成了这样？”

“有时候人的眼睛比照相机靠谱。”金仲说，“照片里的道观也许是刚刚建成的样子。”

“也许吧，”张艾德点头，“这种事情，以前也遇到过。”

现在出现在三人面前的道观非常破烂，左侧的墙壁已经坍塌了一半，门梁全部腐朽，上方的瓦片稀稀拉拉的，与照片里完全不同，但是仍然能分辨出道观的大体形状。

楚离绕着道观走了一圈后，对金仲说：“四面都一样。”

张艾德走到道观的左侧，道观的这个方向还是正门，绕到后方也是一样，右侧当然也不例外。

这是一座修了四个正门的道观，但是什么样的道观会修四个正门呢？

还有一个解释，这个道观被下了结界。

“木罩。”金仲说，“我就是奇怪，什么道士会在这里建一座道观，并且用木罩罩起来。”

金仲说着话，慢慢地走向道观正门，一直走到了门前几米，楚离大声说：“不能进去，道观里面有声音。”

金仲抬头，看着道观上的石制门匾，张艾德也走过来，辨认门匾上的残损字迹。门匾的左边已经残破，看不到刻着什么字，但是右侧上的字却能够看清楚。

金仲和张艾德对望，金仲轻声说：“飞星，后面已经看不见的应该是‘观’。”

“飞星观？”张艾德摇头，“没有听说过。”然后他跑到车边，把背包拿出来，翻出照片与道观比对，照片上的道观并没有门匾。

“连你们张天师的后人都不知道这个道教门派的存在，”金仲说，“那么只有一个原因。”

“是隋末唐初诛仙阵之前的门派？”张艾德自言自语，“门人全部殁于那一场争斗。”

“而且是截教的门派，”金仲说，“被后来的道教隐去。”

“据我所知，”张艾德说，“昆仑以西，并没有道教的传承。”

“也许是当年这个门派的传人，为了躲避追杀，跑到了这里。”金仲慢慢说道。

“在沙漠的无人区里建造这么一个道观，”张艾德不解地问，“有什么意义呢？”

“那些失败的门人后代想要延续下去，只有一个方法，”金仲回答，“就是躲得越远越好……不过看起来也没有什么用处，这个门派还是消失在沙漠里了。”

金仲说完，拿出随身的香烛，点燃后放在面前，然后拉着楚离跪拜。

“截教的门宗，原本并非只有诡道，”金仲站起身，拍了拍腿上的尘土，“那么多门宗，全部都失传了。”

说完之后，金仲对着张艾德说：“好了，我们进去吧。”

水有源，歌有头，
句句丧歌有缘由。
歌师得知天下事，
跟我细细说源头。
说不清，道不明，
天地之门玄又玄。
下至黄泉上九天，
问混沌，说黑暗。
或问日月星辰多少年?
黑暗混沌又茫茫，
才有人苗出世间。
玄黄鸿钧传混沌，
混沌又把盘古传，
盘古利斧三开天。
日月星才显现。
伏羲女娲结夫妇，
子孙世世代代传千秋。
谈上天，周天游，
谈下地，江湖走。
骑上一头梅花鹿，
走过黄河九十九道湾，
又走长江青龙偃月滩。
叹得人生多忙碌，
不肯一刻有得闲，
难比山青水长流。
我在这里高拱手，
歌人，歌鬼，歌神仙。

一场丧歌唱开头，

好比流云过山头。

2010.02.05.1:23

研究所副所长张艾德，千里迢迢地把诡道的门人金仲和楚离带到了大西北，来到那座孤零零地矗立在广袤沙漠里废旧的道观——飞星观前。

四门木罩道观，已经破败到了即将倒塌的地步，金仲看了看道观塌落下来的一根门梁，对张艾德说："这是金丝楠木，只生长在南海，看来是飞星派的门人带过来的。"

张艾德也很难想象这些木材当年到底是如何从南海运送到西北的大沙漠的。想必是耗费了无数的人力物力。

金仲迈过门梁，走进了飞星观的内部。一个破旧的升降机出现在眼前，看上去跟道观格格不入，但由于升降机的栅栏也已经破旧到腐朽的地步，所以并不扎眼。

金仲又仔细看了看四周，果然看到了道观的墙壁上行走着电线。

张艾德也在四处查看，看到了角落里一个铁柜子，走到铁柜子跟前，将铁柜的门拉开，结果柜门顺势掉了下来，看来是螺丝已经锈蚀了很久。

张艾德看见柜子里布满了灰尘的事物，连忙转身："快看这个……"

突然，张艾德眼前一晃，一把宝剑就指在自己眼前，剑身上红色的光芒在不停地游移，似乎要迸发出火焰来。

张艾德后退一步，宝剑的剑尖就跟着贴近一步，始终距离他眼前半寸，张艾德这才看到拿着宝剑的是楚离这个小孩子。楚离脸色平静，手腕纹丝不动，即便是刚才移动，也只是步伐前进，上半身和手臂稳若磐石。

金仲慢慢地走了过来，手里拿着一个马口铁罐头，看样子是空的。

金仲在对张艾德说话之前，咳嗽了好几声，喘息着说：“我再问你一次，你是不是第一次来？”

“性命担保，绝对是第一次！”张艾德极力辩解。

金仲说：“这地方，并不是古代道观突然显现，而是有人来过，并且长期驻守，不然哪里来的电线控制升降机，还有这个……”

金仲说完，把手里的马口铁罐头扔给了张艾德，张艾德把罐头举到了面前，楚离的宝剑收回一寸，剑尖仍旧指着张艾德的眉心。

张艾德看见马口铁罐头，知道这个东西并非是当今社会常见的东西，而是在二十世纪七八十年代经常出现。

“我说过，”张艾德解释，“有勘测队来过。”

“你在说谎。”金仲问楚离，“最后一次有人过来是什么时候？”

楚离持剑的左手不动，右手从怀里拿出了一个沙漏，翻转了两圈：“最后一次有人来是在两年前。”

“这么说来，”金仲看着张艾德，“那些勘测队的事情，都是假的。”

“好吧，”张艾德对金仲说，“能把剑放下么？”

金仲向楚离点点头，楚离手中的长剑化作了一个知了壳子。

“的确是有勘测队来过，”张艾德说，“我本来是要在进入之后再给你们解释，勘测队在 2008 年来的，这场事故就是那时候发生的。这个地方，当年有上级的指示说不能进入，研究所的方所长一直在游说上级，打通关节，办理了相关的手续，到现在才准备充足。”

“方浊不在，随你信口编造就是。”金仲说。

“方所长跟你是旧交，一再嘱咐等准备充分之后再找你们过来。”张艾德摊开双手，“我得到的命令，就是在到了飞星观之后，告诉你们缘由。”

“我还是不能相信。”金仲回答。

“方所长说过，”张艾德快速地解释，“这事跟当年的王鲲鹏和徐云风两人有莫大的关联，金师父，你忘记了当年王鲲鹏在布下七星阵法之前，劝说你离开，希望你延续诡道了吗？”

这件事情，除了当事人，很少有人知道，金仲在犹豫，张艾德微微松了一口气。

金仲沉默了很久才说：“你把方浊交给你的信拿出来给我看看。”

“你怎么知道方所长有信件托我交给你？”张艾德迷惑不解，把随身背包打开，拿出了一封信件，小心翼翼地递给金仲。

金仲面无表情，把信件拿在手上，他看起来像在不断地思考，其实是在探查张艾德的心思。探知旁人的心思要花费巨大的精力，但他现在病入膏肓，已经做不到了，而张艾德现在迫切希望由方浊的信件来证明自己，这一点十分明显。

金仲把信封撕开，看到了方浊写的信件。

信的字数不多，寥寥数行：

金师兄敬启：

飞星观就是大青山计划的入口，张家岭说的铜鼎，就在地下万米深处。三铜已有两铜，希望你能帮助张艾德，把铜鼎找到，以完成王师兄和徐大哥没有破解的困局。

方浊

2009 年 10 月 12 日

金仲看了，把方浊的信件还给了张艾德：“既然是方浊的安排，我就权当是真的。”

张艾德很尴尬："勘测队的事情是两年前发生的，但方所长特意让我到了这里才告诉你，我接到方所长给我的任务的时候才知道二位的下落。"

"方浊不是在跟我玩心眼，"金仲说，"她没准备好，就不会通知我。这点倒是跟王鲲鹏很像了，没有王鲲鹏替她拿主意，她自己就要去殚精竭虑地布置计划，看来她在北京的日子不好过。重启这么大的工程是不可能了，她能申请到权限，让你带我们到大青山原址，已经是很艰难的事情。"

张艾德吐出了一口气："金师父不见怪？"

"不见怪。"金仲说，"如果连方浊都不能信任，我还能去信谁。"

"那么我们先去第一个休息室吧。"张艾德说着，在铁柜上摸索了很久。这个铁柜是一个配电柜，顺着配电柜的电线走向，他找到了一个发动机，看到发动机上有俄语的标识，知道发动机的动力燃料是柴油。捣鼓了很久后，发动机被张艾德开启，升降机也发出了咔咔的声音，还有金属绳索也渐渐绷紧。张艾德带着金仲和楚离走进升降机，在升降机里的控制盘上按下绿色的按钮。升降机慢慢地向下落去，在下落的过程中摇摇晃晃。

升降机在井坑里陷入一片黑暗，三人相互看不见对方，只听见绞盘的嘎吱声和柴油发动机突突的声音。

"废弃这么多年了，"金仲说，"这些设备还能正常运转，看来当年的动静不小。"

"也许隔段时间就会有人来维护吧，"张艾德说，"至少两年前是这样。"

"这地方被故意隐藏起来了，"金仲说，"勘测队也是无意中闯入，有人不愿意触碰这个地方，如果不是方浊，再过几年，这地方就没人知道了。那样的话，可就遂了某些人的心愿。"

"金师父说的是哪些人？"张艾德好奇地问。

“不说这些了。”金仲的声音变得很低沉，“谁知道呢。”

然后是金仲连续的咳嗽声。

升降机停了，金仲和楚离听着张艾德行走了几步，应该是走出了升降机，然后井坑里亮了起来。金仲看见升降机外有一条短短的甬道，甬道里的灯泡都亮起来，张艾德站立的地方，有一个电闸开关。

“今晚我们就在这里休息吧。”张艾德指着甬道的尽头。金仲和楚离走出升降机，看到甬道墙壁十分光滑，还贴了瓷砖，瓷砖是正方形的，本来应该是纯白色，时间长了，被地下水浸染，全部有些发黄。

瓷砖上写满了标语，都是早期国家建设的宣传口号。大多数都已经掉了颜色。但是这些标语和宣传画都没有一个数字显眼，这个数字十分巨大，即便是当初的油漆脱落，也能清晰地辨别出“500”来。

张艾德用钥匙捅进甬道尽头的那扇铁门的门锁，铁锁已经锈死，张艾德捣鼓了很久，才转动钥匙，打开了门。

方浊果然做了巨大的努力，连这房间的钥匙都拿到了。

门慢慢地被推开，房间里的灯光也亮着，金仲看到里面只有一张床，别无他物。

三人走进去，当他们都适应了房间里的环境之后，这才看到地面和墙壁上都画满了道家的符箓和图案。这个场面，与房间外的口号标语产生了巨大的反差。

张艾德微笑着说：“也真难为了张家岭前辈，被关在这个房间里十几年，每天也只能修炼道教的心法消磨时光了。”

“这也许是好事。”金仲说，“当年周文王不也是被关在牢里，画出了先天八卦吗。”

“是啊，”张艾德说，“张家岭前辈，也许就是因为被囚禁得久了，才想出来三铜齐聚的作用。”

“明天什么时候继续向下打探？”金仲问，“时间不早了，就早点休息。”

“在地下我们就不要分白天黑夜了。”张艾德看了看腕表，“我们休息六个小时，六小时之后，我们继续。三个人，每人轮值两小时，我先来。”

“这地方还有别人会进来？”金仲问，“还需要我们轮值？”

“这个，”张艾德犹豫一会儿才说，“也是方所长交代的。”

“看来这个地道里有东西。”金仲的声音轻飘飘的，“我老了，没什么瞌睡，你们睡吧，我来值守。”

张艾德没有拒绝，正要叫上楚离睡觉，却看到楚离背靠着墙壁，双手环抱，已经睡着了。

张艾德也就不再跟金仲推辞，蜷缩在房间里的那张床上，然后睡去。

三小时之后，张艾德起身，看见金仲盘膝坐在地上，坐着的地方是当年张家岭画的一个先天八卦，张艾德以为金仲在睡觉，可是随即看到金仲的眼睛是睁开的。

金仲看见张艾德醒过来，说道：“我不睡，很多事情我没想明白，我时间不多了，不想糊里糊涂的就死了。”

“我每天也只需要睡三个小时。”张艾德说。

“也是，”金仲说，“你是张天师的后人，周天吐纳是高明的，我们外道不能比。”

“金师父有什么不明白的，尽管问我，到了这里，我没有什么好隐瞒的。”

“不用了。”金仲说，“如果不是我生病，你想什么我都能知道，人得信命，到了什么地步，就得认。除非我是王鲲鹏，这小子是真的不认命。”

“王所长的事情我听说过很多了，是很敬慕他的。”张艾德说，“方所长法术神通广大，人也精明干练，同样对王所长佩服到了极点。我真是后悔，没有早点回国，那样就能见王所长这个奇人一面了。”

“见到他有什么好的。”金仲苦笑，“这种人天生就不好打交道，跟他在一起都没什么好事情。但是天下真正能做大事的人，偏偏就是他这种。”

“听您这么说，当年您和王所长之间的关系并不融洽。”张艾德说，“方所长没有提起过您和王所长之间的事情，不过你们毕竟是同门师兄弟。”

“我第一次见到王鲲鹏，他还是个小律师；第二次见面，我还能轻轻松松地整治他。”金仲忍不住笑了一下，应该是想起了当年的情形，“可是短短一年不到，我在他面前就没有任何胜算。别人过一天，他恨不得把一天掰成十天来过，具备这种毅力的人，才有资格不认命。”

张艾德听了金仲这么说，才知道金仲和王鲲鹏以前是相互不对付的，他第二次和王鲲鹏见面就欺负过王鲲鹏，可是一年后，王鲲鹏法术厉害了，反过来能欺压他，可见两人当年的关系多么恶劣。

张艾德还想多听听金仲和王鲲鹏之间的事情，可是金仲本来就是个沉默寡言的人，他不愿意提，看来是问不出来什么细节了。

两人在房间里无话，静默着坐了两个多小时。说好的六个小时过了，张艾德收拾随身的背包，金仲叫醒了楚离。

三人回到升降机，张艾德按了绿色的按钮，升降机继续落向地下。

升降机在下落的过程中没有任何光照进来，三人都隐没在黑暗里，如同坠入深渊。这一次的时间很长，整整落了一个半小时。

终于，升降机咔嗒一声停下。张艾德早有准备，摸索着走出升降机，然后把手中的电筒打开。面前仍旧是一条甬道，甬道很长，斜斜向下，这是挖掘深井时候的斜道。每隔一段，就会有一条斜道，作为一个井坑工作的阶段性节点，也是挖掘工程的一部分，挖出来后可以保存工具和机械，或者给工作人员作为休息室。

金仲和张艾德走出甬道，嘱咐楚离紧紧跟随他们。三人摸索着行走，张艾德用电筒在甬道四处照射，想找出当年的照明系统，可是并没有发现。

这里的甬道四壁没有像刚刚那样贴上瓷砖，而是草草地糊了一层石灰，当然石灰岩壁上也写满了口号，张艾德照着一行字，嘴里念道："一定要将文化大革命进行到……底。"

"别念了。"金仲说，"有什么意义。"

"我只是根据这些细节，查看当年工程的进度。"张艾德说，"井深五百米的口号，应该是在新中国成立初期写下的，而现在应该是1966年到1971年之间。"

"现在的深度是多少？"金仲询问。

张艾德用手电不停地晃动，终于看到了那个数字："四千二百米。"

"这么看来，当年用了十多年的时间，从五百米挖到了四千二百米。"金仲叹口气，"真的是锲而不舍啊。"

楚离突然插嘴："一定死了很多人，这里的怨气很大。"

不过，金仲和张艾德都没有理会，大青山计划，本来就是十分诡异，并且严格保密，不为世人所知。若是普通的矿井，也轮不到找金仲师徒过来。

张艾德拿着手电，照着前方，一步步向前走去。突然，电筒的光芒照射出了一个空旷的空间。张艾德高兴地说："看来这里是当年的一个大厅，能容纳一百多人呢，而且肯定放了不少储存的物资……"

突然，张艾德脚下一空，金仲反应迅速，一把将张艾德的后领揪住。张艾德全身紧绷，他的一只脚踏在地面，而迈出去的那条腿，已经悬在空中。

金仲将张艾德给拉回来，张艾德凝神静气，终于平静，他用手电照射着脚下，这才看到身前的地面已经全部塌陷。他用手电看到的巨大大厅，本来应该是平整的地面，都变得黑洞洞的，空空如也。

张艾德把手电朝下照射，光柱看不到尽头。

“当年这里地陷了。”金仲说，“不知道曾经发生了什么。”

“看来这里没有什么查看的价值了。”张艾德这才完全醒过神来，对着金仲说，“多谢。”

金仲哼了一声，没有说话，但是对张艾德缺乏经验的鄙视表露无遗。

三人回到了升降机。

“四千二百米。”张艾德说，“这已经是非常巨大的工程了，世界上达到这个深度的井坑寥寥无几。”

“谁知道呢。”金仲说，“也许别的地方挖了这么深，也没有公布消息，这种井坑都是不能让外界知道的工程。”

升降机继续向下，半个小时之后，仍旧没有停止的意思。张艾德的内心越来越紧张，无形的压力压迫着他的心脏。

楚离说话了，声音不大，却让张艾德心中猛地一紧。

“我听见下面有人在说话。”

黑暗里金仲和张艾德都没有回应楚离的话。楚离幽幽地说了这么一句之后，也就陷入了沉默，只剩下升降机绳索摩擦的声音，似乎一切都被吸附到脚下的深渊中。

又过了几分钟，黑暗里传出来轻微的响动，金仲和张艾德听见这个声音是从楚离的身上发出来。

“好冷。”楚离轻声说。

金仲和张艾德早就感觉到了寒冷，井坑空气里湿润的寒意正慢慢渗透进他们的衣服，再渗入他们的皮肤和肌肉，一直冷彻骨髓。

金仲又开始咳嗽起来，他的身体状况看来是扛不住现在的温度。

“要紧吗？”张艾德问金仲，“我身上带着一支香，点燃后，能让人觉得温暖一些。”

“香道失传已久，”金仲回答说，“没想到被张天师带到了台湾。”

张艾德见金仲拒绝，也就不再坚持。

升降机终于又到了节点，这次下降的时间相对较短，越往下挖，工程的难度就越大，所以进度就慢了，四千二百米之后，不到六千米，就又挖掘了一个斜井。

三人摸索着走出了升降机，到了甬道里，张艾德拿出两个手电，交给金仲和楚离，三人同时用手电照射，朝着前方深入。三人走了几步，手电的光芒又照射到前面的一个巨大空间，他们走的距离跟上一条甬道一致。按照方向来推测，前方应该也是一个无底深渊。可是当他们接近之后，发现这个大厅里的地面保持得十分完好。

三人同时把手电指向上方，发现大厅的顶部也是完整的。

“是不是位置偏移了？”金仲问。

张艾德正要回答，楚离提前说：“没有，就是这个方位。”

金仲想了一会儿：“看来没有塌落到这个深度。”

张艾德把手伸进怀里，掏出了一张图纸，仔细地看着：“我们到了地下五千八百米深度的斜井。”

连大青山当年的图纸都拿到了，金仲知道方浊和张艾德的确是做出了很大的努力。

三人走到了大厅的中央，这是一个两百多平方米的空间，按照苏式建筑的结构，应该是布置成了一个小礼堂。礼堂里还有很多木头做的条凳，在地上乱七八糟地堆放着，大多已经残破，看来这是一个临时的休息娱乐场所，或者是政治学习的地方。

“你们看那边。”楚离把手电指向了礼台。

张艾德看见礼台上也堆积了很多条凳，于是三人走到了礼台上，把这些叠放整齐的条凳一一搬开，露出了后面的空间。

十几个人紧紧地贴在一起，蹲坐在条凳之后，金仲和张艾德立即后退，楚离把手中的螟蛉拿出来，螟蛉化作了炎剑，屋内顿时亮如白昼。楚离将剑指向这群人，但这十几个人仍然保持着固定的姿势，一动不动。

过了一会儿，金仲说："都死了，死了很久。"

楚离手中的炎剑收了，金仲和张艾德踢开条凳，走到了十几具尸体跟前，看到这些尸体有男有女，半数以上的人都戴着眼镜。

张艾德和金仲、楚离三人站在这些人面前，同时双手握拳。张艾德是张天师的后人，地位相对外道的诡道要高，所以张艾德站在中间，嘴里念了一遍道教度化的经文。然后三人分散开来，张艾德和金仲走到了这些尸体前，发现尸体并未腐烂，眼睛睁得大大的，嘴巴都没有合上，脸上全部露出极度惊慌的神情。

"他们是被吓死的？"张艾德问，"他们看见了什么东西？"

"能够在这里做事的人，胆量怎么会这么小。"金仲说。

张艾德沉默一会儿，然后说："看来大青山的工程中断，的确是因为挖掘出了恐怖的东西，而不是报告里写的发生了矿难。"

"什么矿难？"金仲问道。

"大青山计划在 1996 年终止，整个井坑在地下五百米的深度部位被封闭。"张艾德说，"那个地方就是禁闭张家岭的甬道，而在那次事件之后，再也没人进入过五百米之下。"

"那倒不见得，"金仲说，"你提起过，两年前，有勘测队的人在这里失踪，既然我们没有在上方看到他们的尸体，那么他们一定进入到更深的地方了。"

两人正在交谈，所有尸体的面容瞬间苍老，本来黑色的头发变得灰白，然后所有尸体的脸皮变成了焦黄色，又变成了黑色，最后纷纷剥落下来露出头骨，尸体的皮肉也渐渐腐朽，衣服下面只剩下干枯的骸骨。

张艾德一脸的茫然，金仲回头看了看楚离："刚才螟蛉的光芒刺激到了尸体。"

张艾德喃喃地说："大青山'四二五'矿难，记载的是在五百米之下的工作人员全部失踪，看情况，根本就没有组织过任何营救活动。”

“张家岭现在是死是活？”金仲问张艾德。

“没有下落，”张艾德说，“七星阵法之后，跟老严一起失踪了。不知道是不是死在了红水阵里，还是幸存后隐姓埋名躲起来了。”

“张家岭一定是知道细节的，”金仲叹气，“封闭的矿井就是他被关押的地方，他在矿难之后，还在那里待了十几年。”

尸体全部腐朽之后，露出了礼台后方的墙壁。张艾德看见墙壁上有痕迹，于是搬开了几具尸体，走到墙壁跟前，招呼金仲：“金师父，你也来看看。”

金仲走近，看到墙壁上刻画着一行字，这些字上下颠倒，是旁边这具尸体在生前用小刀刻出来的，小刀还在尸体的手骨里：

“地下的鬼！地下的鬼！”

张艾德和金仲蹲着看这行字，发现字迹很潦草，勉强能够辨认，而且字迹相互重叠，关键是上下颠倒。

金仲让楚离靠近看了一下，楚离看了之后，对金仲说：“这个人用小刀在刻字的时候，背对着墙壁，手背在身后，写下的这两行字。”

金仲说：“他一定是看见了什么，受了惊吓，匆忙中写完两行字，然后和大家一起遇难。”

“这些人的衣着看起来是中层的技术人员，都是搞科研的，”张艾德说，“他怎么会写有鬼呢？”

“他们看见的东西，就是鬼魂。”金仲说。

金仲和张艾德又看了看礼堂里的情况，大致能推测出来，最初这些人集聚在这个礼堂里，然后全部退避到礼台之上，再把条凳堆起来抵御他们害怕的东西，只是最后，他们还是死了。

三人没有什么道理再做停留，于是继续进入升降机，这次他们下降的时间仍旧很短，只有十几分钟。这里的甬道相对完整，没有他们预想中出现的塌方和破损，而且很容易就找到了甬道里的配电箱。张艾德打开了里面的照明系统，甬道里顿时一片通明。

张艾德想了想："看来每一个斜井都有独立的电力系统，而且配备了备用电源。"

这一条甬道很长，足足走了一公里多，三人才走到尽头。

尽头有一个很小的房间，房间里的四壁还保持着原始的地下岩石状态。房间里什么都没有，只放了一个方形的石头，石头雕琢得很粗糙，上面刻着一行字：

"一号文物出土地点，一九八四年二月十一日。"

"一号文物，很明显就是已经挖出来的那个铜炉了。"张艾德对金仲说，"大青山工程挖了二十多年，才有第一项的成果——挖出了铜炉。"

"看来我们就是最终完成大青山计划的人选，"金仲说，"你带我们来，就是要把最后的铜鼎也找到吧。"

"我觉得，"张艾德说，"他们已经找到了铜鼎，只是在移动铜鼎的时候，出现了事故，也就是那个'四二五'矿难。"

"然后有人就阻拦了这个计划。"金仲彻底明白了，"等到了今天，在方浊的劝说下，决定要把铜鼎给找到，并且搬出来。"

"既然是这样，"张艾德说，"我们干脆就直接进入到最下层吧。"

"快一点也好。"金仲说，"我当然同意。"

三人不再啰唆，立即继续跟着升降机下落。途中经过斜井也不做停留，而是不断地下降。可是下降到一定深度后，升降机停止了运转，张艾德按了几遍下行的按钮，升降机都保持不动。

张艾德想了想，对金仲说："看来到达底部了。"

三人只好走出升降机，打开甬道里的照明，然后继续前行，果然在甬道的地面上发现了好几具尸体，都是保持着匍匐朝下的姿势。

所有的尸体都保持完整，这说明一件事情，那就是他们遇到的攻击，并非是暴力的打击，而是瞬间被什么东西吓死。

这种威胁，比纯粹的未知生物要可怕得多。

甬道的尽头是一个井坑，另一个升降机出现在三人的面前。

“看来是挖到了这里，改变了井坑的部位。”张艾德分析，“而这个井坑，就是发掘二号文物，也就是发现铜鼎的坑井。”

“现在到了地下多深？”金仲问张艾德。

“应该超过八千米了吧。”张艾德回答，“这是一个很恐怖的数字，因为到了地下这个深度，岩石温度，地下水压力，空气的成分……”

张艾德猛然醒悟：“我们没有听到鼓风机的声音，而且这里已经封闭了很多年了。”

金仲摊了摊手：“我是一个神棍，不懂科学，但是我也知道在这么深的地下，不应该和地面的情况差不多。”

“有没有可能，”张艾德大声说，“是挖掘铜鼎的时候，释放出了什么气体，这个气体导致人的神经系统紊乱而死亡，在死亡之前，出现了幻觉？”

一个道士和两个神棍竟然用科学来推测当年发生的状况，也是一件十分可笑的事情。但是金仲和张艾德都笑不出来，这证明他们要遇到的危险，比设想的还要更难以推测。

但是到了这一步，金仲和张艾德都没有理由离开。他们走进升降机后，明显看到升降机的设施比刚才的那一个升降机要先进很多，升降机内设照明的灯泡，不再是漆黑一片，但是上面只有两个按钮：上升和下降。

“看来这是最后的三千米了，”张艾德说，“下去之后，我们就能够看见铜鼎。”

最后的三千米下降速度很快，应该是因为新安装的升降机是新式机械，技术更加先进。升降机下落的速度让三人都感受到了难以忍受的失重感，楚离开始呕吐。

金仲问楚离："你怎么样？"

楚离回答："说话的声音更多了。"

升降机终于到达了底部，三人走出去，发现外部有亮光，并不需要照明，轰隆隆的声音在耳边环绕。

一个巨大的起吊悬臂出现在他们的面前，前方是一个巨大的操作平台，全部是由混凝土浇筑，平台在整个空间里只占据了很小的一个范围。整个空间是一个空旷的倒锥形，如同一个巨大的漏斗。

四周的岩壁上开凿出了一米宽的道路，道路绕着岩壁，一圈又一圈地向下蔓延。

而悬臂上的钢缆仍旧笔直地悬挂着，三人走到平台边缘，向下看去，发现钢缆的尽头挂着一个东西，而下方是一条汹涌的地下河。

"谁能把起吊机弄到地下来？"张艾德好奇地问，"这种机械，也不可能在地下组装！"

"有人能做到。"金仲说，"比如你的上司——方浊。"

"方浊？"张艾德茫然地说，"不可能是她。"

金仲说："但是不等于别人做不到。"

张艾德和金仲两人走到平台的边缘，朝下看着钢缆的尽头，那里有一个方形的物事，悬挂在空中。两人看了很久，张艾德开口说："原来已经在地下找到了铜鼎。"

这时候，张艾德明白这个地下的空间为什么会一片光明了。因为所有的石壁都发出微弱的光，看来深入到地下一万米时，石头的矿物质与地表的已经完全不同。

这个细节，张艾德没有提出，因为这个并不重要了。张艾德看着下方，可以推测当铜鼎即将被拉上来的时候，出了事情，导致了"四二五"事故。他和金仲都同时想到了这一点。

楚离说："这个东西不能动。"

“为什么？”张艾德好奇地问。

“因为有人在说话，”楚离紧张地说，“他们在说这个东西不能动。”

“你到底听见了什么，”张艾德问，“你一直说听见有人说话，可是为什么我听不见。”

“他能听见我们听不到的声音。”金仲解释。

张艾德看向楚离，觉得这个十七岁的少年的确和同龄人不太一样。一般这个年龄的少年多半都有很强烈的好奇心，或者是性格跳脱，而楚离却一直是对任何事情都不太感兴趣的样子，并且十分沉稳，不到万不得已，嘴里不多说一个字。

“他有天生的本事，”金仲说，“也不知道是好事还是坏事。”

“你指的是他听见有人说话的事情？”

“我们诡道有一门算术，叫作听弦，”金仲说，“我师父就是靠这个本事扬名立万。楚离的父亲是我师兄，听弦的本领也十分高强，如果他能活到现在的话，听弦的本领可能会发挥到一个前所未有的水平，成为诡道算术里最强的一种。可惜了，我师兄当年做了错事，没有做到这一点，而且在壮年的时候就去世了。”

“你说的这个师兄，是不是被赵先生和徐云风两人清理门户的楚大？”张艾德懊恼地说，“楚离，我听到这个名字就应该能猜到的。只是方所长说起这段往事的时候，让我对楚大的印象十分不……不堪。”

金仲看着张艾德一脸尴尬，但还是把这句话说出来了：“所以你觉得有这么一个父亲，他的儿子就不应该这个样子。”

“也许每个人对法术的追求方式不同吧。”张艾德说，“你师兄当年也是有点……有点不择手段，但是他最后不还是救了徐云风和方所长吗？”

“看来方浊跟你说了不少事情，把我们门派内部这种隐秘的事情都告诉你了。”金仲的表情似乎对张艾德说的话并不太介意，而是把话题转开，“我师兄为了要追求的事情努力了一辈子，却还是失败了，但是他的儿子天生就达到了这一步。”

“听弦的算术，究竟能到达一个什么样的层面？”

“古人一直认为声音就跟风一样，无法存留。”金仲说，“可是我们诡道算术的听弦，不仅能作为算术，而且能够听到曾经出现过的声音。这就是我师兄努力一辈子想达到的境界，他的儿子楚离做到了。”

张艾德听了，仔细地看着楚离，过了很久才说：“可能世间万物，金属、石头、树木和水流都能把声音记录下来，只是声音十分微弱，普通人听不到，人制造的机器也无法探测，而你们诡道听弦的算术，却能够做到这一点。”

“你到底是张天师一脉的道士，还是搞科研的？”金仲对张艾德的说法很不屑。

张艾德讪讪地说：“我在美国拿过物理学的硕士学位。”

金仲哼了一声，对着楚离说：“你听见了什么。”

楚离闭上眼睛，跪下来，把手掌按在地面上，张艾德看见楚离的耳朵在不停地耸动。

楚离开始说话了：

“吊环扣好了吗？

“扣好了。单点起吊，只有一个点受力，二号文物的受力不均匀。

“起吊工离开二号文物。

“起吊工已经离开二号文物。

“操作台开始起吊。

“二号文物开始脱离水下，进展顺利。

“二号文物上部露出水面，整体倾斜。

“吊臂的工作是否正常？

“正常。

“继续作业。

“二号文物整体露出水面。

“操作台，吊臂和缆绳有没有超出负荷？

“运转正常，二号文物的整体重量是四百公斤，比预测重量小。

“继续提升。

“好漂亮的大鼎！

“亮金色，原来是这么耀眼的颜色。

“是不是黄金？

“这么大的鼎，如果是黄金打制，不会只有四百公斤吧？

“是青铜，没有生锈的青铜，就是这种颜色。

“无关人员请离开操作范围，立即离开，操作台继续起吊。

“变黑了。

“不是，应该是变成了黑绿色，二号文物的表面在迅速地氧化。

“无关人员请立即离开操作范围，不要逗留。

“二号文物的重量在增加，现在到了四百八十公斤。

“起吊工马上查看二号文物，是否挂住了地下的石头？

“二号文物悬挂在水面上方，没有被异物挂住。

“不对，有东西挂在二号文物的下方！

“是什么东西？

“暂时看不清楚。

“把射灯对准二号文物的下侧。

“水里面有东西！

“二号文物的重量在增加，现在是五百六十公斤。

“起吊工，告知下方的情况。

“手！

“什么？

“不是手，是爪子。

“说明情况。

“看清楚了，是一只巨大的手掌，不，是爪子，爪子把二号文物抓住了。

“到底是什么？

“胳膊也出来了，从水里冒出来了。

“二号文物的重量达到七百四十公斤了。

“爪子，石壁上也出现了爪子。

“二号文物的重量超过一吨了，超过了荷载重量的三分之一。

“立即停止操作！立即停止！

“完了，我们该怎么办？

“全体人员立即撤离。

“啊——”

楚离睁开了眼睛，对着金仲说：“他们全部都死了。”

“这就是‘四二五’矿难，”金仲对张艾德说，“看来是真的释放出了什么东西来。”

“不仅是这里的工作人员，”张艾德对金仲说，“这个未知的东西顺着坑洞，来到上部的斜井，导致上部工作层的人员也悉数遇难。”

“矿井下五百米是张家岭被关押的位置。”金仲想了很久，“这绝对不是巧合。张家岭起到了一定的作用，他在 2008 年离开，这说明一个问题。”

“他完成了这里的任务，”张艾德说，“解决了‘四二五’矿难释放出来的东西。”

“不，”金仲说，“他没有这个能力，那个未知的恐怖东西一定是离开了坑井，自己跑了出去。”

“我们把整件事情串起来分析一遍。”张艾德说完就陷入了沉思。

过了一会儿，张艾德说：“当年研究所是‘两张一严’，他们相互斗争，最后老严软禁了张家岭。实际上是张家岭作为一个术士，介入到科研勘测工程中，因为当时的工程领导者已经意识到大青山工程要面对一些无法用科学解决的事件。"

"事故发生后，他们无法用常规的方式解决，如果我没猜错，在挖掘到铜鼎之前，他们就已经开始出现人员伤亡，导致恐慌。"金仲看着下方的铜鼎。

"于是张家岭作为处理突发事件的高手，参与了大青山计划。"张艾德点头。

金仲继续说："张家岭的到来，对挖掘到铜鼎的工作起到至关重要的作用。"

"一定是这样，"张艾德说，"可是在起吊铜鼎的时候，出现了无法抵挡的灾难。"

"然后张家岭一直留守，监视地下。"金仲问张艾德，"可是你想过没有，他为什么就能够离开了。"

"因为危机解除。"张艾德回答。

"危机怎么解除？"金仲问，"他已经被软禁在地下五百米，十几年也没做出什么事情来。"

"让我好好想想，"张艾德再次陷入沉思，终于他想明白了，"危机并不在地下，而是在地面上，甚至不在大青山的范围内！"

"就是这样。"金仲说，"所以没有必要留在大青山，他要做的事情，就是去收集铜炉和铜镜。"

"同时，王鲲鹏在鄂西摆下了七星阵和红水阵，吸引了来自各方的术士宗师。"

张艾德说到这里，看向金仲。

"还有一个战场。"金仲说，"跟这里跑出去的东西有关。"

"那一场大战，主导的人是谁，参与的又有哪些人？"张艾德的额头开始冒汗。

"不知道。"金仲说，"既然连我们都不知道，那么这些人的身份就更加隐蔽。而且那场斗争，比王鲲鹏布置的道家大阵，更加残酷。"

“越是凶险的斗争，就越是不为人知。”张艾德声音在颤抖，“以我们的地位和身份，连他们是谁都不知道，那王鲲鹏的努力，只是作为一个……一个掩护而已。”

“那一定是一场我们不能理解的斗争。”金仲苦笑，“和所有人一样，王鲲鹏认为自己是整件事情的关键主导，其实并非如此。”

“这已经不是我们能去探知的事情了。”张艾德说，“方所长也一定想明白了，所以她的目的就相对简单，她不想介入更高的层面。”

“只有一件事情是明确的，”金仲说，“联系两个世界层面的途径，就是三铜。”

“这就是张家岭为什么要齐聚三铜，”张艾德说，“也是老严隐隐能察觉到的黑幕。这一切能把所有不为我们认知的事情，都解释明白。”

“所以我们要做的就是把铜鼎找到，然后把整件事情都翻出来，再经历一遍。”

“铜鼎不是目的，三铜齐聚之后，还有很多事情要去面对，”张艾德说，“这也是把我拉进来的原因。”

是的，至少现在张艾德的身份地位，是方浊能找到道教最高地位的人，而下一场的争斗，主导者就是王鲲鹏的继任者——方浊。

现在方浊的帮手有张艾德，还有金仲和楚离，但是他们即将要面对的对手……

可能连方浊自己都不知道。

但是方浊必须要做，因为王鲲鹏和徐云风对于方浊来说，是两个最重要的人，她会不惜一切代价。

张艾德和金仲的推测只能到此为止，他们的认知，导致了他们不可能讨论出更多的细节。而现在，他们要做的就是把铜鼎的方位探查清楚。三铜要齐聚，并不是要把铜鼎带出大青山，而是方浊会带着铜镜和铜炉，来到这个地下一万米深的地方。

张艾德首先顺着石壁，走在狭窄的小路上。金仲吸口气，牵着楚离也走到了张艾德身后。

三人贴着石壁，一步步地走向深渊，地下河流十分汹涌，隆隆声越来越大。道路呈螺旋状，深入到地下的深渊。

这段路程很漫长，三人走了几乎一个小时，终于接近了底部。

三人同时抬头，头顶起吊平台能够看得十分清楚，悬臂下的钢缆笔直地垂落下来，尽头处挂一个铜鼎，歪斜着悬在空中。

三人的脚下并非是一条河流，而是一汪深潭，深潭中的水流都保持着漩涡的状态。三人不知道水从什么地方灌入，也不知道漩涡的下部被什么吸入。

无根的水，无尽地流。

“我明白我来的目的了。”金仲看着汹涌的漩涡。

“难道方所长的意思是……”

“是的，”金仲看着张艾德，“方浊知道我不会拒绝，我命不久矣，多活几天，还不如奋起一搏。”

“从来就不会有人这么做。”

“所以这就是我最终的使命了。”

“你真的想好了？”

“想好了，”金仲说，“希望我能做到，虽然我到现在还不知道，进入之后，到底要做什么。”

张艾德没有任何理由劝解，这是方浊的意图，已经很明显了。

金仲把头转向楚离：“以后就剩你一个人了。”

楚离看着金仲，隔了很久才点头。

兑　篇

算沙部：十万八千一百九十九进，六万四千四百二十七出

几乎是丘陵大小的冉遗开始了剧烈地抖动，地面开始崩裂。冉遗的身体从坚硬的岩石里钻出来。山石在滚动，树木随着滑坡的泥土纷纷落到了地面。

冉遗开始摆动身体，镇压在冉遗身体上千年的岩石瞬间分崩离析。冉遗的真身终于破出。冉遗的头部高高地昂起来，发出了巨大的啸声。

冉遗长长的脖颈抬起来之后，几乎达到了十几米的高度。

村民被惊动，纷纷跑到了冉遗之前。所有的村民，无论男女老少，都跪在冉遗巨大身体的下方。

而柳涛就在所有村民的最前方。柳涛看着邓瞳和黄坤两人站立不动，而刘陈策站在两个男人的身后，于是对着村民大喊："土龙要走了，从今往后，我们再也不用背负守护土龙的重任，大家恭送土龙。"

村民中的壮汉和之前几次的祭祀一样，把身体脱得赤条条的，然后搬来一个巨大的皮鼓。这个皮鼓是用新鲜的牛皮制作，还没来得及硝制，上面还有鲜红的血迹。

壮汉把手中的鼓槌狠狠地击打在皮鼓上。

咚的一声，沉闷的声音在空中传递，仿佛击打在每个人的心脏之上。

这一声把黄坤惊醒，看着眼前复苏的神兽，对着邓瞳大喊："我们该怎么驱动神兽？"

"我哪里知道？"邓瞳看着黄坤,"这不是你到天玑来的目的吗？"

"镇守天玑是你的任务，我怎么可能有驱动神兽的本领，"黄坤大声说，"我师父没有交代过这个。"

"我师父也没有交代过我，"邓瞳茫然地说，"我以为这事归你来做。"

冉遗的头部在空中旋绕，和黄坤在铜镜里看到的情形一样，现在很明显，如果他们再不想出办法驱动神兽，冉遗就会不受控制。而当年学习过《御神九科》的村民，现在明显也施展不出来这个古老的法术。

但是村民没有介意这一点，所有人，除了敲鼓的两个大汉，还有十几个汉子站在皮鼓旁边，其他的村民全部让开了道路，分列在道路两边跪下来，每个人的手中都举着镜子，高高地捧过头顶。

柳涛终于开始了他们这个村子盼望了千年的祭祀，恭送土龙离开。从这一刻开始，虽然土龙不会再滋养他们的风水，但是保护土龙不受到侵扰的重任也随之卸下。

村民们被压抑了太久，土龙离开对于他们来说，也未尝不是一件好事情。现在已经不是农耕时代，他们需要彻底解脱，需要有自由的身份，去迎接已经天翻地覆的现代生活。

天空的乌云，迅速地聚集在每个人的头顶上。

第二声沉闷的鼓声响起。

云已聚，雷始鸣。

一道闪电击中了冉遗的头颅，但是冉遗并没有受到任何的伤害，刚好相反，雷击将冉遗彻底唤醒。

冉遗开始把头部伸到自己身体的后部，坚硬的头颅把堆积在它身体上的巨大岩石纷纷扫落。

柳涛对着黄坤大喊：“第三声鼓声，就要下大雨了，你们如果还不能驱动神兽，这里就会被淹没！”

黄坤对着邓瞳喊：“你快想，你师父交代过你什么？”

邓瞳慌了，把手里的灭荆宝剑拿出来：“我师父就留给我这个东西。”

“一定还有，”黄坤要崩溃了，“没时间了，快想想。”

“棺材！”邓瞳大喊，“棺材！”

“对！”黄坤指着那一具从冉遗的身体内掉落出来的棺材，现在就在冉遗前肢的不远处。棺材还没有破碎，但是从棺材里流出了鲜红的血水。

邓瞳和黄坤两人对视，同时说：“金线！”

策策尖声大喊：“你们两人还磨蹭什么！”

黄坤和邓瞳两人飞快地跑向棺材，黄坤拿出了赤霄宝剑，邓瞳拿着灭荆宝剑。两人到了棺材边，同时将手中的宝剑劈向棺材。

可是两人的动作都太急切，邓瞳的灭荆，砍到了黄坤的赤霄宝剑之上，两把宝剑的方向失去了准头，砍到了地下。

“你捣什么乱？”黄坤和邓瞳同时对着对方大骂。

“你们两人是打算要这样吵下去吗？”策策大喊。

第三声鼓声响起来，天空刹那暴雨倾盆。

黄坤和邓瞳分别退后一步，将手中的宝剑分别砍劈棺材朝向自己的一侧。棺材分开，本已经变化的梧桐树重现了，但是碧绿的梧桐树上缠满了金色的丝线。

“解开荡离！”邓瞳大喊。黄坤没有细想，跟着邓瞳一起，用手中的赤霄划向荡离的金色丝线。金色的丝线在两柄上古宝剑的劈斩下全部绽裂。

冉遗的身体突然开裂，下腹已经是一片白色，开裂处有一道巨大的裂口，梧桐树被巨大的吸力吸进裂口。冉遗在找回它的心脏，一旦心脏回到身体里，冉遗就拥有了当年的巨大神力。

此时仍旧还有一根丝线连接在梧桐树上，黄坤看懂了："这就是你师父留给你驱动神兽的东西。"

"我眼睛不瞎。"邓瞳也看明白了，然后跑到梧桐树的下方，把那根金线牢牢地攥在手里。

现在两人就等着梧桐树化为心脏，融到冉遗的腹中。

梧桐树渐渐收缩起来，眼看就要化作心脏，突然一个人影从村民中一闪而出，跑到了梧桐树下，一把将梧桐树抱住。梧桐树在变化的过程中，中段露出了空心，那个人正在极力地钻入空心里。

龙门的掌教轩诚道长终于等到了这个机会。

天玑第三轮的对手轩诚，他的目的就是要进入冉遗的心脏。这意味着，他要用自身的修为，进入到冉遗的体内，真正控制冉遗。

"早知道就不放过这个牛鼻子了，"邓瞳对着黄坤埋怨，"都是你装什么宗师气度。"

黄坤现在对邓瞳没有任何解释："想办法阻止他。"

眼看梧桐树化作了椭圆形，轩诚已经进入到心脏之中。冉遗顿时安静下来，身体的摆幅变得微弱，看起来的确是受了某种控制，轩诚可能正在调整自己与冉遗的节奏。

"我知道该怎么做了，"邓瞳突然想起了王鲲鹏对自己的交代，哈哈大笑起来，"原来我师父早就算到了现在的场面。"

"别啰唆啦，"黄坤焦急地说，"有办法就快施展出来。"

邓瞳不再跟黄坤拌嘴，拿起手中的灭荆宝剑，狠狠地刺向冉遗还露出一半的心脏。

"你干什么？"黄坤大惊，忍不住用手中的赤霄格挡邓瞳的灭荆。

冉遗的心脏已经有一半进入到身体里，邓瞳一击不中，指着黄坤大骂："你又捣什么乱？"

"冉遗的心脏没了，冉遗就死了。"黄坤大声说。

"你他妈的信不过我师父吗？"邓瞳对着黄坤反骂道，"你有本事把那个牛鼻子从里面抓出来？"

黄坤在犹豫，眼看冉遗的心脏已经全部进入了冉遗的身体，冉遗白色腹部上的裂口，正在快速地合拢。

"别他妈的碍事。"邓瞳快步向前，举起灭荆，对准了即将全部没入身体的心脏，狠狠地插入。

心脏立即裂开，冉遗受了巨大的疼痛，头部横扫过来。如果被冉遗的头颅撞到，就等于被一辆满载的卡车冲撞，邓瞳和黄坤立即跳跃躲避，可还是被扫到了一点，两人同时摔倒滚在地上，躺在泥水里，一时爬不起来。但是他们一直在盯着冉遗的下腹，那里已经完整一片，心脏回归到了冉遗的身体里。

"邓瞳你听好了，你一定要沉住气，等那个道士的身体进入到梧桐树内，然后再用宝剑刺向他。"

冉遗的心脏是梧桐树所化，不会被刀剑利器所伤。王鲲鹏可能在第一次进入溶洞的时候就已经知道了这一点。

黄坤和邓瞳从地上爬起来，雨下得更加大了，导致两人的眼前都迷蒙一片，他们隐隐看到轩诚躺在地上。

两人走到轩诚的身边，看见轩诚的右胸口慢慢渗出一团红色，然后红色立即扩散，血液被大雨冲刷得流淌到了地面，融入泥浆里。轩诚的眼睛看着邓瞳，黯淡无光。他受的伤并不致命，但是他再也无法达成自己的目的。

黄坤拿起垂落在冉遗腹部下方的金线，交到邓瞳的手里："我们上去吧，时间来不及了。"

"怎么上去？"邓瞳看着光滑的冉遗身体，表面都是坚硬的鳞甲。

"不试试怎么知道。"黄坤把金线轻轻地拽了一下。冉遗长长的脖颈垂到两人面前，邓瞳明白了金线的作用，把金线接过来拿在手上。

乌云压得很低，几乎就在山头之上不远处。磅礴的大雨笼罩了所有，天地一片灰暗。

跪在地面上的村民，身体已经浸泡在积水里，所有人都没有动弹，等着冉遗离开。冉遗的头颅在不停地摇晃。

邓瞳攥着金线，朝着长江的方向走出了十几米。黄坤拿着赤霄宝剑，一步步跟随。

金线的尽头埋在冉遗的身体下方，大雨倾盆，四下黑暗，金色的丝线是所有人眼中最明亮的事物。

邓瞳的脚步停下了，一种近乎本能的感觉，让他安静地站立在大雨里，而不去回头。地面上的积水到了两尺高，附近山头下的低地都成了一片泽国。本来跪下的村民只能站立起来，而且洪水仍在上升。

冉遗的身体朝着本来的河道移动了一下，黄坤明白，冉遗是属水的上古神兽，冉遗的移动需要大量的水来承载它一部分的重量。

黄坤眼睁睁看着冉遗的身体慢慢变得修长，而非山丘一样地臃肿，六条半鳍半脚的腿浸在水中，头颅上的长须也在空中飘荡了起来。

冉遗把云层也吸引到了身边。

这就是为什么柳涛和村民们把冉遗叫作土龙的缘由，眼前的这一切，和普通人印象中的龙也没有什么区别了。

邓瞳仍旧站立在原地，在这种情形下，他也不敢做出任何冒失的举动，所有的村民都转头看向他。

黄坤看见冉遗的前肢高高地抬起来，然后重重地踩到地上，冉遗踏出了第一步。

突然，邓瞳看见所有的人再次扑腾一声跪下，击鼓的两个壮汉，其中一个掏出别在腰间的匕首，把大鼓狠狠地划了一道。皮鼓顿时绽开，延续了千年的祭祀仪式就此结束。

邓瞳感受到了冉遗巨足踏地的震动，知道冉遗开始走动，于是也沉稳地朝前迈出了一步。所有的村民全部再次站立起来，一起发出了欢呼，柳涛站在水中，对着邓瞳双手抱拳，深深地对邓瞳作揖。

至此，柳涛身上的重任终于卸下，他终于可以带着村民去过正常的生活。

邓瞳开始几步还不能和冉遗保持协调，但是走了几步之后，他就把握好了时机。冉遗每踏出一步，他要走十三步，才能控制平衡。

黄坤走得更加靠前，他在前方给邓瞳和冉遗探路。冉遗行走的道路就是流淌在大山里的这条河流，由于大雨倾盆，河流的水位上升到了平常几倍的高度。河流汇入长江，冉遗就顺着河流进入长江。这就是邓瞳要承担的最艰巨的任务，以至于要黄坤过来帮忙。

冉遗在邓瞳的带领下，终于走出了溶洞附近的村落。而到达长江的道路上，仍旧有两个村子，大雨之下，黄坤和邓瞳看见山间的房屋都静悄悄的，没有一丝灯火，整个道路上也没有一个人出现。

一片死寂。

有人在帮助邓瞳和黄坤，他提前到了这些地方，告诫所有的村民，在某个时间里会发生大规模的降雨，可能会导致灾难。所有人必须要留在家中，不能外出。

申德旭。

他做的事情，远远比王鲲鹏期望的更多。现在他正在长江边的磨盘河滩上等待着邓瞳和黄坤，还有——冉遗！

邓瞳和黄坤驱动冉遗声势浩大，申德旭要为山丘大小的冉遗开辟道路，并且在沿途中不能惊动当地居民，这件事很难实施。

但是申德旭能做到，因为他有经验，到了这种时刻，经验是最无法被替代的资历。当年申德旭作为孙拂尘的副手，处理过青滩滑坡的事件，在孙拂尘施展厌胜术的前几天，申德旭提前通知了青滩所有的居民，并将他们安置到了安全地点。

申德旭被孙拂尘重用的原因，就是在那次大规模的青滩滑坡事件中，申德旭方寸不乱，布置得井井有条，达到了零伤亡的目标。因此，申德旭成了孙拂尘最器重的副手。

二十多年后，申德旭又出色地完成了王鲲鹏交代的任务。

冉遗从溶洞到长江的十几公里路程，没有造成任何的人员伤亡，没有损毁一间房屋、一辆汽车，最大限度地保证了人民生命及财产安全。

这就是申德旭最擅长的事情，并且这一次，他做得更好，时间也掐得非常精准。冉遗在凌晨一点半，准时到了长江。

但是申德旭的任务只完成了三分之一。

冉遗还要渡江，在南岸上岸之后，还要被驱动到七眼泉。

冉遗入江，这是一道难题。冉遗本来就是当年李冰镇水，在长江川江段、三峡段、荆江段的二十五只神兽之一，一旦入江，最大的问题就是潜入长江之下便不受控制。一方面会导致海损事件的发生，一方面担心冉遗在长江里失踪，很难再找寻出来，这样就耽误了王鲲鹏的红水阵。

在长江南北的旱路路段，申德旭和当地的乡政府早早就取得了联系，让乡政府投入人力，分别通知每一个村的村委会，村委会再通知每一个组的组长，回避冉遗经过的道路，并且拆除冉遗移动路线上的高压电线、通信电缆等障碍。当冉遗经过后，迅速地恢复每一处设施。

村民中大部分青壮年都已经离开老家，到外地求学或者打工，只有老人和未成年人留守，目标人群相对容易劝说。在申德旭强大的执行力下，只用两天就完成了任务，当然也不排除有些村民不听从告诫，在冉遗路过时偷偷围观，但是这种村民随后会被村级干部警告，不得散布传闻。

现在申德旭站在江边的一艘趸船上，看见像山丘一样大小的神兽，在倾盆大雨中慢慢前移，现在已经走到了入江口。

黄溪和邓瞳走在冉遗的前方，看见暴雨中的长江水流湍急，只能停下步伐，但冉遗已经看到了长江就在前方的不远处。

冉遗把头颅高高扬起，长长的脖颈伸直，发出了一声长啸。长江里的水流顿时被上空的云层吸引，卷入到空中，然后形成一道水柱。

冉遗一直被压在大山之下，终于回到了当年生存的长江，自然不愿再蛰伏于旱地之下。

邓瞳手中的金线在猛烈地抖动，黄坤看见冉遗正在逐渐失去控制，极力地要投入长江，黄坤对邓瞳喊："别让冉遗自己下水，要控制好了。"

邓瞳驱动了冉遗十几公里，本来已经觉得顺手，可是没想到冉遗此时开始狂躁，他正在心烦意乱，把手中的金线递给黄坤，没好气地说："要不你来试试？"

"冉遗本来就该由你驱使，你交给我是什么意思？"黄坤焦急地说。

"那你就别在我们面前瞎捣乱。"邓瞳大喊，"你老老实实给我帮忙就行了。"

两人正在争吵，突然看见江边的趸船上一个巨大的探照灯照向了他们。

申德旭掌控着探照灯，把光柱投射在邓瞳的身上，助手把扩音器放到申德旭的嘴边，申德旭吸了一口气，沉稳地说："邓瞳，登上江边的舢板，黄坤和刘陈策到我的船上来。让冉遗入水，我已经安排好路线。"

"凭什么我上小船，"邓瞳对着申德旭的方向大骂，"策策也就算了，黄坤为什么要跟着你上大船。"

风雨中，申德旭也听不见邓瞳的抱怨，把刚才的话又说了一遍。黄坤看了看邓瞳："交给你了，别失手。"然后带着策策走向连接趸船的浮桥。

"你去大船上歇着去，"邓瞳摆手，"真他妈的不公平，我累死累活，你们却都在旁边看着。"

邓瞳拿着金线踏上小渔船，渔船上已经有人等候，待邓瞳上船后，立即发动了引擎，渔船朝着江心驶去。

当邓瞳乘坐的渔船驶到距离江岸一段距离的时候，巨大的冉遗两只前脚踏入了江水，身体也随即匍匐在水中，然后迅速游向前方。向前游动的时候，冉遗的身体也在不断下沉，全身都没入水中，消失在江面之下。

天空似乎盖上了一把巨伞，暴雨戛然而止，长江的水流立即变得平缓起来，不再汹涌湍急。云层迅速散尽，露出明亮的夜空。

邓瞳的渔船孤零零地漂浮在长江的江面上，巨大的冉遗消失了，但是金线还在邓瞳手上，冉遗不会离开太远，可能就在邓瞳的脚下，平静的江面蕴含着危机。邓瞳心里开始打鼓，冉遗进了长江，谁知道会不会突然冒起把渔船顶翻，别说自己所在的小渔船，就是申德旭和黄坤站立的趸船，在冉遗巨大的身躯面前，也如同一片树叶。

申德旭用探照灯在江面上不断巡视，然后用扩音器告诉邓瞳，可以慢慢地前进。邓瞳哪里愿意听从申德旭的指挥，想到巨大的冉遗在江水里的恐怖，心里十分慌乱。

"只有两个小时的时间，"申德旭焦急起来，"长江航道现在是高峰期，我花费了巨大的资源才能让这段河道停航两个小时，到时候船舶驶入这段航道，冉遗还没有出水，被滚装船惊动，事情就不好办了。"

申德旭的话还没有说完，黄坤突然指着江面上说："你安排了一只船来帮助邓瞳？"

"没有，"申德旭回答说，"上下游的船只我都已经通知到了，不可能进入别的船只……"

申德旭不说话了，他看见了一只船正在接近邓瞳的渔船。

申德旭把探照灯扫向那艘来历不明的船只，这才看清楚了，这是一只木筏，上面站着七八个人。

申德旭拍了拍脑门："我疏忽了，只想到了正规航行的船舶，没有想到有人会在岸边扎木筏。"

既然这么说，黄坤也明白了，来人并非申德旭的手下，那么只有一个可能，他们是来对付邓瞳和冉遗的对手。

申德旭用探照灯照射木筏上的人："现在是航道管制时间，无关船只请立即离开，否则一切后果自负。"

可是木筏上的七八个人对申德旭的警告充耳不闻，继续靠近邓瞳的渔船，申德旭和黄坤都看见了那些人穿的是道袍。

"龙门派轩诚的手下。"黄坤说，"看来我们跟龙门派杠上了。"

"不是杠上了，"申德旭说，"龙门派当年的道首和张元天是拜了把子的，所以他们倾其所有的力量来阻拦你们。"

申德旭立即用扩音器对着邓瞳说："邓瞳，别等了，带着冉遗过江。"

邓瞳现在也没有任何办法，他看得比申德旭清楚，木筏上有八个人，八个人的脸色都不善，眼睛恶狠狠地盯着他手中的金线。

他们是来抢冉遗的。

邓瞳没有时间犹豫了，只能让船上的助手行驶渔船，绕开木筏，先朝着上游行驶，然后折向江中。木筏上的八个人同时划动木桨，追向渔船。

邓瞳还是有小聪明的，他让渔船先朝着上游行驶一段距离，由于木筏是人力划桨，比不上引擎的动力，速度就慢了一点，他让渔船抢先一步进入到江心。

但是邓瞳手里攥着金线，他驱动冉遗的速度不能太快，不然金线折断，就前功尽弃。木筏趁机调整方向，很快就追上来，又接近了邓瞳的渔船。

邓瞳手中的金线紧绷起来，再这样下去，别说金线崩断，冉遗轻轻一动，就能把邓瞳拉入水中。

申德旭看见木筏上放了一个东西，立即问道：“那是什么东西，是个桶吗？”

“不是桶，”黄坤说，“是一个鼓，冉遗对牛皮的鼓声有特殊的反应，绝对不能让他们敲鼓。”

“邓瞳手里拿着金线，一个人怎么击败这八个龙门道士。”申德旭踌躇起来，“我得想想办法，可是就算我现在找帮手，也来不及。”

申德旭说完，突然扭头看见黄坤正在脱衣服：“你有办法？”

黄坤已经把上半身脱得精光，赤霄宝剑被他咬在嘴里，申德旭和策策看见黄坤身上的青龙文身已经显现出来。

“剖木符？”申德旭说，“黄家的看家本领。”

在黄坤身上的青龙文身之下，黑色的波纹和卷云文身也显现出来，避水符也同时施展。

黄坤不再迟疑，衔着赤霄宝剑纵身跃入江中。

木筏上的八个龙门道士，七个人背靠背，手里抽出了长剑，形成了一个剑阵。中间一个人拿着鼓槌，看来如果他们无法抢夺到冉遗的金线，就会敲响牛皮鼓，让冉遗失去控制。

黄坤在水下可以坚持很长时间，他的目标就是木筏上的皮鼓。

黄坤潜入水中，发现身体下方出现一个看不到边际的巨大黑影，安静地漂浮在水中，金线在江水里仍旧清晰可见，这个黑影，就一定是冉遗无疑。

黄坤在水下看准了龙门道士的木筏，然后凭借避水符，顺着江水的流动，飞快地游到了木筏边缘。

木筏上的道士突然看到一个龙形的物事绕着木筏转了几圈，然后龙头冒出水，龙爪将皮鼓捞起，顺带将拿着鼓槌的道士也一并狠狠地甩到了空中，原来这个道士用铁链把自己和皮鼓连在了一起。

剩下的七个道士把剑阵收拢，隐隐有了点七星阵法的模样。

可是这个七星阵法，与王鲲鹏和徐云风的七星阵法相比，相差了十万八千里。

黄坤在阵法里待了这么，怎么可能会把这种七星阵法放在眼里。他的身体像鱼一样围着木筏飞快地游动，几乎和江水融为一体，在七个龙门道士的眼中，黄坤的剖木符和避水符同时显现，即便是当年的黄铁俞也做不到这点。

这也是黄坤领悟了混元太极这种高深的道法之后，将五行符运用到了一个前所未有的层面。

这种提升，不仅依靠个人的天赋，还需要后天的学习和领悟才能做到。

黄坤虽然没有王鲲鹏聪明，但是比师父徐云风琢磨的事情要多。论天赋，黄坤是黄家这么多年来难得出现的天才少年，年纪轻轻就被黄松柏暗中培养。性格上，他更加接近王鲲鹏，所以被王鲲鹏引入诡道，拜了徐云风为师之后，在短短的时间内，特别是入阵之后，在面临一个个对手的同时，快速地学习成长。

黄坤的法术几乎已经可以列入术士最强高手的名单，假以时日，必定是王鲲鹏之后的诡道宗师。

如果黄坤选择黄家来传承，那么黄家也定然会重新回到西南四大术士家族之首。

木筏四周的江水突然不再翻滚，黄坤游到了邓瞳的渔船边，姿势潇洒地跳上渔船。虽然邓瞳是一个跟人抬杠不服输的人，但此时看见黄坤从水中跃出，稳稳地落到了船板上，赤霄宝剑反手握着，剑身贴在胳膊后方，蕴含着强大的杀意，也忍不住佩服。

“龙门的道士留给我了。”黄坤说，“你带着冉遗渡江，我对付了这几个龙门道士，就赶上你。”

“为什么我师父没有教我这些本事，”邓瞳无法掩饰眼中的羡慕，“就把我一个人扔在山里，守着一条鱼。”

“别忘了你的师父是王鲲鹏，”黄坤说，“王鲲鹏能收一个平凡的普通人做徒弟吗？”

“我做他徒弟，不是因为我家欠他一笔钱吗？”邓瞳第一次感受到了巨大的挫败，他看到了黄坤的本事，内心难免不平衡。

“我想，这一切都在我们师父的安排之中吧。”黄坤说，“不是任何人都能驱动神兽的，比如我就不能。”

邓瞳听了黄坤这么说，心里才舒坦一些，然后忍不住说：“我们刚拜师的时候，你可比我差远了。”

黄坤知道邓瞳嘴里是永远不会服输的，笑了笑：“你也不错，灭荆宝剑在你手里施展得挺好，一拿出来，百鬼朝拜，这个我也做不到。”

黄坤说完，看着龙门道士的木筏已经靠近渔船，看来他们也是铁了心，即便知道敌不过黄坤，也不会放弃。

黄坤把身体转向木筏，然后把手中的赤霄宝剑挽了一个剑花，剑尖指向木筏上的龙门道士。

邓瞳说：“上次让你差点淹死了，其实我心里一直有点过意不去。”

“不这样，我怎么能知道自己身上避水符的厉害，这事我从来就没有怪过你。”黄坤跳到木筏之上。

邓瞳手里攥着金线，渔船朝着南岸行驶。

木筏并不大，七个道士站在上面本来就已经很拥挤，现在黄坤上来了，七人同时退后，能站立的空间更小，反而是黄坤一人站立的面积，比对方七个人的面积更大。

龙门道士七柄长剑同时指向黄坤，虽然剑阵范围狭小，但是北斗七星的方位仍旧错落有致。

摇光、开阳、天枢、天权、天玑、天璇、玉衡，在黄坤的脑海中十分清晰。黄坤从对方的剑阵摆布上就已经知道，就算他们七人合力，也不是自己的对手。

黄坤慢慢地把赤霄从右手换到左手，七个龙门道士更加忌惮，又向后退了一步，摇光星位的道士已经一只脚踩到了木筏的边缘。

黄坤看了看，迅速地向前走了两步，脚下的位置是玉衡的正前方，到了这个地步，七个龙门道士再也无法后退，只能挥剑攻击黄坤。

七星阵法的攻击是有先后顺序的，虽然间隔非常短暂，但在黄坤看来空隙却很大。黄坤的赤霄宝剑先把首先进攻的天璇位的宝剑挑起，天璇宝剑飞上了半空，接着天枢宝剑被赤霄从中斫下，掉到木筏上，天璇和天枢的宝剑被攻击，玉衡和开阳来补救，正好在黄坤的计算之中，黄坤的赤霄宝剑左右荡开，两柄宝剑顿时落入了江水里。

剩下天玑、遥光、天权三柄长剑，也被黄坤的剑尖撩拨，天玑的宝剑刺向了遥光的道士，遥光的宝剑刺向了天权的道士，天权道士的宝剑已经刺入了天玑道士的胳膊。

天玑和遥光的道士反应较快，立即扔掉了手中的长剑。只有天权道士茫然地看着眼前的师兄，还没想明白发生了什么。

黄坤这一次的进攻以一敌七，瞬间便将对方压制。

黄坤不愿意伤人，龙门是全真大宗，黄家是龙虎山传承，今后可能还有见面的缘分，现在把人伤了，以后就很难弥补了。

所以黄坤要做的就是在他们面前显示自己的厉害，让对方知难而退，至于轩诚，那是他当时无法避免。虽然可能造成了黄家和龙门之间的龃龉，但是黄坤现在也无法可想，只是尽可能不要将仇恨扩大。

黄坤心中所想，右手开始凌空画圆，七个道士的眼睛紧紧盯着黄坤右手的混元太极，不敢有一点疏忽。即便是这样，他们也没看清楚，赤霄宝剑是如何回到了黄坤的右手。

黄坤右手拿着赤霄，横着在身体面前挥舞一下，被荡到空中的天璇位宝剑这才落下，被赤霄吸附在剑身之上，接着天枢、遥光、天玑位的宝剑，从龙门道士的脚下飞起，全部贴在赤霄宝剑上，然后是两柄宝剑从江水中破水而出，贴在赤霄的剑尖处。最后天权位的道士因手中拿捏不稳，宝剑也被吸到了黄坤的赤霄剑身上。

赤霄是陨石玄铁所铸，有强大的磁力。通过黄坤运用混元太极，七柄宝剑在赤霄的剑身上出现了孔雀翎的七剑佩戴。

七个道士看傻眼了，只是他们没有想到，黄坤这么年轻，可是使出的本领却如同有着几十年的修为。黄坤刚才使出的这一招，蕴含着太极混元、孔雀翎，还有七星破解，都是在守阵时学会的。

孔雀翎可以随佩剑飞出，而龙门道士在木筏上根本没有躲避的余地。下游几十米的地方落入水中的道士抱着皮鼓呼救。

七个龙门道士忍不住看向下游的江面，随即又把头扭回来，警惕地盯着黄坤。

“你们是去救同伴，还是继续跟我打下去？”黄坤沉稳地问。

龙门道士精神开始松动。

“轩诚道长在冉遗出发的那个村子里，”黄坤说，“正在柳村长的家里养伤，如果你们现在赶过去救治，轩诚道长的伤势应该还不会导致残疾。他肩膀下一剑是我刺的，当时形势紧急，我也是迫不得已。等事情结束，我一定登门赔罪，到时候任各位责罚。”

龙门道士相互看了看对方，都很犹豫，黄坤诚恳地说：“本次道教冥战，参与的都是外道，龙门派是道教正宗，何必要卷入这一趟浑水？”

龙门道士见黄坤占据绝对优势时语气仍旧谦恭，但每一个字却都暗藏威胁之意，明白只有内心极有把握的高手，才能表现出这种态度。

龙门道士中一个年龄稍长的终于出头了，他首先看了看其他六个师弟的脸色，然后对黄坤说：“诡道沉寂了几百年，到现在，不仅是王鲲鹏天下闻名，看来阁下也将紧随王鲲鹏之后，我们还是留下以后相见的缘分吧。”

黄坤十分感激，对龙门道士分别拱手，然后跳入江水中，看着龙门道士划动木筏，去救漂浮在下游的同门了。

黄坤通过避水符，已经到了在水中也和在旱地无异的地步。很快，申德旭和策策的快艇到了黄坤的身边，黄坤爬上了快艇。

申德旭看了看江面，对黄坤说："邓瞳带着冉遗已经过了江心，我们在南岸等着他。"

快艇绕开了冉遗通过的路线，循着上游提前上岸。一个小时之后，邓瞳所在的小船距离南岸只有两百多米了，而邓瞳身后的冉遗，头颅高抬在江面之上，温顺地跟着邓瞳。

申德旭看着冉遗的头颅，询问黄坤："你说邓瞳这小子到底值不值得信任？"

"性格轻浮。"策策说，"我对这种人实在是没有什么好感。"

"至少到现在，他经历过了这么多事情后没有真的跑掉。"黄坤说，"他如果真的要跑，别说柳涛，就是王师伯也拦不住吧。"

李冰镇水，长江二十五神兽中的冉遗，从江北渡江到了南岸，这是一件震撼天下道教的事情，几乎和七星阵法的摆布一样让人惊愕。

七眼泉上，马接舆对王鲲鹏十分钦佩："这么大的事情，如果是你亲自去做，我倒觉得没什么厉害之处，毕竟你的修为和地位到了这个地步。但是你竟然让一个初出茅庐的小子做这么大的事情，并且还安心在这里等着他过来，你这份镇定自若，我服气。"

王鲲鹏没有正面回答马接舆，而是询问另一件事情："萨满之后，张元天还有没有后手。"

"就算是有，也都是龙门道士这样的式微门派了。"马接舆说，"我知道你要问什么，我可以告诉你，你对付了萨满之后，张元天再也没有理由躲在暗处。"

"我不是这么想的，"王鲲鹏担忧地说，"一定还有人，而且不止一拨。"

"我想不出来他还能召集什么人了。"马接舆说，"以我对他的了解，七星阵法已经消耗了他能召集来的所有高明术士。”

“一定还有人。”王鲲鹏坚定地说。

“要是如你所说，”马接舆看了看天色，“那现在就应该来了。”

“不是来这里找我，是去找徐云风。”王鲲鹏看了看西边，“张元天现在不会放过徐云风。”

“老严和张家岭会扰乱徐云风的情绪？老严和张元天之间的恩怨，不就是整件事情的源头吗？”马接舆问，“更何况这两人对徐云风没有什么威胁了吧，他们的法术即便是比我高明，在徐云风面前……哼哼……我跟徐云风交过手。”

马接舆说完，看了看方浊：“这人的本事真的很难得。”

王鲲鹏问马接舆：“萨满什么时候到？”

“绝对在冉遗到达之后。”马接舆回答。

王鲲鹏想了想，对马接舆说：“有人得去牛扎坪。”

马接舆踌躇起来：“我答应帮你对付萨满，我现在不能走。”

王鲲鹏把头转向方浊：“疯子需要有人替他把开山拔出来。”

方浊听了，立即答应：“我现在就去。”

意外的是，寻蝉并没有阻止方浊，而是说：“好吧，我跟着方浊回去。”

“你留下。”王鲲鹏轻声说，“方浊一个人过去就行。”

寻蝉不说话了，十分尴尬。

王鲲鹏对寻蝉的反应并不意外，这个细节也同样逃不过马接舆的眼睛。

王鲲鹏和马接舆对视一眼，王鲲鹏立即明白，马接舆早就看出来寻蝉有古怪，既然他没说出来，那么他的想法和自己的想法就一定是相同的。

寻蝉一定是见过了什么人，这点是十分肯定的。王鲲鹏心里猜测了很多有可能的人，但是他到现在还没能确定，所以他不能让寻蝉离开自己的视线，更不能放寻蝉到徐云风的身边。而马接舆的想法是，在现在的这种状况之下，他也不放心寻蝉和方浊在一起，毕竟她们师兄弟两人之间的关系比他们父女更加亲近。方浊对寻蝉没有防备，这是一件很可怕的事情。

现在的问题是，王鲲鹏和马接舆都不知道寻蝉见到的人到底站在什么立场。

寻蝉没有坚持，而是走到了方浊的面前，用手整理了方浊的发髻："你去吧，我不拦你。"

"师兄，你为什么改变主意了？"方浊虽然单纯，但也看出来王鲲鹏和马接舆对寻蝉的提防。

"当然是有缘故的。"寻蝉说，"可是我不能说，即便是他们两人把我当敌人，我也不能说。"

徐云风现在不急了，反正一切都成了定局，他任何反抗都已经无用。徐云风悠闲地看着张家岭和老严："很好奇你们这些人，相互钩心斗角了一辈子，最后还是要死在一起，你们到底是好兄弟呢，还是仇人？"

"你和王鲲鹏不也是这样。"老严哼了一声，"你坏了他多少事情。"

"我可做不到把我的兄弟关在地下十几年。"徐云风也学着老严哼了一声，"倒也是，好吃好喝地管着，有人这么对我，我也把他当兄弟。"

"你现在挑拨我们之间的关系，到底有什么目的呢？"张家岭苦笑，"其实，我当时也是答应了要守着地下铜鼎的。"

"那你们兄弟之间一笑泯恩仇吧。"徐云风说，"我没你们精力旺盛，跟小孩过家家似的。"

"你还是想办法抽出石头里的开山宝剑吧，"老严提醒，"再不抽出来，就来不及了。"

"我听说开山宝剑只能用一次。"徐云风问，"当年聂政的父亲，那个铸剑师用了一次；后来在尉缭的指点之下，韩信又用了一次。现在是第三次了，这世上到底还有没有规矩，定了规矩又不去遵守，还讲究个屁啊。”

“要论现在天下术士里最不守规矩的人，”老严苦笑，“应该就是你吧。”

“所以这把开山宝剑应该由我来用？”徐云风说，“可我没这么大的力气。”

“开山宝剑拔出来后是另有用途的。”张家岭说，“七星阵法开启了，就要有终结，开山宝剑就是终结阵法的法器，倒不是要你拿着这东西砍杀什么人。”

“不拔出来又能怎样？”徐云风追根问底。

“开山宝剑要是不拔出来，”张家岭解释，“当王鲲鹏开启红水阵之后，别说拿来对付对手，第一时间就是跟你的七星阵斗起来。这倒是跟你所说的挺匹配，你们兄弟之间，各自一个阵法好好打一场。”

“说得好像挺有道理似的。”徐云风说，“可是为什么会这样？”

“你应该是忘记了王鲲鹏红水阵的来历，”张家岭解释，“距离最后一次道教大阵的出现已经过了一千多年，直到现在，王鲲鹏才开启了阵法。”

“这跟七星阵法有什么关系？”

“红水阵是截教的阵法，”张家岭提示，“北斗七星是铲教最尊崇的太上北斗……这两个阵法分属铲截二宗，各自剿杀了无数术士，两个阵法现在同时出现，以你对阵法的了解，你觉得七星阵法真的在你的掌握之内吗？”

徐云风不理会张家岭，看着地面上的剑柄，站立又蹲下，一会儿摸下巴，一会儿挠头发。

现在轮到张家岭和老严两人轻松地看着徐云风手足无措。

“但凡是世间的高手，走到了最后，必定是要互相龃龉，然后再你死我活的。”老严的声音十分沙哑，“这个世界容不下两个高手，你和王鲲鹏之间，就看谁的心更冷。”

徐云风听了，指着老严说：“你闭嘴！”

老严闭上眼睛：“那看来不是你了。”

徐云风无奈发现，果然七星阵法剩下的三个星位正在慢慢移动杀气，正是指着七眼泉的方向。七眼泉上的红水阵所蕴含的力量，正在地下涌动。

“邓瞳！”徐云风心里想到了这一点：冉遗到了七眼泉，是去帮助王鲲鹏的，可是邓瞳不在七星阵法中，不仅如此，还有黄坤以及方浊和寻蝉，他们会在七星阵法的驱使下，一齐对王鲲鹏造成威胁。

可是邓瞳、黄坤、方浊是不会配合阵法攻击王鲲鹏的，除非有人能带动阵法。

“寻蝉……”徐云风本能想到了方浊的师兄，寻蝉明明是要走的，可是偏偏去了七眼泉，徐云风的心里狠狠地揪了一下。

水分部：润十三，小馀十九，起四刻八分，尽六刻正分

“这个天下，容不下两个绝世高手，”陈平对韩信说，“更别说三个。”

“看来张良也逃不过你的算计。”

陈平盯着看了韩信很久：“你觉得我做不到？”

韩信没有回答，只是喝光了樽里的酒。

三个投奔刘邦的天下俊杰如今都在长安城内，他们当年的目的都达到了，不仅替汉王夺取了天下，并且都显示出了他们的天赋和才华。汉朝已经建立，当年李斯、魏辙、尉缭追求的天下已经被三个年轻人实现。秦朝的大厦虽然土崩瓦解，但是郡县制在废墟上已经重新奠定了坚实的基础，分封制虽然在汉朝的制度里仍然存在，不过再也

不会影响到帝国的延续。逐步剪除分封王的势力，将是一个漫长的过程，却势不可当。

张良的“天下九星谋略”、韩信的“纵横十九道”战无不胜，还有陈平的“阴谋诡辨示形出奇鬼神之道”，算尽所有阴谋，终于实现秦朝三根柱石的理想。

曲逆献侯陈平，留侯张良，淮阴侯韩信，还有无数的豪杰，他们都为这个巨大的变革，做出了不可磨灭的贡献。

三人之中，只有韩信对侯爵的地位十分失望。从齐王到楚王，然后到现在的淮阴侯。从共治天下，到被囚禁在长安的一个府邸里。每一次转变，都是拜面前的师弟所赐。

虽然陈平的年龄较长，却偏偏是自己的师弟。他们都是诡道尉缭的传人，也是彼此最大的敌人，更无奈的是，韩信输在了陈平的手中。

现在，陈平在韩信的府邸里拜访韩信。两人内心都各自戒备，但表面上仍旧平静，他们心里都明白，他们之间一定有一个要被彻底剪灭，斗争还没有结束。

韩信还有翻身的机会，而陈平今天来的目的，就是要试探韩信，韩信到底有什么样的计划。阴谋已经变成了阳谋，两人之间的残杀还没有走到尽头。

韩信知道陈平过来是什么目的，张良的“天下九星谋略”有个漏洞——北方代地。

这个漏洞，是魏辙的《太公兵书》没有计算到的，到了汉朝帝国建立，火德运行天下，北方的水德玄武会是皇帝的致命弱点，而水德最旺盛的地方就是代地。

这件事，天下只有诡道的传人能够计算出来。韩信当然知道这一点，无论是韩信掌握的阳谋算术，还是陈平的阴谋算术，他们的结果都指向了代地。皇帝去世之后，继位者必出于代地。

皇帝亲征北方，与匈奴冒顿单于交战，一定也是陈平的布置。而现在陈平过来，就是在试探韩信是否意识到了这一点。韩信很清楚，一旦陈平知道自己把所有的希望放在代地，那么自己的性命也就到此为止。

虽然眼前坐着的是陈平，但是皇帝巨大的黑影就在陈平的身后，韩信似乎能看见皇帝的目光越过陈平的头顶，紧紧地盯着自己，一直看到自己的内心深处。

这是一个生死关头。

韩信不怕死，但是不能放弃这个最后的机会。

“大王对白登有什么看法？”陈平的表情渐渐狰狞。

“我已不是王爵，”韩信知道自己现在不能说错半个字，不能卑谦，但是更不能狂妄，“我连一介布衣都比不上，陈侯是要提醒我云梦泽的往事。”

“你我同出诡道，”陈平坐在韩信的右首，“本该以兄弟相称。”

“不敢在陈侯面前自称兄弟。”韩信看着陈平，谨慎，继续谨慎，“陈侯在平城献出良策，让皇帝突围，听说一直不肯吐露事情真相。”

“皇帝是天下共主，”陈平说，“不太光彩的事情，就由我来承担。”

“冒顿单于的手下有高手，”韩信试探，“跟陈侯一样的绝顶高手。”

“不错，”陈平说，“是个楚国人，掌握当年蚩尤的幻术……”

陈平又一次露出凶狠的表情。韩信很清楚：“我对楚国的术士并不熟悉。”

“哦，”陈平点头，“还以为大王在楚地经营……”

“我已不是王爵。”韩信打断陈平，陈平身后的黑影有着强烈的杀意，“我只是长安城里的一个百姓。”

“刚才说到哪里了？”陈平轻声问。

“陈侯在白登遇到了冒顿单于手下的一个术士，”韩信仍旧提防，“皇帝被困四十日。”

“师兄难道不好奇，我是用了什么办法帮皇帝脱困。”

“你我虽为同门，”韩信说，“但同时辅佐皇帝，应该同为臣属，师门一说，就不要再提。”

陈平沉默一会儿：“我杀了那个术士，二十万阴兵。”

“如果我没有猜错，”韩信说，“应该是项王当年坑杀的二十万秦军。”

“韩侯是故意猜错的吧。”

“那应是对方召出了这二十万秦军冤魂。”韩信说，“当年项王坑杀二十万秦军的时候，我记得陈侯当时还在项王的身边。”

陈平说：“但是赵国的四十万士兵也是冤魂。”

到此为止了。

韩信已经知道了陈平是用什么办法，让皇帝摆脱了白登之围。陈平吐露了事情真相，韩信知道，今天的这个试探他已经过关。

陈平没有杀意，陈平的杀意来源于刘季。

未央宫里，皇帝威严地站立在黑暗里。陈平低着头站立在皇帝身后，皇帝已经不是当年的汉王了，更加不是当年的沛公。

“当年你劝说项王坑杀二十万秦兵。”皇帝的声音在安静的宫殿里十分清晰，“现在你告诉我该不该杀？”

陈平不敢说话，他不能建议皇帝不杀韩信，皇帝对韩信的忌惮已经到了寝食难安的地步。但是陈平也不能建议皇帝杀掉韩信，杀掉韩信，皇帝会后悔，皇帝毕竟曾是沛公，是汉王，而汉王是韩信的知己，是朋友，是共席天下的兄弟。

韩信不能死，一旦死掉，这个裂纹就会扩大，接下来遭殃的是谁？

张良？还是自己？

陈平和皇帝两人都沉默了很久。

终于，皇帝开口了：“我很想回沛丰邑看看。”

陈平松了一口气，现在他又变成了沛公，沛公是不会杀掉韩信的。

沛公在故乡看见了当年的旧人，哭了。沛公老了，在恋旧，这是好事，这样会少死很多人。当陈平听闻皇帝回到了长安，下令陈豨带兵镇守代地，他长舒了一口气，皇帝终于还是没有痛下杀手。但是在皇宫里，陈平看见了吕后的那双锐利、冷酷的眼睛，他也怀疑张良是否已经知道了代地水德的秘密，不然吕后为什么这样看着自己。吕后和张良有私下联络，张良比自己聪明，至少比韩信聪明。

陈平向皇帝举荐陈豨镇守代地，是他在向吕后示好。吕后一直都不喜欢陈平，吕后真正的亲信是张良。张良也知道如何保全自身。吕后到底对自己是什么态度，陈平很惶恐，这决定着他的命运。

韩信也松了一口气，陈豨是吕后的亲信。但是陈豨还有一个身份，那就是韩信的追随者，韩信很早就在暗中教授陈豨兵法——“纵横十九道”。

韩信以为谁也不知道陈豨和他之间的关系。

韩信错了，张良知道，陈平也知道。

陈豨去了代地。

吕后终于肯见陈平了。

“张良不同意，”吕后的声音比皇帝更加冷漠，“你同意吗？”

“如果我不同意，”陈平把身体伏下来，就如同当年他向尉缭伏下来一样，“我当然不会举荐陈豨。”

“听说你和淮阴侯有一个共同的师父。”吕后说，“是尉缭？还是魏辙？天下绝顶的术士，同出一门，如果要是手足相残，的确是一件很痛惜的事情。”

陈平把额头狠狠地磕在地面：“绝无此事！”

无数的黑影在陈平身边，有的在哭泣，有的在哂笑，更多的是沉默。陈平站在渭水之旁，身边没有一个随从。

什利方已经死了，或者是假死，或者回到了那个据说叫天竺的地方。现在陈平知道张良的身后也有一个类似于什利方的人，那个人也有部分被少数的人知晓的传说，他被称呼为赤松子。

陈平陷入了沉思，在授业恩师尉缭和魏辙之上，更有什利方和赤松子的存在。现在陈平很难不去设想，什利方和赤松子可能是同一个人。

如果是这样，那么张良的目的，就和自己一模一样。无论张良或自己谁能走到最后，什利方或者是赤松子都将立于不败之地。

什利方和自己交换的是要建立一个异于帝国政权的组织，这个组织将控制所有人的精神，包括皇帝。

这是千古以来从未有过的。现在陈平和张良都有同一个终极任务，那就是建立这个组织，成为开创者。当然，若成功，他们中也只有一个人可以做到。

“天下大道，太平享之。”当年什利方对陈平说过，“太平道，道教。”

“道教。”陈平难免苦笑，“将天下所有的术士和奇人纳入门下，形成统一的组织，名号为太平道。”

这是一个几乎无法完成的任务，只能由掌控着至高无上的权力的人才能去尝试，现在有三个人选，自己、张良，还有韩信。

从目前的形势来看，韩信已经被抛弃。不，从一开始，韩信就是被抛弃的。

诡道门人陈平，将要去完成这个震古烁今，开创一个新局面的任务。陈平知道自己已经没有第二个选择。

韩信以为他要赢了，可惜他输了。

陈豨果然在代地反叛，这是韩信的计划。韩信看准了北方玄武是破局天下九星的关键所在，并且十分信任陈豨对自己的忠心。

韩信就等着陈豨的这个信号，他已经悄悄在长安城内召集了几千兵士。对于天下战无不胜的战神来说，这个兵力够了。皇帝已经带领大部分军队去往了代地。

韩信的计划，几乎是无懈可击，滴水不漏。

如果这个世界上没有张良和陈平，的确如此，可惜事实却并非韩信所想的那样。

去往代地的陈豨，并不是陈豨。

这个变动，韩信不知道，皇帝也不知道，天下人都不知道。

但是张良知道，陈平在被吕后召见的那一刻，也立即知道了。

陈豨即将前往代地镇守的前一天，在吕后居住的长乐宫里。

“张良不同意，”吕后的声音比皇帝更加冷漠，“你同意吗？”

陈平看见吕后的身边放着一颗血肉模糊的头颅，不需要陈平去确认，那颗头颅就是陈豨的。吕后已经开始了她的计划，她的意思很清楚，平定天下的三人，只有一个人能跟着她走下去。付出的代价，就是背叛自己的战友，背叛皇帝！

张良没有答应。如果张良答应了，跪在吕后面前的就不会是陈平。

陈平没有任何拒绝的理由。

跟皇帝两军对峙的人，根本就不是陈豨，一个死人对皇帝又能有什么威胁呢？如果皇上知道了吕后的布置，假的陈豨会变成真的陈豨，长安城内的军权也会交给樊哙，不过皇帝太相信和自己一起起兵的兄弟了，忘记了樊哙的妻子，是吕后的妹妹。

韩信和皇帝两人的命运已经同时被终结。“陈豨”在代地的反抗，天下九星北方玄武代地的缺陷，是张良故意留下的一个陷阱。

这么庞大的计划，可能在多年前，齐王韩信被迁徙到楚国那一刻，就在开始谋划了。张良到底有什么把柄在吕后的手里？

陈平只有这一件事情没有想明白。

皇帝亲征，吕后代政。朝廷之上，陈平看着文武百官的每一张面孔，萧何、曹参、周勃、郦商……还有樊哙，陈平知道这些人都已经跟自己一样，被吕后掌握在手心里。那些没有跪在吕后脚下的将领，英布、卢绾、彭越……陈平不寒而栗。

陈豨只是一个最合适的人选而已，“陈豨”的叛乱就是吕后对皇帝的致命一击。

现在陈平要做的事情只有一个，那就是了结韩信。

吕后带着陈平到了长乐宫。无数的编钟，摆放在长乐宫宽阔的宫室里。

现在只剩下站在编钟之间的韩信和陈平。

陈平看见了吕后身边的萧何，萧何已经不再避讳，陈平最后的犹豫也烟消云散。

“见天不杀，见地不杀，见兵不杀，见人不杀。”这并不是皇帝与韩信之间的约定，而是皇帝赐给韩信保全性命的道法天罡罩。这个法术是谁教给皇帝的已经不重要了，那个人已经死了。

而破解这个天罡罩的人，除了陈平，实在是没有更好的人选。

韩信被关进了一个木笼子里，旁边的力士把木笼子提到了半空中，距离地面四尺。

——不见地。

一群宫女拿着尖锐的竹竿走进来。

——不见兵，不见人。

还有最后一步，不见天。陈平把一束黑色的绫缎罩在了木笼之上。

吕后把一柄宝剑扔在了陈平的面前，陈平跪下，把宝剑拿起来，这是他的旧物，赤霄宝剑。

天罡罩破了。

韩信身边守护的六丁六甲已经被赤霄宝剑击退。

“我从未想过要反叛沛公。”韩信看着陈平的眼睛。

“我知道，”陈平转身，“这就是你必死的原因。”

韩信取下黑色绫缎，把自己的眼睛挖了出来。

十几根竹竿同时刺入木笼，每一根都从韩信的身体贯穿。

在代地的皇帝知道了韩信谋逆，已经被吕后平定。消息传开后，陈豨的部下哗变，代地的军队顿时土崩瓦解，送在皇帝面前的，是一具没有头颅的尸体。

皇帝大笑了三声，然后当着身边的随从，还有所有的将领面，号啕大哭。

韩信死了，刘邦再也没有可以真正对抗吕后的实力。

皇帝回来了，召见了陈平。

陈平看到皇帝瞬间老了，他也命不久矣。

皇帝看着陈平只问了一句话：“还会发生这样的事情吗？”

“会不断发生的。”陈平木然回答，“汉王，你输了。”

陈平又想到了张良，突然意识到张良已经很久没有出现在长安。

从此，高祖不再亲政，吕后掌握朝政。

算沙部

七眼泉上，卯时即将过去，寅时马上到来，太阳就要从东方升起。

“来了。”马接舆和王鲲鹏同时说道。

但是两人说的并不是同一拨人。

萨满和冉遗同时到了七眼泉。

七眼泉冷寂了这么长时间，终于热闹起来。寻蝉看着天空中飞过来一只老鹰，在太阳升起之前，老鹰的身影如同幽灵一样在七眼泉的上方一圈又一圈地盘旋。

马接舆看着老鹰，眼睛眯成了一条线。萨满的先行者，马接舆的老对头来了。

山下的冉遗移动着山丘一样的身躯，慢慢地挪动到山顶之上。

黄坤和刘陈策已经提前跑到了王鲲鹏的身边，看到王鲲鹏、马接舆、寻蝉三人都抬头看着天空。黄坤来不及向王鲲鹏跪拜，立即把手中的赤霄宝剑拔出来，警惕地看着还在空中滑翔的老鹰。

老鹰更加放肆，猛地从天空中直冲而下，在距离王鲲鹏等人头顶几米的地方突然转向，远远飞开。

除了刘陈策忍不住用手护住了自己的头部之外，王鲲鹏、马接舆、黄坤全部一动不动，眼睛都没眨一下。

老鹰试探之后，察觉到了这几个人的力量，呼叫一声，朝着北方飞去。

冉遗到了。

邓瞳手里拿着金线，走到了王鲲鹏的身边："师父，我总算是可以不用在那个破山里待着了吧。"

"如果你愿意，"王鲲鹏说，"现在就可以走了。从此诡道和邓家之间的债，全部一笔勾销。"

"可我不就是诡道的门人吗？"邓瞳只害怕徐云风，却对师父并不太敬畏，"你不是在过河拆桥吧。"

冉遗到了七眼泉，立即不停地用前肢刨着地面。地面下有泉水，是红水阵的七道黄泉。冉遗的力量巨大，红水阵再不开启，封印的黄泉就要流淌到地面上了。

萨满的老鹰去而复返，从东方飞来，而且不再是一只。太阳升起，一轮红日冒出了山头。日头之中显现了几个黑点，然后黑点越来越大，越来越多。

无数只老鹰朝着七眼泉列队飞来，而且还有越来越多的飞鹰加入到队伍之中，数量之庞大，令人无法想象。

瞬间，成百上千只老鹰将七眼泉的上空覆盖，这次，它们不再谨慎地试探，而是如同龙卷风一样，在王鲲鹏等人的上方盘旋。

冉遗停止挖掘地面，上古神兽发现了异类的存在，于是扬起头颅，对着这些老鹰。

老鹰在空中聚集收拢，蓄势待发。

一只老鹰朝山顶俯冲过来，之后的老鹰也全部蜂拥而至。鹰队如离弦的弓箭一样，冲向七眼泉上的人和冉遗。

“男人拿出佩剑，不要闭眼。”马接舆大喊，“女人躲在后面。”

马接舆嘴里说着，与王鲲鹏两人都把手里的木剑举起，剑尖正对着前方上空老鹰扑来的方向。黄坤举着赤霄，邓瞳拿着灭荆，如法炮制。寻蝉手中无剑，站到了王鲲鹏的身后，刘陈策犹豫了一下，走到了黄坤的身后。

冉遗的嘴巴张开，露出了两根巨大的獠牙，獠牙的末端，也对准了鹰群的方向。

鹰群呼啸而下，把巨大的冉遗，还有六个人统统覆盖，无数老鹰不断地冲到他们面前，然后被他们手中的木剑和宝剑的剑气挡开，老鹰只得绕到六人的身后，重新飞到天空上。

这个过程整整持续了半分钟。

邓瞳的脸上被老鹰抓了好几道血痕，头发散乱，头皮也少了一片，头顶鲜血淋漓。黄坤的一只眼睛受伤，策策用手帕将黄坤受伤的眼睛包扎好。马接舆和王鲲鹏全身上下没有任何伤痕。

而冉遗被老鹰冲击之后，身体表面出现了无数裂口。只是冉遗在地下千年，皮肤表面如岩石一样坚硬，并没有伤及根本。

地下有十几只受伤的老鹰，扑扇着翅膀，还要勉强攻击，被邓瞳用灭荆宝剑一一刺死。

“咚——”

摄人心魄的鼓声来了。

冉遗听到了鼓声，顿时狂躁起来，头颅在空中扭转，发出嚎叫。

王鲲鹏把头转向黄坤："把赤霄宝剑刺入地下，用你的开山符破开地面，开启红水阵！"

"不能开！"马接舆大喊，"牛扎坪的开山还没有拔出来。"

"等不了了。"王鲲鹏大喊，"顾不了这么多了。"

"红水阵一开，两个道教大阵同时出现，势必无法收拾。"马接舆对着黄坤沉声说道。

黄坤在犹豫。

"你还在等什么？"王鲲鹏吼了起来。

"再等等，再等等！"马接舆不理会王鲲鹏，"等你师父终结七星阵法！"

但黄坤已高高举起手里的赤霄宝剑，开山符已经显现，黄坤脚下的地面正在开裂。

"动手！"王鲲鹏再次催促。

道教已经不是千年前鼎盛时期的道教了，铲截相争的几百年里，无数阵法被当年的道士布置，无数的道士在阵法里魂飞魄散，导致了道家大阵成为道教不能触及的忌讳。

而现在王鲲鹏和徐云风同时掌控红水阵和七星阵，最终要面对的后果，也超出了两人的设想。

牛扎坪上老严和张家岭看着徐云风："要不再试试？"

三人的注意力都放在了宝剑之上，牛扎坪上的杀意弥漫，锋芒直指七眼泉。

"如果七星阵真的和红水阵同归于尽，"徐云风无奈地说，"我也只能听天由命，开山宝剑，我拔不出来。"

黄坤的开山符祭出，地面顿时裂开。七道黄泉立即从地面之下涌起。无数的怨灵在黄泉下哭嚎。

马接舆的眼睛看向西方牛扎坪方向。

"果然如此。"马接舆绝望地说道。

七星阵是铲教大阵，红水阵是截教最后一阵。两宗的仇恨全部蕴含在阵法里。现在两阵同出于天下，七星阵再也不受徐云风控制，正用尽所有的力量猛扑七眼泉的红水阵。

红水阵里的怨灵已经感受到了七星阵的威胁，怨灵们的哭嚎转而变得愤怒。天玑冉遗还有邓瞳和黄坤就是它们第一个目标。

红水阵里的怨灵伸出无数黑色的手掌，攀附在沟壑之上。然后一具又一具湿淋淋的尸体爬上来，对着邓瞳和黄坤张开了黑色的嘴巴，无穷无尽的细小飞蚊从这些尸体的嘴巴里飞出，把邓瞳和黄坤包围起来。

黄坤和邓瞳手里的宝剑开始不受控制，黄坤的赤霄宝剑已经指到了王鲲鹏的肋下，王鲲鹏用手指格挡赤霄，黄坤也用手掌将赤霄宝剑的剑身紧紧握住：“我师父怎么了，按道理，方浊现在已经到牛扎坪了。”

邓瞳还没有反应过来，灭荆已经脱手而出，在他头顶上盘旋了一圈，然后刺向王鲲鹏，王鲲鹏和黄坤两人都在极力阻止赤霄的攻击，没有余力来抵抗暗器一样的灭荆。

而邓瞳对眼前发生的一切十分茫然，根本就来不及去阻挡灭荆。并且无数的黑影也从七眼泉山顶的各个方向涌向了沟壑，与沟壑下的怨灵相互撕咬。

眼见灭荆宝剑直直地刺向王鲲鹏的眉心，王鲲鹏要死在徒弟邓瞳的灭荆宝剑之下时，宝剑突然停顿在空中，不再向前刺入半分。

王鲲鹏对黄坤说：“一，二……”

黄坤明白王鲲鹏的意思，当王鲲鹏喊到“三”的时候，黄坤把所有的力量都灌注在赤霄宝剑的剑柄上，王鲲鹏的手指把赤霄宝剑的剑身向下弹去，赤霄宝剑深深地插入地面。黄坤双手握柄，把赤霄摁在地下。

王鲲鹏看着眉心前的灭荆，扭头看着身旁不远的马接舆："多谢。"

马接舆一脸的凝重："七星阵法，哼，七星阵法。"

黄坤跪在地上摁着赤霄，对着邓瞳大骂："你还在等什么，快把你的宝剑收回去。"

邓瞳这才如梦初醒，跑去将停顿在空中的灭荆宝剑攥住。

王鲲鹏后退一步，看着灭荆被邓瞳收入剑鞘。

但是天玑的冉遗，百鬼朝拜的黑影，还有红水阵中的怨灵已经开始相互残杀，尖叫和呼号声不绝于耳。

七星阵和红水阵拼杀起来了。

"咚——"一声巨大的鼓点传来，这次声音更大，看来距离更加近了。

"我的老朋友来了。"马接舆对王鲲鹏说，"他们真会找时机。"

七眼泉的来路，走来了一群人，漫天的老鹰在这群人的头顶盘旋。这群人中，分别有四个人抬了两样东西，一个是巨大的皮鼓，一个是轿子。

这群人走得越来越近，走到了沟壑的边缘。他们全部穿着厚厚的长袍，十分不合时宜。

马接舆看着轿子上的人："乌兰，我们又见面了。"

轿子上是一个蒙古族的女人，年纪在四十岁左右，看来是和马接舆交过几次手，她立即用汉语回答："你走吧，今天的事情跟你没关系，我们之间的恩怨，以后再解决。"

"我不走啦。"马接舆大喊，"当年你是怎么答应我的？"

"我的确答应过你，这辈子不踏出边境。"乌兰的声音十分高亢，"可是这次我没办法。"

"这次你可走得远了，"马接舆说，"都走到中原腹地来了，你说你在漠北养马放牧，放着多好的日子不过，跑到这里来凑什么热闹。"

"都是老熟人了，"乌兰大声说，"你难道不知道我来做什么？"

“这里的事情不是你想的那样，”马接舆说，“你来是送死的。”

“谁说一定要死，”乌兰说，“我帮了张元天，大家才能活下去。待在家里，倒是必死无疑。”

“张元天就是这么糊弄你的吧。”马接舆说，“他的许诺，你真的信吗？”

“真的信了。”乌兰在轿子上伸出脚，抬轿子的汉子匍匐在乌兰的身前，乌兰的脚踏在汉子的后背，然后才落到了地面。

邓瞳看着乌兰：“这人真是装到家了。”

乌兰的眼睛立即看向了邓瞳：“这个小孩子在说什么？”

“我在说你……”邓瞳话还没说完，头顶一黑，一只巨大的老鹰扑到了他的面前，利爪像闪电一样伸出，这一爪，别说邓瞳的眼珠了，就是脑髓也要被掏得干干净净。

邓瞳连躲避的机会都没有，只能低头，但这样一来后脑勺的破绽也暴露在老鹰眼前，鹰嘴向下啄，坚硬的鹰喙堪比钢铁利器，邓瞳的后脑勺根本不堪一击。

但老鹰在啄下的一刻，却突然被一股力道硬生生拉开，然后被狠狠地摔在地下。王鲲鹏捏着老鹰的鹰腿，把老鹰的脑袋踩在脚下。

乌兰看着威风凛凛的王鲲鹏：“我知道你是谁，王鲲鹏，对不对？”

“正是。”王鲲鹏对乌兰说，“这里是我们的地盘，还轮不到你威风。”

“这个小孩子不讲究，我给他个教训而已。”乌兰说，“你放了我的鹰，我就算了。”

王鲲鹏哼了一声，把老鹰高高扬起，松了手，老鹰惧怕，远远飞开。

“你我之间交手数次，”马接舆说，“你觉得这次，你有机会吗？”

“当然有。”乌兰对马接舆说话也不客气，“我带了一些人过来，让你瞧瞧。”

乌兰说完，她身边的汉子把套头戴在头顶，然后地面上的泥土破开，一具一具的死尸从地下破土而出，死尸只剩下枯骨，却全部穿着锈迹斑斑的盔甲，手里拿着马刀。不多时，全部整列成队。

马接舆呆住了，“是张元天告诉你的地方？”

“当然。”乌兰冷冷地说，“在宁夏的沙漠里。”

王鲲鹏听了，看着马接舆。

马接舆点头：“是的，就是当年给蒙哥陪葬的士兵。”

黄坤看着冉遗和无数黑影正在和沟壑里的怨灵厮杀，他和邓瞳的宝剑都不能随意控制，不免焦急起来：“方浊在等什么？”

邓瞳对着黑影大喊：“你们他妈的认错人了，快过来帮我对付这老女人。”

乌兰听见邓瞳说的话，对着王鲲鹏说：“这是谁的弟子，太没教养。”

“我的徒弟。”王鲲鹏对乌兰冷冷地说。

马接舆走到了王鲲鹏的身后，轻声在王鲲鹏的耳边说：“我不知道你之前遇到的对手有多么厉害，但是现在面前的蒙古萨满，一定是超过你之前的任何一个对手。”

王鲲鹏手伸在背后，对着马接舆摇了摇，脸部仍旧面对着乌兰。一个又一个士兵从地下冒出来。这是当年蒙古人实力最强盛的骑兵卫，千年不死的阴兵。

七眼泉上，邓瞳束手无策地看着百鬼黑影被沟壑里的怨灵击败，正在不断地后退，眼看着怨灵一步步爬上来，天玑冉遗的身体被沟壑之下的怨灵攀附，七眼泉的地面猛烈地抖动。邓瞳的七星天玑不是红水阵内道教怨灵的对手，那些怨灵有的已经显出了当时的身体形状，在空中飘忽不定。

黄坤的开山符此时已经施展，他正跪在地面上，双手握着赤霄的剑柄，却发现赤霄在慢慢发出细微咔咔声，仔细一看，原来赤霄的表面从下至上，慢慢化成岩石的模样，而且这个趋势随着赤霄剑身一直蔓延到剑柄。当黄坤意识到不对的时候，他发现自己的双手已经不受自己的指挥。接着，自己的双手也已经变成了坚硬的岩石，这个转变是从外部开始的，刚开始黄坤还能感觉到双手的麻木，当手臂的表面开始岩化的时候，黄坤的双手已经完全没有了任何知觉。

黄坤的身体在变成石雕，王鲲鹏所有的注意力都放在乌兰这边，不能有任何的松懈。邓瞳的冉遗和百鬼朝拜被红水阵的怨灵压制。马接舆看着现在的场面，不知道王鲲鹏心里到底有什么底气解决即将面临的问题。

马接舆想破脑袋也完全猜不到王鲲鹏现在在想什么。此时王鲲鹏脑海里正在想着当年和徐云风在学校里的情形：

黑夜里，徐云风躺在学校的操场上嘴里嚼着草根，看着天空中的星辰，即便是王鲲鹏来了，也视若无睹。

“你打算躺多久？”王鲲鹏问。

徐云风看着天空。

王鲲鹏坐下来，指着天空：“你看见北斗七星没有？”

“全部都是星星，”徐云风没好气地说，“我哪里认得出来。”

王鲲鹏说：“你看啊，那七颗星星，如同一把勺子，就是北斗七星。它们的斗柄永远指着远处的那颗最亮的星星——北极星。”

——徐云风也在回忆当年的情形：

当他得知了董玲的遭遇，在时代广场前把王鲲鹏狠狠地揍了一顿之后，拿出了赵一二留给自己的沙漏。王鲲鹏的脸肿得厉害：“我还有个问题没想明白。”

“赵先生怎么会知道这么清楚，是不是？”徐云风把沙漏拈在手上，里面的沙砾和水各自分到两边，但是沙砾这边留了一个水泡，水这边留了三千五百四十四颗沙砾，“他在最后的日子里看透了算沙。”

王鲲鹏在地上画了八卦。

徐云风说："竖起来，太极是圆球，不是圆圈。"

王鲲鹏闭着眼睛冥想，嘴里说道："鱼嘴就只有一个了。"

"太极鱼嘴，从来就只有一个。"

"你做到了，阴阳平衡。"

徐云风点点头："这就是算沙。"

王鲲鹏说："这个世界如果有人能够做到将阴阳互换，那么就只有一个人。"

徐云风皱着眉头："是的，就是我。我看透了算沙，能够将阴阳调换。"

方浊跑到牛扎坪，来到徐云风的面前："徐大哥我知道了，什么都知道了。让我来吧。"然后对着老严行了一个礼，"严师叔，你也在。这位师叔你好。"

张家岭看着方浊，又看看徐云风："看来你们哥俩还真的是受了老天爷的眷顾，这当口，还能有人替你们破局。"

老严哼了一声："这是他们两人为人处世厚道，可比你高明得多了去了。"

张家岭愤恨地说："照你这么说，你当年的所为好像挺光明磊落似的，这句话不由我来说，等张真人出来了，看他怎么说。"

方浊走到开山宝剑之前，两手握住剑柄，深吸一口气，顿时将宝剑拔出了两寸，霎时长江的水流收缩，江面上卷起一连串的漩涡。一只小渔船被漩涡紧紧吸附在江面上，不停地打转。

"怪不得开山宝剑无法拔出来，"张家岭吸了一口气，"原来被江流的力道吸引住。"

方浊继续用力，开山宝剑又被拉起来一寸，七星阵法的势道立即减弱，阵法开始分散。

方浊身上的道袍全部鼓起来，她全身气血都在以超出身体机能的方式运转，她绝不能放弃。

就在方浊咬破了自己的嘴唇，奋力要将开山继续拔出一截的时候，一只手覆在了方浊的双手之上，把方浊的双手按住。

方浊抬头看着徐云风：“徐大哥，你要做什么，两大阵法不能同时并存，你应该知道的啊。”

徐云风摇摇头，对方浊轻声说：“北极星。”

张家岭和老严两人相互看了一眼，似乎明白了什么。

“王鲲鹏真的敢这么涉险？”张家岭问老严。

老严说：“以他的性格，真的会这么做。”

“看来他是十分信任这个不靠谱的疯子。”张家岭说，“换作是我，我可不敢相信你。”

“七星阵法的星位，永远朝着北极星，”徐云风说，“你王师兄把这个星位留给了我。”

方浊、张家岭和老严看着徐云风，表情十分惊讶。

徐云风从怀里掏出七个沙漏，放在地上，然后一个又一个翻转：“北斗七星和北极星分属阴阳，只有我能把它们调换过来。”

七个沙漏里面的沙砾瞬间流失，徐云风重新拿起了手中的旌旗。

此前，徐云风把七星阵化为四星，现在干脆舍弃了北斗七星，将阵法的运势全部融合在北极星位上。除了天枢和开阳星位仍然和当年何家封印的四个厉鬼对峙。七星阵法和北极星之间的阵法转换，可以追溯到更加久远的时候，几乎已经被道教的主流法术给抛弃。

但是诡道是从龙虎山道教开宗之前就存在，并且一直坚持到如今的原始门派。所以王鲲鹏和徐云风两人当年在研究算沙的时候，王鲲鹏就意识到北斗七星和北极星之间还能有一个变化。

到了现在，徐云风在这么漫长的术士之争中，也在紧要关头懂得了王鲲鹏当年领悟的诡道法术。北极星又名勾陈，亮度稳定，并且永远在北方，亘古不变。所以北极星的运转，相比千变万化的北斗七星更为稳定。

也只有像徐云风这样已经超越了道法的术士，才真正适合这个位置。即便是徐云风的性格浮躁，也是不二的人选。

至此，王鲲鹏耗尽心血的七星阵法消解，但是阵法不尽，徐云风驱动的北极星复燃。

七星阵法所有的运转已经停滞，所有的限制全部烟消云散，徐云风再也不需要固守在玉衡天权星位。

而且北极星的运转并不固守阵法星位的布置，完全跟随徐云风的移动，由徐云风来控制。

天命北极星既然显现在术士身上，按照道理，天下所有的道士和术士都要诚服跪拜，以尊其位。

现在北极星在徐云风身上显现，这是老严和张家岭想都不敢想的，但是事情的确已经发生了。

方浊首先跪拜在徐云风的身边，张家岭和老严两人犹豫片刻，只能也匍匐在徐云风的身边。

方浊低着头，对徐云风说："徐大哥，王师兄宁愿不要性命，也要把北极星的星位交给你，他真的是把你当兄弟。"

"我已经知道了。"徐云风的声音十分平静，"这都是他早就谋划好的事情，七星阵法在他手上只是运转起来，他送了这么一个大礼给我，就是让我明白，他不是我想象中不顾他人性命、冷酷无情的王抱阳。北极星应该是他的，可是他宁愿给我；过阴人本来也应该是他的，但是他也宁愿给我。我认为这个世界是虚无寒冷的八寒地狱，但是他用了这么长的时间，做了这么多事情，告诉我，我错了。"

方浊抬起头："徐大哥，你其实没错。"

"我错得大了去了。"徐云风深吸一口气，"这个世界即便变成空无一物，没有任何意义的虚无，人和人之间的感情和坚持即便是昙花一现，也必当需要坚守。”

“徐大哥。”方浊看着徐云风，“你不再生王师兄的气了？”

“方浊，不要拔出开山宝剑，除非等到我回来，或者是你王师兄。”徐云风迈开大步，朝着牛扎坪山下走去。

老严和张家岭抬起头的时候，徐云风已经走远。

张家岭无奈地说：“诡道、诡道……”

老严一言不发，在短短的这段时间里，张家岭和老严这样的道教顶尖人物，分别迫于无奈给王鲲鹏和徐云风跪下，这事情，如果不是真的发生了，无论如何都不会有人相信，简直是荒谬绝伦的笑话。

徐云风要去的地方当然是七眼泉，当北极星的运转和红水阵在一起时，才有机会真正地对抗阴魂不散的张元天。其实这一天，王鲲鹏自己也没有完全计算到。

七星阵法从摆阵开始，开阳星位，要用魏如喜的命来换。

天璇星位是由黄莲清对赵一二的往年交情，黄家与诡道的几百年交好而来。

天玑星位是当年的邓药识对诡道叶珪再造之恩的报答。

天权星位是王鲲鹏用强大的意志力，将犹豫不定的申德旭招揽而来的。

天枢星位由方浊传承苗家交换而来。

摇光星位是由钟家宁愿覆灭也不愿意吞忍的血性换来。

玉衡星位依靠的是清静派和开山派对诡道的信任。

这一切，每一步，每一个关口，都是通过王鲲鹏慢慢经营谋划而来，抛开王鲲鹏的道术，能够把这么一个几乎不可能实现的阵法布置下来，这也是千百年来不出第二人的辉煌成绩。

徐云风不再捏着螟蛉，而是把长长的炎剑扛在肩膀上，大步流星，持剑而行。事情到了这一步，徐云风还有什么纠结和犹豫的。

就算是游戏，这也是一场惊天动地、极为刺激、让人无法拒绝的游戏。

徐云风走在路上，想起这些年来王鲲鹏的努力，热泪盈眶，看着七眼泉的方向，嘴里说了一句：“王八，你给我挺住。”

这句话并不陌生，当年菜鸟学徒神棍王鲲鹏七月半走阴，当徐云风知道了王鲲鹏内心里对浮萍的亏欠是他的动力的时候，他也说出了这句话。

当年徐云风救了王鲲鹏，现在徐云风仍旧要再一次把王鲲鹏从危难之中捞起来。徐云风心里有于当年百倍的信心！

徐云风走到了葛洲坝下游的江边，江边停着一艘快艇，快艇上的驾驶员看见徐云风走过来，大声喊：“徐云风！”

果然申德旭安排的快艇已经等候在这里。

徐云风跳上快艇：“多久能到？”

“比你想得要快很多。”驾驶员把脸转向徐云风，正是申德旭本人。

申德旭立即驾驶着满油的快艇在长江上急速行驶。航道上的大小船只都已经把航道让出来，快艇在江面几乎要飞了起来。

在浪花的飞溅中，申德旭问：“想明白了？”

“不能更明白。”徐云风坚定地说。

“恭喜诡道双星并世。”申德旭的手紧紧把握方向盘，“炼丹术士能和你们共事，是我们白丹派的荣耀。”

徐云风把草帽戴上，江水中的无数鬼魅，全部腾跃起来，然后紧紧地跟随在快艇的后方。十几只江豚被惊动，从江面上惊慌地跳跃起来。

徐云风把炎剑捏在手上，飞溅起来的江水浪花靠近炙热的剑身，瞬间化作白气。

在马接舆看来，王鲲鹏断然无法在乌兰面前挺下去。

乌兰和同断武、詹森都不一样。

同断武的祖先早期传承了道教九龙宗，只是在唐初东渡日本，开宗立派。

而詹森本来就是一个中国人，虽然在东南亚声名显赫，但他降头术的根源之一也是当年中国西南的黑苗法术。

乌兰的萨满不一样。

萨满教可能是现存时间最长的宗教，比道教成立的时间还要久远。

萨满是唯一延续到今的原始图腾宗教，而且这个宗教传播的范围突破了如今各个文化圈的范围。萨满的分布范围遍及北半球高纬度寒冷地区。无论是西伯利亚的蒙古利亚人，北欧的哥特人，还是北美的爱斯基摩人，他们都信奉着同一个宗教——萨满。

所以从地域属性来讲，萨满教是最有生命力的宗教。越是往北，这个宗教的存在就越是根深蒂固。

而蒙古人是将萨满教从北方带到南方的主要文化势力，只是到了后期，蒙古人的萨满教就渐渐式微。

但是最顶端的蒙古贵族，从来就没有放弃过萨满。

乌兰就是蒙古一直尊崇的萨满巫师，并且是蒙古贵族的萨满中血统最纯正的后代。

这一切都是马接舆了解的情况，马接舆作为开山派的后人，与萨满乌兰来来回回交手十几年。有时候在中国境内，有时候在蒙古境内。双方相互都吃过对方的苦头。

不过马接舆能力已经使用到了尽头，不可能百尺竿头更进一步，而萨满的乌兰，却仍有一节台阶没有登上去。

这个台阶也是蒙古萨满消沉的缘由，而这个缘由跟开山派有巨大的渊源。

开山派本来是铲教道教的一支，但是这一支道教宗派并没有卷入到铲截两派的斗争中。开山派一直保持着中立的状态，因为他们有比道教内部争斗更加艰巨的任务，那就是开山派要抵抗北方的萨满势力。

前文已经讲过，萨满教一直是北方高纬度寒冷地区的宗教，建立了强大的巫术体系，每当北方游牧民族入侵中原，萨满教就会随着军队南下，成为一直困扰中原道教的强大敌人。

所以开山派应运而生，从晋朝开始，铲教中分离出一派，是为开山派。开山派集聚当时铲教中不少强大的高明道士，坐南朝北，抵抗北方匈奴后代的萨满教，这个过程从匈奴到回鹘，到契丹，到女真，到后来的蒙古都是一直延续下来的。

只是到了北宋之后，北方民族强盛，开山派渐渐抵挡不了，南宋时期，北方的全真投靠了蒙古，全真的丘处机和张志常成了蒙古在中华道教里的傀儡。于是全真为了讨好蒙古，在中国北境剿除开山派的势力。

开山派一直认为自己不与任何道教有纠纷，因此在铲截两宗争斗到了生死一线的时候，也拒绝了铲教的求援，这也是后来被铲教正宗全真背后反戈的因由。

开山派被全真和蒙古萨满南北夹击，实力大减，但是剩下的门人依然和蒙古萨满抗争到底。开山派本来就是道教的正宗，因为没有参与铲截两争，保留大多数道士宗师，实力远超铲教正统全真。

在被全真背叛之后，开山派剩下的门人分散到民间，仍旧能和蒙古萨满平分秋色，并且开山派在钓鱼城一役，吸引飞矢，杀死了蒙古大汗蒙哥。

这是开山派最为辉煌的一战，不仅射杀了蒙哥，还把蒙古大军随军的萨满悉数击溃。蒙哥死后，按照黄金大汗血统的规矩，应该要安葬回漠北。但是护送蒙哥尸体的军队被南宋军队追击，萨满也被埋伏在中途的开山派道士再次击败。

蒙哥的尸体无法回到漠北，只能在西夏境内，即如今的宁夏安葬。当时蒙古军队虽然还能稳步撤离，但是萨满的巫师却被开山派几乎全部铲灭，于是当时的萨满巫师在这样的情况下，做出了一个重大的决定，就是把指挥蒙古军队的木华黎的虎符掩埋在蒙哥的墓穴里。木华黎的虎符由萨满加持，是能够驱使阴兵的法器。

按照蒙古当时的规矩，需要由最精良的卫队给蒙哥陪葬。

说白了，萨满本来能够驱使阴兵的虎符跟随蒙哥和精兵卫队同时下葬，而且下葬的墓地不能被任何人知晓，参与下葬的所有人都必须要被处死，并且会在墓地当着母骆驼的面，杀死几只年幼的骆驼。

多年之后，再靠着母骆驼寻找幼骆驼的被杀之地，找到墓葬。

这本来是蒙古萨满当年被开山派逼到了绝境的无奈之举，可虽避开耳目，最后却还是也被开山派得知。开山派干脆就杀了母骆驼，导致后来忽必烈带领蒙古大军卷土重来的时候，无法找到蒙哥的墓地，而木华黎的虎符也就更加无从说起。

所以从南宋时期，萨满冥战的能力大打折扣，因为他们少了驱使阴兵的法器。本来靠着开山派的这些努力，南方的汉族能够有翻身的机会，但蒙古的萨满在冥战落败后，抛除了成见，将国师的地位交给了一代宗师八思巴。

八思巴是当世豪杰，当时天下无一人能敌，开山派也不例外。

因此蒙古大军战胜南宋军队，把南宋最后的皇族血脉逼死在崖山，整个过程，八思巴全程参与。南宋的所有术士都无法抵抗八思巴的强大法术，就连开山派也被八思巴击败，冥战节节败退。

元朝建立，开山派无法在中原立足，只能远走西域。

百年之后，朱元璋的手下将领徐达、冥战高手刘基，摧枯拉巧般把蒙古人击退到了漠北。

汉人再次一统中原。

于是开山派不再忍受隐名埋姓的生活，其中一支从西域回到中原，马接舆的祖先就是当时回到中原的那一支。

开山派最顶尖的高手虽然在南宋时期被八思巴剿灭，实力远不能与当年相比，但是他们未忘当年的使命，继续在西北抵抗萨满的进攻。

而萨满因没有了能驱使阴兵的木华黎虎符，再也组织不起强大的军事力量。

时光飞逝，历史一页又一页地翻过。

八旗入关，开山派也无法阻挡，萨满再一次赢得了胜利。风水轮换，进入二十世纪，清朝放开了山海关，汉人能够闯关东，来到东北的白山黑水之地。

开山派看准了这个机会，混入到闯关东的队伍之中，硬是在几年之内找到了女真的龙脉所在，把女真龙脉截断，大清王朝轰然倒塌。

民国时期天下大乱，萨满也渗透到了中原。他们一心要找到虎符，重新获得驱使阴兵的法术。

于是开山派凋零的门人再次被召集，继续在西北与萨满抗衡。几十年来，开山派一直未间断阻断萨满，双方一直也处于势均力敌的态势中。

萨满最大的目的就是开挖蒙哥的陵墓，拿回木华黎虎符。而开山派唯一的目的就是不让萨满进入到中原。

现在，乌兰长驱直入，已进入到中国的中原腹地，很明显，她已经在张元天的帮助下，找到了蒙哥陵墓，拿到了木华黎虎符。萨满巫师在八百年后重新掌握了驱使阴兵的法术。

蒙古铁骑横扫天下，阴兵也是当世最强。

而现在王鲲鹏要面对乌兰驱使的阴兵，实在是没有任何胜算。在马接舆看来，王鲲鹏断然是挺不下去了。

萨满乌兰，作为八百年后第一个重新掌握阴兵的巫师，能力一下子就远超过几乎断代的开山派，在她拿到木华黎虎符之前，马接舆的法术比她高明少许，但是现在乌兰统领蒙古阴兵铁骑，参加当今的冥战，实力反超马接舆几倍。

马接舆在心里骂了张元天百遍，也无法改变这个事实。

现在就只能把所有的希望放在王鲲鹏的身上，而王鲲鹏的帮手邓瞳正在跟红水阵的怨灵死磕，不仅帮不上忙，连王鲲鹏的红水阵也被拖住。

黄坤施展开山符，身体正在石化，指望不上。

寻蝉能力有限，而且立场可疑，还得要分神防备。

马接舆和王鲲鹏两人合力，也无法对抗乌兰阴兵铁骑的冲击。

现在乌兰并不着急，她正在慢慢把阴兵全部整编，萨满驱使阴兵的法术失传已久，她很享受失而复得的心情。

泥土破开，无数只剩下残骸的马匹也从地下钻出。

乌兰骑上了一匹长着獠牙的恶马，手里拿着木华黎虎符，所有的阴兵也纷纷骑上了冥马，抽出了残破的马刀，有条不紊地列队。

任王鲲鹏机关算尽，也无法想到今天的这个情形，无论是道教还是萨满，都是式微已久的门派，可是到如今，今人不如古人，谁拿到了古人的强大法器，能力就会超越对方很多。

这个道理在同断武和詹森身上也一样适用，只是同断武遇到了天才徐云风，毫无反抗之力。詹森遇到了抱着同归于尽的钟黄两家，也无法得逞。

可是现在王鲲鹏不是徐云风，他还没有见到张元天，绝不能轻易赴死，他还能有什么计谋来对抗萨满乌兰的铁骑阴兵？

飞鹰冲击的巨大威力，王鲲鹏已经见识过了。现在王鲲鹏要面对的是最强的冥战阴兵，他到底能不能挺下去？

飞鹰首先在空中乌压压地掠过来，但是并没有对王鲲鹏发起攻击，只是贴着王鲲鹏和马接舆的头顶飞过，又立即垂直飞上天空。然后如同一大片乌云一样在空中盘旋，再次飞到乌兰的身后。

在飞鹰第二次掠过的时候，黄坤已经无法动弹，邓瞳正在指挥百鬼保护冉遗免受红水阵的攻击。王鲲鹏和马接舆两人身体纹丝不动，这是乌兰的试探，作为王鲲鹏和马接舆这样的术士宗师，当然能够分辨出来。如果连这种试探都自乱阵脚，王鲲鹏也就根本没有对抗下去的资格。

不过马接舆的拳头渐渐捏紧，骨节发出咯咯的声音，王鲲鹏听得清清楚楚。很明显，飞鹰即将冲过来的第三次，是最具有威胁的攻击。

乌兰的阴兵还在整编列队，她需要由飞鹰来拖住王鲲鹏和马接舆。

这一次，飞鹰冲过来的速度明显加快，每一只飞鹰在飞过来时，身上的羽毛被疾风刮走，鹰喙也变长变弯，变成了一只只兀鹫。

王鲲鹏对着邓瞳大喊："别在意红水阵的怨灵，先防备天上的大鸟。"

邓瞳这才指挥百鬼，所有的黑影都紧紧地贴在冉遗的身体表面，王鲲鹏手里的桃木剑扔起来，插在身后的泥土上。红水阵的怨灵毕竟要受王鲲鹏的指挥，在这个间隙中，红水阵沟壑里的黑水瞬间凝结，把怨灵禁锢在坚冰里。

脱离在沟壑之外，正在冉遗身上爬动的怨灵也顿时被凝固住，无法动弹。

策策走到了已经跪在地上不能动弹的黄坤身后，寻蝉走到马接舆身后。

这一次的攻击，飞鹰已经化作了兀鹫，将远远超过第一次的威力。

兀鹫飞到了王鲲鹏和马接舆前方一丈的位置，最前方的十几只兀鹫全部撞到了无形的墙壁上，翅膀折损，掉落在地上。

乌兰豢养的飞鹰已经不是她最珍惜的猎鹰，她已经有了木华黎虎符，她对飞鹰的驱使，就不再考虑损失。兀鹫前仆后继，不断地冲到马接舆布下的无形墙壁上，马接舆的脸色越来越苍白。

王鲲鹏感觉到了马接舆的力量在减弱，他不能回头，眼睛仍旧看着前方的乌兰，嘴里大声问马接舆："前辈，你怎么样，要不要我帮忙？”

“你把力气留着对付萨满，”马接舆回答，“我还没老到现在就认输的地步。”

马接舆的话说完，深吸了一口气，双臂伸展，发髻松开，不仅是冲在前方的兀鹫无法冲破他的无形墙壁，而且后方源源不断飞过来的兀鹫也突然在空中失去了方向，或是翅膀折断，或者是颈部扭曲，纷纷从空中跌落下来。

王鲲鹏看见马接舆还有力量主动隔空攻击兀鹫，心里稍微平静，却突然听见策策在身后大喊：“黄坤要变成石头啦！”

王鲲鹏大声回答：“让他再撑一会儿，诡道门人哪有这么快就服输的！”

策策现在顾不上萨满的兀鹫，只是看着黄坤僵硬的身体，现在黄坤的身体几乎已经全部石化，只剩下脸部还有血肉，虽然眼睛还能转动，鼻孔还能勉强呼吸，但是脖子以上的皮肤已经开始显出岩石的纹理。

策策把手掌贴在黄坤的脸颊上，想用手中的热度来延缓黄坤脸颊的石化速度，但是黄坤的脸皮已经渐渐结成石片，策策急了，用手指把表面的石片给抠下来，可是抠下之后，黄坤皮肤下的血肉立即显出，鲜血立即变成了黑色，再次形成坚硬的石头。策策连忙住手，更加惶急无措。

“我只能帮你这么多了！”马接舆大喊一声，无形的墙壁消失，前方的兀鹫已经冲过了王鲲鹏的头顶，全部呼啸着飞过来。

但是，几乎所有的兀鹫瞬间纷纷落地。只剩下寥寥几只飞到了王鲲鹏的面前。兀鹫把王鲲鹏团团围住，伸出利爪抓向王鲲鹏的心脏和眼睛这些要害部位。

这几只扁毛畜生已经不在王鲲鹏的话下，红水阵之外的怨灵突然被解封了几只，怨灵要保护驱使阵法的道士，立即飞舞过来，黑影张开双臂，把兀鹫抱住。兀鹫瞬间身体冰冷，僵硬得跌落在地下。

乌兰的兀鹫全部折损，但是她的阴兵列队已经集结完毕。

乌兰从身边的一个阴兵手上夺过一把长刀，高高举起来，然后狠狠挥下。阴兵全部向前踏出一步。

阴兵行走的速度虽然不快，但是这些阴兵是当年萨满冥战时蒙哥挑选的精锐亲兵，训练有素，顿时就将红水阵的范围缩小。一个骑兵身后四个步兵，进退都是水银泻地，铜墙铁壁。几乎没有任何的破绽。

王鲲鹏对邓瞳喊：“把你的宝剑给我！”

邓瞳立即把手中的灭荆扔向王鲲鹏，王鲲鹏不用看，听着灭荆在空中划过的声音，反手把灭荆抄在手里。

王鲲鹏把灭荆对准了乌兰，可是乌兰已经退到了阴兵前锋的后方。王鲲鹏实在是没有机会去斩乌兰于马下。

乌兰在阴兵后方冷笑了一声，然后跟随她来的几个低级萨满开始挽弓射箭，箭矢被马接舆带歪了方向，斜斜地落在地面上。王鲲鹏知道马接舆的力量不够了，如果是平时，马接舆可以让箭矢反转，射向对方。

乌兰指挥阴兵，又向前走了几步，看样子是要一步步把红水阵和王鲲鹏碾压成齑粉。

王鲲鹏手里的灭荆在身前划了一道。

红水阵不退反进，王鲲鹏身前的地面裂开，形成一道沟壑，七道黄泉的黑水立即流淌过来。沟壑开裂，阴兵无法跳跃而过。

此时，第一排的阴兵义无反顾地扑向沟壑里，身体变成枯木，瞬间搭成桥，后方的阴兵就要踏着前方阴兵的身体越过沟壑。

红水阵与七星阵的对峙形势并未消解，沟壑里的怨灵仍旧凝固在黑水里，否则怨灵就可以在下方把阴兵全部拉入黑水。

乌兰察觉到了这个潜在的威胁，更加不骄不躁，减慢了进攻的速度，让阴兵的列队重新调整，现在骑兵退后，步兵前进，为的就是让阴兵架起一道桥梁通过。

不过，乌兰托大了，她本以为王鲲鹏的红水阵施展不开，于是放慢了进攻的速度，但是她不知道的是，徐云风在申德旭的帮助下，正在用最快的速度来到七眼泉。

申德旭一路部署，疏通道路，把各种交通上的问题都解决了，徐云风坐在副驾驶位置上，眼睛闭着，脸色平静。

轿车已经距离七眼泉不远了，可以看见七眼泉山顶上的七座山峰。

突然，轿车的挡风玻璃撞上了一个黑影，玻璃瞬间开裂，显现出密密麻麻的裂纹。申德旭看着那一团模糊的血肉并没有慌乱，而是继续驾驶车辆。

“鹰。”申德旭看到空中飞过来几十只老鹰，“萨满已经跟王所长动手了。”

接着又有两只鹰猛地撞到了挡风玻璃上，申德旭驾车的视线被遮挡，轿车很容易冲下路边的悬崖。

徐云风干脆用拳头把挡风玻璃全部击碎，轿车前方空荡荡的一片。徐云风把上半身探出了车外：“你开你的车。”

徐云风的本领申德旭已经见识过多次，到了今天这个地步，徐云风和王鲲鹏两人都已经放下了所有的芥蒂。他们两个兄弟要做成的事情，任何障碍都不能阻拦。

不过，当申德旭看到徐云风手中的螟蛉炎剑不断扩大，剑身都已经宽过开山宝剑一倍的时候，仍然十分震惊。

萨满的老鹰是蒙古萨满教运用纯熟的灵物，但在徐云风面前没有任何的威胁。空中的老鹰看见通红的炎剑，难免会畏惧，野兽怕火，这是天性，只是它们被驯服已久，也不能违抗命令退避。所有的老鹰在空中盘旋片刻，又重新对着徐云风冲过来，只是在炎剑的火焰下，老鹰如同飞蛾扑火一般，瞬间被炎剑的烈焰灼伤。

突然，老鹰似乎收到了什么命令，全部退却，空中一只老鹰都看不见了。

申德旭心里正想着是不是老鹰被召回的时候，忽然觉得天空暗了下来，似乎头顶被一片乌云笼罩，抬头一看，发现并不是那样。

徐云风对申德旭说："看来蒙古人也保留了神兽。"

不用徐云风提醒，申德旭也看到了一只在空中盘旋的巨鹰，巨鹰翅膀舒展长达十几米，几乎能够遮天蔽日。

申德旭看到眼前的烈焰顿时熄灭了，徐云风已经钻出了车外，并且收了手里的炎剑。随即，徐云风的身体消失，一条巨大的蟒蛇出现在车前，蛇头戴着草帽高高扬起，蛇尾则缠住车身，将自己牢牢固定在轿车上。

巨鹰俯冲而下，双爪钩住了巨蟒的身体，可是脖颈却被蟒蛇咬住，然后立即被蟒蛇缠绕起来。

巨鹰和蟒蛇互相纠缠，滚落到地面上，一直滚到了公路边的悬崖下。申德旭立即停车，走到公路边看见巨鹰准备重新飞起来，但一只翅膀还被巨蟒牢牢地缠着，巨鹰歪斜着在山涧之间冲撞，突然，巨蟒的尾部缠住了悬崖上一块凸起的岩石，巨鹰在蟒蛇的摆动之下，狠狠撞在了悬崖的岩壁上，巨鹰受伤惨重，而蟒蛇的身体不断摆动，一次又一次将巨鹰砸在岩壁上。

胜负已经定了。

飞鹰和蛇是天敌，即便被术士修炼成神兽，仍然不能改变本性。只是飞鹰在天，蛇行于穴，这一对天敌之间，老鹰永远占据上风，这也是乌兰心存侥幸，让巨鹰来拦截徐云风的本意。只是现在徐云风的蛇属已经到了极为高明的境界，因此徐云风用蛇属对付巨鹰，有十分的信心，并且结果也在意料之中。

徐云风的蛇属已经超越了《蛇经》所记载的法术水平，怎么可能会被萨满猎鹰难倒，至多也只是被耽误一些时间而已。

蟒蛇松开了巨鹰，在悬崖之间来回摆动几次，徐云风将蛇属收回，站到了申德旭身边。申德旭看到徐云风的脸颊上鲜血淋漓，忍不住问：“你受伤了？”

“不是我的血。”徐云风用手背蹭了一下脸颊，“还有多久能上去？”

“不出意外的话，”申德旭老实地回答，“四十分钟。”

“不行，”徐云风说，“二十分钟就得上去。”

申德旭继续开车，车速比刚才更加快了，在公路转弯处都不减速，轿车在盘山公路上飞驰，申德旭嘴里还能跟徐云风对话：“你的蛇属已经这么厉害了，为什么不用在走路上面？”

“以前日行千里的法术也是有的，”徐云风哼了一声，“只是不知道在什么时候就全部失传了，如今再厉害的术士，哪里比得上四个轮子跑得快。”

“术士慢慢被取代，已经是大势所趋了。”申德旭叹口气。

徐云风沉默，看了申德旭一眼：“我以前也是这么想的，但现在我觉得，老祖宗延续了两千年的东西，怎么可能就说没就没了。就算是古赤萧、吕泰和孙拂尘布下了这个大局，也不见得非要我们去妥协。”

“古赤萧和吕泰可是你的师祖。”申德旭说。

“是王八的师祖，”徐云风哼了一声，“我是挂名，爱怎样就怎样。”

王鲲鹏使用灭荆并不顺手。灭荆是一把短剑，还是淬了毒的小兵器，跟王鲲鹏的道法并不合拍，只是目前这个状况，使用桃木剑更加不合适。

七眼泉这片平坦的山顶空地上，乌兰的百人阴兵步步紧逼，把王鲲鹏面前的沟壑填平，后面的阴兵已经跨过了沟壑。

最前方的阴兵驻守不动，等着后面的骑兵成为先锋。乌兰拿了木华黎虎符，调动军队的能力十分高明，只要她牢牢稳住阴兵，王鲲鹏只靠一人万万不可能抵挡百人阴兵。

王鲲鹏面前的阴兵浑身腐烂，充斥着泥土的腥臭，已经距离王鲲鹏不到五步。乌兰不再等待了，所有的阴兵听到乌兰身边的萨满开始敲鼓，鼓声一响，阴兵手里的朴刀全部横在手里；鼓声二响，步兵竖起了手里的长刀。

第三声鼓声响了，乌兰一声令下，百人阴兵洪水般涌向王鲲鹏和马接舆。

“守住，”王鲲鹏大喊，“保护好自己。”

邓瞳的百鬼朝拜把他围绕在中心，外围的鬼魂和阴兵对峙，邓瞳一时间没有危险。

黄坤的身体已经变成了岩石，阴兵只砍杀有生气的活人，察觉不到黄坤的存在。

“往后退！”王鲲鹏对着马接舆大喊。

马接舆保护着策策和寻蝉，一步步退到了红水阵内的十七根木桩之间。王鲲鹏一人稳稳地立在阴兵之间，迎面而来的阴兵被王鲲鹏用灭荆挑落。

王鲲鹏不退反进，朝着乌兰的方向冲过去。

乌兰并不着急，身边的阴兵列阵，竖起了三排盾牌，把乌兰保护得严严实实。王鲲鹏打算扔出灭荆刺杀乌兰的想法也被识破。

“张元天要现身了吧！”王鲲鹏对着乌兰大喊，“都到这个时候了，他还不出来见我？”

王鲲鹏面前的盾牌空出一块，一个中年道士冒了出来：“我们又见面了。”

熊浩，果然是他。王鲲鹏并不在意这个手下败将。

但让王鲲鹏忌惮的是，熊浩身后站出来一具竹竿一样的僵尸。王鲲鹏看得很清楚，这具僵尸有十分强大的威慑力，身体四周都有一层黑雾。他仔细一看，发现那层黑雾竟是细小的蚊虫，还发出嗡嗡的声音。

当王鲲鹏看到僵尸身后冒出了两只巨大蜥蜴的时候，他知道自己遇到老熟人了。

少都符。

张元天手里没有底牌了，熊浩鼓动乌兰，找到了木华黎虎符，并且带着被老严囚禁的少都符一同与王鲲鹏厮杀。

越临近决战，形势就越严峻。

少都符是没有真身的，当年就是被封印在雕塑里，现在不知道张元天和熊浩用了什么法子，把少都符引到了这个竹竿一样的僵尸上。

王鲲鹏是见识过这两只蜥蜴的，当年他和徐云风的本事低微，在玉真宫的地宫里被这两只畜生折腾得够呛，如果不是方浊，两个难兄难弟早就命丧地宫，做了老严的炮灰，哪里还会有今天的王抱阳和徐云风两个诡道宗师并世。

少都符对王鲲鹏的印象一定十分深刻，黑漆漆的一张脸木然地看着王鲲鹏，嘴巴一张，黑雾一样的细小蚊虫就扑向王鲲鹏。少都符是散布阴瘟的，所依靠的媒介就是各种毒雾和小虫子。

现在乌兰的阴兵和少都符的阴瘟都是黑暗至阴的力量，即使王鲲鹏再厉害，如果没有阵法作为依靠，也难以招架乌兰和少都符的共同夹击。

少都符不受乌兰的驱使，等黑雾把王鲲鹏笼罩后，少都符就迈开大步，朝着王鲲鹏逼近，伸手就要把王鲲鹏的衣领提起来。

眼见两只大蜥蜴已经冲过来了，马接舆抵挡不了，无法帮忙。

乌兰看见少都符带着蜥蜴给自己做了先锋，哪里还会放过这个机会，阴兵顺势把王鲲鹏团团围住。

虽然巨蜥的目标不是马接舆，但是被乌兰指挥的阴兵对马接舆并不客气，疯了一样扑向他。两只蜥蜴已经到了王鲲鹏的面前，王鲲鹏瞅准时机，拿起灭荆宝剑，将其中一只的前爪挡住，另一只的尾巴紧跟着横扫过来，王鲲鹏向后跳跃躲闪，可是瞬间又被七八个阴兵围住，阴骑兵的马匹也同时张嘴要咬王鲲鹏，王鲲鹏躲避了马匹的撕咬，头顶两把朴刀又迎头砍下来，地面上的长刀也刺向他。

王鲲鹏勉强用符咒引开阴兵的攻击，后面的阴兵又源源不断地跟上。受伤的巨蜥前爪抬起，把灭荆也带了起来，和另一只巨蜥一起爬向王鲲鹏。少都符顺势跳上了巨蜥的身体，稳稳地站在巨蜥的后背，控制两只巨蜥。王鲲鹏看着少都符空荡荡的眼眶，猜测少都符被老严抓住后也没什么好日子过，现在把愤怒都发泄在了自己身上。

马接舆对王鲲鹏大喊："扛不住了！要不要离开？"

王鲲鹏没有回答，马接舆焦急起来："留得青山在，不愁没柴烧，走吧！"

马接舆喊出的话王鲲鹏不是没有听到，可是他现在怎么能够放弃这几年来的心血，放弃红水阵，甚至放弃与张元天面对面来个了断的机会呢？

王鲲鹏勉强用符箓镇住阴兵，把所有的注意力放在了少都符身上，可是巨蜥的体形巨大，王鲲鹏无法接近。

马接舆是老江湖，瞬间的决断远超于常人，他知道王鲲鹏的心思，于是继续对王鲲鹏大喊："你和徐云风已经是天下齐肩的术士宗师，难道还怕没有机会吗？"

王鲲鹏从巨蜥的身体下钻到另一边，本来是朝着少都符的方向，却突然改变路径，冲向乌兰。这一下出其不意，乌兰也没有防备，可惜少都符对王鲲鹏的一举一动都十分警惕，两只巨蜥同时一前一后用尾巴扫向王鲲鹏，王鲲鹏被阻拦，乌兰身前的阴兵盾牌立即变成了圆形，将乌兰紧紧包围在中央。

马接舆的打算是用他最后的修为把王鲲鹏、策策、邓瞳、寻蝉等人一起带走，但冉遗太大，黄坤也已经变成岩石，马接舆无奈，只能勉强隔空帮助王鲲鹏化解阴兵的长刀，让王鲲鹏有余力对付少都符。毕竟马接舆对乌兰相对熟悉，而王鲲鹏与少都符也曾经交过手，在这种情况下，马接舆也只有这个选择。

现在冥战的形势十分清晰，黄坤被开山符禁锢，邓瞳和冉遗被红水阵牵制，策策和寻蝉两人虽然不被对方攻击，但是也帮不上忙。只有王马二人竭尽全力，尽量与敌方对抗。

而乌兰已经掌握了木华黎虎符，阴兵是当年蒙哥的亲兵铁骑，已经是势不可当，这还罢了，少都符是道教地位崇高的瘟神之一，寻常术士绝对无法抵挡。

哪怕是王鲲鹏和马接舆这两个顶尖的术士，也很难支撑下去，除非有一个转机能打破局势。

这个转机，就是徐云风。

熊浩的本领低微，但由张元天谋划布置，成为鼓动参战术士的口舌。张元天已经把徐云风受让北极星位的可能预料到了，也让熊浩布置了在七眼泉下拖住徐云风的巨鹰。

只是，哪怕像张元天这样能将机关算尽的人杰，也不能把战局变化的预测精确到分秒。

这也是古今中外各种战争和冥战胜负成败的关键，有时候就差那么一点点。

比如徐云风战胜巨鹰的时间，比张元天计算的就快了那么几分钟，就这几分钟，决定了这场冥战的胜负。

王鲲鹏赌的就是这几分钟。

王鲲鹏赌赢了。

当冉遗身上的红水阵怨灵纷纷跃入沟壑时，王鲲鹏心里的石头终于落地。

徐云风来了，天玑星位在北极星的号令之下，攻势不再对着红水阵，而是重归邓瞳指挥。冉遗身形比少都符的巨蜥要大很多，上古神兽之间的神力早已在千百年前被封印，如今没有术士能够发挥神兽的神力，神兽之间就是比拼谁的体格更强大。

冉遗挣脱了身上的怨灵，头部立即朝向巨蜥。神兽之间本来就水火不容，冉遗一只脚踏向少都符，少都符驱赶巨蜥躲避。

巨蜥前爪上的灭荆自行飞起来，在空中旋转，邓瞳伸手，灭荆到了他的手上。

阴兵察觉到后方有人来了，立即转身，但是沟壑里的怨灵此时已经解脱，阴兵纷纷坠入沟壑，沟壑如同一张长长的嘴巴，把阴兵不断吸入。

红水阵终于摆脱了天玑的牵制，发挥出了威力。

乌兰和少都符最大的威胁到了，徐云风站在乌兰阴兵的后方，手里拿着泛出炙热火焰的螟蛉。阴兵对螟蛉十分忌惮，纷纷躲避，阵型顿时大乱。

徐云风对王鲲鹏大喊："少都符也来了?！"

"是啊。"王鲲鹏平静地回答，"还记得当年这两只蜥蜴吗？"

"谁来对付？"徐云风对王鲲鹏轻松地说，"我听你的。"

"我对付萨满，你跟少都符比画。"王鲲鹏隔着阴兵回答徐云风。

"好。"徐云风立即精神抖擞起来，"我是要跟这个家伙聊聊了。"

"那你还等什么？"王鲲鹏已经冲入了阴兵的中间，两只巨蜥也被冉遗逼到了一边，再也没有能力来阻拦王鲲鹏攻向乌兰。

乌兰本以为徐云风手里的炎剑是克制阴兵的神器，对徐云风更加忌惮，只是没想到王鲲鹏指挥的红水阵也并不弱于炎剑。

红水阵运转起来，沟壑在地面上纵横交错地延伸，把阴兵隔断开来。沟壑里的怨灵不断拉扯阴兵，乌兰身边的阴兵正一个个地减少。

萨满的阴兵列阵已经全部陷入了王鲲鹏的红水阵，王鲲鹏终于扬眉吐气，利用阵法对抗乌兰的木华黎阴兵。

阴谋诡辨示形出奇鬼神之道，被王鲲鹏使用在了冥战红水阵里。

现在，跟着徐云风过来的申德旭和留在王鲲鹏身边的马接舆，已经没有帮助徐王二人的必要了，如果这两人联手都无法战胜乌兰和少都符，那他们也没有资格跟张元天一决雌雄。

胜负本身已经一目了然，他们两人只需看着诡道的并世宗师能够将道法使用到什么高度。

徐云风扛着炎剑，慢慢地走到了巨蜥面前，他看着巨蜥上的少都符，歪着脑袋说："我们这是第三次见面了吧。"

少都符虽然是僵尸的模样，但却立即被徐云风吸引。是的，当年在大鲵村，他就对徐云风产生了浓厚的兴趣，并且在铜镜里用近乎绝望的黑暗和寒冷恐吓过徐云风，导致徐云风在玉真宫对少都符的恐惧达到了极点。

当年被少都符玩弄于股掌之中的徐云风，已经不再是当年的那个胆小懦弱的小小术士。

八寒地狱的绝望已经折磨了徐云风很多年，但现在，他不会再对少都符有所畏惧。

徐云风和少都符之间的比拼，已经不是比试术士道法了，而是看谁的心理更强大。

少都符和徐云风相互对视，虽然徐云风站在地面，少都符站在巨蜥之上，但是徐云风并没有因为地势高下而示弱。

邓瞳瞅准了机会，指挥冉遗，冉遗一脚把另一只巨蜥狠狠踩在脚下。邓瞳嘴里大骂："还比个头大小吗，现在我的个头比你大多了！"

少都符慢慢地从巨蜥的身体上滑下来，两脚刚刚落地，冉遗的头颅就绕过来，咬住这一只巨蜥的后背，狠狠地将巨蜥抛到了几十米开外。

邓瞳还要继续用冉遗对付少都符，可是看见少都符几乎和徐云风贴在了一起，难分彼此，便对着徐云风大喊："老徐，你给我挪挪，让我来解决他。"

"帮你师父去，别碍我的事。"徐云风的声音不大，"我和他之间的恩怨，用我的办法解决。"

邓瞳这辈子不敢得罪的人只有一个，就是徐云风，因为只有徐云风真的敢动手打他，而且比干爹赵猴子打得要狠，这点邓瞳是绝对相信的。

邓瞳拉着金线，指挥冉遗踏入红水阵，王鲲鹏现在不仅有怨灵加持，而且连冉遗也开始配合他的阵法。

乌兰本以为只要拿着木华黎虎符，就能够和当年的蒙古铁骑一样，横扫中原的术士，可是现在她简直不敢相信自己的眼睛，在徐云风到来之后，冥战的形势就立即倒转。

乌兰的信心在崩塌，阴兵的阵型更加在溃败。

徐云风和少都符面对面而立。

徐云风的脑袋慢慢向左偏了一下，少都符的脑袋随即向右。这是他们两人曾经玩过的游戏，现在徐云风如法炮制。

徐云风的脑袋继续朝着左边扭转，整整绕了一圈，蛇属的脑袋做到这点毫不费力。少都符也只能跟着徐云风照做。

徐云风的头颅变成了蛇头，少都符的脑袋也戴上了草帽。

少都符开始反抗，嘴里冒出的黑雾把徐云风笼罩，徐云风的衣服立即凝结了一层白霜，白霜加厚，变成了坚冰，但是炎剑的火焰将坚冰融化，黑雾也被驱散。

徐云风将手慢慢抬起来，动作十分缓慢，一点点按在少都符的脸上，而少都符却一点都抬不起手来。

张元天到底躲在哪里？

徐云风不用说话，把这个意识强加给了少都符。

少都符的身体在变化，变成了徐云风的模样，但是徐云风怎么可能会被这种幻象扰乱心神。少都符又变成了熊浩的模样，变成了方浊的模样，最后变成王鲲鹏的模样，但是始终没有变成张元天的模样。

王鲲鹏已经完全占据了上风，红水阵下的地下黄泉，黑水反克黄土，地下的泉水如同快刀一般割裂地面。沟壑所到之处，阴兵纷纷掉落下去，被无数怨灵吞噬。

张元天不在少都符这里，徐云风回头看了看，乌兰站在已经溃败的阴兵之中，熊浩在躲避脚下开裂的土地。徐云风看见冉遗对付少都符的两只巨蜥时完全占据了上风，并且依靠巨大的身躯踩踏阴兵。

这批阴兵如果不是当年纵横天下的蒙哥铁骑，早就已经溃不成军，现在虽然落于下风，但还在勉强支撑阵型列队。

徐云风对邓瞳大喊："把熊浩给我带过来！"

邓瞳从来就没见过熊浩，只能询问："熊浩又是哪一个？"

"你眼睛瞎了吗？"徐云风破口大骂，"萨满旁边的那个牛鼻子！"

邓瞳不敢再跟徐云风顶嘴，他看见了熊浩正在红水阵里躲避，站在了一根木桩下方。熊浩见识过红水阵一次，并且当时和王鲲鹏共同关闭了红水阵的石闸，所以他对红水阵有所了解。

熊浩正在全力以赴躲避红水阵的沟壑和怨灵，结果看到一个年轻人跳到了自己的跟前，熊浩知道这是天玑星位驱赶冉遗的邓瞳，他知道邓瞳自身的本领有限，只是依靠冉遗和百鬼朝拜，而且邓瞳心浮气躁，这种人十分容易被控制情绪。

就在熊浩打算去挑拨邓瞳和徐云风之间关系的时候，熊浩发现面前的邓瞳突然消失了，猛然意识到对邓瞳还有一点没有了解到。

王鲲鹏身边必定会有一个五通。熊浩一直暗中观察王鲲鹏所有的帮手，只有五通是无法被察觉到的。熊浩只能认为王鲲鹏和五通之间一定是默契十足，这样的想法，让熊浩忽略了邓瞳是五通的可能性。

春茂恒邓家每一代都是五通，却是五通的另类。在非同寻常的情况下，邓家人可以做到身体透明化，这件事情，天下人都不知道，除了诡道。邓药识是叶珪的药童，后来离开叶珪到了江陵开馆，这件事情诡道传人是知道的。

这也是王鲲鹏无论如何也要收邓瞳为徒的原因。

徐云风看见熊浩还站在红水阵的木桩下，对着邓瞳大喊："你磨磨蹭蹭的干什么，他都看不见你了，你跟个呆子一样站着干吗？"

邓瞳回头看了看徐云风，徐云风大骂："你看什么，你真的以为所有人都看不见你吗？抓牛鼻子的耳朵后面的下关穴！"

熊浩听了连忙把耳朵护住，但幸好邓瞳是春茂恒中医世家传人，从小耳闻目染，再不济，也对人体的穴道有所了解，熊浩无论怎么躲避，也躲不开看不见的五通。邓瞳绕到了熊浩的身后，一手抓住了熊浩的头发，另一只手摁住了熊浩耳朵后方的下关穴。

但凡是修炼的道士，周天穴道经脉运转，都需要留一个气口，也就是命门，熊浩的下关穴就是弱点所在。

熊浩的命门被控制，身体瘫软，被邓瞳轻轻松松地提到了徐云风面前。熊浩周身气血不通畅，勉强支撑身体，单膝跪在地上。

熊浩问徐云风："你看得见？"

"我当然看得见。"徐云风指着邓瞳说，"你还在这里做什么，怎么不去帮你师父？"

邓瞳心中大怒，却又不能跟徐云风顶嘴。他看见过徐云风揍王鲲鹏，知道徐云风对自己动手，根本就不会有半点犹豫。

熊浩神情萎靡，他作为张元天的属下，无论在什么人面前，都信心满满。可是现在他参与到了这场罕见的冥战中时，这才发现无论是自己的身份，还是自己的法术，在这些人面前，都十分渺小——连王鲲鹏那个看起来如此不靠谱的徒弟，都能轻松把自己制服。

邓瞳是个五通，可是在徐云风面前也只能服服帖帖，熊浩第一次意识到，这个当年看起来名不副实，在众人面前畏畏缩缩的过阴人，如今的修为已无法估量。

熊浩知道徐云风存在的时间并不长，第二轮之后，张元天通过万永武的失败，才意识到王鲲鹏留了一个厉害的后手。一旦知道之后，所有当年的事情都被翻了出来，就连细节也清清楚楚。不过王鲲鹏的目的已经达到，徐云风帮他挺过了七星阵的两轮，足够了。

可是张元天和熊浩都对徐云风大意了，在他们的眼中，徐云风还是当年的那个空有天赋，但是毫无担当、不成大器的小混混；而王鲲鹏正是靠着对徐云风一定会成长为宗师的信任，跟张元天对赌。

结果王鲲鹏赌赢了，熊浩也完全明白了这点。

熊浩的这些心思，在徐云风的探知下，一览无余。

徐云风对熊浩说："你知道为什么王鲲鹏会赌赢，而你们失算了？"

"因为王八他从来没有放弃过对我的信任。"徐云风指着站在红水阵里从容指挥怨灵、攻击乌兰阴兵的王鲲鹏，"而张元天看到的，永远只有背叛。"

熊浩彻底信服徐云风说的话，于是对徐云风说："我知道你要问我什么，不过你既然能探知我的心思，应该也清楚我们都不知道张真人的下落。再说，你自己也明白，用不着你找他，他马上就要跟你们见面了。"

徐云风点头："那好，现在我就要做当年黄裳一生追求的事情。"

熊浩额头上冷汗涔涔："你真的认为你有这个能力？"

徐云风盯着熊浩看了很久，终于开口了："诡道到现在只有两个挂名，一个是黄裳，另一个是我，你为什么还要问这种奇怪的问题？"

熊浩这才发现，在徐云风跟自己说话的片刻，少都符无法摆脱徐云风的手掌，身体正在慢慢熔化。

"你是武当派，"徐云风看着熊浩说，"应该知道当年武当七子之一的殷利亨收服少都符时，用的就是道衍教授武当派的法术吧。"

熊浩已经完全明白徐云风要做什么了。

徐云风和少都符之间的胜负已分，当徐云风和少都符对视的时候，少都符就知道自己输了。上一次少都符和王鲲鹏对峙，王鲲鹏凭借强大的毅力，勉强将少都符压制到了塑像里，但是少都符并不甘心。

当时王鲲鹏抱着必死的决心，而少都符在玉真宫地下被封印几百年，并不想和弱于自己的王鲲鹏同归于尽。

王鲲鹏当时就是用玉石俱焚的方式以弱胜强。这一次，少都符被张元天从塑像里解脱出来，跟随萨满乌兰的阴兵，并挑选了身材高大的僵尸作为自己的身体，本来是想在七眼泉报复王鲲鹏，他现在解脱封印已久，认为王鲲鹏即便是能驱动红水阵，也奈何不了他。

这也是张元天和熊浩的计划，只是计划被徐云风破坏。

上一次还算是少都符输得冤枉，在能力未恢复的时候遇到了一个不要命的小术士。但是这一次，少都符输得彻彻底底。因为徐云风比他更加明白八寒地狱的真谛，而且徐云风已经放下了心中的芥蒂，内心不再犹豫和迟疑。

而且徐云风还手握螟蛉，螟蛉是少都符最为害怕的东西，当年诡道黄裳就是他的克星。虽然黄裳去世这么多年，但是螟蛉，绝不会再放过他。

黄裳练就的螟蛉炎剑所发散的火焰，瞬间从白色变成了黑色，并且比少都符身体散发出来的黑雾更加浓密。少都符作为一个游神，抵抗不了螟蛉。螟蛉的黑烟将少都符笼罩，少都符的身体在黑烟中慢慢熔化消失。

炎剑的火焰熄灭的时候，徐云风把炎剑横在面前，仔细地看着剑身。炎剑的颜色变成了乌黑色，随即在徐云风的手里化为知了壳子，知了壳子的背部显现出黑色的斑纹。

螟蛉作为诡道的信物，本就是由万千厉鬼修成，现在加入了少都符，威力进一步强大起来。

少都符被螟蛉炼化之后，两只巨蜥在冉遗面前几乎毫无反抗的能力，冉遗的脚掌分别把两只巨蜥踩成了肉泥。

萨满乌兰失去了少都符的配合，在王鲲鹏面前更加窘急，只是王鲲鹏现在还不能随意控制红水阵，因为红水阵下的七道水系需要黄坤用九龙宗的法术来破解。

申德旭已经走到了徐云风身边，徐云风向申德旭示意，两人一起走到已经石化的黄坤面前。徐云风用手指按到了黄坤的膻中穴，按了很久。

策策在一旁问："他是不是已经死了？"

"我的徒弟，哪就这么容易死了。"徐云风转头对着申德旭，"鹿矫。"

申德旭这才明白，原来自己辛辛苦苦炼出来的鹿矫，是为了帮助黄坤驱使七眼泉的红水阵。

他将鹿矫递给了徐云风，徐云风把炎剑轻轻抬起来，把黄坤已经变成岩石的头顶削开了一个小坑，然后将鹿矫按到黄坤的头顶上。

黄坤的身体从上至下，慢慢恢复到了原本的样子。黄坤对申德旭说："我需要九龙宗的东西。"

申德旭立即把随身的和泉守鉴定毫不犹豫地递给黄坤。

黄坤拿着和泉守鉴定，看着师父，跪拜下来："师父，我知道你要教我的是什么了。"

徐云风摆摆手："动手吧。"然后转身走到了王鲲鹏面前。

王鲲鹏正在乌兰身前的不远处，乌兰虽然暂时没有落败，不过也已经十分狼狈，现在徐云风和王鲲鹏站到了一起，她的胜算就更加渺茫。

黄坤将和泉守鉴定祭起来，地下的七道水系立即喷涌而出，怨灵集合在一起，慢慢形成一个巨大的人体。

"你手上的灭荆不顺手，"徐云风把赤霄扔给王鲲鹏，"还是用这个吧。"

王鲲鹏把赤霄拿在手里，轻微晃动，赤霄发出嗡嗡的声音，红水阵便毫无滞涩地接受了王鲲鹏的驱动。七道水系在王鲲鹏的纵横十九道沟壑里均匀分布，怨灵集结的人体也开始把阴兵扫荡进沟壑。

申德旭和马接舆带着刘陈策和寻蝉走出红水阵，诡道的四个门人到了这个境界，应该是不需要他们任何的帮助了。

王鲲鹏和徐云风并肩站立，黄坤站到了徐云风的身边，邓瞳站在王鲲鹏的身边。

四个人的脸上都露出了微笑，这是极度自信的表情。

王鲲鹏开口了："这里缺一个守门人，不知道你愿不愿意？"

乌兰在犹豫，这是她唯一的生路。

"你不会还想着能全身而退吧？"王鲲鹏继续问，"我没有时间给你考虑。"

乌兰看了看身边，阴兵虽然强悍，但是也抵挡不了红水阵的威力，更何况还有刚刚击败了少都符的徐云风，以及巨大的冉遗。

乌兰只能把手中的木华黎虎符扔给了王鲲鹏。

乌兰的计划失败了。

第三轮的攻击，已经结束。

何重黎与宋银花面对的四个厉鬼，他们之间的战局已经影响不到整体的形势。王鲲鹏的努力没有白费，他精心谋划，终于一步步走到了现在。

张元天已经没有任何人手供他驱使，现在他必须要出现在王鲲鹏的面前，诡道和张元天之间的恩怨，终于到了最后了结的时刻。

乌兰认输了，阴兵全部溃散。剩下的萨满不成气候，无法对中原产生任何威胁。王鲲鹏准许乌兰向剩下的几个萨满交代几句，然后放萨满下山，重回漠北。

这一场冥战从早晨打到了傍晚，终究还是王鲲鹏胜了。王鲲鹏在道教的地位，走到了巅峰。

徐云风看着王鲲鹏："恭喜你，王抱阳王道长。"

"还记得我当年跟你说过的话吗？"王鲲鹏说，"我要做一个术士。"

"我服了你，"徐云风说，"你竟然做到了天下一等一的术士。"

王鲲鹏拿着手里的赤霄："我也没想到我真的能走到今天。"

徐云风和王鲲鹏同时看着夕阳西下，他们走到了最后一步。两人同时深吸一口气："那就来吧。"

七眼泉是一个了结恩怨的地方，特别是在王鲲鹏和徐云风看来，两人的命运节点几乎都在这里发生。

且不论当年铲截的最后一场道教大阵，当年王鲲鹏作为一个道教爱好者，就对七眼泉的术士聚集耿耿于怀。也是在这里，徐云风和王鲲鹏真正用法术比拼了一次。而现在，两人分别走了不同的道路，最后却在七眼泉共同走向了巅峰。

诡道再一次脱颖而出，震动道教。

铁板仍旧牢牢地被掌握在王鲲鹏的手里，具体位置只有王鲲鹏、徐云风和老严三个人知道。七星阵法已经转换为了北极星，红水阵的威力在黄坤的帮助下已经彻底发挥出来。

局面到了最有利于王鲲鹏的地步。

王鲲鹏把头转向熊浩："告诉张真人，他要进入三峡古道，现在可以来找我了，他肯出现，并且击败我和徐云风，铁板的位置我就告诉他。"

徐云风补上一句："你认为张元天真的能击败我们吗？"

熊浩强打精神说："张真人留有后手，但他一直都不愿意去做，这也是他派一轮又一轮的术士对付你们的原因。张真人不是一个品行低劣的人，但是到了迫不得已的形势下，他只能这么做了。"

"把话说明白了，"徐云风指着熊浩，"我不认为张元天的本事真的能对付我和王八，想来你说的办法一定是非常无耻。"

王鲲鹏没有说话，他已经隐隐猜到了熊浩在暗示什么。

王鲲鹏看向了寻蝉："寻蝉师兄，能不能过来说话。"

寻蝉走到了王鲲鹏的面前："其实你看到我到七眼泉来，就已经想到了吧。”

“想到了。”王鲲鹏说，“清静派已经可以脱离阵法，可是你们还是回来了。”

徐云风听了王鲲鹏和寻蝉的对答，也差不多明白他们暗指的内容。徐云风的身体开始战栗起来，这种事情让他无法接受，但是看样子王鲲鹏倒是早有准备。

也是，王鲲鹏这么七窍玲珑的人，怎么能看不出寻蝉的反常，并且寻蝉根本就没有刻意去掩饰。

“你见到了谁？”王鲲鹏盯着寻蝉，“是不是张元天？”

寻蝉摇头。

王鲲鹏想了一下：“你的师父见清？”

寻蝉默认了。

“见清早就死了，”徐云风对着寻蝉说，“被孙拂尘……”

徐云风说到这里，说不下去了。人死不能复生，这件事情，虽然孙六壬做不到，但是张元天可知他能幻化出见清的样子，并且告诉寻蝉，见清被孙拂尘害死的细节，这就已经足够了。

这一招是釜底抽薪。

寻蝉被说服之后，会产生一个严重的后果。这个后果，是徐云风和王鲲鹏都不能去面对的局面。

方浊。

方浊是最合适的人选，而且她很早就被张元天盯上。老严做得最无耻的事情就是这个，他把方浊招进研究所，并让张元天在玉真宫里注意到方浊，这都是他一点点筹划来的。

现在张元天找到了寻蝉的弱点，这件事情就不意外了。方浊对寻蝉不会有任何防备，现在张元天的下落已经非常明确。

张元天在牛扎坪，方浊的身上，寻蝉已经不再掩饰，那么牛扎坪上的方浊，已经不是方浊了。

张元天已经知道了红水阵的厉害，他根本就不会正面跟王鲲鹏在七眼泉上一决高下，只要把方浊作为人质就够了。

从某种意义上讲，这也是非常冒险的，因为这本来就是老严的陷阱，张元天将计就计，干脆就顺着这个陷阱布局。张元天比老严更加了解王鲲鹏和徐云风，他能抓到这两人的把柄。

徐云风和王鲲鹏都愣在了原地，不知道该如何去面对这个困境。

牛扎坪上，老严、张家岭和方浊都看着东南方七眼泉的方向，然后看着夕阳落下，黑夜慢慢地侵袭了天空。

方浊开口了；“崇光，你什么时候知道我在这里的？”

“我既然过来，”老严低声地说，“就已经知道了。”

“但是你还在抱有侥幸，”方浊说，“认为王鲲鹏和徐云风不会对方浊这个丫头手下留情？”

“我认为王鲲鹏不会。”老严实话实说，“当年我是这么想的，现在还是。”

“那你错了。”方浊，也就是张元天，他指着老严说道，“他们必然不会对方浊动手。”

“那我们等着瞧吧。”老严还在坚持。

“好，”张元天慢慢地坐下来，“跟当年一样，我们等。只是这次没有古赤萧来搅局了。天亮之前，王鲲鹏和徐云风两个小子就一定会赶到，他们会跟我妥协，你信不信？”

老严的身体在颤抖，他的胜算很小。

张元天对老严的背叛永远不会忘记，张元天知道怎么才能让老严最痛苦。那就是他要老严亲眼看着自己培养的王鲲鹏和方浊同时堕入黑暗，让老严经营了一辈子的事情化为乌有。

这就是张元天对老严最大的报复，远远胜过肉体的痛苦，甚至胜过杀掉老严。

张家岭看着方浊：“张真人？”

张元天在方浊的身体里，并不理会张家岭，和五十多年前一样，他闭上了眼睛，等着一切尘埃落定。

王鲲鹏和徐云风两人不说话，一步步地走下山，每一步都十分沉重。黄坤知道事情的严重性，不敢说话，就连邓瞳也不敢张嘴。徐云风的头发已经竖起来了，他两手都紧紧攥着，骨节煞白。

寻蝉没有跟着下山，只是对王鲲鹏说："师门的仇恨，我不能就这么算了，希望你能明白。"

王鲲鹏扭头看了看寻蝉："她是你师弟，相依为命的师弟。"

"我师父也和我们相依为命，"寻蝉脸色冰冷，"孙家人做过的事情，不能就这么算了。方浊也是我师父的徒弟，对不对？"

王鲲鹏和徐云风已经走远，两人都默不作声。到了山下，他们上了申德旭安排的船，徐云风终于开口了："把铁板带上。"

王鲲鹏没有回答。

徐云风又说："真希望永远走不到牛扎坪。"

即便是徐云风和王鲲鹏多么不愿意去面对，但是已经由不得他们两人。

王鲲鹏、徐云风还是走到了牛扎坪的山路上，黄坤和邓瞳在后面默默跟着。申德旭和马接舆等人留在了山下，看着诡道的四个门人一步一步顺着山路走上去。

王鲲鹏远远地看见了山顶上的老严、张家岭和方浊，他回头对徐云风说："疯子，事情发展到了这个境地，我是不是该后悔？"

"不用后悔，"徐云风说，"无论你怎么去努力，还是无法避免最坏的结果。我已经认了，但是，认命不等于放弃。"

"没有余地了，"王鲲鹏苦笑，"张元天老奸巨猾，手段不是我们能想象的，其实这事也就是老严和张元天能毫无顾忌地做到。现在老严一定很开心，他的目的也达到了。"

徐云风听了王鲲鹏这句话，对王鲲鹏说：“如果你在一个月前说出这句话，我会认为你是在用言语激将我，让我等会儿不要阻拦你。”

“那你现在为什么不这么想了？”王鲲鹏问。

“如果你真的这么想，”徐云风说，“你就跟老严没什么区别了。”

王鲲鹏又苦笑了一下。

徐云风接着说：“这个七星阵法，从法术来讲，并不比老严布置的局高明，可是只有你能把整个七星阵法布置出来，运转起来，老严能做到吗？”

“是啊，他做不到。”

“这就是他要找接班人的原因，”徐云风说，“魏家、黄家、苗家、白丹派、邓家，还有我们都不抱希望的钟家，老严叫得动他们任何一家吗，他们愿意跟随你进入七星阵法，真的是因为巴结你是王抱阳，是研究所所长？我想明白了，这些都不是原因，他们宁愿跟随你，那是因为你不是老严，不是孙拂尘，甚至不是古赤萧，而是王鲲鹏。王鲲鹏不是一个为了目的牺牲他人的小人，就这个理由，足够了。”

王鲲鹏扭回头，不让徐云风看见他的眼泪，只是摆摆手，示意徐云风不要再说了。

黄坤和邓瞳也知道自己要面对的是一场最艰难的战斗，他们两人的身体都微微战栗，做好了可能发生一切的准备。

路再长，也有走到头的时候，更何况这段路并不长。

四人走到了山顶，方浊，不，张元天看见诡道的徐云风和王鲲鹏走到跟前，对着两人说：“你们来了。”

“来了。”

“让你们的徒弟去旁边歇着吧，”张元天说，“不要牵扯年轻人进来了。”

“果然不是方浊的声音。”邓瞳看着张元天，“我凭什么听你的，我师父还在这里呢。”

“你离远一点，”王鲲鹏对邓瞳说，“去吧，邓家和诡道的账了了。”

徐云风也向黄坤示意，黄坤拉着邓瞳走远。邓瞳轻声对黄坤说：“我们是不是级别不够？”

黄坤无奈地笑笑，邓瞳的话虽然难听，但是也不算错。

邓瞳又说：“这些老家伙死绝了，是不是就该我们最厉害？”

“你说什么呢！”黄坤低声呵斥。

“你眼睛瞎了吗，”邓瞳辩解，“难道你看不出来，他们几个老家伙是要同归于尽的样子？我们在场，就能帮到我们的师父。”

“我们得活下来，”黄坤说，“我听我师父的。”

“你就是怕死。”邓瞳一脸的鄙视。

“我们不捣乱，师父可能还有机会。”黄坤说，“这种时候，我们就老实待着，有机会再出手，你瞎嚷嚷什么。”

邓瞳这才释然，用手拍了拍黄坤的肩膀。黄坤心里却知道，师父们是用不着他们来帮忙了，他在骗邓瞳。

张元天看着老严，然后又看了看张家岭：“你也走吧，跟你也无关。”

张家岭脸色铁青，他好歹也是一代道教的气功大师，可是很明显，在张元天面前，他什么都不是。

张家岭知道自己的本事和地位的确在张元天面前不值一提，虽然张元天连侮辱他的意思都没有，但这也是无可回避的事情。张家岭当然也不会傻到跟张元天去理论，他愣了一会儿，只能慢慢走到了远处，但是仍然和黄坤、邓瞳保持一点距离，挽回自己的一点颜面。

山顶上只剩下张元天、老严和王鲲鹏、徐云风了。

这一天终于到了。

张元天看着徐云风，上上下下地打量了很久，又看向了王鲲鹏，也是仔仔细细地看了很久。

虽然张元天现在是方浊的样子，但是他的气质和神态完全是目空天下的宗师气度。

“以我们的身份，就不要动手了吧。”张元天说，“该动手的都已经动手了。”

徐云风手里的螟蛉突然脱手，在空中化作了炎剑，看样子是张元天把方浊的能力发挥到了更加强大的层面，并且他还能提前预知到徐云风心中起了要比拼的念头。王鲲鹏的赤霄还在背后，张元天也就没有去夺王鲲鹏的兵刃。

徐云风伸手把炎剑夺回了手中，紧张地护在胸前。

张元天多活了这么多年，谁知道他在那边修炼到了什么样的境地。

老严突然大喊：“动手！”

王鲲鹏心思敏捷，立即用赤霄刺向了张元天，张元天一动不动，赤霄宝剑在张元天面前不到半尺的时候，被炎剑格挡开。

谁都知道，这是一定要发生的。

“她是方浊，”徐云风看着王鲲鹏，不断地重复，“是方浊。”

老严大喊：“别管了。王鲲鹏，动手！”

老严的御鬼术施展出来了，他的御鬼术比王鲲鹏的更加精湛，但是王鲲鹏却没有接过老严扔过来的旌旗。

王鲲鹏对老严说：“对不起，她是方浊。”

旌旗轻飘飘地落在地面上，老严的御鬼术被王鲲鹏拒绝。

“还打吗？”张元天说，“我看是打不下去吧。”

老严绝望地喊起来，“王鲲鹏，你这么多年到底图的什么！你忘记了你师父是怎么死的了吗？”

王鲲鹏和徐云风都一动不动，张元天抓住了他们的死穴，知道他们宁愿同归于尽，也不愿意搭上方浊。这事放在老严身上根本不值一提，但是放在王鲲鹏和徐云风身上，却是不容置疑的选择。

“我会给你一个机会，我们来较量一场，”张元天对徐云风说，“毕竟只有我们是过阴人。我做事从来不赶尽杀绝，我给了你们这个机会，你们就得听我对你们说几句。”

徐云风顿时明白了张元天的意图，张元天没有说谎，他说的是只有他们两人是过阴人，并且要较量一场，那么就一定是在另一个世界。在那个世界里，张元天就是张元天，不会是方浊，张元天没有打算用阴谋诡计，而是要用过阴人的方式，正大光明地和徐云风拼。

但是现在，张元天要用自己的方式说服王鲲鹏，这个也许才是他最看重的事情。

“铁板已经过了葛洲坝了吧，是不是就在下面的长江里。”张元天说，“我不做梵天，但是也不能让孙家人做。”

“别听他的。”老严说，“动手！动手！”

“谁来做？”王鲲鹏问。

“答应我一件事情，我就立即放弃。”张元天说，“我也活够了。至于谁来做，王鲲鹏也行，徐云风也行，你们自己商量。”

“让我猜猜你要我们答应你什么？”王鲲鹏平静了很多。

“其实你早就知道了。”张元天回答。

“做不到的。”王鲲鹏说，“这是大势所趋，你我都挡不住。”

“为什么不试试？”张元天说，“我倒不认为一旦这么做了，就都结束了。”

“试不起。”王鲲鹏说，“我没有你视一切为草芥的心胸。”

“还有孙六壬，”徐云风说，“她怎么办？”

“为什么你们不早生出几十年，”张元天感叹，“如果你们生在我的时代，我们一定是最好的兄弟，可惜了，我遇见的是庄崇光。”

老严听了，无言以对。他的确是背叛了张元天，而张元天当年真的是把他当作兄弟看，不然他也没有背叛的机会。

张元天不再纠缠这个话题，而是转过头来对王鲲鹏和徐云风说：“1905 年，我要出阴，出阴之后，梵天的位置非我莫属，根本就没有孙拂尘的机会。可是古赤萧不答应，我被自己的好兄弟算计，这些事情我认了，我也能原谅崇光对我的不义，因为他认为有一个大义。可是你们为什么都这么懦弱，只去接受，而不去改变？”

“改变的代价太大，”王鲲鹏说，“可能是一切都被毁灭。”

“是的，”张元天说，“梵天不止一个，他们不愿意改变，并且把这个意图透露给了古赤萧，他们也是墨守成规的腐朽之人，宁愿看着一切死去，也不想着重新建立。”

“太危险了。”徐云风说，“一触即溃，容不得尝试。”

“左右是个空无。”张元天盯着徐云风，“只是时间长短而已，我说错了没有？”

徐云风沉默很久：“没有说错。”

“好。”张元天把头转向了老严，“你花费了巨大的心血，把诡道的王鲲鹏培养出来，的确是一件了不起的事情。”

“过奖了。”老严的声音听不出任何的情绪。

“我佩服你两件事情，”张元天说，“第一件事情是，你做事从不后悔，到现在你也不认为你当年的做法有任何的错误。”

“不错。”老严回答，“就是这样。”

“第二件事情，”张元天说，“如果我是你，我不会选择王鲲鹏。”

“看来这件事情，我也不见得就做对了。”老严叹口气，“方浊一岁之前生过病，她师父见清费了很大的精力养活她，所以她即便是长大了，也不能受寒气，寒疾一直在她体内，王鲲鹏要是愿意使出御鬼术，方浊的身体受不了这个阴寒。”

所有人都知道老严说得不假，这是王鲲鹏对付张元天唯一的机会，可是王鲲鹏放弃了。老严能做的事情，王鲲鹏做不到，而且张元天也表示他绝不会利用方浊来击败王鲲鹏，他会用光明正大的方式跟徐云风比试。

在对峙中，老严已经没有任何发言的权力，他所有的布置全部落空。事情要按着张元天和王鲲鹏的路数来。

王鲲鹏对张元天说：“我也不谦虚了，在天下的术士中，我的法术应该是很难有敌手的。”

“可能有四五个，本事比你强一点。”张元天说，“但是他们都没有你聪明，即便是有跟你差不多聪明的，也没有你的坚韧……所以，你不用谦虚，你唯一的对手就是你身边的这个兄弟，可是真的比起来，他赢不了你。”

“那你觉得，”王鲲鹏迟疑了一下，“我和你之间呢？”

张元天笑了笑：“原来是这样，你还是不死心。”

王鲲鹏说：“我在拜师之后，一直在想我能走多远，能不能做到天下第一的位置。”

“刚才我说过，你能赢过徐云风，”张元天说，“但是我如果输了，却不会输在你的手上，只有徐云风才有这个机会。不知道你懂不懂这个道理。”

“完全明白，”王鲲鹏说，“我就是想看看，从世俗的法术上，我和你有没有过招的机会。”

“红水阵你是带不来了，七星阵也已经散了。”张元天说着话，把开山宝剑慢慢压入石壁，只剩下了剑柄，“也好，你手上有赤霄，也不算你太吃亏。”

王鲲鹏等这句话很久了，拿着赤霄宝剑走到张元天面前：“你如果输了，就别拿着方浊作人质。”

王鲲鹏出手很快，看蜡的法术施展出来，祝融咒添加在赤霄宝剑上，威力强大。张元天也信守承诺，根本就没有躲避，也不用方浊隔空移物的本事，而是直接用手去抓王鲲鹏的宝剑。

王鲲鹏知道不能让张元天把赤霄宝剑抓住，就要把赤霄往回收，张元天有了实体，道法精湛，速度比王鲲鹏要快得多，张元天的手掌立刻把赤霄宝剑的剑身攥住。

赤霄宝剑的剑尖随即映出了黑色流光，流光顺着剑身侵袭到王鲲鹏的手掌，王鲲鹏用看蜡的蜡烛，也就是用祝融咒抵抗黑色流光，蜡烛一个一个地熄灭，灭到一半的时候，熄灭的蜡烛重新复燃，又恢复到了十七支。

王鲲鹏知道，在张元天面前，诡道的算法毫无用处，无论是王鲲鹏和张元天自己，还是老严和徐云风都看得明明白白，王鲲鹏这一回合输了。

随即，王鲲鹏看向张元天，两人的身体一动不动，老严心里顿时就冷了。王鲲鹏的确是在暗中学习催眠术，而催眠对方需要强大的内心才能做到，可是这一点，在张元天的身上占不到任何便宜。张元天控制信徒的方式就是用虚幻的声音，或在电视上显示他的幻象，这是十分高明的摄魂术，摄魂术在中国源远流长，跟西方的催眠术是同一个道理。

徐云风看见王鲲鹏的瞳仁在缩小，眼睛也眯成了一条缝，而张元天的眼珠子正在滴溜溜地转动，徐云风也只能摇头。

平心而论，王鲲鹏的法术要达到术士的顶峰，必须凭借阵法，如御鬼术、七星阵、红水阵等等，但是如今阵法在王鲲鹏这里都已经被抛弃。

王鲲鹏手里的赤霄慢慢变弯，两人把法术的力道都集中到宝剑上，宝剑的剑身变成了弧形，张元天左手抓剑尖，王鲲鹏则右手持剑。

在这种僵持的局面下，王鲲鹏不断地用左手凌空画符，雷咒符篆刚显现，张元天的右手便同样凌空画符，也是雷咒符，两张符篆在空中相击，同时消散。

但是王鲲鹏失去了先机，张元天右手立即画出了延内咒，速度飞快，王鲲鹏的左手也画出了甘露咒，虽然两咒相触后便消散，可是攻防已经易位。

张元天凌空画都离咒的速度更快，王鲲鹏画出的宣雀咒已经明显慢了半拍。

王鲲鹏并非如同徐云风一样是个左撇子，左手画符本就不如右手熟练，而张元天的右手就占尽了便宜。

终于，两人之间画符速度的差距越来越明显。张元天占尽了上风，凌空在王鲲鹏的周身画下了道教最常见的符咒咒文：

临兵斗者皆阵列在前。

每一个咒文文字都闪耀着金光，而王鲲鹏的七煞咒才刚刚画了一个开头。

赤霄宝剑的剑身立即绷直，剑柄从王鲲鹏的虎口弹开，王鲲鹏的手掌顿时鲜血淋漓。

王鲲鹏披头散发，他很久没有这么输过了。张元天虽然赢了，表面上气定神闲，不过心里明白，他赢在了多活几十年上。

两人之间的斗法只是用最低等的法术比拼，但越是简单的法术，就越是考验法术的基础。

天下已经找不到第二人能做到王鲲鹏这个地步，如果王鲲鹏真的一上来就用御鬼术，便会让方浊的身体受寒，开山的隔空能力将大打折扣，加上徐云风做帮手，张元天还真的必败无疑。

现在计较这些都晚了，王鲲鹏的目的也达到了，虽然他败了，不过也印证了他入道以来的努力。他一个普通人，做到了这一步，已经是一个奇迹。

“现在，”张元天把赤霄扔回到了王鲲鹏的手里，“可以好好听我说话了吗？”

王鲲鹏的法术输给了张元天，这是肯定的。一直以来，七星阵遇到的每一个对手，或者是道教的前辈，都认为即便王鲲鹏是当今天下术士里最高级别的一位，但他和张元天之间还是有差距的。

谁也不会忘记，张元天在 1947 年之前，便几乎已经成为全国术士一致认可的首领，那时候的无极派也是最庞大的势力，如果不是因为古赤萧……

今天的一切，将不会发生。

张元天比王鲲鹏早生了五十八年。这五十八年，就是他们之间的差距。

张元天看了看牛扎坪长江的对面，目光又转向了江南。他的眼神很平静，王鲲鹏和徐云风忍不住随着他的视线看向四周，两人都默不作声，隔了一会儿，徐云风轻声对王鲲鹏说：“这一天不就是你一直想要的局面吗？”

“真到了这一天，”王鲲鹏对徐云风说，“其实也没觉得有多激动。”

“我倒是感觉挺好的。”徐云风咧着嘴笑了笑，“众目睽睽啊。”

长江在三峡西陵峡口的两岸上，站满了来自全国各地的道教道士和民间术士。这些人都站立在两岸的山顶和山坡上，还有几艘船也停泊在江面上，船上也站立着各个门派的人士。

所有人都看着牛扎坪的山顶。

黄坤和邓瞳两人也被这样的场面惊呆了。

“真没想到会来这么多人。”邓瞳喃喃地说，“做术士做到这份儿上，这辈子也就值了。”

黄坤说：“诡道和张元天的决战，关乎到场所有人的命运。他们怎么可能不来。”

邓瞳尽量让自己站得笔直一点：“我觉得这些人都挺傻的，把自己的希望放在旁人的身上。”

“不是每个人都是你师父王鲲鹏。”黄坤说，“很多人就这么浑浑噩噩过一辈子，他们只知道自己是一个道士或者术士，每天要做的事情就是修炼，多数人却忘记了修炼到底是为了什么，即便是他们知道了这个世界上有些事情出了问题，时间一久，也懒得去想，就把这一切都当成理所应当。”

“就是被抛弃，走向灭亡，他们也认了。”邓瞳说，“这么说我倒是觉得张元天和我师父王鲲鹏是对的，他们知道反抗。”

“所以，你师父王鲲鹏只有一个。”黄坤说，“绝无仅有的一个。”

两人唏嘘了一会儿，不再感慨，和山上山下还有轮船里的人一样，看着徐云风和王鲲鹏两人与张元天静静地站立。

到了今天的这一刻，所有的一切都该有一个了断。

王鲲鹏和徐云风相互看了一眼，徐云风点点头。

江面上的船只在移动，因为江水开始翻滚。船只上的道士都发出了一阵惊呼，接着两岸的道士被长江的现象吸引，也全部看向了江面。

王鲲鹏无法打败张元天，他也从来没有想到过自己会真的战胜张元天，这是他自己预知到的事情，因为要和张元天面对面，靠个人能力一决雌雄的人，是徐云风。

王鲲鹏要做的已经做完了。七星阵、红水阵都是逼着张元天出现，绝不能让他操纵其他的人来开启古道。王鲲鹏已经把张元天所有能差遣的各方术士都一一对付了。

张元天被王鲲鹏逼到了绝路。

张元天当然不愿意走到今天这个地步，原因很简单，他没有把握击败徐云风。

徐云风是唯一一个见到了真实存在的孙拂尘后，还能全身而退的人。张元天自己也不认为自己可以做到，当然这个跟孙拂尘的女儿有关系，但是，孙拂尘的女儿现在不就是梵天吗。

这就是张元天不愿意和徐云风短兵相接的理由。

换作是王鲲鹏也不会这么做，道理很简单。

张元天一直想进入古道，面对孙拂尘，取代孙拂尘，然后再跟另外几个人交涉，可是却被徐云风抢了先，抢先的理由也很简单，孙拂尘知道自己无法面对张元天，于是主动邀请了徐云风，当徐云风经过种种考验之后，进入了三峡古道。

张元天的计划全部落空，陷入到了绝望的境地。

但是没想到徐云风破天荒地拒绝了孙拂尘，这让张元天十分意外，于是才让他有了机会。

虽然三峡古道的入口已经被封死，剩下的唯一入口也被赑屃和傲天带走，被王鲲鹏藏了起来。

所以，张元天首先要慢慢收拢当年每一个信徒，然后再说服本领高强的术士，让他们帮助自己，把三峡古道的入口铁板找出来。长江断流那一次，就是张元天在来回寻找铁板，引起了王鲲鹏的警觉。

王鲲鹏被惊动，立即布置七星阵法。张元天最优的选择，就是让自己当年的信徒和如今的术士高手击破王鲲鹏的七星阵法，保护铁板的七星阵法一旦溃败，拿到铁板便如探囊取物。

王鲲鹏用了各种手段，穷尽他毕生修为，让七星阵法坚持挺过了三轮。

替张元天卖命，或者是认同张元天的术士，都全部失算了。现在只剩下张元天自己，那么张元天就只能来接受王鲲鹏的安排了。

张元天的底牌是方浊，王鲲鹏的底牌是徐云风。

唯一不同的是，方浊这一张底牌，王鲲鹏也不知道——也许他知道，只是他一直不愿意去面对。

而张元天也始终在回避徐云风这个最困难的结局。

现在两人都各自拿出了底牌，导致王鲲鹏和徐云风不能在三峡古道之外铲灭张元天，但是张元天也走到了王鲲鹏设计的最后的一环，那就是跟徐云风一同进入三峡古道。

在占尽优势的局面下，张元天的胜算只有五成，张元天其实是输给了王鲲鹏。

长江的江面还在翻滚。江面上的船只已经纷纷避开长江中心，朝着北岸黄柏河码头行驶，进入了安全的地带。

张元天看着江面，眼睛眯起来，微微点了点头。

王鲲鹏也没有爽约，他既然输了，铁板就得拿出来，也许这也是他早就计划好的事情。既然徐云风要和张元天进入到三峡古道一决高下，那么就没有再隐藏铁板的必要。

傲天在长江的河道之下行走，引起了江水的乱流。江岸边一部分道士和术士能看见江水之下的傲天和赑屃，但大多数人只能看见一个巨大的平台慢慢地从江水下浮起。

赑屃将铁板顶到了江面之上，从牛扎坪向下看去，铁板方方正正，上面纵横十九道，这是一个巨大的棋盘。

张元天身边的开山宝剑发出巨大的轰鸣声。岩石的表面显现出几道不规则的裂纹。开山在坚硬的岩石里正在抖动。

王鲲鹏和徐云风同时看着剧烈晃动的开山宝剑剑柄，意识到开山宝剑和棋盘之间有巨大的关联。

“我先说第一件事情。”张元天把手扶在了开山宝剑的剑柄上，剑柄抖动的频率顿时减弱，“韩信当年本来是死不了的。”

“这件事情为什么我不知道，”王鲲鹏说，“我师父从来没有提起过。”

“守门人也从来没说起过。”徐云风疑惑地看着张元天。

“开山宝剑曾经是韩信开辟陈仓古道的神兵，”张元天说，“在被使用之后，残剑流传在诡道，但其威力殆尽，只是破铜烂铁，而能让开山起死回生、重新具备开山辟地的能力的人，只能是诡道的后人。”

张元天说这话的时候，开山宝剑正慢慢安静下来，岩石上的裂纹不再蔓延。

牛扎坪本来就是一座石头化成的山，开山宝剑既然能够破开岩石，那么整座牛扎坪也会崩塌。

“不过看来你们诡道是不可能再发挥出开山的威力了，”张元天继续说，“你们一直隐藏着棋盘，只知道那是进入到古道的入口，却不知道棋盘的真正来历。诡道自己没有记录，守门人更加不知道。”

王鲲鹏和徐云风两人同时明白了张元天要说什么，异口同声地问：“韩信？”

张元天继续说：“当年尉缭收了两个徒弟延续诡道，一个是韩信，一个是陈平。韩信是长房，陈平是幺房。陈平拿了赤霄宝剑，而韩信没有得到尉缭的赠剑。倒不是尉缭真的偏心，而是尉缭给了韩信天下最凶猛的利器——纵横十九道，教给陈平的则是阴谋诡辨示形出奇鬼神之道，也是你们诡道名号的来历。”

王鲲鹏和徐云风听了，都看了看长江上的铁板，铁板在江面上静止不动，但铁板上的纵横十九道正发出凌厉的杀意。是的，棋盘是一个兵法。

“韩信平定齐国。”张元天说，“他倾尽齐国之力，开凿铁矿，熔炼棋盘，但是这个举动被刘邦探知。刘邦和陈平、张良认为，韩信开凿矿山是为了锻造兵器，意图日后谋反，于是将齐王韩信迁到楚地做楚王。韩信到楚国后，暗中将铁板凿刻完毕，然后放在了楚地。”

王鲲鹏和徐云风知道张元天说得不假，因为只有到了楚地，棋盘在长江出现，一切才能顺理成章。

“韩信将棋盘带到长江，便立即杀死了所有运送棋盘的民伕和船工，直到他死都没有吐露这个秘密。”张元天说，“并不是他真的比拼不过陈平，而是他所有的能力都放在了棋盘之上。你们知道为什么吗？”

王鲲鹏无法回答，他想不出来，这些事情是毫无依据可循的。

“跟什利方有关？”徐云风回答，“一定是什利方。”

“对，就是跟什利方有关。”张元天说，“连你们诡道都不知道韩信暗中的作为，所以棋盘的秘密一直被保留着。什利方见过陈平，也见过张良，可是他还见过一个人。”

“韩信！”不用张元天提醒，王鲲鹏和徐云风也知道是谁了。

“什利方能说服张良和陈平，但是他说服不了韩信。”张元天说，“他在邯郸被韩信杀死。”

王鲲鹏和徐云风同时一震，明白这是最合理的解释，也是唯一的解释，不然汉初的陈平和韩信为什么会结下你死我活的恩怨。

“什利方就是控制我们整个道家和术士世界的缔造者，就是他告诉了陈平、张良、徐福等人这种妖言，让我们一直认为真的需要什么梵天体系来维持，”张元天激动起来，“当所有的顶尖术士都信了，这个世界就真的成了他所希望的，他的目的也就达到了。”

“你说错了。”徐云风对张元天说，“我见过孙拂尘，我知道八寒地狱。”

“都是印度吠陀教对你们的操纵，”张元天说，“什么梵天，什么八寒地狱，哪一个是我们中国道家本土的东西，你们就不觉得奇怪？”

“你说的这些不能说服我。”徐云风坚定地说，“我见识过的，包括我自己的存在，都是源于梵天的操纵。”

“说到点子上了。”张元天哈哈大笑起来，笑得徐云风身体发毛。徐云风突然意识到他的想法有那么一点点可能——是对的。

“你认识的梵天是什么？八寒地狱是什么？”张元天问。

“空无。梵天小心翼翼地维护着空虚中衍生出来的意识，使其不被破坏，崩塌。”徐云风冷静地说，“只是术士中能明白这一点的人太多，每隔一段时间就会消失一批术士，到了如今，已经不再需要他们了。”

“好，”张元天说，“那么我再问你一件事情。”

“你问。”

“谁告诉过你，”张元天一字一顿道，“这件事一定会朝着这个方向发展的？”

“当然是孙拂尘。”

“你相信孙拂尘的原因是什么？”

“因为他是梵天的维护者。”

“你相信他，仅仅是因为他到了这个位置，而不是他讲出了真正的道理。你相信的是他的地位和能力，除此之外还有其他理由吗？”

徐云风开始冒冷汗。

张元天说：“给你一个假设，如果孙拂尘自己都不知道自己坚守的事情是错的呢？”

“我们的世界没有假设，我只相信我看到的一切，和经历的一切。”

“你刚刚对我说过，”张元天说出了让徐云风彻底绝望的一句话，“一切都是空无，哪里有你看到的，和你经历的？”

王鲲鹏不能去理解张元天和徐云风的对话，但是完全能看出徐云风已经从心灵上被彻底摧毁。王鲲鹏焦急起来，不能在这个节骨眼上功亏一篑。

张元天怒喝一声，手向着长江的江面一挥：“韩信就是看到了这一点，才铸造了这一块棋盘！”

所有人都被张元天的气势征服，连王鲲鹏都不例外，全部扭头看向了棋盘，铁板上的纵横十九道血迹斑斑，黑气在铁板上蔓延，杀意源源不绝，这是韩信坚守的强大信念在涌动。

张元天再一次大声怒喝：“八思巴在洛阳和天下道士论道，我们今天的对话，曾经出现过一次。八思巴带领三十六名喇嘛将道士们驳斥得体无完肤，但是当时有一个道士挺身而出，跟八思巴进行了一场论道，而论道的内容，就是我和你刚才的对话，别无二致。而那个道士籍籍无名，我只知道他也是你们诡道中人，后来却被八思巴杀害。从此，天下术士无人敢质疑梵天。”

老严已经无法说出任何话来，他彻彻底底地输了，过了这么久，他还是输了。

张元天能走到今天，并非只靠着天下无双的法术和势力庞大的无极派，而是因为他坚信自己跟韩信一样，能够看明白一切。

长江南北两岸所有的道士和术士与牛扎坪山顶上的四个人一样，仿佛都感受到了张元天和徐云风之间的气氛。此时天空一只飞鸟都没有，虫豸也没有发出声音，就连长江的流水也静寂无声。

“我在这里，站在你的面前，我也付出了无数代价，”张元天说，“当年的信众，无极派的点传师，各方的术士豪杰，他们都是天下一等一的人物，但是都折损在了七星阵法上。你们认为七星阵法是跟我直接对话的途径，而于我来看，这一场冥战又何尝不惨痛，但没有这些，你们会相信我现在说的任何一个字吗？”

徐云风和王鲲鹏都冷汗淋漓，身体瑟瑟发抖。

“我被自己的兄弟陷害，我若杀他，易如反掌，”张元天把头转向老严，又看向徐云风，“我若现在要杀王鲲鹏，更是易如反掌，你徐云风仅能自保，还能保护他们的周全吗？”

“不能。”徐云风诚实回答，“你有方浊的能力，加上你的修为，我打不过你，你说我能自保，也是在抬举我。”

“那你为什么还要阻拦我？”张元天对着老严和王鲲鹏说，“他们不明白，是他们的天赋有限，可你为什么还不相信我？”

徐云风说：“因为你也无法证明你是正确的。”

“为什么不试试？”张元天大声说，“已经到了绝境了，道家和术士都撑不过百年，百年之后就真的一切太平吗，我看不是。”

“是的。”徐云风说，“即便是没有术士，极度的黑暗和寒冷也会侵蚀一切。”

“我就在等你这句话。”张元天说，“我无肉身已几十年，现在我放过方浊，你也知道我回不去了，但是只要你答应我一件事，我就立即如你们所愿，彻底消失。”

老严和王鲲鹏同时对着徐云风说：“不能答应。”

徐云风看着王鲲鹏：“你们知道他要我答应什么吗？”

“无论什么，都不能相信。”老严恳求徐云风。

徐云风冷漠地看了看老严，王鲲鹏把眼睛闭上，他现在也什么都做不了。

“我不答应。”徐云风轻声说，“我做不到。”

“因为孙六壬？”

“是的。”徐云风说，“也许你觉得这个理由很可笑，但是，对不起，我这人就这样了。因为我的想法和你不同，我认为即使一切都归于虚无，但是人和人之间的情谊是不该被抹杀的。”

“什么都没了，情谊有什么用。”

“我的兄弟，王鲲鹏。”徐云风说到这里，拍了拍王鲲鹏的肩膀，“是他让我明白了这个道理，即便什么都是假的，什么都会消失，但是人与人之间的情感只要曾经存在过，就应该去尊重。这是唯一不同于八寒地狱的异数，我宁愿为了这个异数，去坚守我们的信念。”

“看来我刚才都是白费唇舌了，”张元天虚弱地说，“棋盘已经出现，你们拦不住我进古道。”

“到了这个地步，也只能靠能力说话了。”徐云风说，“如你所愿，你进入古道。”

王鲲鹏大惊，看着徐云风：“疯子，你什么意思？”

徐云风没有理会王鲲鹏，继续对张元天说：“我和你一起进去。在古道里，谁赢了，谁去见孙六壬。如果我猜得没错，她就在古道尽头等着我们。至于谁见到了她，要做什么事情，那任何人没法再干涉了。”

“好。”张元天说，“我这一生，不亏欠任何人，你们本来有机会击败我，但是你们放过了这个机会。”

“你先，”徐云风说，“我后。”

“你真的放心我？”

“话都说到这个份上了，我能有什么不放心的。”徐云风回答。

张元天点头：“我等着你。”

方浊茫然地看着徐云风和王鲲鹏。

长江的铁板瞬间竖立起来，赑屃离开了，棋盘慢慢地沉入江底。

徐云风看着王鲲鹏："我没什么好说的，跟上一次在七眼泉一样，回去找董玲吧，好好过日子。别再瞎折腾了，你还没折腾够吗？"

王鲲鹏嘴巴颤抖，眼睛不停地眨动，什么话都说不出来。

徐云风把身体转向方浊，指了指长江上的棋盘："帮我一个忙，这件事只有你能做到了。"

方浊瞬间明白发生的一切，毕竟刚才就是她的身体在跟王鲲鹏和徐云风对话。方浊不断地摇头，徐云风看着棋盘已经没入江面，焦急起来，但是说话的语气仍旧平静："我本来就是不该存在的人，这段日子，我已经赚了。"

方浊哭起来，王鲲鹏对着方浊点头："让他去吧，我们努力了这么久，不就是等着今天。"

方浊抓住徐云风的肩膀："你答应过我的。"

"没有这个机会了。"徐云风说，"我说的时候，心里可没骗你，只是你和我的命都不太好。"

老严并没有催促徐云风，他爬到悬崖边，看着江心的棋盘。他经营了一生的事情，到了这个时候已经毫无意义了。

当老严把头转过来的时候，牛扎坪的山顶上只剩下了方浊和王鲲鹏。

王鲲鹏和方浊互相搀扶着，慢慢地走下山，邓瞳和黄坤迎过来，分别把两人扶住。王鲲鹏把邓瞳推开，对黄坤说："你师父没了。"

黄坤和邓瞳都不说话。

王鲲鹏对方浊说："我兄弟没了。"

他双膝一软，瘫倒在地，两手撑在地面，眼泪滴落在泥土上："我兄弟没了。"

大地开始发出剧烈的震动。

老严趴在悬崖边，呆若木鸡了很久，张家岭走到了他的身边，把老严带向安全的地方。地面还在震动，老严很可能会坠到悬崖下。

老严看着张家岭："他们两人被堵在了古道里，你信吗？"

"如果不是亲眼所见，"张家岭唏嘘地说，"我也不相信有这么巧合的事情。"

"我们还有机会。"老严看着张家岭。

张家岭说："是的。"

"王鲲鹏也无法拒绝。"

"是的。"张家岭说，"他不会拒绝。"

"没想到是你的计划进行到了最后。"

张家岭哼了一声："我从来就没有认为我做错了什么。"

地面的震动还在继续，山峦在晃动，地面在翻腾。

张家岭走到了王鲲鹏面前："还有机会。"

王鲲鹏抬起头："三铜？"

"是的。"张家岭说，"三铜。"

邓瞳和黄坤站立在不断摇晃的地面上勉强保持平衡。邓瞳问黄坤："地震了？"

"地震了。"黄坤回答，"这种事情都能赶上，还说是巧合吗？"

"什么巧合？"

"古道塌了。"黄坤说，"我师父和张元天走不到尽头，被堵在了地下。"

"好事还是坏事？"

"不知道。"黄坤说，"但是还有点回旋的余地。"

"三铜。"张家岭看着王鲲鹏和方浊，"三铜，我只能提醒你们这点了。"

王鲲鹏和方浊相互对视了一眼。

张家岭对着王鲲鹏说："除了张红玉，历任研究所的所长都到齐了。"

的确是这样，老严、张家岭、王鲲鹏、方浊都在这里。

“当年我和老严之间有分歧，”张家岭说，“他认为最大的威胁来自于张元天，而我认为最终手段是三铜，现在只有我的计划才是解决困局的唯一途径了。”

“我累了。”王鲲鹏说，“我不想再参与了。”

“你不想把你的兄弟从古道里解救出来？”张家岭好奇地问。

“他本来就是一个不该存在的人，”王鲲鹏说，“这是他自己的选择，我得认可。”

“那以后的事情怎么办？”张家岭问，“你就这样不管了？”

“不管了，”王鲲鹏说，“该做的一切我都已经做了，我不想再成为你们的棋子，我有我自己的生活，疯子不会怪我的。”

“你真这么认为？”张家岭问。

“我很确定，”王鲲鹏看着长江，“我和他十几年的交情，我知道他想的是什么。”

张家岭没有想到王鲲鹏竟然说出这样的话来，愣在原地。

老严嘿嘿地笑起来：“我就知道会这样，这种结局，没有什么不好的。”

余震结束了。

王鲲鹏向张家岭拱拱手，然后看着方浊说：“我得走了，以后来宜昌，我们在江边喝喝酒，陪一陪疯子……我就到此为止了。”

王鲲鹏说完，慢慢地走下山去，再也没有看老严一眼。

邓瞳和黄坤看着王鲲鹏走下山，刚才王鲲鹏的话他们都听见了，现在也不知道如何是好。

方浊看着张家岭：“前辈刚才说还有转机？”

“是的，”张家岭回答，“三铜齐聚就能解决这个困局。”

“好，”方浊回答，“这件事就放在我身上了。”

“可是王抱阳不参与的话，”张家岭沮丧地说，“还是希望渺茫。”

“为什么，”方浊问，“我不行吗？”

“三铜需要王鲲鹏或者徐云风来操纵。”张家岭说，“徐云风已经被困在古道里，王鲲鹏却又不答应，这事成不了。”

“你只管告诉我这事该怎么办，”方浊说，“其他的事情我来解决。”

“你能说服王鲲鹏？”张家岭像是突然看见了希望，“对对，王鲲鹏和徐云风为了你宁愿不对张元天下手。”

方浊看着黄坤：“铜镜在你这里吧？”

黄坤不作声，把铜镜递给方浊。

“铜炉在哪里？”方浊又问。

“在我师父手里。”邓瞳刚刚说完话，却发现铜炉就在自己的脚边，原来刚才王鲲鹏离开的时候，就把铜炉留给了他。

方浊把铜炉也收起来，看着张家岭：“你告诉我，这事该怎么做？”

老严突然插嘴：“方浊，这事就这样了，不要再节外生枝。”

“严师叔，”方浊对着老严说，“你对我有恩情，我心里一直没有忘记，不过你从开始就要把我当作被张元天附身的替死鬼，这事你也做到了。”

老严默不作声。

“严师叔，两件事情相抵，我不再欠你一分一毫了。”方浊的表情十分淡然，但是语气不容置疑。

王鲲鹏铁定要退出，徐云风不在了，寻蝉出卖了自己，方浊已经没有任何可以依靠的人，也许只有到了这个地步，她才能真正地长大。

方浊对老严说：“我送你回崂山养老，研究所从今日起跟你不再有任何关系。”

老严无法面对已经冷若冰霜的方浊，只是低声说：“好吧，我也老了，就过几天不操心的日子吧。”

方浊对黄坤说：“黄坤，你过来。”

黄坤走到方浊面前：“方师叔。”

“你送他回崂山，”方浊吩咐，“然后回秀山。”

“也好。”黄坤看着方浊，“就这些？”

“就这些。”

“邓瞳。”方浊又对邓瞳说，“你回你们荆州春茂恒吧。”

“这事还没完呢，何重黎跟宋银花还没有出阵，能么能说走就走？”邓瞳睁大双眼。

“不用你操心，我来解决。”方浊说，“我答应过宋银花，我得接手她们苗家的蛊术，这事我比你急。”

邓瞳满腹狐疑地看了看方浊，方浊挥手：“走吧。”然后又对黄坤说，“还有你。”

邓瞳不甘心地走了，黄坤背着老严也走了。

山顶上只剩下了方浊和张家岭。

方浊对张家岭说：“你来告诉我，这事该怎么办？”

张家岭想了很久才开口：“第一，你得劝说诡道的王鲲鹏参与，这事必须要有一个诡道的门人带头，黄坤和邓瞳现在还做不到，他们的能力和天赋没有到这一步。”

“然后呢？”

“第二，”张家岭看着方浊，“你得把正统龙虎山张天师的接班人请回来。”

“这两件事情，我一定想办法做到。”方浊回答，“我一定要把徐大哥带出来……”

终 篇

我手里拿着一本《黑暗传》，坐在电脑前，电脑旁边放着《青冥志》和《大宗师》。

我已经把《黑暗传》里的唱词看了很多遍，这本书里的唱词，跟我在葬礼上听见的不太一样。但是无所谓，我不在乎唱词的内容，我把所有的注意力都放在这两本书的读书笔记上。

大家也已经知道了，我把书里的笔记写成了故事，发表在网络上。

我在巴基斯坦的时候，根据《黑暗传》里的笔记，没有费太大精力写出了《宜昌鬼事》。后来这个故事出版了，名字叫《异事录》，销量还不错。

我也因此莫名其妙地成为一名灵异小说写手，进而成为作家。

我叫徐玉峰，今年已经过了三十六岁，按照我们老家的说法，我可以把一些禁忌的事情说出来了。

我的命运因为当年机场里一个女道士给了我三本书而改变，从一个工地上的材料控制工程师变为作家。人生的奇妙，就是这么无法预测。

三本书里的内容到此为止，里面的人物和事件，我都已经了解得清清楚楚。现在唯一困扰我的是，这三本书里描写的事情，到底是真的还是假的？

我作为一个无神论者，理所应当地认为这仅仅是三个故事，分别由三个人写出来的而已。这三个人就是小说里的王鲲鹏、徐云风和方浊。

《宜昌鬼事》的原始内容来自王鲲鹏在《黑暗传》里的笔记，而徐云风在《青冥志》里写的注释也被我写成了一个晦涩的哲学小说——《八寒地狱》。

现在，我把方浊留给我的《大宗师》里的内容也都写出来了，只是我不知道的是，这三本书是一个黑洞，张开狰狞的血口，把我吸入一场混乱之中。

方浊没有把这个故事写完的原因只有一个，因为后面的事情，和我有着紧密的关系。

此时我已经从建筑公司辞职，准备去北京转行做编剧。晚上八点左右的时候，我家里来客人了。

来人是郑刚，我曾经拜访过的那个阴差。

阴差在我们家乡是一种不受欢迎的职业，所以郑刚在我家门口讪讪地站着。我邀请他进来坐坐，喝口水，却被郑刚拒绝。

郑刚告诉我，他要带我去见几个人。

我收拾了一下就跟他出门了，潮湿闷热的空气里还冒着一点点雨丝。我们走到大街上，发现街边的人行道上有人烧着纸钱。我立即意识到今天是什么日子——七月半。

七月半的夜晚的确不太适合出门，这个是我们家乡的风俗，虽然我并不在意，但是心里还是有那么一点惴惴不安。而现在，我跟着一个阴差，在七月半的夜晚，行走在沿江大道上。

我想起我写的故事里专门提起过，在七月半的夜晚，街上的鬼比人多，要说不害怕，这肯定是假的。

我不禁留意起沿江大道上的行人，他们面无表情，每一个人的行走姿势都是那么不自然。我还发现路上有一半人都打着雨伞，雨伞全部都是黑色的。

我心里更加不安，我不知道郑刚要带我去见什么人，唯一能够确认的是，我将要见到的人一定不是普通的老同学。

这事是我自己找上的，所以我没有理由拒绝，然后抽身而退。

郑刚走起路来仍然一瘸一拐的，他走得不快，我却要加快脚步才能跟上他。郑刚把我带到沿江大道的河边，河边江堤上的人三三两两地在烧纸，还夹杂着沙哑的哭声。

我看着郑刚的背影，不止一次想要告诉他，我要回去了，不去跟着他见什么人。但当我冒出这个念头的时候，郑刚就回头朝我笑了笑，黑夜里，路灯下，他的牙齿焦黄，面目狰狞。

我们走了一个多小时，天色已经彻底黑了。

雨丝把我的衣服全部浸湿，我的身体开始瑟瑟发抖，倒不是因为觉得寒冷。我极力想控制自己，却抖动得更加厉害。

我终于和郑刚走到镇江阁的江边，对面是江心西坝的庙嘴和点军区的朱市街。城市永远不会在黑暗中沉默，眼前影影绰绰的光，让我觉得更加心慌。

突然，我听见远处传来一阵打箍乐的声音，我顺着声音看过去，江边停着一艘花花绿绿的船。船上面有人，箍乐声就是从那艘船上传过来的。

我最不愿意的事情发生了，郑刚牵起了我的手，带我一步步走向那艘船。我对这件事反感到极点，但是我的脚却不听使唤，只能跟着郑刚慢慢走向那艘船。

一个老头的声音突然传来：“小伙子，你在做什么？”

我被老头的声音惊醒，这才意识到自己已经走到江水里。脚下湿漉漉的，江水没过我的大腿，我茫然地看着老头。

这个老头应该是江边的一个渔夫，他朝我走了几步之后，又面对着我一步步后退，退到他刚才所站的位置。老头收拾了渔网，拿起鱼篓，飞快地离开了。

我顺着老头离开的方向看去，长江大堤上一个人都没有了，地上只剩下还在燃烧的火堆。我明明记得，江堤上刚才还有人在烧纸，难道在片刻间，这些烧纸的人都消失不见了？

郑刚慢慢地走到我面前，弯下腰。我知道今天是不可能全身而退了，而且我也没有其他的选择，只能伏在郑刚的背上。

郑刚在水中仍旧是一瘸一拐地走着，丝毫没有被水淹没的迹象。我们此时距离江岸已经好几米了，郑刚一直把我送到船旁边，我毫不费力地爬上船，船上果然有一支箢乐班子正在奏乐。

我听着嘈杂的乐声，茫然地看着面前的这些人，人群中有李小福、李小禄两兄弟，还有几个不认识的人。人群里大部分都是老年人，其中有两个中年人，分别敲着平鼓、小锣，吹着唢呐。

我想起我写的故事里，疯子第一次见到望老太爷时的场景，也是看见一群人在打箢乐。

我笔下的人物和场景，真实地出现在我面前，我从内心深处感到恐惧。

我在努力镇定下来，寻求一种可能，那就是我的意识是否是真实的。我仔细回想了一下，当郑刚来找我的时候，天色已经开始黑了，我坐在电脑前面发呆，家里就我一个人。

是不是有一种可能，我在思考故事的时候睡着了，如果是这样，那我一定是在做梦。

就在我胡思乱想的时候，箢乐声戛然而止，所有人都放下手中的乐器，死死地盯着我。

李小福和李小禄我认识，他们是我的小学同学，现在他们已经长大了，看起来比我还老一点。我之所以能认出他们，是因为他们身上穿的衣服都是一件黑色的棉袄寿衣——是的，就是在这么热的夏天，他们也穿着棉袄，但是让人一点都不觉得突兀，仿佛这一身衣服天生长在他们身上似的。

一个刚才没有参与打简乐的老太太死死地盯着我看，我被看得心里发毛。这个老太太应该有八十多岁了，身上穿着大红色呢子上衣，军绿色的肥大军裤。

“这位是秦大妈。”不知道什么时候，郑刚站在了我的身后。

我想跟秦大妈打招呼，可是喉咙仿佛被堵住了，无法发出声音来。

“这位是吴幺爹。”郑刚指着吹唢呐的老头说。

那个老头身上湿淋淋的，我斜眼看去，看见吴幺爹身后的船舷边挂着一条僵硬的胳膊。

只有在长江溺毙的尸体，才有这种姿势。

我的牙齿开始不争气地打战。

郑刚继续给我介绍：“打平鼓的是王母狗子。”

王母狗子眯着眼睛看着我，嘴角咧开，露出诡异的笑容。敲钹的是向豁子，另一个吹唢呐的是朱三憨子，我都记起来了。

这些人都是我笔下的人物，不对，这些人都是《黑暗传》里出现过的阴差。

看到这些人都活生生地站在我面前，我突然有一种想跳入江水中的冲动。我看了一眼翻滚的江水，水下似乎有无数人影……

我很想问郑刚，他们把我叫过来干吗？可是郑刚已经走到了这些人中间，一起冷冷地看着我。

我茫然地看着这艘船，发现这艘船竟然是一个长方形，一头宽，一头窄，这不就是一副棺材吗。

这些人里年纪最长的朱三憨子，对其他人说：“我们来吧。”

来什么？

我心里紧张到极点，这些本应该出现在小说里的人物，竟然都活生生地站在我面前。我是不是在做梦？我一定是在做梦。

但是这个梦境太真实，太漫长了，我到底什么时候才能够醒过来？

我茫然地看着江面，然后又看向江岸，无数人从江水中冒出来，他们的身体残缺不全，全部低着头，成群结队地走上岸，聚拢在一起缓缓前行。

七月半，阴关开。

这些人全部走到我的对面，然后把身体转过去，背对着我，在我面前围成一个半圆。

这时候，站在最左边的郑刚转过身来，面对着我，然后张开嘴巴。我这才听见了一个声音，这声音仿佛是从远处的江心传来的。

“徐云风——”

我听到了这三个字，傻了。

没有人教我该怎么办，但是我非常清楚该怎么做。

我无法控制住自己的身体，虚弱地回答：“我在。”

我不是徐云风，我是徐玉峰，可是我为什么要这么爽快地回答呢？

站在郑刚身边的吴幺爹转过身，对我喊：“回来吧！”

仍旧没人告诉我该怎么回答，我还是忍不住说：“我——回来了。”

“徐云风——”这次是李小福。

“我在。”

“你回来吧。”李小禄张开了嘴巴，我甚至能闻他嘴巴里的腐臭味。

“我、我回来了……”

接下来是秦大妈，然后是朱三憨子，还有王母狗子……

我都一一回答了。

他们是阴差无疑了，就是我书里写的阴差。

现在，他们同时转身，面向江心这边的船舷，一起撕心裂肺地喊起来：“徐云风——”

他们在做什么，我已经非常清楚了。

他们在喊魂！

如果我是一个从来没有写过小说，没有看过这三本书的人，处在这样的环境下，可能会被吓死吧。我是一个坚定的无神论者，即使从小听过无数个灵异故事，内心里也不相信鬼神之说，但真的到了眼前这个地步，说不害怕肯定是在吹牛皮。

更何况，我笔下故事里的人物都出现了。

我无端想起斯蒂芬金写的一部小说——《黑暗的另一半》，说的就是灵异小说作家笔下的连环杀手复活了，并且要杀掉自己。

我现在傻眼了，这些根据三本书上的笔记注释，虚构出来的小说人物，现在就站在我面前，并且他们要做的，就是我认为最可怕的事情。

我坚定的唯物主义世界观在这一刻被击溃，我相信他们做的事情——喊魂！

我看着江面，江面上什么都没有。

“各位，”我鼓起勇气，对这些走阴的阴差问，“我知道徐云风是谁，你们是要把他给喊回来吗？”

这些人听我说了这句话，终于不再凄惨地喊徐云风的名字了，而是转过身，重新看着我，看得我毛骨悚然。

“我带你回去。”郑刚面无表情地对我说。

“完啦？”我没想到事情就这样结束了。

“完了。”郑刚向我点头。李小福和李小禄也对我示意。

船被他们划到江边，我跳入江水，走向岸上。这些阴差都站在船上，没有下来的意思。我向这些人摆摆手，他们也木然地把手举起来，慢慢摇晃。

江面上起雾了，船回到江心，隐没在浓雾中。

我在七月半的夜晚，经历了这么一件恐怖的事情，心情当然好不到哪里去。当我走到沿江大道上，想打一辆出租车回家的时候，我发现自己迷路了。

街道不再是我平日记忆中的模样，而是变得非常陌生。路上别说出租车，连一辆私家车都没有经过。

我漫无目的地走在大街上，突然听到头顶传来沉闷的钟声，是电力大厦的大钟在报时。我慢慢数着钟声，听见了十一声。

我立即惊醒，电力大厦的钟声是不可能在夜晚响起来的，除非是在我写的小说里。

当我意识到这点的时候，眼前的场景突然变得清晰起来，四周环境在我的眼前瞬间展现。

一条长长的队伍在沿江大道上前进，队伍中的每个人都低垂着脑袋，身体僵硬，双腿看不出在移动，身体却在前行。我也是队伍中的一员，被包围在队伍的中间，脚下是凹凸不平的岩石，左边是无尽的深渊，右边是滚滚的长江，前后都看不到队伍尽头。

虽然队伍前进的速度非常缓慢，但队伍两边还是不断有人跌落。这些人都没有发出声音，就这样悄然消失在深渊中，或者被长江的江水吞噬。

我内心里虽然极度害怕，但也只能跟着队伍慢慢行走。不知道走了多久，我终于看到有一个人安静地站在队伍前方，队伍里所有人都从她身边经过，我知道这个人在等我，心里也清楚这个人是谁。

终于，我来到这个人的面前，站定之后，对这人说："把我带出去。"

那人转过来，对着我慢慢点头，我看见她早已泪流满面。

是的，这个人是我在成都双流机场见过的那个女道士，而现在我已经知道了她的身份和名字，她就是小说中的研究所所长，清静派、开山派、苗家传人方浊。

我对方浊说："你留给我的书，我都看了。"

“我知道。”方浊在鬼魂的洪流里轻声对我说，“我一直在等你。”

“我不是徐云风。”我还是把这句话说出来，“对不起。”

“能不能帮帮我？”方浊在恳求，“你是我们最后的希望了。”

“我不想进入我笔下的世界。”我对这个可怜的女道士说，“我想这是一个梦，梦总是要醒的。”

“那么你能把这个梦做得长一点吗？”方浊的声音让我无法拒绝。

我看到身边所有人都把身体转向我，现在我才看清他们的面孔，他们每个人都长着蛇头。我慢慢把手举起来，一点点抬高，摸到了自己的头顶。

是的，我的头上有一顶草帽，我知道这顶草帽意味着什么。我把手慢慢下滑，摸到自己的脸部，手指触碰脸颊时，感觉到坚硬滑腻又冰冷的皮肤。

“蛇属？”我看着方浊。

方浊点头：“被他们喊回来了。”

那些阴差把徐云风的蛇属喊回来了，蛇属依附在我身上。我明白，方浊的最终目的，是把徐云风从古道里救出来。

“我再带你去见一个你认识的人。”方浊说完这句话，突然自嘲地笑了一声，“看我说得多荒谬，那个人你怎么会不认识呢？”

方浊说完，转身在无数鬼影中穿行，我默默地跟着她。我们走到一个路口，所有鬼影在这个路口没入黑暗之中。

一个少年站在路岔口，所有鬼影都在他的指引下行走。

这个少年举止沉着冷静，毫不慌乱，远远超出他年龄该具备的沉稳。

我知道这个少年是谁，他是守阴关的诡道门人金离。

不，他现在叫楚离。

我当然知道这时候不能打扰楚离，于是和方浊肩并肩站在一起，走到岔路口的后方。我眼前的建筑已经变得面目全非，放眼望去，一排是青砖黑瓦，一排是江岸上的吊脚楼。

无数人影从青砖大院和吊脚楼里走出来，加入到队伍中。天空中飘扬着纸钱，如同雪花一样纷纷飞舞。

我的眼睛一直看着前方，不敢看方浊，但是我从余光注意到方浊一直盯着我看，这让我很不自在。

我知道不能拒绝方浊的邀请，也无法拒绝，但我是一个有自己的生活、有家人、有工作的普通人，我还有正常的人生道路要去走。我思考着，到底怎样才能从这个虚幻的世界里抽身而退呢?

“徐、徐大哥，”方浊说话了，“我叫你徐大哥吧，毕竟你也姓徐。”

“好的，”我讪讪地回答，“这样也挺好。”

“我知道你的顾虑。”方浊说，“我现在用我们所有人的性命向你担保，你一定会回到属于你的世界，而且不会对你有任何影响，甚至都不会耽误你的时间。”

我当然明白方浊的意思，这也是我一直担忧的事情，看来方浊能够做到这一点，或者是有人能做到，比如——梵天。

我打消了顾虑，但是另一件事随即又冒出来，我不由得叹口气。

看来方浊已经把我的心思琢磨透了：“放心吧，你能行。”

我哪一点能行呢，我不像徐云风一样具备一身法术，别说诡道的五大算术了，就是一般的画符驱鬼，我都一窍不通。不仅是一窍不通，我之前根本就不相信啊。

但是我已经进入了这个世界，就必须遵守这个世界的规则。从感情上讲，我和方浊一样，不能够抛弃这一群热血的人。

我心意已决，转过脸，看着方浊：“告诉我，该怎么做？”

方浊说：“三铜我收集齐了，张艾德我也找来了，诡道的楚离也回来了。我们把当年七星阵法的其他人都叫回来，你和王师兄一起，带我们把三峡古道重新打开。”

方浊说的方法跟我想的一致，但是我还不明白，我到底能做什么。

“我究竟是一个什么样的身份？”我问方浊，“我总不能真的是徐云风吧。”

“当年王师兄布下了七星阵法，七个星位，两个暗星。其中一个暗星是游离于阵法之外的魏家老爷子，”方浊娓娓地说，“但是王师兄预测到阵法可能会输，所以他留下了一个暗星的空缺。这个暗星在七星黯淡之后，能和北极星交相呼应。”

“张良的天下九星，”我对方浊说，“我是最后一个入阵的暗星？”

“是的，所以从现在开始，我们要一起去面对所有事情。”

楚离仍旧守着阴关，我看见这个少年，忍不住问：“他的师父呢？”

方浊没有回答，我也不再问，因为答案很明显，我见不到金仲了。诡道三位杰出门人各显身手，震惊了天下所有术士，但他们的结局都算不上圆满。物极必反，盛极而衰的道理，在诡道的传承中一直都不断地被印证。

我问方浊：“王鲲鹏呢？”

方浊沉默一会儿：“王师兄还没有想明白，当年徐大哥……哦，另一个徐大哥不也是没想明白过吗，我想王师兄是不会坐视不理的。”

我明白方浊的意思，诡道没有断绝，还有楚离、黄坤和邓瞳。王鲲鹏和徐云风做的大事已经结束了，诡道死磕张元天，让张元天几十年的计划落空，最后诡道赢了。现在方浊要做的，就是诡道内部的事了，她不顾一切地要把徐云风救出来，然后用三铜破解眼下的困局。

事情都想明白了，我心里一片坦然，虽然我是个局外人，不过刚好填补了方浊的计划里最重要的一环，我必然不能退缩。

天亮了，街道恢复成原来的样子。楚离的职责已经尽到，他走到我面前，看了看，然后对方浊说：“方所长，这是你找来的人？”

“是的。”方浊回答。

“可是他什么都不会。”楚离缓缓地摇头，他的神态看上去仿佛比我还大上几岁。我心里明白，这个小孩从小就接触到常人不可能接触的世界，诡道里和他平辈的几个人中，只有他的身份最为正统。他肩负诡道的责任，远远大于邓瞳和黄坤。

换作是任何一个人，都会显得少年老成。

“现在我该跟着你们去做什么？”我已经迫不及待地想知道方浊的计划了。

“去土城的鬼街。”方浊笑着说，“何重黎这小孩，还没有把自己的事情做完呢。”

“都过了这么多年，他还没把四个厉鬼摆平？”我惊讶地问。

“哪有这么容易，”方浊轻松地说，“不过何重黎做到了一点，他让那四个厉鬼离开不了土城，就在土城的范围里游荡。宋银花帮了大忙，她设下了一个蛊，让四个厉鬼跑不掉。事情拖到现在，该有个结果了。”

“不坐船，不坐车，”楚离对方浊说，“绕着走。”

方浊点头，我们三人从葛洲坝的大坝上走过长江，到了紫阳，顺着 318 国道，向着土城前行。

方浊走在最前面，楚离跟着方浊，我走在最后。看着这两个人的背影，他们的年龄都比我要小很多，可是他们都略微有些驼背，似乎身上扛着无形的压力，可能这就是宗师的姿态吧。

楚离是一个性格沉闷的少年，有着与他年龄不相符的孤僻感，但这种孤僻感绝不是他不具备与人沟通的能力。我对楚离抱有强烈的好奇心，毕竟相较于方浊，我对他知之甚少。

当我们到达土城的镇上后，我本以为他们会马上带我去找何重黎。何重黎是赶尸家族的后代，我想，换作任何人，当他知道自己要见到传说中湘西巫蛊的神秘人物，内心里都会有点恐惧和兴奋吧。

可是方浊并没有带我去大山里的鬼街，而是在镇上找了一家旅馆住下来。我们吃了饭，就各自回房休息，方浊也没有再跟我交代任何事情。

楚离一直都没有说话，我们相处了一天，他也没有看我几次。他们都是心事重重，我能理解。

我洗完澡就躺在床上，打开电视，电视节目都很无聊，我不断地换台。本来我的心思也没放在看电视上，而是想着我最纠结的事情。

我决定跟着方浊去土城之后，在路上给家里人打了电话，撒谎说临时得到通知，湖北文联邀请我到恩施利川开会。我母亲一点都没有置疑，告诉我利川有点冷，让我多带几件衣服，然后就挂了电话。

我的确收到了文联去利川开会的邀请，这刚好让我做了借口，不让家里人担心我的安危。我要面对的事情一定非常危险，这点毋庸置疑。

现在我躺在床上，思考着我现在的状况。

首先，我对他们的认知仅仅来源于徐云风、王鲲鹏、方浊三人给我留下的笔记，因为我看得实在是太仔细，所以能认同这个世界的存在。

其次，我在他们的世界里，肯定是一个屁都不会的人。

再次，我的身份从逻辑上讲是有问题的。在方浊他们的世界里，徐云风是真实存在的，而我是徐云风的副本。这点我无法接受，我认为事实刚好相反，徐云风才是一个虚构的、不存在的人。

好了，这个逻辑问题我不能再深究，不然我一个工科男的脑袋会短路，我跳到下一个问题。根据方浊的叙述，我是王鲲鹏留下的暗星，这颗暗星在王鲲鹏布置七眼泉的时候被故意忽略了。像王鲲鹏这样心思缜密的人，留下这么一个切口是非常合理的，而且这个切口出乎所有人的意料，并且有着颠覆性的作用。

或许王鲲鹏留下暗星的目的并非是要我去接替徐云风，毕竟徐云风和张元天被困在三峡古道里，碰巧遇上地震。这件事情，就是王鲲鹏有通天彻地的能耐，他也计算不出来。

所以，我推测王鲲鹏留下暗星可能还有别的意图，根据我看到的《大宗师》里所说，三铜齐聚后，必须要由诡道的王鲲鹏、徐云风用三铜破局。

方浊想要找到我，是她在2009年就已经决定的事情，不然怎么会那么巧，我们俩能在机场相遇。之所以方浊在这么多年后才正式邀请我参与进来，那是因为她还有很多事情没有准备好。

而现在，方浊准备充分了。

以我为主角的计划开始实施，只是我到现在还不知道，我作为一个关键人物，在这个计划里到底要做什么。

当我想到这里的时候，我突然想起徐云风被王鲲鹏一次又一次地拉进各种任务时，也是跟我一样的茫然无措。

这个想法，让我内心生起一股寒意，我开始怀疑我所感知到的一切。

我不能继续思考下去了，如方浊所说，权当是做了一个超长的梦魇吧。既然是梦，就一定会醒过来的。

我模模糊糊地想着，在半梦半醒之间，电视机画面开始模糊不清，而且电视机似乎没有发出任何声音。

我应该是要睡着了，但是又不由自主地看向房间的窗户。一条长长的手臂在窗外晃动着，这条手臂上面挽着袖子，手指在窗户外摸索，然后渐渐摸索到窗户的缝隙。

我察觉到危险，可是身体不能动弹，只能眼睁睁地看着那只手掰开了窗户，我非常后悔在睡觉之前没有把窗户全部关上。

那只手掰开窗户之后，手掌伸进来，又在窗户内侧摸索，不知道在摸什么。

我想站起来，把隔壁的楚离和方浊叫来，可是我的身体不能动弹，似乎是被无形的力量压在床上。

我对自己说，这是正常的生理现象，人在浅层睡眠的时候，大脑还在运转，神经却在休眠，所以会导致动弹不得的情况出现。

但是，我眼前的手臂又是怎么回事？

手臂把窗户内侧的插销都打开了，在这种情况下，我无法用常理来解释我看到的一切。

这时，手臂的主人从窗户外爬了进来，竟然是一个“女人”。这个“女人”的年纪跟我相仿，她进来后，房间里立即变得冷起来，我感受到了一阵阴恻恻的寒冷。

接着，一个身材魁梧的“人”也爬进来了，这个“人”浑身散发着恶臭，满脸胡须虬结。然后一个浑身脏兮兮的道士也跟着爬进来，最后进来的是一个十几岁的少年，少年的嘴巴是地包天，看起来让人特别不舒服。

这四个“人”走到我身边，然后他们全部把手按在我的身体上，我不知道他们要干什么，我极力反抗，却无法挣脱他们。

无端的，我想起自己曾经临摹过一本字帖，名字叫《般若波罗蜜多时》。当年我临摹的次数太多，所以能滚瓜烂熟地背诵下来。我听说过《般若波罗蜜多时》可以驱邪，于是就默念起来：“观自在菩萨，形深般若波罗蜜多时，照见五蕴皆空……”

当我开始默念的时候，这四个“人”的力气立即变弱，我趁机反抗，以一对四，把他们揍得毫无还手之力。

我越打越勇，四个“人”抵挡不过，纷纷钻出窗户跑了。

我气喘吁吁，忽然听见一阵“咚咚、咚咚”的敲门声，我猛然发现自己还躺在床上，电视机也还开着，而窗户全部是敞开的。

门被撞开了，我警惕地看向门口，看到楚离和方浊走进来，刚才的恐惧和紧张顿时消退。

楚离在房间里大步地走来走去，方浊来到我跟前：“徐大哥，你看见了吗？”

我现在浑身无力，只能不断地点头。

“他们来过了。”楚离不看我，转头对方浊说，“他不行，他不是徐师叔。”

我明白楚离的意思，我不是徐云风，如果徐云风在这里，哪里会让这四个人跑了去。可是话说回来，如果徐云风真在这里，这四个人敢靠近吗？

楚离不再说话，离开了房间，只留下我和方浊。方浊看我也恢复了正常，说道：“徐大哥，你要明白，这已经不再是你平时生活的世界了。”

“我懂。”我点头，“只是还没有完全适应。”

“不过，你能做到现在这样已经很不错了。”方浊又说道，“何重黎跟他们周旋了很多年，他们的确非常厉害。”

“你就不要安慰我啦。”我努力让自己轻松一点，“我会尽量扮演好我的角色。”

方浊看着我很久，才开口说：“你的确和他不一样。你脾气比他好，如果是他，现在早就跳起来骂人了。”

我知道方浊说的是谁，这让我很尴尬，谁也不愿意自己有一个如影随形的副本，并且还要被拿出来比较。

方浊叹口气：“我带你去见何重黎吧，他也在等你。”

我还有什么理由拒绝呢。

方浊说完，走出房间，我立即穿好衣服，走出门外。方浊在外面等着我，楚离不在，我也没有问。

方浊带着我走到小镇的街道上，我看见街道两边所有的商铺都是寿材店，没有一间例外。

我以前来过这个小镇，在我的记忆里，这是一个在 318 国道上，相对繁华的城镇，而且我母亲的老家就是在这个镇的辖区范围内。

可我无论如何也想不到，在这个晚上，我发现整条街道的店铺竟然都是寿材店！

方浊察觉到我的恐惧，对我说："这条街只在晚上这样，白天的时候，这些门店会把寿材店的招牌换掉，该是什么就什么。"

"为什么会这样？"我好奇地问。

不用方浊回答，我也想到了原因，肯定是因为刚才那四个莫名其妙爬进我的房间里的"人"。

方浊带着我走出了镇子，街道上最后一家寿材店的门口和其他的门店不同，上面挂了一把锄头。

我和方浊走上深夜里的山路，远远地就看见前方的月色下的石头黑影狰狞古怪，这里就是方浊给我的书里描写过多次的鬼街了。

这时，一团鬼火慢慢飘到我和方浊的面前，我看到一个二十多岁的年轻人，手上提着一个灯笼，想必就是何重黎无疑了。

何重黎看见方浊，轻呼一声："方所长，你来了。哦，他也来了。"

听他说话的语气，就知道他和方浊不止一次地见过面。

方浊也没有介绍我，我到这里来，应该是他们早就计划好的事情。

"明晚就可以结束了。"方浊对着何重黎说，"拖了你好几年，很是过意不去。"

"我这才几年，"何重黎轻松地说，"跟王前辈和徐前辈相比，算得了什么？"

何重黎说完，一脸热切地走到我跟前，但是又不敢靠近，而是上上下下地打量我："昨天你见到了，对不对？"

"见到了。"我只能如此回答。

"太好了。"何重黎开心地说，"谢谢你。"

我看着方浊，不明白他为什么要对我道谢。

何重黎把我和方浊带到怪石嶙峋的石林里。按照方浊笔记所写，这里是一片乱坟岗，里面有三十七座坟墓，不，应该是二十三座，可是现在这里一座坟头都没有。

“何强把最后一个也送回去了？”方浊问。

“是的，”何重黎说，“去年就让我把尸体都赶回湘西，我走不了，不过我堂兄学得倒是很快。”

“到底是何无忌的子孙。”方浊笑了笑，“天生能干这个。”

“那宋银花呢？”我插嘴问道。

方浊回答我：“在镇上，你看到的最后一家寿材店就是钟家的门店。”

我看见何重黎正往鬼街石林里的一副棺材上倒桐油，桐油转眼就燃起火焰。看来他是在善后了。

是的，当初开阳星位虽然不是最强的星位，但是牵扯的人物却不少，所以何重黎得把当初的痕迹全部抹去。

棺材在黑夜里蹿出长长的火焰，冲向半空好几米高，我闻到空气中弥漫着一股焦臭味。看来何重黎把七星阵法里最后撤阵的开阳星位处理完毕了。

火光映在方浊和何重黎的脸上，几年前，他们都是毫无心机的年轻人，后来经历了七星阵法的磨炼，从他们的面孔上已经看不到年轻人的青涩，只有沉着和冷静。

如果这个世界上没有王鲲鹏和徐云风，他们会不会成熟得更早呢？我永远也不会知道这个问题的答案。

棺材烧了很久，何重黎在棺材燃烧的过程中，不断往里扔符咒。符咒在火焰里燃烧，有时候泛出绿色的光芒，有时候泛出紫色的光芒。

终于，地面上只剩下一片灰烬，天亮了。

何重黎看着东方的日出，又看了看这片石林，长长舒出一口气：“我在这个地方待了好几年，终于可以离开了。”

方浊看着何重黎：“是啊，你终于从这里解脱了。”

“指不定我以后还会想念这个地方呢，”何重黎是一个乐观通达的人，“没想到我第一次解决人生危机，就耗费了这么长的时间。”

方浊迟疑了一会儿才说：“魏家赶尸，以后要姓何了吧。”

何重黎摇着头说：“辰州寨赶尸魏家的招牌，怎么可能就这么没了。”

“现在我们该怎么办？”我问方浊。

“我们这几年净和他们周旋，你来了就好办了。”何重黎轻松地说，“我和宋银花之所以无法剪除那四个家伙，是因为找不到它们的位置。好在宋银花能下蛊，把这个地方罩住后，它们就跑不掉了。”

“那这四个鬼魂岂不是就在这里作祟？”我问，“它们当年可是从诡道的华山先生手里逃脱的。”

“可是后来镇服它们的人，是诡道的门人。”何重黎说，“所以这不是请你来了吗。”

“我能做什么？”

“你帮我把它们找出来就行了。”何重黎非常轻松，“我和宋银花把他们重新镇住。”

“我怎么能知道它们在哪里呢？”我茫然地问。

方浊从怀里摸了很久，才掏出一个布囊，她小心翼翼地把布囊解开，里面放着一个玻璃瓶子。方浊把玻璃瓶子递给我：“拿好，别掉了。”

“这是……”我看着玻璃瓶子，两头大，中间连接处非常狭窄，一半是沙砾，一半是水，我恍然大悟：“沙漏。”

何重黎看见了，问道：“这是徐前辈进入古道前留给你的？”

“是的。”方浊说，“他进入古道之前，把沙漏和螟蛉都留给了我。我把螟蛉交给金仲和楚离，自己留下了沙漏。”

我拿着沙漏，倒转了一下，里面的沙砾和水相互交换。

三万八百九十四进，六千二百五十五出。

我强压制住澎湃的心情，尽量平静地对方浊和何重黎说：“我知道你们要找的四个厉鬼在什么地方。”

看蜡部：铁车又明三，左明九

方浊和何重黎两人对视一眼，何重黎兴奋地说："我就知道这位徐大哥一定能行！"

我立即向市镇走去，然后在市镇上一家门店前止住脚步。这家店的卷闸门刚刚被人打开，里面的人看到我们三个人站在外面，顿时愣住了。

我和方浊的衣着普通，可是何重黎一身的道士服装，让这个人十分惊讶。

我愣了一会儿，大声喊道："就是她，就是她，别放过她！"

因为我已经想起，这个女人就是昨晚爬进我房间的其中一人。

女人立即反应过来，连忙要把卷闸门往下拉，可是卷闸门似乎被东西卡住，怎么都拉不下来。那个女人意识到是方浊在跟她角力，她自己知道比不过方浊，立即转身向后跑去。

这些当地私人修建的自家楼房后面都有通道，我们三人立即冲进门店，追了上去。果然有后门通到屋后的小院，不过我们都不着急追了，因为那个女人背对着我们，正在慢慢后退。

在这个女人面前几步之外，楚离拿着螟蛉长剑，步步逼近。

现在这个女人被我们四个人团团围住，看来楚离一直跟在我们身边，随时留意着我们的动向。

方浊把手里的人皮拿出来，递到我的手上。我把人皮展开，知道这就是王鲲鹏的阴阳四辨骷髅。

斗室里，华山先生把螟蛉交给叶珪，螟蛉在叶珪的手上顿时化作了一把炎剑，叶珪手上的阴阳四辨骷髅同时也伸展开来，像油纸伞一样猛然撑开。

斗室里一个女人突然显现出来，叶珪懂了，这四个鬼魂一直都纠缠在华山先生的身体上，而华山先生的修为无法剪灭这四个厉鬼，反被四个厉鬼侵扰，所以华山先生的身体到了油尽灯枯的地步。

华山先生对女鬼说："你当年在菜市口问斩，罪行确凿，可有冤枉？"

"有，"女鬼的声音沙哑，"他害我双亲，强虏我做他的小妾，我投毒杀他，为父母报仇，有什么不对？"

"杀人偿命。"华山先生说，"他杀你双亲，你杀他报仇，自然也要给他填命，这是天道轮回。"

"我还他一条性命也就罢了，"女鬼的声音变得尖锐，"为什么姚广孝这个妖人要将我的魂魄填入海眼，受无尽折磨？"

华山先生和叶珪、何暮云听了，都哑口无言。过了很久，华山先生说："好，我给你一个去处，不再把你封印到海眼，就把你填入何宅的这个井内。"

我第一次看到面目狰狞的鬼魂，这张脸浮肿不堪，脸上的皮肤松弛，露出无数孔洞。女鬼大声嘶叫："我不服气，我被你们这些自以为是的道士封在井内，为什么不能让我出来报仇？"

方浊轻声说："姚广孝死了几百年，把你封印到何家宅基的叶珪也早已作古，你的仇人都已经死了，你到底还有什么好恨的？"

"我不服，"女鬼开口了，"我要杀尽你们诡道的后人。是你们是非不分，冤枉我。"

方浊对我点点头，然后和楚离说："动手吧。"

楚离手中炎剑上的火焰猛然蹿起，将女鬼的全身都覆盖住，只留下了一个缺口，而缺口的方向正好对着我。女鬼迫于强压，一步步向我走来，我已经知道该怎么办了。

我把人皮展开，对准女鬼。当女鬼走到我身前的时候，人皮里出现一具枯骨，枯骨伸出手将女鬼攥住，瞬间把女鬼拉入人皮。

女鬼发出凄厉的喊叫，我把人皮卷起，再展开，女鬼已经融入人皮，消失不见。可是女鬼的喊叫声，还在我的耳边萦绕。

叶珪一手将阴阳四辨骷髅展开，另一只手持炎剑逼向女鬼。女鬼无路可逃，只能在阴阳四辨骷髅的压迫之下，无奈投身进入斗室里的深井。

华山先生的脸色立即有了血色，看上去有了一点精神，对叶珪说："多谢叶先生相助。"

叶珪被刚才女鬼的怨气感染，也说不出什么话来。

何暮云劝解叶珪："叶先生心地善良，但是天下哪有处处公平的道理？这个女鬼怨气凌厉，若是放了出去，必定伤人。"

"我受了诡道的莫大恩惠，却要他人报答诡道，"叶珪讪讪地说，"我这辈子没有做过这种事。"

这句话说出来，叶珪本以为华山先生会对自己恼怒，可是华山先生却看了何暮云一眼，脸上露出了笑容。

何暮云的表情也十分柔和，对叶珪说："还有三个。"

方浊对我说："另外三个在哪里？"

我在小院里走了一圈，疑惑地说："它们明明就在这里，为什么我看不到？"

楚离与何重黎两人立即把小院翻查了一遍，没有发现什么可疑的东西。后院里除了一个两分地的菜园子和一个浇水用的水缸，没有别的事物。

楚离趴到地上，耳朵贴住地面，过了很久才站起来，眼睛看着水缸。

"在水缸里？"我问道。

我们四人同时走到水缸边，水缸里落着一层灰尘和几片树叶。

楚离跳入水缸，用手在水缸底部摸索：“水缸没有底。”

方浊立即把水缸移开，水缸下面出现了一块青石板，青石板上有一个铁环。楚离用炎剑把铁环挑起来，不出意外，青石板下藏着一口水井。

何重黎立即探头到水井上方，看了一眼说：“水井不深，里面漂着三具尸体。”

“那就没错了。”方浊说，“就是它们。”

何重黎突然大声喊叫起来：“还有好多骨头，人骨头！”

楚离和方浊对视一眼：“走丢的小孩，原来果然是受了它们的荼毒。”

方浊说：“我试试把它们捞起来。”

楚离对方浊摇头：“让我们来吧，你歇着。”

何重黎说：“我这辈子跟死人打交道，还是我来。”

楚离找来一截绳索，把绳索绑在何重黎的腰上，送何重黎下到井底。井里的水不深，只漫到何重黎的小腿，三具尸骨就漂在他的脚边。何重黎起先没有理会尸骨，而是用手在井水里摸索，他摸出一块骨头，就把骨头扔到井口上，骨头被楚离接在手里。

何重黎把井里的骨头捞干净，楚离把打捞上来的骨骸拼凑起来。骨骸并不大，就是小孩的体型。

接下来，何重黎把另外三具尸体绑住，然后让楚离拉上去。

三具尸体和一具小孩的骸骨摆放在地上。

方浊和楚离的神情相对平静，而何重黎则十分激动。这三具尸体，很显然跟这家店的女人一样，被上了身，遭受了飞来横祸。看他们的衣着打扮，应该是附近的流浪汉，只有这种人，失踪了才不容易被人察觉。

而小孩子本来是不应该被他们惦记上的，偏偏其中有一个厉鬼，是当年为了修仙炼丹的妖道。

何重黎眼圈红了，这让我有点诧异，何重黎是一个从小就跟死人打交道的，他的心地十分善良。我想，可能只有他这种人，才适合跟死人打交道吧。毕竟，赶尸是一件很触犯忌讳的事情，只有内心柔软的人，才能有机会成为高明的赶尸匠。

方浊和楚离的脸上看不出什么表情，只是紧锁眉头。这些年，方浊和楚离经历的波折太多，残酷的磨炼让他们的情绪不再轻易表露出来。

何重黎问我："它们跑了吗？"

"没跑。"我对何重黎说，"还在水井下面。"

我看了看楚离，他仍然无所畏惧。是的，螟蛉在手，任何厉鬼都只有躲着他的份。楚离看着小孩的骸骨，眼神飘忽。我明白他在想什么，这个妖道的作为，可能让他想起了他的父亲楚大当年的恶行。

我开始可怜楚离，这个少年明明是一个很正直的人，却要为自己的父亲赎罪。就算是所有人都不会把楚大的行为跟他联系起来，他自己却始终无法摆脱这个桎梏。

楚离不说话，也跳进水井里，等着我告诉他那个妖道的方位。

我趴在水井旁边，看着水井下的楚离，炎剑火光闪耀，似乎在表达楚离心中的怒火和愧疚。

何重黎轻声问："这个妖道为什么要这么做？"

方浊看了看水井，朝着何重黎摇头，何重黎立即明白方浊是什么意思。

我听到方浊和何重黎之间的对话，立即知道，妖道吃小孩的缘由，楚离一定是知道的，而且他的情绪正十分激动。

按照我的推测，那个妖道一定是用小孩作为修仙的一种法术，跟当年楚大的作为一样，都是不为人齿的卑劣行为。

斗室里，一个脏兮兮的道士出现了。这个道士出现之后，斗室里似乎变得像冰窖一样寒冷，叶珪与何暮云口鼻都呼出了白色的雾气。

华山先生抵抗不了寒意，刚才略微缓和的脸色重新煞白起来，并且隐隐露出青色。

叶珪看到华山先生攥紧拳头，一滴滴鲜血从手上滴落下来。看来这个几个厉鬼纠缠已久，华山先生用修为一直在苦苦支撑。

何暮云从身上掏出一张符箓，放在斗室里的蜡烛上点燃，符箓燃烧后散发出一股檀木香味，叶珪感到斗室里略微暖和了一些。

妖道狞笑起来，露出了白森森的牙齿："修桥的工匠、修坟的贵胄、配冥婚的富户，他们都买了童男童女，他们的罪孽难道比我还少？为什么姚广孝对这些人视而不见，却独独跟我要滋养天年，炼化修仙过不去？"

这句话说了，叶珪也哑口无言，从天下平民到帝王将相，他们做的恶行的确如妖道所说。修桥无法入桩，就会买来童男童女奠基；贵胄死后，也会买来童男童女殉葬守墓；至于民间买童女举行冥婚的陋习，更是常见。这妖道为了修仙，残害婴儿，从根本上讲，和这些行为并无二致，也怪不得这个妖道的怨气深厚、愤愤不平。华山先生无法收服妖道，反倒深受其害。

华山先生无法言语，只能看着何暮云，慢慢摇头。何暮云长叹一声，对叶珪说："叶先生，我们走吧。我们上去之后，把这个冰窖全部堵住也就罢了。"

叶珪不明白何暮云的意思，何暮云轻声说："这个妖道的怨恨，全部放在诡道后人身上，他是一定不会放过华山先生了，至于我们，他倒不会加以戕害。"

叶珪看着何暮云，苦笑着说："你把我叫来，就一定知道我绝不会忍心扔下华山先生。"

何暮云与华山先生相视一笑："我说过，叶先生一定不是袖手旁观之人，当年他救我性命，我就知道，他就是先生要找的人。"

叶珪思索一会儿，问何暮云："是不是只有我投身于诡道，才能收服厉鬼，保全华山先生？”

何暮云点头：“正是。”

叶瑾知道自己已经无法拒绝，只能对华山先生说：“既然只有这一条路可选，那我就接受先生您的衣钵。”

“多年来，诡道都是苟延残喘，”华山先生喘息着说，“虽然听弦的算术被发扬光大，但是其他的法术，还需要先生传承。”

“我一定寻找一个本领高强、品行正直的术士作为后人。”叶瑾承诺华山先生，“请先生放心。”

华山先生点头：“你过来，我教你听弦的法门。”

叶瑾慢慢走到华山先生的面前，华山先生指着古琴，轻声在叶瑾的耳边交代了几句。阴阳四辨骷髅在叶瑾身上时日已久，已经把叶瑾当作主人，无时无刻不保护叶瑾，让叶瑾不受妖魅邪灵侵犯。

整个过程，妖道始终无法靠近华山先生，只能眼睁睁地看着华山先生教授叶瑾听弦的法门。

叶瑾学会了华山先生的听弦法门，就是把诡道门人的身份给坐实了。听弦的本事，原本就是诡道的一种算术，放在乐师身上，就会在乐理上发扬光大。比如华山先生，就是将古琴的五行七弦衍生出无数变化，通过音乐施展出来。

而叶瑾对乐理一窍不通，不过作为郎中，医术的根源也是来自五行的周身推演，通过手太阴肺经和足太阳膀胱经遍布的穴位，一一应对。

所以几番交代下来，叶瑾不断点头。

华山先生最后对叶瑾说：“听弦之奥妙，我也只能领悟到这一步了，希望你能将听弦发扬光大。现在，你学会的听弦算术，对付这个妖道应该游刃有余。”

叶瑾退了一步，转身看着妖道：“你作孽深重，今日我已经是诡道传人，你被我收服，也是你的命数，不能怪我。”

楚离一只手拿着螟蛉炎剑，另一只手在井壁上慢慢摸索。

我在井口上看得清清楚楚，有一只手掌从井壁的泥土里伸出来，我焦急地对楚离大喊："你身后！"

楚离听见后立即转身，手掌迅速缩回井壁之中。

"别动，"我提醒楚离，"让我看看他在哪里。"

我看见井壁中的手掌正在泥土里慢慢扭动，就在手臂即将从楚离右边伸出来时，我立刻对楚离大喊："宫和徵之间的位置！"

我不知道自己为什么会突然冒出这么一句话，虽然我心里明白那条手臂在什么方位，可我并没有对楚离说在他右边，而是说什么"宫"和"徵"之类的。因为在我的心中，这样描述更加准确，甚至精确到分毫。

更加让我吃惊的是，楚离竟然听懂了我的话。他毫不犹豫地把炎剑以不可思议的角度刺入右边的井壁，方位与我提醒的不差毫厘。

楚离手里的炎剑刺中妖道的身体，在何重黎的帮助下，他们来到地面上。妖道被炎剑刺中胸口，无法动弹。

我对着楚离问："我刚才说的什么？"

楚离没有回答我，他的注意力都在妖道身上。

方浊问我："你没觉得自己能看见藏在泥土里的妖道很奇怪吗？"

"是啊，"我狐疑地问，"我怎么能看见泥土里的人？"

"闭上眼睛试试。"方浊对我说。

我闭上眼睛后，四周的场景仍然无比清晰：方浊和何重黎站在我的左边，楚离在我右边举着炎剑。

"你还记得徐云风是跟谁学习的听弦吗？"方浊轻声问道。

方浊这句话一说，我心里顿时都明白了。

是的，我刚才说的"宫""徵"两字，就是听弦算术里的术语——"宫商羽徵角"。

听弦算术，在金旋子的手上威震鄂西北和豫南，而楚离就是诡道金旋子这一支的后人。

我至少明白了一点，听弦是徐云风用来判断对手方位的算术，虽然徐云风还在古道里与张元天死磕，但是他的本领已经随着蛇属转移到我的身上，这也是我能知道这四个厉鬼下落的原因。

听弦、听弦。

我的耳朵里传来了一个细微的声音，这个声音让我立即意识到是从我手中的人皮传来的，是的，现在妖道也要被收服在这张人皮里了。

妖道的身体中插着螟蛉炎剑，炎剑的火焰不断灼烧着妖道的身体，妖道无法逃避，更不能抵抗，最后只能向我手上的阴阳四辨骷髅伸出手掌。

妖道做出了选择，它无法忍受螟蛉的火焰，宁愿被阴阳四辨骷髅收服。

我慢慢走到妖道身边，把人皮笼罩在妖道的头顶，楚离立即把手中的螟蛉收起来。

现在，第二个厉鬼也被收服了。

还有两个。

我闭上眼睛，发现自己对四周环境的感知更加敏锐起来。

剩下的两个厉鬼已经从井底爬了上来，这两个厉鬼的脚都已经腐烂，只能用双手在地面上攀爬。它们的爬行速度很快，在我和方浊之间飞速移动，但是并不敢离开这个小院。

当它们爬到院子的篱笆边缘的时候，就如同触电一样退了回来。我看了看篱笆，篱笆挂满了昆虫的尸体，一个中年女人不知道什么时候已经站在了院子外面。

不用方浊介绍，我知道这个女人一定就是宋银花。

剩下的两个厉鬼从华山先生身后冒出，妖道被诡道的阴阳四辨骷髅笼罩住，没有任何退避的余地。叶珪用螟蛉炎剑将妖道挑起，与刚才的女鬼一样，妖道被炎剑逼进斗室里的深井中。

华山先生慢慢把身体转过来，对两个厉鬼说道：“二位与我纠缠多年，我不自量力，把你们从道衍国师的结界中放出，本心也并非向善，而是为了成就诡道的一番功业。可惜我力有不逮，与你们几位缠斗了这么多年，现在已经到了该了断的时候。”

两个厉鬼，其中一个是菜市里的屠夫，杀了来挑衅的无赖。无赖的家人来报复，屠夫将无赖的家人一并杀掉。还有一个是因为赌博，欠下巨款，为了继承家中的财产还债，投毒将父母双亲杀害。

这两人的罪行都无可饶恕，戾气非常重，还在海眼里受了几百年的折磨，现在哪里肯听华山先生的话，乖乖俯首就擒。

叶瑾知道，他今天必定要违背自己一生为善，不伤及他人的行事准则。到了这一步，他也只能用螟蛉将那个戕害双亲的厉鬼逼到墙角。

那个厉鬼无法躲避，脸色惨白，嘴里说：“罢了罢了，几百年也熬过来了，这口枯井，怎么也好过姚广孝这个妖人的海眼。”

说完，厉鬼嘴里喃喃自语，自己走到斗室里的井边，然后跳进深井。

而杀气强盛的屠夫仍然不肯就缚，在狭窄的斗室里与叶瑾周旋。诡道的两大法器同时在叶瑾手上施展，屠夫在叶瑾面前没有任何反抗的能力，最后被叶瑾的螟蛉斩到大腿，屠夫张开嘴对着叶瑾大喊：“我不服！”

叶瑾没有回答屠夫，到了这时候，没有必要再解释什么了。

屠夫被叶瑾逼到井边，他看着叶瑾：“我在菜市卖猪肉二十多年，一直忍隐街头无赖的欺压，积攒多年的怨气后杀了他全家，我绝不后悔。”

华山先生在一旁说：“祸不及家人，你若是受不得欺辱，杀了无赖，自己抵命也就罢了，为什么还要伤了他的家人？”

"他家三个兄弟，都是横行霸道的恶汉，"屠夫恨恨地说，"我上有父母，下有妻儿，若不把他们斩草除根，我的家人必定被他们折磨得生不如死。我一人做事一人当，其实是赚了。"

叶珪十分同情屠夫，但是此事已经过了几百年，他也无能为力。而且诡道该做的事情，他也不能推辞，螟蛉炎剑只能一点点逼近屠夫的前胸。

屠夫怨毒地看着叶珪："我心中这一口恶气，绝不会就此消减。"

说完，纵身跳入井内。

何暮春长舒一口气，连忙出去招呼何家的下人，搬来一个磨盘，将井口封住，然后又割破了手掌，用手掌上的鲜血在磨盘上画满了符咒。

四个厉鬼，被封印在何家的冰窖之下。

事情了结后，叶珪背着华山先生走到地面。华山先生见到阳光，立即全身战栗。叶珪明白，华山先生如果不被他细心照料，一定命不久矣。

宋银花在小院的篱笆上下了蛊，两个厉鬼跑不出去，只能在院子里爬动。

我看着这个场面觉得瘆得慌，方浊、楚离、何重黎却不以为意。

我这才意识到，我跟他们的确不是同一个世界的人。我会被这种事情吓到，而他们每天都要面对这种事，早就习以为常。

两个厉鬼突然暴起，它们的身躯直立，然后猛然冲到我身前，却被楚离的炎剑格挡。看来这两个厉鬼知道我是一个没什么本事的外人，想接近我，以我为质要挟方浊，不过楚离预测到他们的想法，提前走到我身边。

楚离和金仲一样，师徒俩如出一辙，都是外冷内热的人，这应该是楚离自小就跟着金仲的原因吧。不过，半路拜师的就不这样，比如王鲲鹏这么沉稳的人，教出来的徒弟邓瞳就很不着调。心思敏锐，做事没有原则的徐云风，却有一个稳重的徒弟。

都到了这个时候了，我还在胡思乱想。

“九万七千三进。”楚离忽然对我说道。

我立刻惊醒，知道楚离在提醒我运用算沙。我连忙把方浊给我的那个玻璃瓶拿出来，然后仔细地看着玻璃瓶的沙砾，沙砾在我眼中如同排列成方阵一样，让我一目了然沙砾的数量。

“十九万四千六百二十九出。”我立即回答楚离。

楚离毫不犹豫地向前走了两步，刚好就拦在正要转身躲避的两个厉鬼面前。一个厉鬼在他的左前方，另一个已经跑到他的身体右侧，楚离一挥手，炎剑同时刺中两个厉鬼。不知道他用了什么样的招数，能够把两个完全不同方位的厉鬼同时制服。

楚离把炎剑递到我面前，我知道该怎么做。人皮在厉鬼面前立即展开，无声无息地把他们笼罩进去。

我呆呆地看着人皮，知道这四个麻烦已经解决了。

“徐大哥？”方浊在一旁惊呼了一声，但是随即又沉默了。我扭头看着方浊，她的眼睛里露出热切的目光。

我知道，在刚才算沙的那一瞬间，方浊把我当成了她心里一直惦记的徐云风。

这对我来说，实在是太尴尬了。

我的样貌与徐云风一定相差巨大，性格更是天壤之别。我是一个从小就本本分分的学生，长大后是一个老老实实的化工男，跟命运坎坷的徐云风完全不同。可刚才在方浊的眼里，我运用算沙的那一刻，应该是和徐云风一模一样吧。

在这种情况下，我不知道该怎么做。我毕竟是一个外人，本来就不属于他们的世界，我能来到这里，仅仅是因为这个世界出现了一些逻辑上的错误。当我完成我需要完成的任务之后，这个错乱就会被纠正，然后我会回到我的生活，一切都回到原来的轨迹上。

所以我告诉自己，用不着太介意一些细节上的问题。

当然，我这一番想法是多余的。

方浊现在已经恢复了平静，她的语气沉着而坚定："何重黎、宋银花听者。"

何重黎与宋银花同时站到方浊面前："在此。"

方浊轻声说："开阳、天枢星位，现在收回。"

何重黎和宋银花两人拱手："听命。"

当初被北极星撇在一旁的开阳和天枢星位的何重黎和宋银花，终于从阵法里解脱。他们其实是陷入阵法里最长时间的两个人，没有参与最凶险的最后一轮争夺战是因为徐云风无法面对西南外道的折损。黄家和钟家付出了巨大的代价，徐云风不愿意再让魏家和苗家重蹈覆辙。

这一点，我非常理解。

宋银花实现了她对王鲲鹏的承诺，听从阵法调动的命令，自始至终没有动摇，一直坚持到现在，体现了西南外道头领的风度。

刚才方浊是用七星阵法驱使人的身份，解脱了宋银花的束缚。现在方浊又变了语气，慢慢地对宋银花说："现在我清静派方浊，愿意投入苗家门下，向您学习蛊术，将这门法术延续下去。"

宋银花摆摆手："算了。你要做的事情还有很多，我就不勉强你了。当年我跟王鲲鹏拿你做交易，本来就不应该。"

"我们既然答应了，就不能反悔。"方浊说。

"我反悔了。"宋银花笑了笑，她比方浊的年龄大很多，几乎差了一个辈分。在宋银花眼里，方浊还是个小女孩，"我们苗家的蛊术，只能传给苗家的女子。你爹是回族，你妈妈是汉族，从身份上就坏了规矩。"

看来宋银花经历整场冥战之后，把所有的事情都看得淡了。门派之间的恩怨，蛊术的延续，在她眼里都不再强求。

“蛊术自有生存之道，”宋银花说，“你不学，也不见得就失传了。今后你来苗地，我一定会好好招待你……希望你记得这件事情就行。”

宋银花说完，仔细地把挂在小院篱笆上的所有昆虫都一一收起来，然后转身走了。

当我看见宋银花的背影慢慢消失在晨雾里的时候，第一次真正意义上对他们的这个世界产生了强烈的认同感。

他们的世界里运行的规则还保留着中国古老的道德观念，这不正是我们平日生活里最缺失的东西吗？没有琐碎的合同，仅仅是口头上的承诺，就是铁打不动的契约，哪怕付出生命和门派传承的代价，都要履行自己的承诺。而放弃自己所赢得的一切的时候，又是那么轻描淡写。

宋银花在七星阵法里的位置是相对较弱的天枢星位，放蛊苗家和其他三个外道家族相比，也不是最出色的家族。但是我从宋银花的所作所为来看，至少知道了一点，赵一二、金旋子、金仲、黄莲清、黄松柏、魏如喜、钟家四兄弟，无论他们生前做过什么错事，他们的气节都是有的，而且全部坚守着古老而传统的信条。

我终于从心里不把这些人当成虚构出来的小说人物了，他们都是活生生的人，一直在固守传统的人。

我也终于明白，无论这个世界要变成什么样，这些人都不应该被湮没。

徐云风和王鲲鹏他们一定早就明白了这个道理，所以他们在无法打破梵天规则的情况下，努力维护着其他人的存在。为了这个目的，他们在左右为难的困境下，让七星阵法成为一个能帮助他们顾全彼此的工具，只是他们为此付出了常人不能忍受的代价。

我深吸一口气，问道：“下一步，我们该做什么？”

方浊对我说：“去大青山。”

“三铜？”我问道。

“是的，”方浊坚定地说，“铜鼎还在大青山的地底，我们要去把铜鼎搬出来，带到这里。”

何重黎听见方浊这么说，立即兴奋起来：“现在就出发吗？”

方浊摇头：“你不用跟着我们，你现在得马上回湘西，魏家需要你主持局面。”

“我能帮忙的。”何重黎十分失望。

“三铜的事情，就由我和诡道的传人来解决吧。”方浊说，“西南外道的魏家，可不能没有带头人。”

何重黎知道方浊是不会同意了，只好告辞：“帮我给王师叔带句话，我何重黎随时受他的差遣。”

“他会听见的。”方浊向何重黎告辞。

何重黎看了我们三个人一眼，然后也和宋银花一样，转身走入晨雾中。

我内心澎湃，激动不已，恨不得马上就去大青山。

方浊对我说：“我们去找黄坤吧。”

“我们去秀山？”我问方浊。

“不，”方浊说，“黄坤在荆州。”

“在荆州的应该是邓瞳啊，”我好奇地问，“黄坤去荆州干吗？”

“七星阵法结束之后，黄坤做了黄家的族长，并且完成了学业。”方浊对我说道，“他毕业后在长江水文荆江大堤管理处工作。”

“申德旭安排的？”我随口问。

“应该跟申工有点关系吧。”方浊笑了笑，“不过以黄坤的本事，也用不着走什么后门，当初好几个水文单位都抢着要他去做工程师，他最后选择了荆州。”

“和徐云风有关？”我也不知道自己为什么要这么说。

“可能吧。”方浊回答，“他认为徐大哥已经……不在了，他想找一个入口，把他师父的尸骸带出来。”

方浊的神情十分坦然，我第一次意识到，也许徐云风在几年前进入古道的那一刻，就已经和张元天同归于尽了。

荆州，江汉平原古城，历史上一直是兵家必争之地。在冷兵器时代，南北割据的军阀就以长江为界线，荆州作为一个进可攻、退可守的军事据点，一直都是长江流域中最为重要的一座城池。所以历朝历代，荆州作为军事重地交战无数，而荆州作为军事要地的关键在于，长江从来都是操练水军的要塞。

越是古老且历史久远的城市，当年的无数冤魂就越会萦绕在此地，千年徘徊。因此，荆州城下白骨累累，江水之下有无数士兵冤魂。

我和方浊、楚离到了荆州。申德旭安排的接待人员指着前方的一座水文观测塔说："黄工就在那里。"

我们顺着短短的栈桥走到观测塔尽头，看见一个年轻人蹲在栏杆后面，他仔细地盯着水面，面前还摆着一个笔记本电脑，双手正在快速地输入数据。

这就是黄坤了，他本来就是三峡大学水利学院的毕业生，干这一行，也是理所应当。只是他如何处理秀山黄家族长身份，那我就不得而知了。

黄坤的神情很专注，他已经知道是谁来了："方姐，你等我一会儿。"

"不急。"方浊轻声说，"你先忙你的。"

楚离双手环抱，面色冰冷地看着长江，谁也不知道这个老成的年轻人到底在想些什么。

我并不是一个能立即和别人熟悉起来的人，更何况像楚离这种不爱与人交流的人，我和他们待在一起，一直都觉得格格不入，有点尴尬。

黄坤终于忙完了，我看着他敲击了回车键，然后保存文档，合上笔记本。他站起来，看着我，然后对方浊说："方姐，都过去了，为什么你还不死心？”

“这不是死不死心的问题，”方浊说，“你师父还在古道里，我得把他弄出来。”

“我师父已经不会再回来了。”黄坤的声音十分平静，“他是一个不存在的人，而你身边的这位，才是这个世界上应该存在的人。”

“别人这么想，我能接受。”方浊的声音有点颤抖，“可你的一身本领从哪里来的？如果不是你师父，就算是你身上背着黄家的五行符，你知道怎么施展吗？”

“我不是这个意思……”黄坤有点理亏，“我只是说，一切都完结了……我们得回到正常的生活……结束了，方姐。”

“这话是你王师伯说的吧？”方浊问，“对不对？”

“谁说的，有那么重要吗。”黄坤抿着嘴，“这都是事实。”

“王大哥的目的达到了。”方浊激动地说，“是的，他的责任尽到了，可是徐大哥就该在古道里受罪吗？”

“我师父已经不在了。”黄坤打断方浊，“我们都得接受，方姐，我们要做的事情都做完了。”

“我们明明还有机会……”方浊看见黄坤这种态度，她知道自己可能无法说服他了。

黄坤把笔记本放进电脑包，然后把包背在身后，对方浊说：“方姐，我们去吃饭吧。”

我们几个走到荆江大堤上，方浊还没有放弃，一直跟在黄坤身后。楚离仍然站在栈桥上，一动不动地看着长江。

我左右为难，不知道该站在什么位置，只能跟着方浊走过去。

荆江大堤上走来了一个人，黄坤对方浊说：“真够巧的，大家一起去吃饭吧。”

“吃什么饭？”来人问黄坤，“你他妈的每次都说吃饭，有完没完？”

我看见来人说话的样子，心里就乐了。这人不用说，一定是王鲲鹏的徒弟邓瞳。看来邓瞳也回到了荆州老家，回到了春茂恒。

黄坤没有说话，故意不理会邓瞳。

邓瞳一把将方浊的胳膊挽起来：“你也是一根筋，找这个人干吗？我还不信了，缺了黄坤，诡道就玩不转了？”

方浊感激地看着邓瞳：“别这么说，他毕竟是你的师弟。”

“师弟？”邓瞳鄙夷地说，“他把自己当作诡道的传人了吗？”

邓瞳突然看见我了，松开方浊，走到我面前：“方姐，你还真厉害，真把蛇属给叫回来了。”

“你好，我是……”我伸出手，跟邓瞳说，“我认得你。”

“你当然认得我，你让我看看。”邓瞳说，“我靠，不是徐师叔，徐师叔没你这么老实巴交的样子，真他妈的没劲。”

邓瞳这人一刻都闲不住，我还没来得及跟他说话，他就丢下我和方浊，走到黄坤的面前，一把将黄坤的衣领拽住：“你跑什么？”

“我往哪里跑了？”黄坤说，“我就站在这里没有动啊。”

“你他妈的还是不是诡道的门人？”邓瞳问黄坤。

“当然是，”黄坤讪讪地说，“这有什么好问的？”

“那你他妈的装什么？”邓瞳骂起来，“这几年，方姐来找了你多少次，你跩什么？你做了黄家的族长，了不起是吧？”

“这根本就是两码事好吗？”黄坤说，“事情都已经完结了。”

“完结什么，你他妈的说了算啊？”邓瞳问，“方姐说没完，就是没完！”

“七星阵法已经达到了我们的目的，”黄坤说，“王师伯也退隐了，都结束了，这话我说了很多遍了。”

邓瞳说：“我就纳闷了，你师父帮了别人，让别人都爽了——全都心安理得过自己的太平日子。凭什么把他扔到古道里，就是应该的啦？”

“这不就是我师父当年想要的结果吗。”黄坤的声音很小。

“合着天下人都舒坦了，就徐师叔活该受罪。”邓瞳说，“有这个道理吗，这他妈的公平吗？方姐求你这么多遍，要你去把你师父救出来，这个要求过分吗？”

“我师父已经不在了。”黄坤仍旧还是这句话。

“谁说的，谁告诉你的？”邓瞳抢白他，“我师父告诉你的是吧？我告诉你，我师父早就他妈的废了，天天在我家里喝酒，混吃等死。他的话你也信。我要不是看着他是我师父，我早就赶他出门了。这人没救了，一天到晚除了喝酒，就知道躺在床上。你也跟他一样，都没有出息。”

“王鲲鹏是你师父……”黄坤吃惊地说，“你这么说他，是不是有点不合适。”

“你不去救你师父就合适啦？”邓瞳问，“别在我面前装什么孝顺，你还不如我呢，我至少还伺候我师父。”

邓瞳说完，走到方浊跟前：“别管他了，我跟你走，方姐，你说干什么我就干什么。不就是去大青山吗，只要能把徐师叔弄出来，什么事情我都干。”

黄坤被邓瞳骂了一通，没有任何解释。

我听了邓瞳的这一番话，基本明白了事情的来龙去脉，以及方浊要把我找回来的原因。

从唯物主义的世界观来看，“空间无限”就是个逻辑陷阱。既然一切事物都是客观存在的，那么从古至今，没有人能解释宇宙之外是什么，宇宙开端是什么，宇宙结束后是什么。

我作为一个无神论者，写了几百万字的灵异小说，到现在我真的相信，这个世界是由意识主导一切的。

八寒地狱可能是真的，现在我知道，所有人都是在这个设定下挣扎的蝼蚁，还不如抛弃太多的思考，选择眼前的苟且。

方浊的目的很单纯，那就是把徐云风找回来，所以我从内心里认同方浊。

当然，黄坤和王鲲鹏的想法也没错，在大规则的运行之下，一切回到了正常的状态，就不要去打破这个平衡了，而徐云风和张元天就是破坏这个平衡的关键因素。他们不愿意再去冒险，让他们之前的所有的努力，包括徐云风的牺牲，都白白付诸流水。

不过就如同徐云风所说，即便什么都是假的，什么都会消失，但是人与人之间的情感只要曾经存在过，就应该去尊重。所以我从内心里，认同方浊。

邓瞳这种人，其实心思并不多，他是一个典型的意气用事的人，他当然会跟随方浊做那件事情。

至于楚离，我不知道楚离是怎么想的，但是既然他在金仲死后，还跟着方浊四处奔波，那么他一定也是认同这一点的。

黄坤走了，方浊和邓瞳都没有阻拦他。邓瞳招呼我们上了他的车。他的车停在荆江大堤之下的路边，还是一辆“路虎”，看来春茂恒是真有钱，邓瞳是个“富二代”不假。

邓瞳把我们带到了荆州古城，他的家在荆州城内，是一座老式的院子，两边都是高楼大厦，更加彰显了邓家在荆州的地位。能住在这种寸土寸金的地方，邓家在荆州肯定有着不一般的实力。

邓瞳带着我们进了屋子，让我们在大厅里等着，然后朝着大厅后面喊：“师父，方姐来了……师父，你是不是又喝醉了？”

邓瞳叫唤了几声，对方浊说：“没办法，他这几年老得厉害，三十几岁的人，跟个老头子一样，耳朵都不好使了。”

我十分想见到王鲲鹏，方浊给我的三本书里，他是一直存在的人物，而且极具人格魅力。我对邓瞳说：“我还是进去看看王所长吧。”

“也好，”邓瞳说，“我带你们进去看他，他天天躺在床上装死，谁受得了。”

我们正要跟着邓瞳进客厅旁的厢房，王鲲鹏却自己走出来了。

我看着王鲲鹏，跟邓瞳说的一样，这人老得厉害，头发全白了，眼球浑浊，眼角有两道深刻的皱纹，胡子乱糟糟的，不知道多久没有修理过。眼镜也不讲究，镜片上蒙了一层灰，都不知道去擦一擦。

我把我所有的注意力都放在了王鲲鹏的身上。

终于，我认出来了，他不是我的同学吗，可是他并不叫王鲲鹏，在我的记忆里，他叫王鹏。

“师父。”邓瞳说，“方姐又来了，你也别装死了，跟着我们去大青山，弄出三铜，把徐师叔救出来。”

王鲲鹏没有理会邓瞳，看了看方浊和楚离，说道：“你们来了？”

“来了。”方浊朝王鲲鹏笑了笑。

楚离走到王鲲鹏身边，虽然没有说话，但是他紧贴在王鲲鹏右侧规规矩矩地站着。

楚离的行为，表示了他对王鲲鹏的尊重。

王鲲鹏把视线转向了我，努力辨认了很久后，问道：“徐玉峰？”

“王鹏。”我尽量压抑内心的激动，把语气放平缓一点。

“你写的东西我都看了。”王鲲鹏说，“我们班上的同学里还出了一个作家，真是没想到啊。”

“你当年就喜欢给人算命，”我笑着说，“结果现在真的成了术士。”

“我记得我还参加了你的婚礼。”王鲲鹏说，“过得还好吧？”

“还好，”我跟王鲲鹏套着近乎，“我没想到你会来，毕竟我们……”

我没有把话说下去，其实我们两个人在学校里关系很一般，谈不上有什么很深的交情。不过我结婚时，他倒是来了，还送了份子钱。他结婚，却没有邀请我。

后来方浊给了我三本书，我写了关于他的很多故事，却始终没有把这两个人联系起来。

但是这一切已经不重要了，王鲲鹏就是王鲲鹏。我没有必要跟自己较劲，非得去纠结这两个人在我记忆里的真伪。

我不是徐云风，我没有他那么多敏感脆弱的想法。

现在，我和王鲲鹏也算是打了招呼，王鲲鹏明显对我的到来没有什么期许，跟我说话也只是礼貌客套而已，而且我发现他自始至终不敢看向方浊。

他心里有愧疚，对方浊，不，是对徐云风有深深的愧疚。

方浊不是一个强势的人，她肯定希望王鲲鹏能说服黄坤来帮忙，但是方浊连一个字都没对他提起。

方浊只是问："董姐姐她们现在过得怎么样？"

王鲲鹏一脸木然，好像根本就没听到。

邓瞳一下就火了："别提我师娘，我都不稀罕说！"

方浊知道王鲲鹏和董玲之间肯定没什么好事，连忙转换话题："金师兄临终前说，他这辈子没那么多规矩，死在哪里，就埋在哪里。我把师兄的骨灰埋在大青山，楚离把他的牌位给带回来了，你抽时间去一趟原阳，把金师兄的牌位放到你们诡道的灵堂里。"

"我不去了。"王鲲鹏把头低下来，"楚离已经长大了，这事让他做就行。"

我听了方浊和王鲲鹏之间的对话，心里猛然一紧，胸口顿时胀胀的，鼻子发酸。我理解了王鲲鹏的悲哀。

诡道的三位传人，金仲、王鲲鹏、徐云风——短短几年，他们已经是诡道的前辈，是被敬仰的前人了。

我一下子理解了王鲲鹏心中的痛苦。王鲲鹏摆下七星阵法的时候，就已经做好赴死的准备。金仲早就命不久矣，这是大家都知道的事情。而徐云风是一个活死人，介于存在和不存在之间。

所以这三人，按照王鲲鹏的想法，现在都应该不在人世了。

可结果偏偏是徐云风顶替了王鲲鹏，让王鲲鹏苟延残喘地活了下来。王鲲鹏是一个要做英雄的人，却在最后的关头全身而退。他的兄弟没了，替他跟张元天同归于尽。以王鲲鹏这样骄傲的个性，这可比死了还要痛苦万倍。

这种痛苦，方浊是能理解的，所以在方浊的计划里，根本就没有王鲲鹏。方浊对王鲲鹏也是十分心疼，知道不能再逼着王鲲鹏参与这个计划。

不过邓瞳不知道，邓瞳对方浊抱怨道："我师娘每周末都到荆州来，要见我师父。你猜我师父怎么做的……躲起来，不见人！"

王鲲鹏被自己的徒弟数落，一点脾气都没有，只是把头低下来，不断摇头，自言自语道："不能见，没脸见。"

"董轩是你女儿，你连自己女儿都不见，太不通人情了吧。"邓瞳连师父都不喊了，"你的心也太狠了。"

看来王鲲鹏的行为已经把邓瞳激怒过很多次了，我几乎都能想到，当董玲带着女儿来找王鲲鹏，无论邓瞳怎么劝说，王鲲鹏就不出面的场景。

邓瞳的确是非常恼火。

"董轩和她妈妈过得挺好的。"王鲲鹏的声音很低，"你告诉董玲，开车的时候，不要让董轩坐在副驾驶上，很危险。"

邓瞳对着方浊说："你看，这种话都要我来传，什么人啊这是！"

这句话在我听来，真是悲凉到极点。王鲲鹏当年在董玲面前表达过自己必死的决心，可是最后却没死成，以他的性格，的确是无法面对董玲。虽然他在表面上拒绝见面，可是心里很想念妻女，偷偷在暗处看着董玲和董轩离开，不然他怎么会知道董轩坐在副驾驶上？

王鲲鹏从一个资质平凡的普通人成为天下第一的术士，靠的就是无比强大的内心，他的心简直就是由钢铁铸造的。可是现在，他的精神已经垮了，再也没有任何过人之处，可能连法术都没有信心施展出来了吧。

王鲲鹏和赵一二的命运几乎是如出一辙，诡道的这一对师徒，也算是同病相怜。英雄末路，莫过于此。

邓瞳还在向方浊说着这些琐事，但是王鲲鹏根本就没有再听了，他坐在椅子上，眼睛半闭着，嘴里念叨着什么。

我努力听了听，听见了：

上知天，下知地，
天上有几条沟？
几条沟里有铁牛？
谁来放，谁来收？
又是谁置下铁笼头？
铁牛闯下什么祸？
铁牛又被何人收？
天河岸上九条沟，
九条沟里出铁牛，
老君放，老君收，
老君置下铁笼头。
吃了昆仑山上草不长，
喝了黄河水不流。
撞塌天宫三万三千琉璃瓦，
撞倒王母娘娘三千三万金柱头。
玉皇大帝生了气，
贬到人间作家畜。
牧童放，农夫收，
耕田耙地老黄牛。
耕田耙地老黄牛。
……

王鲲鹏的声音越来越小，后面的我听不明白了，可是前面的我听得清清楚楚，他在唱《黑暗传》里的一段唱词。

他把自己比作闯祸后无法收场，只能接受这种无尽折磨的老黄牛。

我只能叹一口气，王鲲鹏看来是真的废了。我不忍心再看着眼前这个“末路英雄”，转头对邓瞳说：“你们邓家在荆州也算是一个大家族了，你做出选择了吗？”

邓瞳当然明白我说的意思。

“我是邓家的人，不过我可不像黄坤那样没良心，”邓瞳说，“既然认了师父，那我就是诡道的传人。黄坤看来是要安安心心地做他的族长了，留在荆州上个破班，一点出息都没有。”

我听了邓瞳的话，忽然想到，黄坤可能没有像他表面上那样无动于衷，甚至刚好相反。王鲲鹏得罪的人不少，比当年的赵一二多了去了。现在王鲲鹏生不如死，有了赵一二的前车之鉴，黄坤没有回秀山，而是待在荆州。邓瞳是一个冲动的人，容易中招，于是黄坤就在暗中保护他和王鲲鹏。

邓瞳啰唆了一大堆，突然低头看了看手表，然后对我们说：“没办法，只能委屈你们在家里吃饭了，我打电话让餐馆送饭来。”

看来是王鲲鹏不愿意出门，邓瞳只能叫外卖。

方浊不沾五荤和肉食，邓瞳打电话的时候，差点和餐厅接电话的服务员吵起来，最后还是耐着性子，把方浊的忌口一一说明白。

吃饭的时候，虽然我之前已经听说了王鲲鹏在酗酒，不过看到王鲲鹏喝酒的样子，我还是吓了一跳。他哪里是在喝酒，分明是在灌酒。王鲲鹏的酒量很大，喝了快一斤了，脸色只是变白了一点，完全没有异样，根本就看不出来半点喝醉的样子。

邓瞳已经对王鲲鹏酗酒习以为常了。方浊说：“你得管着点，别让他喝这么多。”

“我管得了吗？”邓瞳说，“酒柜里的酒早就被他喝得干干净净。我不给，他自己还不是一样到商店里买，他找我要钱，我能不给吗？当年我们邓家是靠着诡道发家的，他喝酒我都不给钱，我说得过去吗？”

也是，邓家和诡道在清朝有那么深的渊源，王鲲鹏别说是向邓瞳要酒喝，就是要邓瞳的全部身家，邓瞳也拒绝不了。

不过，邓药识当年和叶珪之间具体发生了什么，我还是不太清楚。现在刚好，邓瞳可以说个明白。

华山先生从海眼里招出来的十三厉鬼中的最后四个，被叶珪全部收服在何暮春的冰窖之下。何暮春与何暮云两人，将冰窖用四根石础封印，在石础之上，又加筑了盘龙柱，把冰窖死死镇压。何暮春给家人定下了规矩，这间老宅绝不能废弃，就算何家后人家道中落，到了乞讨的地步，也不能把老宅售卖给旁人，更不能翻修房屋时破坏盘龙柱和石础。

这条规矩一直是苏州何家的家训。

叶珪已经投入诡道的门下，成为华山先生的弟子。

当年那个藏医托付给叶珪人皮，嘱咐叶珪把人皮交给诡道后人。没想到，叶珪以自己投身诡道的途径，完成了藏医的嘱托。

华山先生重病在身，身体虚弱，刚好遇到叶珪，被叶珪带回家中，调养身体。叶珪用尽各种针灸药石替华山先生医治，华山先生的身体却一直无法好转，只能一步步走向死亡。

其时叶珪已经学会了华山先生的本领，人皮在叶珪手里，已经发挥了极大的作用。当年，叶珪的医术天下无双，薛雪也只能屈居他之下，叶珪就此成为闻名天下的一代名医。

叶珪知道华山先生的病症根源在于被鬼魂纠缠已久，身体至阴至寒，就是有大罗金丹也无法救治，只能苟延残喘，勉强续命。华山先生最后已经无法进食，到弥留之际时，整个人已经瘦成了柳条一般。

何暮云回到湘西，在辰州寨继续做赶尸的行当，每年都会来苏州看望华山先生。第一年是何暮云自己来的，第二年何暮云和一个脸色发黑的人来到了叶宅。

经何暮云介绍，这是辰州寨魏家的当家人。魏家的当家人对华山先生和叶珪十分敬重，停留了几日才离开。

后来华山先生去世，何暮云与魏家当家人都来了。此外又来了两个人，操一口四川方言，这两人分别是巫山犁头的钟家当家人和秀山黄家的族长。

三人在华山先生的葬礼上都不说话，看对方的眼神都很怨毒。魏、钟、黄三家的势力在西南已经根深蒂固，为了争夺西南术士的第一把交椅斗得头破血流，但是他们还是一同来参加华山先生的葬礼，为表青冥卫当年对诡道的敬重。

华山先生入土安葬，由叶珪、钟家当家人、黄家族长、魏家当家人一起抬棺，之后又一同把华山先生的灵牌送到原阳。

然后青冥卫三支后人在原阳与叶珪告辞，从此叶珪再也没有见到西南术士家族的任何人。

叶珪与何暮春是至交，叶珪流传后世的事迹，多由何暮春的儿孙收录，并且帮助叶珪整理医术上的心得。叶珪的医学著作有《温热论》，他首先提出“温邪上受，首先犯肺，逆传心包”的观点，概括温病的发展和传变的途径，成为认识外感温病的总纲，还根据温病病变的发展，分为卫、气、营、血四个阶段，作为辨证施治的纲领，开创治疗温病的新途径。这无疑是从阴阳四辨骷髅受到的启发，从而开创性地提出了新的医学理论，对我国的医学有巨大贡献。

至于叶珪在天文学和命理学上的成就，就很少为世人熟知了，这是叶珪秉承诡道的内部传承，诡道的神秘，仍旧不为世人所探知。

关于叶珪在诡道的几个徒弟，书上没有任何记载。不过根据清朝后期诡道的门人再次强大，和长幼两房同时进入鼎盛时期来分析，叶珪应该是收了两个徒弟。结束了诡道在明清两朝的单传延续传统。

不过，可以肯定的是，叶珪的徒弟里并没有邓药识。

邓药识带妆示人二十年，如今已经二十四岁，还跟着叶珪做药童。作为一个女人，到这个年纪还没有出嫁，已经是一件匪夷所思的事了。

邓药识的初衷是想一生跟随叶珪，叶珪的原配夫人也有此意，可是最后却被叶珪拒绝。叶珪把邓药识作为义女抚养，不愿意破坏人伦。而邓药识认为是叶珪看不起自己五通的身份，于是两人之间有了芥蒂。

其时金山寺的云鉴和尚圆寂已久，邓药识的亲生父亲香筑大师做了金山寺的住持，也是一代高僧。传闻香筑大师一生慈悲，收服五通，规劝世人不要轻信五通财神，把江南的五通庙逐一修整为沙门庙宇，度人无数。

邓药识已经成年，医术不在叶珪之下，最终决定离开叶家，自立门户。

叶珪也只能答应，于是将鬼方交给了邓药识，让邓药识能够在江湖安身立命。并且担心邓药识遇到危难，又把寄放在何家的梧桐棺材里的灭荆宝剑，交给了邓药识。邓药识的后人将灭荆又交还给诡道，这是后话。

邓药识到了荆州，遇到一个秀才，秀才家贫，祖上也是郎中。邓药识心高气傲，不愿意嫁人，秀才孤身一人，甘愿入赘，其中发生了什么，一直为邓家忌讳，所以邓瞳也不知道。邓药识成家之后，决心在荆州开创门户，于是成立了春茂恒。

春茂恒创业之初，买不起贵重药材，而邓药识救治江陵县令的顽疾需要一味血灵芝，血灵芝世间难得，可巧邓药识碰到了一个盗墓贼，正高价出售血灵芝，要价两万两银子，邓药识哪里拿得出这么多钱财。叶珪和邓药识情同父女，舍不得邓药识在江湖受苦，得知邓药识需要血灵芝，于是将何家给的那张两万一千七百二十两的条兑现了，交给邓药识。何暮春执意没有收回借据，这张借据就留在了叶珪手中。

叶珪留下借据的本意，是让诡道后人了解荆州的春茂恒邓家与诡道之间的渊源。所以借据并没有传给叶珪的儿子，而是留给了诡道的长房徒弟。这就是王鲲鹏拿着借据，要挟邓家的由来。

邓药识得了叶珪的两万一千七百二十两银两，买下血灵芝，救治了江陵县令的顽疾，于是在荆州一代名声大噪，春茂恒就此成为荆州的大药商。

邓药识的后代，有的遗传了五通的本领，有的没有。邓瞳就是遗传了邓药识的五通本领。

这就是叶珪投身诡道，以及诡道和荆州春茂恒之间的故事。

邓瞳一口气讲完叶珪的故事，我作为一个聆听者，对其他几个人后来的经历就更加好奇了。

邓瞳的口才还不错，就在吃饭的这么一段时间里，他把祖上和叶珪之间的事情说得明明白白。邓瞳后来还讲了一些叶珪的事迹，比如老虎的喉咙里卡了一根骨头，跑到叶珪的府上求救，叶珪出手把老虎喉咙的骨头给取出来，从此老虎在每年的端午和中秋就给叶珪送来一只咬死的獐子，或者鹿，最不济也是一只野鸡，最后竟然送来了一个被咬死的人。叶珪顿时醒悟，他救了老虎，却伤了别人的性命，自己的作为其实是在害人，于是他通知官府，挖了陷阱，等老虎再来的时候，把老虎捕获了。

还有一个中年人来叶珪府上看病，叶珪给中年人把脉之后，立即给他行礼。原来那人不是旁人，正是当朝的皇帝。皇帝下江南听说叶珪的医术高明，故意来试探叶珪，可是没想到叶珪把脉之后，不仅知道他没有任何疾病，而且还是九五之尊。

还有叶珪在冬天的时候故意烧光了苏州城外的麦苗，逼着农民种了韭菜。农民告官，叶珪什么都没解释，官府把叶珪羁押。结果当年春天苏州瘟疫肆虐，韭菜捣烂后可以预防感染瘟疫，所有人这才知道叶珪的用意。

以上这些故事，在我听来，都是邓瞳在胡编乱造，毫无可信之处。

当晚我们就在邓瞳的家里休息，第二天一早，方浊就急着要离开，她的时间十分紧张，不能因为黄坤和王鲲鹏不愿意配合而改变计划。

邓瞳是铁了心要跟方浊去找三铜，于是他一早就告诉王鲲鹏，让他自己一个人在家里待着。邓瞳的父母已经退休，在外地旅游，邓瞳安排了一个阿姨，每天来家里打扫，给王鲲鹏做饭。做徒弟到这个份上，也算是够意思了。

我们走的时候，王鲲鹏仍旧在卧室里睡觉，方浊也没有去打扰他。

中午十一点整，张艾德开着车准时来到邓瞳的家门口。我、方浊、楚离、邓瞳上车出发。

汽车启动了，不知道为什么，我能够强烈感受到王鲲鹏在某个地方看着我们远去。

我相信这个世界里有些人并不是循规蹈矩的中庸之徒，他们要么被掩埋于泥土之中，要么青云直上，徐云风是这种人，王鲲鹏也不例外。

张艾德把我们一路带到西北戈壁，当我们风尘仆仆地赶到大青山工程的地址，我就被眼前的一切惊呆了。

我完全想不到，方浊竟然到了如此位高权重的地步，看来张艾德对方浊地位的提升，起到了不可估量的影响。

我来仔细描述一下我见到的场景。

在这一片荒凉的戈壁上，整齐地排列着工地简易板房，最前方还有二十几个由集装箱改造的办公室，那里应该是工地的正中心。

工地上有一台高塔起吊机，据我所知，这台设备必须要从德国进口，全世界不超过二十台，他们一定是从中石化租借过来的，每天的租金超过二十万元。

现在这台高塔起吊机已经安装完毕。

我看到工地上的人用十几台小型塔吊，把一些拆开的设备卸装到十几辆大卡车上。我是化工出身，关于土建挖掘的知识是外行，不过也能推测出车上装的是一台巨型地下挖掘设备，专门用来挖掘垂直隧道。中国目前无法自主研发，听说日本和英国有。

至于工地上其他机械设备，我都十分熟悉。其中有一台巨型龙门吊，根据施工现场的布置，我推测这台龙门吊是与高塔起吊机配合使用的工具。

大型项目，就是投资超过两百亿的项目。我在工地上参与过的大型项目有五六个，所以更加清楚眼前的是一个什么体量的项目。从这片工地里进场的人员数量和工具设备数量来看，这就是一个不折不扣的大型项目！

但与我之前参与的工地项目不同，工地没有任何基建公司的标识和指示牌，甚至连 HSE 安全警示牌都没有。

工地的四周拉起了铁丝网，铁丝网上每隔十几米就有一个高压危险的标牌。

我也看到了方浊笔下的飞星观，道观的外观和文字描述一致，被巨大的钢缆托在半空中。钢缆的尽头连接着一圈钢柱，钢柱密集到了让人觉得这是一堵圆形的幕墙。每根钢柱上都牵引着三根钢缆，钢缆密密麻麻地编织成了一张大网，把整座飞星观抬起来。

方浊这么做，一定有她的原因。

随后，我慢慢走到那台巨大的龙门吊之下，看到了一个让我胆战心惊的场面。龙门吊下方有一个直径长几十米的坑洞，这个坑洞绝非因地陷塌落而形成，而是由人工挖掘出来的。

这个坑洞不知道有多深，我慢慢走到坑洞旁边，探头向下看了一眼，立即头晕目眩起来。龙门吊旁边放着几十堆钢缆，钢缆盘绕在地上，其中两根钢缆的铭牌上标有一个数字——13000 米。

这是标准 32 毫米的船舶用钢缆，每米的重量是 6 公斤，也就是说每根钢缆重 78 吨，两根合计 156 吨。

我明白为什么要用龙门吊了，但随即我又担心起来，钢缆能够承担自重的应力拉扯吗？

方浊带着我们在工地上站了一会儿，然后对着我说：“徐大哥，这项工程等了你五年。”

我听了之后，心里一阵悸动。

方浊带着我朝靠近龙门吊的项目经理办公室走去，当我走到了办公室门口，看到门口上有一个小小的八卦，八卦是铁的，安放得很巧妙，不靠近的话很难发现。

无论是先天八卦还是后天八卦，都应该由乾坤，震离，艮兑，坎巽的三爻八卦环绕在阴阳两仪，只是两种八卦的排列方式不同，而且也只有这两种排列方式。

我站在门口，发现这个八卦的排列方式十分诡异，不仅没有艮卦，而且取代艮卦的是一个大畜卦。大畜卦并非三爻八卦，而是六爻八卦卦象，这个八卦根本就不应该出现。

我研究了一会儿，实在想不通其中的缘由。方浊倒是不着急，只是在旁边说：“这是崂山派的内家密门修炼八卦，用来做御鬼术的。当年王师兄能勘破，所以严师叔决定让王师兄做研究所的接班人。”

我问方浊：“你也做了所长，那你应该也可以？”

“我没这个本事，”方浊笑笑，“也没有王师兄那么聪明。”

这就是人和人之间的差距了，方浊是清静派门人，而王鲲鹏什么都不是，所以王鲲鹏必须拥有超强的毅力和领悟能力，还要付出超于常人的努力才能做到。

邓瞳着急了：“方姐，你们别老说那些陈谷子烂芝麻的事情。我们都到这里来了，赶紧做事啊！”

邓瞳还真是一个急性子，他迫不及待地要进去看看集装箱办公室里到底是什么人。而我在看到这个八卦，并且听了方浊的话后，就已经知道办公室里的人是谁了。

我和方浊走进集装箱，邓瞳和楚离跟在后面，张艾德在最后。

我进去之后，看见房间里的摆设全部按照奇门布置，其中惊门的位置是一张大办公桌，办公桌后端端正正地坐着两个人，他们看上去年纪都不小了，只是那个穿道袍的更显老，穿对襟中式服装的那个人看起来年轻一点。

不用介绍，我知道这两人是谁。

老严和张家岭。

因为我在第一本书里讲述徐云风第一次见到老严时，老严的临时办公室上挂着的八卦，就是这个样子的。

方浊对着老严说：“严师叔，我把他找来了。”

老严和张家岭两人都看了我很久，张家岭不断摇头，老严叹口气说：“这事还真让你做成了。”

张家岭也说：“就是他了。”

我呆呆地站着，不知道该如何接话。

“开会吧。”张艾德提议。

“开会。”老严应了一声，对方浊说，“你把事情先跟这位小徐说说。”

然后我就知道了重启大青山工程的来龙去脉。

故事得从徐云风和张元天进入古道讲起，他们进入古道后，刚好就遇上了地震。古道塌陷，两个人被压在长江之下，徐云风本来是要跟张元天同归于尽，现在也不知道是生是死。

天下的道门也知道王鲲鹏的目的达到了，一切归于平静。只有方浊惦记着徐云风在古道受苦，当即就恳求老严和张家岭，让他们帮助自己把徐云风救出来。

结果让她没想到的是，张家岭和老严一口就答应了。

我听到这里的时候，心里想了想，老严的目的已经达到了，他没必要再做一个机关算尽的恶人，他对王鲲鹏和徐云风都感到愧疚，所以在这种情况下，老严当然会帮助方浊。至于张家岭，他本来就坚持要用三铜来完结梵天的轮回，方浊的计划正好符合他的心意，哪有不接受的道理。

于是这两只老狐狸都转了性，决定全力支持方浊。他们告诉方浊，要是让三铜齐聚，必须要做两件事情。

第一件事，找到散落在海外的张天师后人，因为三铜和张天师休戚相关，有些事情必须要由张天师后人来完成。方浊赶赴美国，找到张艾德，并把事情的缘由说了。张艾德请示了自己的长辈之后，得到肯定的答复，于是跟随方浊回国，参与大青山计划的前期准备工作，也就是带着楚离和金仲进入大青山，确定铜鼎的方位，并且查清楚当年矿难的原因。

第二件事，找出王鲲鹏设定的最后一个暗星，而这个暗星就是我了。找到我不难，难的是让我相信他们的术士世界。他们的存在是让普通人完全无法理解的，所以方浊用了一个讨巧的方法，她在暗中调查之后，知道我是一个爱好写作的工程师，于是在双流机场等着我，交给我三本书。她知道我看到三本书里面的内容后，会忍不住编成故事写出来，有什么办法比这更能让我认同术士世界呢？

方浊的两件事情都做到了，张艾德和我义无反顾地参与到大青山的工程来，但是这个计划最后却让金仲再也回不去了，这是方浊没有料到的事情。

决定重启大青山计划之后，方浊只能让张艾德带领金仲和楚离师徒两人，去大青山解决铜鼎的问题。方浊自己不停地游说高层，让部门领导同意她的重启计划。

虽然方浊是研究所的所长，但因为她太年轻，名望远远不及王鲲鹏。王鲲鹏不出面，领导就一直没有同意这项工程的重启。幸好老严和张家岭两人全力支持方浊，这才让领导勉强同意。后来，方浊在老严和张家岭的帮助下，从全国调用了工程设备，并且进行了内部招标工程。

当他们三人正在设计院进行工程设计的时候，张艾德的消息传来了，分别是一个好消息和一个坏消息。

好消息是铜鼎的问题已经被解决，坏消息是金仲在勘察铜鼎的过程中去世了。

会议室里，当张艾德说到这里的时候，所有人都沉默了，为诡道的金仲默哀。为了这一场轮回纷争，诡道在如日中天的鼎盛时期付出了巨大的代价，王鲲鹏意志消沉，金仲去世，徐云风生死未卜。

如果他们三人共同经营诡道，以这三人的能力和见识，道教之中没有任何一个门派能与诡道抗衡。而且王鲲鹏和徐云风分别对抗了日本的避水流和北方的萨满，这样大的功劳，又有哪个门派能比？

更何况，西南四大外道家族、清静派、开山派、白丹派、正一派、龙门派，以及在岭南扎根的纯阳派，都欠了诡道的人情，也都会支持诡道。

或许，这也是应了盛极而衰的道理吧。

张艾德打破了沉默，对大家说：“会议继续吧。”

方浊点头：“我们虽然已经听说过你们三人在地下的事情，但是徐大哥还不知道，你就把当时的情形再说一遍吧。”

张艾德点头，我看见楚离的脸色很不好。

张艾德重新说起当时的情况，他们三人到了地下，这是世界上已知的人工挖掘最深的井坑。

井坑底部有一个深潭，潭水是地幔部位的地下水。这里是地质学上的空白，很多专家都推测过地球的地幔深处有大量地下水存在，方量可能超过地表的海水。不过这个推测，从来就没有现实依据来证明。

铜鼎就悬挂在深潭的上方，在上一次大青山计划中，被一个悬臂悬吊起来。

当张艾德说到这里的时候，他顿了顿，扭头对张家岭说："这个要由张先生来回忆一下当年的情况。"

张家岭把脸对向我，这里就我一个人没有听过这个事故，所以这个会议实际上就是让我明白大青山计划的来龙去脉。

张家岭告诉我，"四二五"矿难之前的一个月，工程队已经确认了铜鼎的位置。工程队在坑井地下一万多米的地方遇到了花岗岩的断层，这种地质深度是不可能出现花岗岩的，于是大家都知道已经接近目标所在地，进行了几十年的大青山工程即将胜利完成。

张家岭不在这个位置，而是靠近地面的羁押室，每天都有人向他汇报工程的进度。

于是在接下来的二十天里，工程队把这一层花岗岩给凿穿。凿穿之后，下方的情形让工程队所有人都十分震惊。

一个金色的铜鼎漂浮在花岗岩下方的深潭之中，按照青铜的密度计算，铜鼎无论如何都不可能在水中漂浮。这种违背物理规律的事情，就真实地发生在众人眼前。

也就是说，深入地下到一定距离后，这里的现象已经不能用物理知识解释了。

当时，整个工程队都很慌乱，不知道该如何处理这种情况。而让工程队感到更加震撼的是，这个地方并非是天然形成的，因为深潭之上分别列着青龙、白虎、朱雀、玄武这四只神兽的雕塑。

根据当时在场的考古学家分析，四神兽最早出现在春秋时期，而这四只神兽的雕塑风格比春秋时期更加古朴。于是考古学家推断出，这四只神兽的雕塑一定早于春秋时期。

二十世纪的现代人，花费无数人力物力，利用先进科技和工具，挖掘了几十年才到达一万多米深的地下，但是两千多年前居然已有人下来过，还雕刻了这四个神兽雕像。

当大家都在猜测古人如何深入地下的时候，四只神兽的雕塑突然震动起来，然后化为齑粉，岩石纷纷散落到深潭之中。根据当时的进度工程师对张家岭的描述，四只神兽破碎之后，他们在地下深井里真的看见了四只神兽的幻影，幻影如同烟雾一样在深潭之上盘绕，然后慢慢消失在深潭之下。

工程队立即在深井下布置悬臂，打算用分级起吊的方式，把漂浮在深潭中的铜鼎吊起来。

铜鼎的吊耳被挂在悬臂的缆绳上，一切看起来都十分顺利。

工程队计划在四月二十五日将铜鼎起吊，并且还在前一天举行了一场小型庆祝活动，根本没意识到一场灾难在等待着他们。

到了四月二十五日中午十二点，午时至阳时刻，悬臂开始起吊。铜鼎被拉扯到空中，脱离了深潭。

然后最恐怖的事情就发生了。

起吊工程的工作人员听到深井里传来有人说话的声音，可是说的是什么，在场的人都听不懂。过了一会儿，这声音戛然而止，当大家都不知所措的时候，最下方的工作人员突然发现所有人的身体开始变得透明。

这下大家都慌了，其中两个人瞬间就消失在众人面前。

留在上层的工作人员立即停止施工，开始撤离。但是已经晚了，他们乘坐升降机逃离的时候，深潭里冒出了一阵黑色的烟雾，烟雾掠过人体，人就消失在烟雾中。

当时的情形紧张，也无法仔细辨认有多少人罹难。升降机不能容下所有人同时撤离，于是最后一拨离开的人看见潭水开始翻滚，留下的人都在绝望中消失。

不过事情还没完，撤离的工程人员本以为到达井坑中部的避难所就安全了，没想到那团深潭之下的黑色烟雾竟然顺着井坑追了上来，并且幻化成十分恐怖的事物。有的人看见的是色彩斑斓的蜘蛛，有的人看到的是一张血盆大口，有的人看到的是……龙！

总之，在慌乱中，所有人看见烟雾里的东西都不一样。

最后，他们逃到大礼堂里，这些人大部分都是工程技术人员，因为他们在指挥施工时站的位置更高一些，也就有更多的时间撤离。他们到了这里后，坑洞里的电力系统已经崩溃了，只剩下一部配备临时电源的升降机能够使用。升降机装载的人员有限，其他人无法乘坐升降机离开。这几个逃生的人，最后看到烟雾把没有逃离的人，逼到了礼堂的尽头，同时也看见了烟雾里到处是人影，这些人影，就是刚才遇难的工友，只是他们已经变得面目全非。

这些情况，就是逃离到张家岭羁押室的几个人叙述的。张家岭知道事情不妙，也幸好阴差阳错间，老严把张家岭发配到了大青山，张家岭跟随幸存者来到了地面上的飞星观。

张家岭曾经是古赤萧的亲信，知道一些秘密。于是他将飞星观内的三清雕像给砸碎，三清雕像碎掉之后，露出几块坚冰，坚冰中央蕴含着几块石头。这些石头，起到了决定性的作用。

当烟雾弥漫到了飞星观之内，石头消融，和烟雾同时慢慢消失。

这就是当年的“四二五”矿难的事件还原。

消息传出之后，幸存者被遣散，大青山计划被无限期搁置，飞星观周围的几十公里被列为禁区。唯独张家岭被限制离开，反而被重新关闭在他的那个羁押室。

但是这个命令，并非是对张家岭的惩罚，而是因为张家岭掌握着封印地下诡异事物的秘密。张家岭一直在等，他知道当张元天对梵天志在必得的时候，一定会让自己出来。到了这个时候，也就是解决地下铜鼎的时候，更是王鲲鹏摆布七星阵法，和张元天拼个你死我活的时候。

张家岭把他要说的事情说完，之后的事情，方浊已经在笔记上写得很清楚，不用再重复。

所有人都看着张家岭，张家岭继续说："据我所知，当年的幸存者在几年之后分别失踪，是失踪，而不是意外死亡。谁也不知道他们的去向，反而只有我，成为真正意义上的幸存者。也许是因为我在事件发生之后，又在这里待了十几年，又或者是我手里一直拿着三清雕像里的一块陨石碎片。"

张家岭说完，把一块小小的石头放在办公桌上。所有人的目光都看着那块小小的石头，然后楚离也把螟蛉放到了办公桌上。

事情有点眉目了，地下的灵异事物的克星，可能就是这两样东西，这一个螟蛉，和一块石头，其实都是当年的陨石。黄裳当年拿着的螟蛉，在终南山被铲截之争后的一个老道用陨石加持过。

张家岭的叙述到此为止。

方浊示意大家暂时休息一会儿，现在我知道了一个重要的信息，那就是楚离手中的螟蛉，能够压制地下坑洞里的未知事物，所以定位铜鼎的任务，必须要由金仲和楚离来完成。

张家岭的回忆，从他嘴里说起来十分平淡，但是大家都知道，当时的情形远比他描述的要恐怖。张家岭拿出那块私藏的陨石碎片的时候，手在不停地抖动。他在极度的恐惧中，又在地下五百米的坑井中生活了十几年，和坑洞下的诡异事物几乎是一线之隔。而他唯一能指望活命的，就是手里的这块陨石碎片。

我看着同时被摆在桌上的螟蛉和陨石碎片，两样东西都是光滑圆润，只不过其中一个是千百年来被无数诡道门人紧握着，另一个是被张家岭握在手里十几年。可以想象得到，张家岭在十几年里，无论清醒还是在睡觉，都把陨石碎片捏在手中。现在张家岭愿意把陨石碎片拿出来，让大青山计划重启，可以肯定他是下了巨大的决心的。

突然，螟蛉和陨石碎片在桌子上跳动起来，同时发出了暗红色的光芒。螟蛉和陨石越靠越近，如同两块磁石一样紧贴。然后我看到螟蛉周围散发出一层淡淡的紫雾，陨石碎片随即碎裂，就像火炉上的冰块一样融化掉。

除了张家岭有些不舍，所有人都不断点头，这一幕证明了诡道的螟蛉就是起吊铜鼎的关键工具。

“继续吗？”张艾德询问。

方浊点头示意。

“铜鼎能够再次被我们定位，金仲金师父起到了至关重要的作用，”张艾德停顿一下，看了看楚离，“金师父为此付出了生命……”

所有人都看着楚离，诡道长房的一脉最后的一个人，孤单地站立在会议室的角落里。

楚离慢慢走出了会议室，金仲是他的师父，也是他唯一的亲人，无论是谁，都不愿意重复自己亲人去世的过程。

张艾德看着楚离走出去，然后回忆起当时的情形。

当时，他们三人来到井坑的最下方，看见深潭上的悬臂挂着铜鼎。根据“四二五”矿难的时间来推测，铜鼎在悬臂上已经悬挂了十六年。

当年的大青山计划，也是非常重要的工程，用的工具都是苏联时期的老式工具。苏制工具虽然并不是世界上最先进的工具，不过相对于欧美国家的工程工具，苏制工具十分结实。所以十六年后，铜鼎仍旧悬挂在空中。

导致金仲舍去性命的原因是，当三人完全看清楚悬臂和铜鼎的情况时，他们发现铜鼎下方勾住了一条黑色的锁链。这条锁链一直是隐形的，在张艾德和金仲仔细勘察铜鼎方位的时候，黑色的锁链在螟蛉炎剑的光芒下，慢慢显示出来。

锁链乌黑，本就不容易被发现。张艾德和金仲已经明白，铜鼎被深潭之下的锁链绑缚，需要有人潜入深潭，摸清锁链的尽头，将锁链在深潭之下的锁扣给解开。

唯一能做到这一点的，只有诡道流传的螟蛉。

金仲本就是不善言辞的人，只和楚离交代了一句："从今日始，楚离就一个人在世上了。"然后又嘱咐楚离，如果自己过世，就在大青山火化掩埋。然后他拿过楚离手中的螟蛉，潜入深潭。

张艾德和楚离也没有别的办法，只能看着金仲下水，金仲不同于王鲲鹏和徐云风，徐、王二人从小在长江边长大，水性不错。金仲的水性平平，下去之后，深潭悄然无声。

时间过去了很久，张艾德和楚离看到悬挂铜鼎的悬臂猛然上扬，铜鼎在空中升起了半米，很明显，锁链在深潭之下的锁扣已经被金仲解开。

张艾德和楚离都十分欣喜，等着金仲回到水面。可是他们等了很久，金仲都没有游回来。

即使金仲是修道之人，毕生吐纳生息，但也就比常人在水底能多待几分钟而已。而金仲待在水里的时间，早就超过了一刻钟。

最后，金仲的尸体终于浮了上来。楚离和张艾德连忙打捞，发现金仲已经毙命多时。但是楚离和张艾德看到，金仲并非是溺死的，他的后背上有一个碗口大的伤口。

张艾德和楚离不知道金仲在深潭之下遇到了什么凶险的事物，但无论怎样，锁链被金仲解开，铜鼎的方位被固定，方浊可以重启大青山计划，将铜鼎带到地面。

楚离和金仲的前期任务也就完成了。

张艾德和楚离遵守金仲的遗言，将金仲的遗体火化之后，发现螟蛉在金仲的骨灰之中。张艾德和楚离本以为螟蛉被金仲遗失深潭之下，没想到金仲在临死之前，将螟蛉吞入了腹中。

可见金仲是抱了必死的决心，但是也担心楚离不忍心冒犯自己的遗体，把自己带回老家土葬，螟蛉就发现不了了。他不愿意螟蛉跟着自己入土，所以叮嘱要火化遗体，这样吞入腹中的螟蛉就会被发现。

张艾德的叙述到此为止。

金仲的去世，让每个人的心头仿佛都压上了一块巨大的石头。

接下来的事情，就是方浊终于在老严和张家岭的帮助下，成功重启了大青山计划。

方浊是工程总负责人，老严是现场总指挥，张家岭是施工顾问。

在老严的安排下，首先要将飞星观搬移。这座道观本来就是一个不为人知的结界，飞星观脱离井坑入口，不能接触地面，也不能随意放置，于是就有了在钢缆上凌空而置的计划。

然后第二期工程开始，方浊租借了大型工具挖掘井坑。这个过程相对顺利，但是也用了几年的时间扩大井坑，让龙门吊的吊索能够直接伸入到地下一万多米的深度，推翻了第一期工程准备的分级起吊的计划，而是直接从地底一次性起吊。

最大的问题，就在于钢缆的自重和井坑的深度。

于是工程组调来了世界上最大的高塔起吊机，然后在坑洞上方修建了龙门吊。当挖掘工程结束，起吊工程即将开始时，方浊找到了我。这些年来，根据方浊给我的三本书，我已经把他们的世界和人物之间的关系了解得清清楚楚，并且在我的潜意识里，已经十分认同徐云风和王鲲鹏的存在，这就给方浊在长江上给徐云风喊魂，提供了必备的条件。

现在我以“徐云风”的身份来到了大青山，然后参与到这个计划中，目的却是让三铜齐聚，把真正的徐云风营救出来。

这件事情从逻辑上十分可笑，但是这一切就这么发生了。

现在，无论是工程机具还是计划需要的人选，都来到了大青山。

会议结束的时候，方浊对所有人说：“今晚七点开始放缆索，一个星期后，我们开始起吊铜鼎。”

老严冷静地说：“如果一切顺利，我们可以提前一天。”

“不用提前。”方浊的语气坚定，“不需要加快速度，要确保一切按照计划进展。”

所有人都看向方浊。

方浊一脸严肃：“我们没有第二次机会，所以必须要成功。”

我坐在戈壁上，工地上的灯火被夜色吞噬。龙门吊下的工作人员不停地用对讲机与井坑深处的工人对话，滑轮和卡扣的机械声断断续续地传来，声音模糊不清。

戈壁的天空很明净，繁星遍布，这些星星比在城市里看到的要大得多，也近得多。我就一直看着天上的那个“大勺子”。

时间长了，我猛然觉得自己处在一个很诡异的世界里，我自己也分不清自己是谁。有那么一刻，我真把自己当成徐云风了，随即才反省，自己只是一个普通人。

然后我意识到有人走到了我的身边，靠着我坐下来。

是方浊。

我客气地跟方浊打招呼：“明天就起吊了，你睡不着？”

“你研究星星的姿势，跟他很像。”方浊说。

“谁？”我问，“徐云风？”

“不是，”方浊笑了笑，“像王师兄。”

“有个问题，”我迟疑了一下，“我一直想问。”

“三铜齐聚到底能做什么？”方浊把我的问题说出来了，我点点头。

方浊说：“三铜在唐宋之前是道教的最高信物。南北朝最后，铲截相斗，为的就是三铜。三铜齐聚，能改变天地，破开混沌。当时铜镜和铜炉已经现世，铜镜被铲教夺得，铜炉在截教手中，只有铜鼎一直没有出现，而知道铜鼎下落的，就是不属于铲截二宗的飞星派。”

“你还是没有回答我的问题。”我提醒方浊。

可是方浊仍然继续着自己的话题，看来是不打算直接回答我，她说：“一炁化三清，其实就是说的三铜。三天最上号曰大罗，是道境极地，妙气本一，唯此大罗生玄元始三燕，化为三清天也。一日清微天玉清境，始气所成；二日禹余天上清境，元气所成；三日大赤天太清境，玄气所成。”

我听了方浊说的这些道教术语，脑袋里更加乱了：“对不起，我是真的听不懂。”

方浊说：“唐宋之后，道教对‘一炁化三清’的解释就是三铜。清微天玉清境就是铜镜，禹余天上清境就是铜炉，大赤天太清境就是铜鼎，而最上号的大罗是天外飞星。铜鼎、铜炉、铜镜，都是由天外飞星所化。”

听了方浊的解释，我明白了最基本的一点，那就是“一炁化三清”并非是道教虚无缥缈的概念和修炼方式，而是一个具象化的实体。

方浊还在继续：“铲截之争，到了最后一战决胜负的时候。飞星派介入，铜鼎飞入大青山地下，从此再也没有关于三铜的传说。‘一炁化三清’的说法变成太上老君的三清无上论，目的就是让所有的修道之士，都忘记三铜的存在。”

“既然已经泯灭，”我问方浊，“你们又是从哪里知道的？”

“徐大哥知道，”方浊说，“他是唯一知道的人。不过并不是别人告诉他的，是他自己想出来的。”

“哦。”我心里不以为然。

“你不信，对不对？”

我默认了，这种事情，怎么可能是徐云风自己莫名其妙就想出来的。看着方浊坚定的眼神，我知道，方浊是绝对相信的。为了不影响方浊的心情，我只好接着问：“那能告诉我徐云风是怎么说的吗？”

“徐大哥说，”方浊沉思了一会儿，“他也不知道是从什么时候，一定是很早之前，但是也没有早到我们人类没有出现的时候，至少那时候有语言、有文字、有部落和社会。那时候飞来了一块陨石，陨石的速度非常快，撞击到我们的世界后产生了巨大的雷霆闪电，在极短的时间里，我们的世界化作了一丝青烟，什么都没有了，山河海洋、天地云雨、树木飞虫鸟兽，统统在一瞬间消失，一切的一切都被黑暗吃掉……”

“哦。”我对这种近乎癫狂的假设，内心里十分不屑。

“但是，当时所有人的意识都同时凝聚起来，形成了一个巨大的意识。这个意识产生了一个惯性，让之前所有的一切，在意识里继续存在。”

“打个比方，”我猜测，“如同我在照镜子，我是真的，镜子里是幻象。有一天我不在了，但是镜子里的幻象不愿意消失，于是镜子里的‘我’就继续生活了下去。镜子里的‘我’并不知道自己是幻象，还以为自己是真的，只是在做梦的时候，才会意识到自己是假的。这么解释可以吗？”

方浊说：“单独的意识体是无法理解这点的，这个秘密永远藏在整体的意识当中。”

方浊这么说，我大约明白了什么意思。

“徐大哥说，我们的世界是八寒地狱，也就是什么都没有，一切都是虚无。而三铜却不一样，三铜是唯一真实的存在。”

我听到这里，感到一阵毛骨悚然，就算无法证明方浊所说的话，那三铜也证实了这是个虚无的世界。让我感到恐惧的是，我们一直认为正常的东西，其实都是扭曲和虚无的，而真正存在在的事物，却是我们无法接受的现实。

“三铜就是当年陨石的残留？”我问道。

“是的。”方浊点头，“所以只能用三铜齐聚来要挟梵天，让梵天干涉古道里发生的一切。”

“按照你给我的笔记里来看，梵天不就是孙六壬？她可是徐云风的好朋友。”

“她做梵天久了，就不是孙六壬了。”方浊回答。

“这事真的只有徐云风能想出来？”我追问，“几千年来，就没有其他人能想明白？”

“有。”方浊回答，“什利方、韩信、黄裳，可能还有古赤萧。”

“什利方？”我想了一下，“你刚才说的假设，我倒是想起来有种宗教一直在提倡这个说法，所有的一切都是虚无，我们都是自己幻想出来跟自己玩的游戏。”

“什利方就是第一个来到中土的佛教尊者，梵天也是佛教的根源吠陀教的神。”方浊低着头，“如果不是佛教渐进，天下的道门也不会统一称为道教，更不会有后来的铲截二宗。”

“那黄裳又是怎么知道的？”我问方浊。

“因为三铜的秘密一直在西域流传，当年西域有人在寻找三铜，其中有一个宗教叫拜火教，他们遇到了黄裳。”

“黄裳、黄裳……他最后升仙了，这和三铜有没有关系？你交给我的笔记里，没有把他的事迹继续写下去。”我开始念叨起这个名字。这是一个奇人，和徐云风一样，也是诡道挂名，对诡道做出了巨大的贡献。

方浊轻飘飘地说：“当然是有关系的。”

晷分部：阴长二尺四厘，宽七分六厘，朱雀斜偏九分

黄裳跟着王中浮到洛阳的周宅，当他就要和周侗相见的时候，却发现周宅的院子里站满了当年在长安与自己龃龉过的胡人，其中的头

领就是曾经败在自己手下的努扎尔。

努扎尔等人看见大门打开，对王中浮和黄裳问："你们是谁？是周侗的弟子吗？"

黄裳正在好奇，为什么努扎尔没有认出自己。他突然意识到，自从上次在长安遇见努扎尔的时候，已经过去了很久，自己的脸上长出了胡须，身材也高大了很多。还有更重要的一点，穷奇在黄裳的身上显现之后，他的容貌也变得凶恶，不再是十七岁时一脸清秀的模样。

王中浮看到了这个阵仗，知道师父周侗遇到了麻烦，于是对努扎尔大声呵斥："你们在长安待着也就罢了，到洛阳来找我师父做什么？"

努扎尔对王中浮并不以为意："我来找周侗师父较量，你一个小孩子，就在旁边看着。"

说完，努扎尔的身体正对着周宅的正房大门，大声说："周侗师父，我在这里从早上等到中午，你打算在房间里躲我到什么时候？"

看来努扎尔根本就没有把王中浮和黄裳放在眼里，他一心要比试的只有周侗。

"我师父既然不愿意见你，你还等在这里干什么？"王中浮说，"你不请自来，也没安什么好心。"

努扎尔不屑跟王中浮说话，对手下一个胡人说："把这个小孩子抓起来，逼周侗出来。"

胡人拿起手中的一柄圆月弯刀，恶狠狠地走向王中浮和黄裳。胡人看见王中浮年纪幼小，故意高举弯刀，在王中浮面前虚晃，以为能把王中浮吓住。王中浮少年老成，伸手就攥住了胡人的手腕，然后将弯刀夺过，狠狠地把弯刀扔在地上，用脚踢开。

这一下才引起了所有胡人的注意，他们全部把脸朝向王中浮。

王中浮靠近黄裳，轻声说："我师父一定出事了，不然不会放任这些胡人在家里捣乱。"

黄裳注视着努扎尔，轻声对王中浮说："这人叫努扎尔，是拜火教的光明左使，我见过的。"

"我也认识他，"王中浮说，"这人在长安非常有名，拜火教在长安的信众遍布，努扎尔是他们几万教徒的首领。"

"他并不是请我义兄出来，而是在等。"

"等什么？"王中浮问。

"我见过他施展法术，你看院中里的火炬，并未点燃。"黄裳又看向一个水盆，"盆内有清水，但是并未化出莲花。"

"也就是说，他并没有必胜我师父的胜算。"王中浮明白了，"他在等帮手。"

王中浮说完，立即朝着门外看了看，不知道还会出现有什么来路的对手。

"不用看了，"黄裳说，"对手已经来了，应该就在房间里和我义兄比拼。这个努扎尔十分狡猾，他现在就是在等着义兄和对手拼斗后，坐享其成。"

黄裳的话刚说完，周宅里的正房里传出一声呼喝，然后砰的一声，正房的屋顶破碎，一只巨雕从屋内冲天飞起，在空中不断飞升，飞升到十几丈的高度时，巨雕突然力竭，直直地从空中摔落下来，刚好掉在努扎尔的面前。巨雕在努扎尔面前扑腾几下，然后全身扭曲而死。

"我义兄驯鹰吗？"黄裳轻声询问王中浮。

"我师父从来不驯兽。"王中浮回答，立即明白了黄裳的意思，脸色立即舒展，"这是对手的巨雕，被我师父弄死了。"

黄裳又问："普天下的术士，谁最擅长驯兽？"

"不用猜了，"王中浮点头，"辽国的萨满巫师。"

"我在路途上听说，辽国信奉黄教，为何萨满替辽国卖命？"

"辽国境内有女真部落，臣服于辽国，替辽国卖命，行事手段十分凶恶。”王中浮说，“我明白了……”

“明白什么？”

“辽国一直窥觑大宋的江山，暗中招兵买马，因此在民间首先铲除术士和道教高手。其中有一支鹿真派在大宋境内不断挑衅，意图击败大宋的能人异士，现在终于找上我师父了。”

“那拜火教的努扎尔也一定是受了辽国的指使，与鹿真派的高手一起对付我义兄？”

“辽国的野心，天下皆知。大宋积弱，西域来的拜火教和西藏的黄教，都已经被辽国收服，看来他们早就暗中联合，为的就是将我师父剪除。”

“看来世间也不太平，”黄裳说，“怪不得妖魔横行。”

“他们的作为，跟妖魔又有什么区别？”王中浮恨恨地说，“我师父游历过北境，大宋子民在辽国的压迫下生不如死。辽国三番五次拉拢我师父，都被我师父断然拒绝。他们见师父不肯被招揽，就用这种下三烂的手段来对付我师父。”

黄裳生于福建，开窍后顺江而上，走两湖道入陕。他虽然听说过北境辽国，甚至也见过辽国人，只是没有想到辽国对大宋一直有窥觑之心。

现在努扎尔在周宅的意图十分明显，周侗已经是陕西成名术士，辽国既然无法收服，就派遣萨满和拜火教两大高手合力将其剪灭。西域的胡人和北境的女真都已经臣服辽国契丹，因此，女真的鹿真派和胡人的拜火教，都统一听从辽国的命令。

鹿真派在辽国境内，对辽国的任务就更加卖力，因此已经进到周侗的屋里短兵相接。辽国的地域虽然广袤，但还没有统治西域，因此胡人就有所保留，在外面策应，或者是坐等渔翁之利。周侗若是输给了鹿真派，拜火教也有相助的功劳，若是鹿真派输给了周侗，周侗也必定元气大伤，努扎尔的本领高强，也就有了必胜的把握。西域胡人多半经商，权衡利弊，把什么都计算得清清楚楚。

黄裳和王中浮同时想明白了，两人立即从人群中穿过，走向周侗的正房大厅。果然努扎尔没有阻拦，等着他们进去和鹿真派的高手拼杀。

黄裳和王中浮走进大厅，王中浮已经按捺不住，在大厅里大喊：“师父，你可还好？”

大厅里站立着五六个人，地下还躺着好几个，穿着汉人衣服和女真皮袍的人各占一半。其中一个身着青衫的年轻人对王中浮说：“你来干什么，不是让你回家见你父亲去了吗？”

“我带了一个人来见你。”王中浮回答，看见躺在地下的几个汉人，“钟师兄、马师兄、吴师兄，他们都受伤了……”

“不碍事，”青衫的年轻人回答，“只是受了尸毒，晕过去而已。”

黄裳明白，这就是自己的义兄周侗，心里一阵激动。周侗与黄裳结拜之时，黄裳还未开窍，也记不得义兄的相貌。义兄周侗留给自己的螟蛉解救了自己两次，更何况，周侗当年并不嫌弃自己痴傻，愿意与自己结拜金兰，这等恩情让黄裳一直感激不尽。

周侗问王中浮：“我现在要对付这些蛮夷，实在是没有余暇招待客人。如果没有重要的事情，就让客人先回去吧。”

黄裳看见对手高强，外面还有努扎尔一干强敌，实在是不愿意在这种情形下与周侗相认，打扰周侗的心神。并且还有一点，屋外的努扎尔当时和自己比试过一次，虽然当时努扎尔败了，但也只是他太过于轻敌，没有把黄裳一个少年看在眼里。黄裳有了上次的经验，知道在面对强敌的时候，隐瞒自己的能力，获胜的把握就更大，于是对王中浮慢慢摇头。

王中浮后来光大道教，是创建全真派的重阳真人，应是何等聪明，立即明白了黄裳的意图，立刻对周侗说：“这是我在陕西遇到的一个朋友，仰慕师父已久，跟我过来拜访您。”

周侗苦笑，自己心里只想让客人离开，只是没有想到这个人是自己的义弟黄裳。

鹿真派几个高手中的一个大汉对王中浮说："你一个小孩子，我们不与你为难，你们走吧。今后你长大了，本领高强了，再来找我们给你师父报仇。"

这个大汉既然搭话，应该就是鹿真派的首领。他这么劝说王中浮，倒不是鹿真派安了什么好心，而是周侗的手段极其厉害，刚才已经连续破解了他们的尸毒和巨雕。鹿真派知道在周侗手里讨不到好处，正等着屋外的拜火教进来围攻周侗，可是拜火教迟迟不肯援手，周侗这边却又来了援手。

鹿真派说出这种话来，也是权宜之计。只要击败了周侗，他的一个小小弟子，能有什么出息，之后慢慢寻找收拾便是。

王中浮立即转身，拔出手中的长剑，背对众人，对周侗喊道："师父，你尽管收拾了这几个猎户，我替你挡着外面的胡人。"

鹿真派的大汉大怒，脸色通红，嘴里念念有词。

周侗立即谨慎起来，对王中浮和黄裳说："你们小心，这几个猎户要化出他们的熊瞎子来对付我们。"

大汉听了更加恼怒，女真的萨满崇拜森林中的黑熊，将其视为他们民族的神灵，最忌讳别人说起"熊瞎子"这种轻蔑的言语。

女真的大汉对门外呼喝："明教的哪吒，你到底还在犹豫什么？再不动手，周侗要是跑了，我们南院大王可饶不过你们！"

大汉的话说完，几个女真萨满的喉咙里就发出"嗬嗬"的声音，脸上随即冒出黑毛，胳膊和脖子上的黑毛也快速生长出来。他们上身弯曲，四肢着地，鼻子收缩，嘴里冒出了白色的利齿。

这种变化为猛兽的法术是鹿真派的绝技，不过化为熊罴和巨雕还不是最厉害的本领，女真萨满的顶尖高手甚至能够化作白虎。

现在看来，王中浮能勉强抵挡门外的努扎尔，周侗心里踏实很多，开始专心对付女真萨满。王中浮虽然是他的最小的弟子，但是天资出众，实在是他最得意的徒弟。

萨满的黑熊不再耽误，一齐猛扑向周侗，将周侗围绕起来。黑熊的利爪不断往周侗身上招呼，周侗不敢怠慢，把身体蜷缩起来，在攻击的间隙里躲闪。

门外的努扎尔听到了熊的吼叫，知道萨满已经使出了最后的招数，如果再不出手，就真的让周侗跑了。

努扎尔一声令下，教众将火炬点燃，一起开始高声念起圣火令。努扎尔把面前装满清水的金盆端起来，金盆里顿时长出莲花，莲花蔓延，莲蓬生出，根茎变作莲藕。

黄裳看到这里，不免好笑，轻声对王中浮说："你不用费心了，去帮你的师父吧。"

"这是拜火教高手莲藕化人的法术，也叫摩尼教灵珠子。"王中浮对黄裳说，"莲藕术的八臂哪吒非同小可，你对付得了吗？"

"对付得了。"黄裳轻松地说。

王中浮说："也对，你连深潭下的老妖怪都能对付，我不该担心。"

"那倒不是，"黄裳说，"我与人交手的次数很少，碰巧这个努扎尔曾经是我的手下败将。"

努扎尔的灵珠子已经显出身形，莲藕化出三头六臂，眼看就要闯进门来。黄裳在长安跟努扎尔交过手，当时他还是一个稚嫩少年，现在他已经遇到过两位道教前辈，分别是铲截二宗的幸存高手。其中一位赐予他铜镜，另一位用陨石加持了他的螟蛉。黄裳此时才明白，这两大恩惠对他的修道有多么重要。

努扎尔的莲藕化出三头六臂，浑身冒出火焰，势不可当。努扎尔手持三种不同的兵刃，来到黄裳跟前，摩尼教教众在后方一起呼喝，高唱摩尼教的祝火祷词。努扎尔到了门口，被一柄黑色宝剑拦住去路。

努扎尔哪里会在意这把宝剑，抬手想用红缨枪把长剑挑开，结果红缨枪从中折断。努扎尔这才停了停，知道遇到了高手。

黄裳手中的螟蛉变成铁剑之后，竟然有如此大的威力，看来深潭之下的老道士用陨石加持后，使螟蛉多了一番变化，成为一把趁手的宝剑。

努扎尔随即用乾坤圈击打黄裳，在其他人眼里，努扎尔的攻势凶猛，可是在黄裳眼里，努扎尔的动作却十分清楚。黄裳并不知道自己已经发生了变化，自从拿到铜镜，他的双瞳已开，两眼能横跨阴阳两界，可以看到任何事物移动的细节。

黄裳抬手，宝剑轻巧地穿过乾坤圈中央。在旁人看来，这是精巧到极点的动作，黄裳稍有偏差，就会被乾坤圈击中手臂。

螟蛉宝剑在乾坤圈内荡了两下，乾坤圈被劈成两半，掉在地上。

努扎尔已经没有了退路，莲藕灵珠子身上的红菱化作火焰，烈焰朝黄裳袭来。黄裳心里正在想着是不是该避让，结果他手中螟蛉所化的宝剑突然也冒出炙热的火焰，而剑身变成了白色！

灵珠子和螟蛉炎剑相互碰撞，火星四溅。灵珠子和螟蛉炎剑上的火焰都冒出一丈多高，两道长长的火舌在空中缠绕。火焰一赤一白，分得清清楚楚，一目了然。如果不是灵珠子和螟蛉在生死拼搏，这幅场景煞是好看。

努扎尔已经没有办法了，他看着面前的这个年轻人，越看越眼熟，突然惊呼起来："是你！"

努扎尔说出这句话的时候，螟蛉炎剑的剑身中飞出了一只巨大的蝙蝠。蝙蝠在空中盘绕，然后直直冲向摩尼教的教众。蝙蝠的身体带动着火焰，这些摩尼教信徒虽崇拜火焰，现在却被蝙蝠的烈火逼得四处逃散。

努扎尔立即对黄裳大喊："不打了，我输了！"

黄裳还没有回答，旁边一个人对努扎尔说："你不请自来，现在又说走就走，也太不把我周侗放在眼里了吧。”

黄裳听见周侗语气悠闲，知道已经没有危险了，于是收了螟蛉。莲藕灵珠子滚落在地上后碎裂，原来只是一个莲蓬和十几颗莲子。

努扎尔再一次被黄裳击败，但是这次，他不同于在长安第一次交手后的愤愤不平，而是死死盯着黄裳手中的螟蛉，露出了热切的目光。

黄裳不再理会努扎尔，转头看向周侗和王中浮。鹿真派的几个萨满已经被捆缚在一起，看来连绳索都是他们自己带来的。

周侗走上前，拍了拍黄裳的肩膀：“我弟弟长大了。”

王中浮在一旁说：“我可没告诉师父你是谁。”

黄裳问周侗：“哥哥还记得我的模样？”

“你的模样早就变了，当年你嘴里流涎水，眼睛分得老开，现在不是了。你的相貌虽然凶恶了点，但是五官周正，胡子再把嘴巴遮住，我哪里认得出来？”

黄裳猛然明白，把手里的螟蛉举起来。

“是啊，”周侗说，“我不认得你的人，难道还不认得这个螟蛉吗？”

黄裳立即要跪拜，被周侗阻止。黄裳说：“哥哥，我找得你好苦。”

周侗恻然：“是我错了，我本该去福建寻你，只是一再耽搁了时间。”

两人说着话，王中浮把鹿真派的几个萨满推到努扎尔的面前。王中浮得了师父不能伤人性命的吩咐，心里愤恨，把几个萨满的腿都打折了，让他们受个教训。知道洛阳的术士周家，不是说来就来，说走就走的。

王中浮看着努扎尔说：“看在你刚才没有乘人之危，跟这几个女真人一起出手的分上，你带着你的信众回长安吧。下次遇到你作恶，我们师徒不会再轻饶你。”

努扎尔听了，恭恭敬敬地给周侗和王中浮拜了拜：“周师父的风采我是佩服的，但是我到大宋来，并不是为了要跟大宋的术士为难，而是另有使命。”

“放你走就罢了，”王中浮不耐烦地说，“你还在这里啰唆些什么？”

“事关国家仇恨。”努扎尔说，“为了这件事情，摩尼教全部教众粉身碎骨都在所不惜。”

周侗看见努扎尔十分郑重，又见努扎尔的视线一直没有从黄裳手里的螟蛉移开，于是问道：“你说的事和螟蛉有重大关系？”

“正是。”努扎尔立即回答。

“螟蛉是我们门派传承了几千年的信物，除了斩鬼杀妖，也没有太多出奇之处。”

“螟蛉上的白热赤焰与太阳同辉，”努扎尔说，“怎么能说没有出奇之处？”

听见努扎尔这句话，黄裳立即想起深潭之下的老道说要赠送自己一个大礼的情形，他随即把怀中的铜镜也拿了出来。

努扎尔见了，立即跪倒，对铜镜膜拜。

周侗也知道铜镜绝非等闲物事，便询问黄裳：“弟弟从哪里得到这个宝物？”

“终南山上，无为宫，通天殿的一个老道士赠送给我的。”黄裳诚实回答。

“无为宫隋末就破败，道路损坏，隔绝了几百年，”周侗说，“从来就没有人能够上去，你怎么就爬上无为宫了？”

“你们都说是绝路，可我看见的是坦途。”黄裳回答，“为了找给我赐名的道士，我顺着道路上去，看见一座凌空在悬崖上的桥梁，走上峰顶的通天殿也是一路顺畅。”

周侗看着黄裳，说：“当年我爹看出你是穷奇转世，想要转化你的天赋，先是让螟蛉压制你的本性，再让我做你义兄，教授你道家正宗，化解穷奇的无尽戾气。可我们还未来得及见面，你就已经没有回头之路了。”

努扎尔是黄裳的两次手下败将，他看到铜镜和螟蛉炎剑后，知道只要面前的这个年轻人在，摩尼教就不可能入侵。既然如此，他只好对黄裳说："从今日始，你不仅要荡尽天下厉鬼，还要对付各种教派，包括景教、回教、北方的萨满和藏地的喇嘛，他们都将成为你一生摆脱不了的对手。你准备好了吗？"

黄裳脸色苍白，他看了看周侗，又看了看努扎尔，说道："我从家乡北上，唯一的目的就是找到当年给我赐名的仙人，感激他的恩情。见到他之后，我就投身功名，光宗耀祖，并未想过其他。"

努扎尔和周侗同时苦笑，事情到了这个境地，什么都不能隐瞒了。两人看着黄裳手里的铜镜，不断摇头。

过了一会儿，周侗说："你是穷奇转世，阴间百鬼呼号，出生当日就惊动了陈抟老祖。除了你自己，还有谁不知道你的真正身份。中土的术士都知道东南方向必出一位道教宗师。"

努扎尔也说："当年天外飞星，只有铜镜还在中土流传，我们摩尼教奉光明使命，来寻找铜镜，却被你抢了先手。我也只能认命。"

黄裳还在犹豫，王中浮走到黄裳的身边，说道："大丈夫即受天命，还有什么可以推迟的？"

黄裳看着周侗，说："赐名给我的仙人是陈抟老祖？"

周侗点头："你与他还有一面之缘，只是那在几十年后了。"

黄裳看着努扎尔，说："当年的天外飞星，到底与我手中的铜镜有什么关系？"

努扎尔凝神静气，对黄裳说："当年天外飞星，陨石坠地后裂为三块，被中土的术士收集，化为三铜。当年中土的术士知道天外飞星是不祥之物，于是重新把三铜埋入到地下，后世又把铜镜和铜炉挖掘出来，用于铲截二宗相争。可是飞星破碎后不仅分成三块，还有八万块碎片飞散到天下各处，化为八万厉鬼。这八万厉鬼在天下肆虐已久，必当被道教斩鬼宗师全部斩杀，你手中的螟蛉，就是这个法器。"

黄裳一脸茫然，王中浮把黄裳手中的铜镜拿过，对准黄裳的脸庞："你自己看看。"

黄裳看着铜镜，铜镜里一个狰狞的怪物显现出来，毋庸置疑，这就是上古十二大傩最凶恶的穷奇！

努扎尔说完，对黄裳拱手："摩尼教在今日不是你的对手，当你升天之后，我们摩尼教众一定会卷土重来，收集天下散落的碎片，最终一统中土，告辞！"

努扎尔说完，带着手下的教众离开。

周侗和黄裳终于相认，在家中相互叙述各自的经历。王中浮受周侗之命，带着鹿真派几个败将，奔赴辽国。

王中浮送鹿真派几个萨满离开洛阳之后，再也没见到周侗与黄裳。他在辽国疆内感受到百姓艰苦，于是在女真族传播道法，挑动女真族抗击契丹。后来王中浮一直在北方传教，收了七个徒弟，创建了中国最有实力的门派全真教，信徒遍布中国北方。王中浮被后世称为王重阳，王重阳在女真族兴起之后，本以为天下平定，没想到女真对大宋的野心并不逊于辽国，这也是王重阳一生中最大的憾事。

周侗和黄裳相认之后，周侗唏嘘，自己已经收徒无数，这些弟子虽然都是大豪杰、大英雄，但是没有一个人能延续诡道，就连他自己也都归于道教正宗，身份尴尬。黄裳听了，知道周侗的意思，于是告诉周侗，自己既然已经是穷奇转世，铜镜在手，就可以帮助周侗把诡道的香火延续下去。

周侗告诉黄裳，诡道是坤道法术，现在黄裳铜镜在手，掌握着天下术士的命运。诡道杀伐过重，黄裳绝不能火上浇油，让铲截二宗重蹈覆辙。

两人商量多日，最后终于破除陈腐规则。周侗开启祭坛，做了一件诡道千年来没有尝试过的事情，即邀请黄裳成为诡道不记名传人，不入诡道牌位，替自己收一个关门弟子，延续诡道香火。当黄裳用螟蛉斩杀八万厉鬼之后，再将螟蛉归还诡道传人。至于黄裳斩杀厉鬼，修炼成阴阳四辨骷髅的事，也是后话了。

从此，中土术士黄裳是穷奇转世，天下闻名。黄裳手拿螟蛉，游走天下，斩杀厉鬼，后又考取功名，名列朝廷百官之位。在皇帝的支持下，收录天下道籍，把因为铲截二宗相争佚失的道教秘籍一一寻访，为道教万世立下不朽之功。

黄裳接受周侗的嘱托延续诡道，周侗也周游天下，收下无数弟子。这两位金兰兄弟和王中浮同时成为宋朝有名的术士，三人却再也没有相见，从此再无交集。

黄裳后来寻访义兄周侗，但是一直不得消息，直到他七十六岁时才听说，义兄周侗在一年前死在一个叫冉怀镜的术士手上。黄裳在终南山找到了冉怀镜，要给周侗报仇。

冉怀镜本就是一个偶然得了灭荆宝剑的术士，他年轻气盛，做了参将，与当时的王重阳不睦，在抗击金国的决策上有分歧。冉怀镜心高气傲，遇见周侗后，听说王重阳的授业恩师就是周侗，他就要与周侗比个高下。周侗其时已老，精力衰弱，与冉怀镜比试后伤了元气，回到家中，几日后便去世了。

王重阳当时深陷抗金的泥沼，无法抽身报私仇。黄裳在七十六岁的高龄，用手中的螟蛉炎剑击败冉怀镜的灭荆。冉怀镜要做一代术士宗师的希望就此破灭，只能远赴山野，悄然隐居。

黄裳镇服了冉怀镜，就一直待到八十六岁，终于在临终之前见到了他的赐名仙人——陈抟。在陈抟的点拨之下，黄裳羽化飞升，成为宋朝道教宗师。

晷分部完。

我站在深潭边，看着几个装卸工被救生索拉回到操作平台。

铜鼎就在眼前不远处的地方，鼎身古朴，金光耀眼。铜鼎的两耳已经挂上了吊带，吊带挂扣着两根钢缆。钢缆从地面一直垂直悬放到这里——地下一万多米的深度。

大青山重启计划的最后一个环节：起吊工程。

我们所有人都准备好了，在今晚凌晨，从距离井坑二十米的通道井下降。

解释一下，因为重启工程是把飞星观的地下井坑重新挖掘修缮，调整了大青山第一次工程的全部设施，让整个井坑变成了笔直的深井。这么做的目的只有一个，让龙门吊能够顺利起吊铜鼎。因此，在老严的提议之下，工程队在距离井坑二十米处，重新挖掘了一个同样深度的运输坑洞，专门为原井坑做人员运输和物质运输。

时代在进步，工程科技也在发展。重启工程的效率，远高于第一次大青山工程。

我作为工程环节里重要的人员之一，与方浊、张艾德、楚离、老严、张家岭、邓瞳站到升降机里。

我原以为在进入地下之前，方浊和老严会在地面上举行一场祭拜天地的仪式。我从前在工地上干活，工程结束，试车之前，业主和工程公司都会有这样的例行仪式，可是方浊并没有这么做。

到了凌晨，我们直接进入运输井坑的升降机中。

升降机的底板上铺了一层红毯，四周挂着红色的帷布，看来还是讲究一点彩头的。

升降机平稳地向下降，眼前的显示屏上的数字不断地跳动，我的身体立即感受到了细微的失重感，几秒钟内我们就下降到了二十米。一分钟之后，我看着显示屏，知道升降机的下降速度在每秒八点五米到九点三米之间，这个速度非常快，远远超过我们平时乘坐的民用电梯。

整个下降的过程用了整整二十三分钟十九秒，我没有计算时间，时间在电子屏幕上显示得清清楚楚。

我第一次来到地下这么深的位置，说实话，人到了这种极端的地理环境，身体就会有一种特别奇怪的感受。说不上来到底是害怕还是焦虑，或者是些许的兴奋。总之，我总觉得地下的世界和地上的世界完全不同，却又想不出来到底是哪里不一样。

我听说过一件事情，说是在一个煤矿矿井下，一群作业的煤矿工人同时陷入癫狂。后来经过分析，这些煤矿工人全部看见了灵异事件，最后癔症发作。我当时听说这件事情的时候，认为分析结果有点扯，现在我觉得这种事情很有可能发生。

现在，深潭之下有一个工作平台，平台略高于水面。按照井坑的垂直方向看，每隔两百米就有一个指挥观测台，工作人员一级一级地观测铜鼎的起吊进度。这种大规模的起吊工程，应该还有一个随时待命的维修平台，不过方浊并没有安排。因为方浊和老严都说过，铜鼎的起吊工程不容半点失误，没有第二次机会，所以根本就不需要有维修的必要。

铜鼎在提升一万多米的过程中，不能出现任何意外。从概率的角度上来说，无数细节最终会累积成一个崩溃阈值，这是不可控的因素。所以无论整个工程的计划有多么周密，每一个环节设计得多么完美，一万多米的起吊长度本身就是一个巨大的施工隐患。

打一个比方，任何工程在施工的过程中，每个环节都会允许出现一定的小概率失误，这个是无法避免的。

铜鼎下方悬挂着一个苍白色的东西，看起来很模糊。我正在努力想看个究竟，身边的老严拿出步话机：“把探灯打下来，照明开启。”

灯光从井坑的上方刺破黑暗，照射在铜鼎下方。原来井坑内布满了照明灯，井坑里顿时一片光明。

我已经被眼前的事物吸引，不再关心整个井坑的光线。因为我看清楚了铜鼎之下那个苍白色的东西到底是什么。

这是一条将死的龙，龙头巨大，龙的嘴巴把铜鼎的下部紧紧咬住。龙的身体蜷缩在铜鼎下方，大部分没入深潭之中。

在这个世界地下一万多米的深处，我他妈的竟然看到了龙！

我想，即便是像方浊、老严这些顶尖的术士，心中的震撼一定也不会比我少。

我回头看着他们，果然所有人都一脸惊诧，只有老严非常愤怒，他对着步话机厉声质问："昨晚是谁在值班？施工经理回答！"

"现场总工王世兆。"

老严厉声问："出现了这么大的意外，为什么没有人报告？王工回答！"

没有人回答，看来是负责人逃避了。

"王世兆？"老严再次询问。

步话机里传出施工经理的声音："王工……王工……不在岗位上……"

"安全经理叶飞回答！"老严暴怒起来，"马上！"

"王工没有离开井坑。"安全经理在步话机里回答，"按照工作流程安排，他不能离开现场。"

所有人都安静下来，起吊工程还没有开始，看守现场的现场总工消失了。

我心里想，这么重大的工程，竟然一开始就出现了安全事故。

突然，我听见身后传来低低的抽泣声，我扭头看去，楚离正忍不住在抽动鼻子。他的眼睛通红，眼睛死死地盯着苍白的龙。

我顺着楚离的视线看过去，龙的身体上有一道巨大的伤口，这道伤口是致命伤。龙在受伤后被水浸泡许久，伤口无法自行愈合，于是恶化成现在的程度。

我闻到了一股浓烈的腐臭腥味。

我知道楚离为什么这么激动，这道伤口是金仲用螟蛉刺的。

空气中的腥臭味越来越浓烈，弥漫着死亡的气息。

“我一直以为金老二的本事一般。”邓瞳走到我身边，轻声对我说。

楚离立即看向邓瞳，把邓瞳看得浑身一抖，他连忙改口：“没想到金师伯竟然这么厉害，能做出这么牛的事情。”

我们一路到大青山，方浊虽然感激邓瞳，但是两人也没有说句话。倒是我这个外人，跟邓瞳聊得多一些。而且我发现，邓瞳一直很害怕楚离，一直和楚离保持距离。

可能是性格上的原因吧，邓瞳这种“二货”，天生对寡言少语、少年老成的楚离有种敬畏感。邓瞳这人也奇怪，身边总是有一个让他不自在的人，以前是徐云风，现在是楚离。

我看着那条龙的惨状：“这是金仲师兄用命换回来的。”

老严现在不发脾气了，他是一个冷静的人，知道发脾气也于事无补。值班的现场总工很可能遇难了，只是现在谁都不敢提起这起安全事故。

老严的声音低沉下来：“距离起吊还有多长时间？”

“还有一个小时。”施工经理回答。

“距离祭祀还有多少时间？”

“按照计划，还有两分钟。”

“把祭祀的时间压缩半个小时。”老严的语气不容置疑。

老严说完，没有等施工经理回答，关闭了步话机，把脸转向我：“方浊把你叫来是对的。”

“我？”我茫然地看着老严。

“这里的诡道传人有三个。”老严指着邓瞳和楚离。

“还有一个是谁？”我左顾右盼，然后才明白老严的意思。

“你到这里来，就是为了顶替徐云风。”老严和方浊不同，方浊一直避免谈起我替代徐云风诡道身份的话题，但是老严的性格与方浊不同，他是一个不感受其他人情绪的执行者。

“好吧。”我回答，这本来就是我的使命，但是我还是多问了一句，“为什么楚离和邓瞳……”

“如果你可以接受他们两个人的结局跟金仲一样，”老严没有多说一个字，“那也行。”

我还能推脱什么呢？老严的眼里只有计算和博弈，而我就是能够付出最少代价，解决问题的人。

我突然对王鲲鹏和徐云风非常钦佩。老严的气场十分强大，即便他现在身体瘫痪，下达的命令也无人敢违抗，可见他是一个极端强势的人。可是徐云风和王鲲鹏能让老严下跪求饶，不说法术，就说徐云风和王鲲鹏的意志，也足以让人折服。

能够把老严这样的人逼到绝境，王鲲鹏和徐云风他们这辈子没白活。

我想起在荆州时看到的那个颓废的王鲲鹏，真的有点不敢相信。

我无法抵抗老严的吩咐，连询问该怎么做都不敢。

老严也没有打算征求我的意见，他吩咐工作人员，把深潭上漂浮着的一只小船划过来。我很奇怪，在这种环境下，明明充气的橡皮筏更加合适，他们却没有用。

我小心翼翼地迈腿上船，刚刚站定，就听见老严命令楚离：“把螟蛉给他。”

楚离掏出螟蛉，扔向我。我手忙脚乱地去接，生怕螟蛉掉入到深潭里。不过我的担心是多余的，螟蛉在我面前不到两尺的地方，突然转换了轨迹，主动贴向我的手心。

不是我接住了螟蛉，而是螟蛉主动找到了我。

这个过程，我还不能理解，但是张家岭和邓瞳都忍不住说：“好！”

方浊看向我的眼神也很诡异。

我突然感到一阵温暖，低头看去，发现整条胳膊竟然冒出了白色的火焰，我的手里还拿着一把炎剑。

我立即知道我要去做什么了，当初金仲在深潭之下，斩杀守护铜鼎的这条龙，结果重伤而亡。这条龙在深潭之下苟延残喘，蛰伏这么久之后，知道铜鼎要被再次起吊，于是用龙头咬住铜鼎。这是这条龙在地底深处的使命，它也无可奈何。

我站在小船上，内心犹疑不定，只能看向方浊："我该怎么办？"

"徐云风是诡道挂名，手中的螟蛉能够斩杀任何妖魅和神兽。"方浊平静地告诉我。

"可是我并不是徐云风啊。"我几乎是在恳求方浊了。

"你有没有觉得自己变了很多？"方浊问我。

"没有啊，我他妈还是老样子，能有什么变化？"我看了看自己。

"什么老样子？"方浊快速地问，"你什么时候入的诡道？"

"金旋子临死之前，他给我的选择……"我几乎脱口而出，然后和方浊同时陷入沉默。过了十几秒钟，我歪了歪脑袋，"我靠！"

"徐大哥，"方浊轻声问，"你什么时候说话开始爆粗口了？"

我懵了，我从小家教很严，平时说话是不带脏字的。

乱了。

"蛇属在你的身上时间越长，你就会越像徐云风，所以你一定要把徐云风救出来。对不起，我本不该把你拉扯进来，但是我真的没有别的办法了。"方浊说完，慢慢地跪下来。

这他妈的是怎么回事，这不是我认识的方浊啊，书里的方浊不是这样的。是的，我随即想到，这么多年过去，方浊已经不再是我了解的方浊。

方浊说过，时间久了，孙六壬就不是孙六壬了。这句话，何尝不是在说她自己。

方浊已经不是方浊，而更像王鲲鹏。王鲲鹏不是意气风发的王鲲鹏，而像徐云风。徐云风却在我身上阴魂不散。一切都是错位的，但是站在他们的角度看，一切又都是那么合理。

从我见到方浊，然后根据《青冥志》《黑暗传》《大宗师》三本书写出小说开始，我就陷入了圈套。方浊布下的陷阱，让我了解徐云风的内心，然后还要我去喊魂，让徐云风的蛇属附在我身上。方浊的意思很明显，如果我不全力帮助她救出徐云风，那么我就变成了徐云风。

我很讨厌这样的安排，十分厌恶！

我知道我现在要做什么，现在需要有人做个了断，而且最合适的人选自然是徐云风。关键是现在所有人都把我当成徐云风，太他妈的无聊了。

“已经过去十分钟了。”老严的语气不容反驳，“你的时间不多。”

小船慢慢朝着深潭的中央漂过去，我没有看到小船上的动力引擎。随即我发现，脚下的小船并不是木头造的，而是纸板，船舱里画满了道教的符咒，但这不是该我操心的事情。

小船到了铜鼎的下方，空气中弥漫着强烈的腥臭味，似乎还带有一点麝香的气味。我看着面前这条只剩下一口气的龙，龙的身体煞白，大部分已经腐烂，特别是靠近伤口的部位，连骨头都显露出来了。龙骨是黑色的，这我倒是从来没有听说过。

龙心在我头顶上方一尺的位置缓慢地跳动，我尽力把手举起来，刚好能够摸到。

这明明是徐云风该做的事情，现在却偏偏落在我的身上。

我用手把龙鳞轻轻揭开，龙身轻微抖动了一下，这条龙已经没有任何反抗的力气了。我心里揪了一下，龙鳞下面是一层白色的薄膜，里面有一颗赤红的心脏，我呼吸五六次后，龙心才微弱地跳动一次。

我犹豫了很久，把手中的螟蛉炎剑举起来。龙被炎剑灼伤，身体剧烈抽动着，悲凉的龙吟声在井坑里回荡，身体向下滑落。我正在庆幸不需要动手，龙就会掉下来，可是龙抬起一只爪子钩住铜鼎，上方的钢缆发出嗡嗡的声音。

“徐云风！”老严的声音传过来，“你还在等什么？”

我被老严的声音震慑，不敢违抗，只能把手中的炎剑刺入龙的心脏。在刺入的那一刻，我闭上了眼睛。

然后，我听到巨大的落水声。深潭的水浪波动起来，将小船掀翻。我落入水后立即睁开眼睛，头顶上方的水面有一片光，光线一直照射到水下。我这才发现，自己的一只脚被龙的触须卷住，正在迅速下沉。

这条龙应该已经死了，龙身蜷曲着沉入潭底，龙头却一直仰着，似乎还在盯着水面之上的铜鼎。

我开始怀疑方浊要救出徐云风的真正目的了，会不会整套书都是方浊杜撰出来糊弄我的呢？

方浊的目的仅仅是铜鼎，而徐云风根本就是不存在的人，所以故意编排了故事，只为了把我引进来，目的是让我杀死这条龙。

我开始剧烈地呛水，现在我可能沉到潭水很深的地方，看到了令人震惊的场景。

我不知道水下为什么会有火，难道是我眼花了，还是我产生了濒死的幻觉？我竟然看到龙的尸体上燃烧着火焰，尸体渐渐被火焰烧成黑炭。

火焰的炙热从我脚下传来，如果我继续沉下去，一定会在水中被烧死。

“用炎剑斩断龙须。”一个声音在我的心里回荡，“我可不想跟你一起死在这个地方。”

我的手臂不受控制地割开缠绕在脚上的龙须，我知道自己必须向上游，但是我的身体已经虚脱了，完全使不上力气。就在我放弃挣扎，绝望等死的时候，腋下突然被一只手拖住，然后身体开始上浮。

我看到托着我的人是邓瞳。

邓瞳把我带出水面，游到工作平台旁，方浊伸手把我和邓瞳拉起来。

我跪在地上，不停地呕吐。

没有人在乎我，除了邓瞳。其他人都在手忙脚乱地指挥深潭上的船只，对他们而言，时间已经很紧迫了，顾不上一个已经替他们完成任务的外人。

“谢谢你。”我吐完了，对邓瞳说。

邓瞳哼了一声，跟我一起看向其他人。

我看见水面上六艘小船的船头联排捆绑在一起，像是一朵盛开的花。

每艘船上都放着一个香炉，方浊、张家岭、张艾德、楚离还有两个我不认识的人，他们把船上的香炉点燃，然后回到平台上。

原来他们把祭祀的仪式安排在地下。

香炉点燃后，老严在平台上念着咒文，我一个字都听不懂，只看到潭水开始下降，空气也变得十分闷热。水面下降之后，深潭中的石壁显露出来，石壁上的水珠立即蒸发。这也刚好解释了，我们之所以在地下没有感觉到热，只是因为潭水的存在，现在潭水下降，岩石自然变得滚烫起来。

我看到岩石开始崩裂，露出橘红色的金属岩面。太热了，我的呼吸急促起来。

当小船上的香炉随着潭水下降到不见踪影的时候，老严拿着步话机，缓慢又坚定地说：“起吊！”

一时间，所有声音同时消失，只有死一般的沉寂。

水分部：润六，小馀二十四，起两刻七分，尽四刻不尽

铜壶里的水一滴滴落下来，但是没有任何声音。陈平闭着眼睛，水分在他的脑海里不断变化，每落下一滴水珠，就有一万六千八百单七个变化。

在这间暗室里，陈平的身后站着四个老头。

东园公唐秉、夏黄公崔广、绮里季吴实、角里先生周术。

周术的手里拿着一面镜子。

“当年我离家投军抗秦，奔走天下，从魏王、从项王、从沛公，一路颠沛流离，就算在千军万马之中，也没有扔下这些铜壶。”陈平在黑暗里慢慢地说，“很多次我都要放弃了，但铜壶里的水滴变化告诉我，我得撑下去，以及下一步该投靠谁。”

“郎中令已经权倾天下，连太后都把江山托付给郎中令。”吴实说，“当年的付出，到如今也算有回报。”

四个老头看着陈平手里的赤霄宝剑。

“所以你们也来要回报？”陈平仍旧没有睁开眼睛，他不敢看铜镜，铜镜是一个让他感到恐惧的事物，“当年的事，也难得你们惦记到今天。”

“我们还帮助太后守住了太子。”崔广说。

陈平干笑了一声。

商山四皓把头低下来。

“你们只是太后的借口，敷衍戚夫人而已。”陈平说，“皇上哪里还有另立太子的权力？韩信死后，皇上连自己的性命都在太后手里。”

“所以把我们找来，是你的意思？”唐秉问。

“是张良的建议。”陈平把眼睛睁开，“而我，已经做好皇上驾崩的准备了。”

“看来我们今天来错了。”唐秉说，“皇上已经驾崩，接下来就轮到我们。”

陈平走到了商山四皓的身前：“我问一件事情，你们得告诉我。”

“郎中令请讲。”

“赤松子长什么样子？”陈平问道。

商山四皓相互看了看，一时间不敢回答。

“他是不是黑色面孔，卷曲头发，貌若夜叉？”

“郎中令见过赤松子仙人？”唐秉问。

陈平点头：“我见过。”

赤松子就是什利方。这个问题纠缠了陈平很多年，现在他终于得到了答案。

“你手上的铜镜，”陈平问周术，“就是赤松子交给你的？”

周术点头。

“你们跟汉王对赌天下，也是赤松子教授的？”陈平追问。

商山四皓知道，如果他们现在回答错一个字，立即人头落地。

陈平不着急，吕后既然把商山四皓送到自己手中，一定是知道了商山四皓是赤松子的使徒，不然也不会命令自己用赤霄宝剑斩杀他们。陈平把赤霄宝剑拿在手上，这是太后最后一次试探自己的忠心。

太后只会选一个人，不是陈平，就是张良。现在太后已经对张良起了杀心，商山四皓死了，张良也活不了。

“郎中令猜得不错。”唐秉回答，“的确是赤松子的嘱托。”

陈平长长地呼出一口气，眼睛盯着唐秉：“我不杀你们。”

商山四皓不敢相信自己的耳朵，他们不明白陈平知道真相后，为什么还要放过自己。

陈平看着商山四皓，是的，他们和张良一样，只知道赤松子，不知道什利方。

“我来替汉王兑现当年的诺言。”陈平说的话，让商山四皓更加惊诧。

“天下一分为二。”陈平看着赤霄宝剑，“既然与汉王共享天下，你们打算怎么分？”

“不敢有此想法。”周术认为陈平在试探他们。

“告诉张良，从此天下阴阳两道。朝廷在阳，你们去建立一个遍布天下的教派，统领天下术士，控制天下坤道。”

商山四皓明白了陈平的意思，他们不知道陈平在兑现当年和什利方的承诺。

商山四皓拿着铜镜，即将告辞。

“先别走。”陈平掏出一个陶瓶，“太后召见张良之前，让张良喝了这个。”

商山四皓面露狐疑。

“张良逃得了太后的兵士追捕吗？”陈平问。

“逃不掉。”

陈平笑了笑：“张良辟谷多年，就是害怕太后赐酒毒死他，太后这次一定会让他喝下毒酒。”

商山四皓听了，连忙下跪：“多谢郎中令。”

周术问：“郎中令怎么知道太后的毒酒里是什么毒？”

“毒酒是我配的。”陈平轻声说，“喝下后三日内毒发，三日的时间，够你们逃离长安，奔往衡阳了。”

唐秉问：“那郎中令又怎么向太后交代？”

“那是我的事情。”陈平摆手。

商山四皓告辞，陈平看着他们的背影，说道：“坤道本是诡道的术法，转告张良，如果坤道现世，必定要为了天下太平。如果他要做，就嘱咐传人，这个术法就叫黄天太平道吧。”

“一定听从。”商山四皓再次跪拜，后退着离开。

陈平一直在看着周术手中的铜镜，这个可怕的东西，有着极强的诱惑力。得铜镜者得天下，阴阳两道都能镇服。陈平不敢，他放弃了，他知道自己比不上秦朝的始皇帝，始皇帝就是因为铜镜失了国器，如果他拿了，只会死得更难看。

陈平提着四个老头的首级，走到猪圈边，吕后和惠帝等候已久。

吕后满意地看着陈平，微微颔首：“食彘。”

陈平把四颗人头扔到猪圈里。

惠帝虚弱地问："哪里有彘？"

一只没有四肢的动物在地上缓缓腹行，它爬到人头跟前，张开嘴巴，狼吞虎咽地啃噬人头。

陈平对惠帝说："陛下，这就是人彘。"

水分部完

黑暗传

两根缆索分别挂着铜鼎的两耳，铜鼎平稳地悬吊在空中。地面上的龙门吊开始工作，两根缆索缓慢提升。

短暂的寂静之后，我听见所有人都舒了一口气。铜鼎按照计划在预定的时间内起吊，所有人进入甬道，去往升降机，开始撤离。运输井坑里有两部升降机，首先进入升降机的是工程公司的工作人员，而另一部升降机足够把我们剩下的人载到地面。

现在，整个井坑都埋下了黄色炸药，铜鼎被吊到地面上后，他们会引爆井坑，这是方浊和老严对领导的承诺。大青山工程也就和世界上很多其他类似的工程一样，秘密地开启，秘密地结束，然后尘封在仅有的几个人的记忆中，永远不会被公布于众。

老严和张家岭并没有离开的意思，我觉得老严并非是想以术士的身份多待一会儿，而是因为收尾工作中还存有隐患。

我刚刚想到这里，眼前发生的一切，就证实了我的猜测。

随着不断下降的水位，深潭仿佛变成了无底深渊，暗红色的光芒从下面映射上来。

老严想一看究竟，但是碍于身体不方便。张家岭把老严的胳膊扛到自己的肩膀上，两个人同时探身向下看去。

我和方浊、楚离、张艾德、邓瞳也看向下方。

深潭底下的暗红色越来越亮，滚烫的空气迎面扑来。不多时，我已经看到了红色的熔岩正以极快的速度上升。

邓瞳大声喊：“你们还愣在这里干吗，怎么还不走？”

老严和张家岭对邓瞳的提醒充耳不闻，两人都死死地盯着深潭。

熔岩涌到距离我们所在的工作平台下方不远处，和刚才深潭的水位保持一致。

片刻之后，我看到了这辈子所见过的最炫目、最美丽的事物。

岩浆翻滚，岩浆之中突然飞出一只五彩斑斓的鸟。飞鸟在我们面前扑扇翅膀，岩浆溅射，邓瞳边骂边把头发上的火苗拍熄，所有人都本能地后退躲避。

飞鸟已经来到我们头顶上方，它还仰着脑袋不断向上飞，眼看就要追上铜鼎，却被井坑中突然喷出的几十道水柱阻拦。

飞鸟的出现显然早就在老严和方浊的预料之中，他们计算得很精确，提前安置了几十个喷水口，既让铜鼎通过，又拦住这只生于火焰的五彩飞鸟。

水柱的水浇在飞鸟的身体上，四处弥漫着白色的蒸汽，我闻到了一股浓烈的硫黄味道。

飞鸟无法强行冲过水柱，只能在井坑的岩壁上胡乱冲撞，然后越飞越低，落在我们面前。我看到飞鸟不再是彩色的了，水柱浇下的水溅到飞鸟身上，彩色的羽毛就变成了黑色的石头。飞鸟的身体被黑色石头不断侵蚀，失去了鲜艳的颜色，变得十分丑陋。

飞鸟应该是有意识的，它知道铜鼎的离开跟它面前的人类一定有关系。飞鸟将它还没有变作岩石的利爪抓向老严和张家岭，就在它接近老严的时候，水柱下的身体已经完全变成了岩石，它直直地摔落在熔岩中，瞬间被熔岩吞没。

水不断落下来，整个井坑热得和桑拿房一样。所有人都热得面红耳赤，口干舌燥。

老严终于下达命令：“我们走吧。”

所有人走过甬道，走进升降机。

升降机上升的速度与下降的速度一致，我突然明白了，这个速度并不是随便设定的，一定是考虑到了人的地下与地面气压差的适应时间，还有人体对加速度的不适反应。

年轻人或许可以忍受更快的速度，但是老严不行，他已经九十多了，而整个起吊工程必须由老严指挥。

大青山工程很庞大，而且各个环节都做到了极致。这就是为什么要老严来做项目经理的原因，他这辈子的算计，不就是到了每个细节都不放过的地步吗？

我们到达地面的时候，铜鼎已经被龙门吊提升到地面上方四十米的高度。

超大型高塔起吊机的悬臂在龙门吊上方，起重工人们正有条不紊地把几根吊带绑在铜鼎上，然后解开龙门吊钢缆的锁扣，高塔起吊机的悬臂吊住了铜鼎。

“铜鼎到底有多重？”我问方浊，“为什么要用这么大的机械起吊？”

“铜鼎在地下只有两吨。”方浊告诉我，“现在它有七十吨。”

我惊呆了。

“凌晨三点的时候，也就是现在的丑时，是铜鼎最轻的时候。”方浊说，“如果在白天的未时，铜鼎会达到两千吨重。”

我没有回答，傻傻地愣在原地。

“同一个物体，在不同的空间和时间里，质量会有巨大的变化。”方浊问我，“是不是跟你以前的认知完全不同？”

“我更好奇的是，”我尽量让自己接受这个现象，“你们是怎么知道的？”

铜鼎的重量会跟随时间改变，我无法用物理常识理解这件事。我看到停在龙门吊下的卡车，这辆卡车在我刚来的时候还只是散落在地上的模块和设备，现在却已经组装完毕。这辆五十多米长的大平板车，车身下面都是轮胎，如同一只千足虫趴在地上。

现在，高塔起吊机正小心翼翼地把铜鼎卸装到平板车的钢板上，为的就是让平板车的受力更加均匀。

我突然想到了一件事情，正要问方浊。方浊知道我要问什么，提前告诉我答案："如果只在每天的凌晨运送铜鼎，那半年都走不到湖北。"

"我们不分日夜地赶路，那……"我问方浊。

"路上会遇到无数障碍，对不对？"方浊对我苦笑，"我没有别的选择，只能见招拆招。当初在七星阵法里，王师兄和徐大哥也是这么过来的。"

"以我来看，"我犹豫着说，"要面对的东西，不仅仅是神秘奇怪的事物……还有人，天下那么多门派，这是你和老严都不能克服的困难。"

"所以我叫来张艾德，还有你。"方浊回答，"张天师一脉回归中原，对天下的道教门派有着巨大的威慑力，再加上徐云风和王鲲鹏两人在天下的名望……"

"好吧，就算我现在能承担徐云风的一部分责任，"我继续问方浊，"那王鲲鹏呢？他现在只是一个躲在荆州城的酒鬼而已。"

"我了解师兄，"方浊看着我摇头，"他绝不会就这么袖手旁观的。"

"如果你猜错了呢？"

"那么我做的一切，也就没有任何意义。"方浊的目光坚定，"我所做的一切，都是建立在王师兄不会放弃徐大哥的基础上……徐大哥还在古道里，王师兄不会不管。"

当方浊说到王鲲鹏时，语气充满信任和崇拜，说到徐云风的时候，她的眼睛亮了一下。我心里终于踏实了一点，方浊流露出对徐云风和王鲲鹏的情感，这是她本能的反应。

我相信方浊，既然这样，我就把话说明白。

“我这句话只问一遍，”我对方浊说，“你只需要给我一个肯定或者否定的答复就行，以后我不会再提起这件事情。”

“你在地下的深潭里遇险，”方浊并不傻，“你记恨我没有救你？”

“不是，”我摇头，“我知道，你作为计划的总决策人，在那种情况下必须留在原地，我能理解。”

“那你要问什么？”方浊的眼睛十分清澈。

“你写给我的那三本书，对你们来说，是真的吗？”

“真的。”方浊点头，“对于我们来说是真实的，完全存在的。”

“不是为了别的目的？”

“对于我来说，就是一个目的。”方浊说，“把徐大哥救出来。”

“好，我没什么要问的了。”我对方浊说，“无论以后出现什么事情，我都愿意帮助你。”

“谢谢你。”方浊笑起来很好看，在这一瞬间，我理解了徐云风的选择。像方浊这样的人，的确没人愿意让她受到伤害。

在技术人员的指挥下，大型模块平板车前后的两个动力系统都开始启动了。这辆模块平板车很长，需要强大的动力，所以两头的动力系统都是车头，在行驶的过程中，也能相对灵活地把握方向。这种设备在大型工地上很常见，我就不多说了。

工程进入到运送阶段的准备环节，一切都井井有条。工作人员对各种工机具进行调整，监测模块平板车的每个部件。因为工程车一旦启动，在路途上维修的时间成本和资源成本非常高昂，所以在行驶之前，就要检修每一个细节。检修的时间很漫长，一直到早上九点才结束。

这时候，高塔起吊机的悬臂彻底卸力，我看到平板车的车身向下一沉，铜鼎的重量已经超过一千吨。

站在平板车两边的四个工作人员摇动着手里的小红旗，平板车就要开始行驶，离开大青山工程的工地范围，大青山工程即将结束。

但是事情和我们预料的一样，没有那么顺利。

西边的天色昏暗下来，我远远地看到暗红的沙尘从西方袭来。沙尘有十几层的楼房那么高，正逐步进入到大青山工程的范围，很快就离我们只有几公里远。

沙尘暴伴着电闪雷鸣，工地上的集装箱和房屋被沙尘卷到空中，所有人都面对着沙尘暴，站到大型平板车的四周。

方浊对我说："算算时间，也该来了。"

沙尘暴向龙门吊靠近，龙门吊在地下固定得很结实，但是巨大的风暴把龙门吊上的钢梁扭成了螺旋状。

突然，我听到虎啸的声音传来，仿佛是成千上万头猛虎一同呼啸。我看到沙尘暴中幻化出一头猛虎，张开巨大的嘴巴，似乎能吞噬整个沙漠。

大型模块平板车启动了，速度比我想象的快很多，就在沙尘暴把龙门吊即将连根拔起的时候，平板车在沙尘暴中突然向前驶出几十米，我看到几个工作人员抓住了平板车的边缘，跟着平板车离开，但是原地还是留下了几个人。

我看了看，其中一个人坐在轮椅上，必定是老严无疑。方浊和我站在一起，那在老严身边的人应该是张家岭、楚离、邓瞳、张艾德。

高塔起吊机被卷入到沙尘暴中，瞬间分崩离析，散落的设备在空中飞舞，然后被抛得远远的，落到远处的戈壁上。沙尘暴转眼到了老严等人的面前，这几个人身边的设备已经被沙尘暴吹得在地上不断滚动，但是老严等人依旧稳稳地在原地不动。

突然，邓瞳竟然慢慢地朝沙尘暴的方向走了两步，他的身体距离沙尘暴显现出来的虎头不到十米。让我震惊的事情发生了，邓瞳张开双臂，沙尘暴竟然不再继续向前移动，而是化成龙卷风在原地旋转。

我知道邓瞳驱使过冉遗，只是我没有想到，在这种情况下，邓瞳还能做到如此不可思议的事情。

沙尘暴的巨大能量集中到一点，虽然邓瞳阻止了对方前进，但是他做不到把沙尘暴引到别的方向，看来老严等人也并没有要邓瞳做到这一点。

我问方浊："这些步骤，都是你们计算好的？"

"是的。"方浊看着邓瞳。

"你们知道会有四象神兽守护铜鼎？"

"是的。"方浊说，"张艾德和金师兄、楚离看到了铜鼎，知道当年上古飞星派的门人用四象守护铜鼎。"

我想了想，问道："玄武会以什么形态出现？"

"你马上就能看到。"方浊的声音十分冷静。

然后，我听到一阵巨大的轰鸣声，脚下的地面强烈震动起来。以龙门吊下的深井为中心，地面上裂开了一道缝隙，深井不断扩大，地面开始坍塌。

我想起深井下布置的炸药，现在我知道了，不仅深井里有炸药，深井南北方向的井洞里也放置了炸药。

方浊知道我在观察，她说："以井坑为中心，南北方向纵贯有几百米的地质裂缝，我们在裂缝里每隔五米放一捆炸药。"

我看到地面的裂缝并不是直线，而是有弧度的。当裂缝延伸了两百多米之后，我看清楚了，两道裂缝把整个工地的地面分割开来，呈现出八卦两仪的形状。

沙尘暴变成龙卷风停在阴鱼那头，而邓瞳等人站立的范围却在阳鱼里。

地下的缝隙以八卦的方向延伸，这怎么可能是自然形成的地质现象呢？

飞星派，到底是一个什么样门派？

我脑海里想着两千年前的术士，他们用什么样的工具，能挖掘到地下一万多米深的地方，并且还挖出几百米长的八卦形状的裂缝。

想到了飞星派，我把目光转向被老严和方浊凌空托起的飞星观。我在短短的几天里看到太多非自然现象，现在又多看到了一个，仍然让我感到极度震惊。

飞星观的名字不是随便起的，因为飞星观真能飞起来。

飞星观在空中飘浮旋转，绑缚飞星观所用的钢缆全部崩断，飞星观的四面伸出巨大的脚掌，一条大蟒蛇在飞星观上来回爬动，始终不离开道观。

上古神兽沉睡的时间长了，也就变成了岩石，比如冉遗。只是我没想到，也有变成道观的神兽。

玄武就是当年被飞星派封印成道观的，飞星观落地，玄武就活了。老严和方浊始终没有让飞星观落地。

我看到玄武身上的砖瓦砾石纷纷掉落下来，逐渐露出龟壳和神兽的头。我懂了，张家岭为什么要一个人留在这里。张家岭并不是在探究地下深渊里的神秘事件——他的能力达不到这一步，但是他能琢磨出另一件事情，那就是当年飞星派指挥玄武的法术。

这就是张家岭为什么要坚持三铜齐聚，因为他掌握了驱动玄武的方法，这也是他的底牌。

玄武慢慢移动到阳鱼的边界，靠近了阴鱼的白虎。缠绕在玄武身上的巨蟒高高扬起头，缠住了白虎的脖子。

阴鱼和阳鱼之间的裂缝不断扩大，井坑也开始迅速塌落，老严等人朝着我和方浊的方向走过来。

我看到玄武和白虎同时陷落到井坑下面，井坑变成黑洞，吞噬了玄武和白虎。地面上一片狼藉，只剩下螺旋状的痕迹，飞星观和沙尘暴都同时消失。

我只能听到地面之下隐约还有雷鸣，随即一片沉寂。坍塌的沙砾已经填堵了整个井坑，而八卦形状的裂缝仍然存在，成为一个环境险恶的地质现象。

大青山计划结束了。经过两代人几十年的努力，在方浊和老严的带领下，终于把铜鼎捞了出来。这项工程从此不会再有人提起，永远被尘封。

我们一路向东，离开沙漠，朝着内地前行。

模块平板车的速度是每小时二十公里，一天二十四小时行驶，除去一些突发状况，每天能行走四百公里左右。

随行的工作人员全部坐在另外安排的中巴车上，全队没日没夜地赶路，睡觉也只能在座椅上，上厕所都是统一安排，为的就是不影响行进速度。

老严作为团队领袖，一直闭着眼睛坐在驾驶座位后面，只要途中有任何风吹草动，他都能察觉到。楚离双臂抱着腿，下巴搁在膝盖上，蹲坐在最后一排，他从出发时就保持着这个姿势，没有动过。

方浊和张家岭两人和驾驶平板车的司机计算行驶速度，估算到达时间。

张艾德和邓瞳两人还挺聊得来，一路上俩人嘴巴就没有停过，甚至还攀起了亲戚。张艾德是龙虎天师的后人，邓瞳说自己的同门师兄弟黄坤的祖上是朱元璋的侄孙子，在龙虎山学艺，这么算下来，两人也算是有些渊源。

邓瞳这么七扯八拉，旁人听了也就是笑笑，可是张艾德倒是挺吃邓瞳这一套，客客气气地跟邓瞳算辈分。要不是两人差了十几辈，邓瞳可能就要拉着张艾德结拜了。

一路上算是顺利，没有什么波折，沉默的沉默，爱说话的人也不是那么讨人厌。我作为一个旁观者，始终看着眼前的各位，他们都是另一个世界的人，我很快就要和他们分开，不会再有交集。

车队经过黄河的时候，耽误了一点时间。

可能是方浊和当地的工作人员并没有协调好，对方不让平板车过黄河大桥，认为模块平板车的自重太沉，桥梁承受不起。

路线是早已经定好的，不可能改变。方浊交涉了许久，当地桥梁管理局才同意平板车通过。这个意外耽误了好几个小时，错过了晚上11点过黄河的时间。

把铜鼎运送到鄂西的路上，途经几十座桥梁。方浊和老严不在乎其他，他们只在乎黄河和长江。

方浊和老严开会，一个小时后，两人决定，不在原地等待二十四个小时，而是立即通过桥梁。当模块平板车经过黄河上游的大桥时，方浊和老严担心的事情还是发生了。

平板车凌晨4点通过黄河，当整辆平板车的车身全部压在大桥的桥面之上，平板车的动力系统失灵了。平板车停在大桥上，所有人都不敢出声。前面已经说过，这种模块平板车是有两个动力系统的，一前一后，便于调整方向。如果其中一个坏了，另外一个也可以作为备用动力，带动货车。

可是现在两个系统同时失灵，而且就在车经过黄河大桥的时候，这绝对不是偶然的小概率事件。

中巴车上没有开灯，大家都静静地等着维修人员报告情况。黄河水在我们身下流过，水声清晰入耳，我总觉得有什么东西在黑暗中蠢蠢欲动。

寂静中，老严突然说："有朋友来了。"

老严的话很简短，我心里猛地收紧了一下。在座每个人都是身负绝技的术士高手，按说和这些人同行，就算在任何环境下都不会感到害怕。但是事实刚好相反，因为我感觉到所有人都跟我一样焦虑，这种情绪是能够相互传染的。

"下车看看。"张艾德提议。

"别下车，"张家岭阻拦，"把所有车窗都关好。司机挂挡，慢慢倒车，倒二十米，不，十六米。”

中巴车慢慢后退，我的后背开始冒汗，恐怖的气氛弥漫在空气里，我无法想象什么事情能让老严、方浊、张家岭都小心翼翼，不敢妄动。

没有王鲲鹏步步为营的缜密，没有徐云风横扫一切的勇气，方浊和老严还是做不到掌控一切。

想到这里，我心里很悲哀，但又为徐、王两人感到骄傲。

这个世界永远都是为个别人书写历史的，因为他们担起了这份责任。所有人都把希望寄托在他们身上，这就是术士里真正的宗师了吧。

车停了。

老严看着车窗外，对张家岭说：“我们两人下车，其他人在车里等着，无论发生什么事情，都不要下来。”

张家岭把老严背起来，打开车门的瞬间，一股冷风卷着雪花灌进来。

原来外面下雪了，我冷得瑟瑟发抖，忍不住牙齿打战。

老严和张家岭下车了，我靠近车窗，想看看他们要去什么地方。他们并没有走远，张家岭把老严放在桥面上，老严坐着看向黄河上方。

我在车上看着老严的背影，老严的身体僵硬，黄河上游的空中飘浮着星星点点的磷火，磷火越来越多，只见黄河上游有一艘轮船慢慢竖立起来，露出了船底的龙骨。

我的身体不再受控，冲下车跑到老严的身边，两手扶在桥梁的栏杆上。那艘巨大的轮船按理来说绝对不可能出现在黄河上游，这艘船的吃水量在这个河道是无法航行的。因为船只竖起来的部分几乎和桥梁等高，而且这艘船是木制的。

我问老严：“这艘船在阻拦我们？”

“铜鼎是术士的大器，能惊动山川五岳的阴魂。黄河和长江我们过不去，如果用渡船，我们更有把握，可是到哪里找合适的船只运送铜鼎？”

我指着面前的木船问：“这木船到底有什么讲究？”

老严说：“黄河中溺水的尸体与长江的不同，长江溺水者的尸体先沉后浮，尸体大多能被家属捞起，入土为安。而黄河的溺水者尸体是先浮后沉，冤魂在河底游荡，遇到沉船就依附上去，时间久了，黄河下的沉船都被泥沙淹埋，沉在河底。集尸多的沉船怨气也就更大，船上的冤魂多了，慢慢地也就有了能耐，把黄河当成自己的地盘，要吞噬金银才能不兴风作浪、毁人船只、破坏桥梁。现在铜鼎过河，惊动了黄河下最大的集尸船，如果是徐云风，眼前的困境当然不在话下，可现在他不在。”

“你早就知道这点。”我明白了，“不过你也有办法对付。”

“我有。”老严回答，“我刚才跟方浊已经商量好了，王鲲鹏一定会保铜鼎过长江，过黄河只能我来。”

“如果是王鲲鹏保铜鼎过长江，”我立即想到，“那么在这里的唯一人选就是徐云风……这还真是一个悖论。”

“所以你不能下来。”老严说，“除非你完全被徐云风取代。”

“我不知道该怎么看待你了。”我轻声对老严说，“现在你挺有人情味的，幸好我见到的不是从前的你。”

说了这么多，老严的意思我已经完全懂了。铜鼎破局，这是老严和张家岭的目的。方浊想要靠铜鼎救出徐云风，所以他们的目的一致，也就有了重启大青山工程的计划。

但是，铜鼎要过黄河和长江，需要徐云风和王鲲鹏的力量。如果徐云风在我身上彻底回魂，那方浊的愿望就落空了。

因此，过黄河就不能由我出手，因为只有真正的徐云风才能保铜鼎过黄河。老严心软了，他知道如果我出手，在我身上隐藏的蛇属就会完全取代我。诡道挂名、过阴人徐云风回来了，我这个叫徐玉峰的工程师就是天下一等一术士高手，我的生活就此完全改变。

我和方浊都不愿意看到这种事情发生，我也没有想到，老严竟然会为了这种事情做出牺牲。

黄河的尸怨强烈，老严如果以命相搏，争取铜鼎过河的时间，还是有把握的。

只是这事放在老严身上，实在是太违背他的性格和行事作风。

我们面前这艘立起来的木船，就是黄河的集尸船。我无奈地想到，术士已经没落了，没有徐云风和王鲲鹏，老严和方浊连一座桥都过不去，说起来也是十分悲哀。

老严叹口气，对我说："七星御鬼术已经散了，我又有残疾。七星阵法结束后，我的地位也被王鲲鹏取代，没人会在乎我这个半死不活的瘫子。好在我还有点茅山术的本事在身上，也知道集尸船上龙骨的方向，我活着也是个累赘，不如送个人情给方浊吧。"

"我该怎么帮你？"说实话，我真的不太愿意这么做，可是老严已经把话说绝，而且他又是一个雷厉风行的人，决定的事情让人无法拒绝。

"用你的蛇属，把我抛向木船的船舵，"老严说，"剩下的事情，我自有办法。"

老严说完，从怀里拿出一盏莲花灯："这是用来给我续命的，也是我最后的家底。莲花灯灭了，我也就该死了。"

我看着老严手里的莲花灯，灯油已经干涸，琉璃灯罩子里的灯火十分暗淡，勉强没有熄灭。

我决定听从老严的安排。

我把精神集中在蛇属上，顿时察觉到空气中的各种恶臭，这些恶臭都来自集尸船上的腐烂尸体。我打算把老严托起来，送到船舵的位置。

"算了。"张家岭把我和老严拦住，"就把做英雄的机会让给我吧。"

老严脸色煞白，说："你又发什么疯？"

"'两张一严'，"张家岭说，"还是把能看到破局的机会让给你吧。"

"你什么时候变得不怕死了？"老严问张家岭。

"我想了，我下去的话还有机会回来。"张家岭轻松地说，"你一个瘫子，必死无疑。"

我诧异地看着张家岭和老严，他们现在的表现与之前的行事作风完全相反。两个自私自利、出卖兄弟、出卖同门、出卖下属的"老狐狸"，现在竟然用自己的生命去冒险。

我实在是看不懂这些人，可能是因为七星阵法中发生的事情触动他们了吧。

回头想来，我虽然对张家岭不是很熟悉，但我知道，他们都年轻过，在老严还叫庄崇光的时候，他们也都是热血澎湃的少年，为报师门之仇，甚至可以把自己卖给张元天。

他们一辈子尔虞我诈，临到老了，死期将近，反而怀念起当年的热血方刚。

张家岭不再啰唆，向我点点头。他脱掉上衣，从桥梁的栏杆翻过，义无反顾地投身于桥下。

"劳烦你，帮我挪一下。"老严对我说。

我扶着老严靠在桥梁的栏杆上，一同看向桥下的黄河。在我们面前竖立起来的木船慢慢没入河水，然后我看到黄河的河面上停满了木船，这些木船全部都是半沉半浮，在河水里缓缓移动。河水在几分钟内减退到一米深，所有集尸船都搁浅在河床之上。

这就是张家岭的能力，他可以在水面上行走，而且和黄坤的避水符不同，这是他极为高明的水性。

虽然我无法理解眼前的场面，但我在大青山已经见到了那么多无法解释的现象，现在看到这些，已经没有之前那么震撼。我只是跟老严一样，默默看着桥下的黄河。

河床上的泥浆蠕动着，在短短的时间内，我看到泥浆中冒出了一具又一具的尸体，这些尸体也都慢慢直立起来。

老严在我耳边轻声告诉我，黄河上的捞尸人捞到浮尸后，若是七日内没有家属来领，他们就会把浮尸重新放下，任其在河道里漂浮。这些尸体重新沉入河底之后就会还魂，变成无依无靠的游尸，但他们的口里还存着一口阳气，能让尸骸在河底漫无目的地行走，见到沉船就钻进去，而找不到沉船的尸骸，为了不被黄河里的鱼虾鳖蟹吃掉，就只能把自己的尸体掩埋在河床泥浆里。

泥浆里肿胀残缺的尸体都站立起来，他们仿佛都被头顶的月光吸引，全部扬起头看着天空中的月亮，就连我都忍不住抬头看去，仿佛月光照射在身体上能带来令人愉悦的温暖。

突然，老严用手狠狠拍在我的肩膀上，我立即惊醒，摘下草帽。

我看着老严，问："为什么蛇属和这些浮尸一样被月光吸引？"

老严摇着头说："缺少魂魄的人，需要月光补充自己的气魄。这一点，无论是蛇属还是浮尸，都没有任何区别。"

我难以接受这个藏匿在身体里的蛇属，这原本是属于徐云风的，还是让蛇属快点回到徐云风的身上吧！

现在，河床上的数具浮尸中只有一个活人，就是刚才跳下去的张家岭。张家岭动作轻盈，飞快地来到那条最大的集尸船下，拆除集尸船的龙骨。无数具浮尸被张家岭惊动，纷纷围聚到张家岭身边，但是张家岭并不在意，而是继续用双手掰动龙骨。

龙骨断了，集尸船无法对桥梁产生威胁，铜鼎就能顺利地从桥梁上通过。河床上的其他集尸船被浮尸举起来，浮尸一步步地朝着最大的集尸船移动。

当集尸船靠拢之后，船身就连接起来，那些浮尸紧紧抱着两船之间的舷板，几十条集尸船在浮尸的推动之下竖立起来，一旦船身的高度超过桥梁，集尸船上的浮尸就会爬上来钻进铜鼎里，铜鼎的重量达到桥梁无法承受的地步时，桥梁就会断裂。铜鼎落入黄河，再也没有术士能够把铜鼎从黄河里捞起来，所有浮尸会从黄河的上下游蜂拥而至，钻到铜鼎之中，成为黄河流域的大患。

我们所有的希望都放在张家岭的身上，现在张家岭的身影已经完全看不见了，无数具浮尸把张家岭团团围住。如果张家岭失败了，那么就只有一个办法，也是我最不愿意的，因为我得让蛇属把我自己全部占据。

连接在一起的集尸船猛地一下从河底竖立起来，浮尸在集尸船下叠起了罗汉，然后把集尸船举了起来。

现在，集尸船已经出现在我们面前，浮尸挂在船上觊觎着铜鼎。我看着它们浮肿腐烂的脸，鳝鱼从它们黑洞洞的眼眶里钻进去，然后从胸口钻出来。

张家岭看来是失败了，我面临着艰难的抉择。

我看向老严，问："真要这样吗？"

老严闭着眼睛："是的，没有其他选择。"

我回头看了一眼中巴车，如果我这么做了，我将会取代徐云风，而徐云风就会彻底消失，方浊所做的努力全部付诸流水。

没有人愿意让事情走到这个地步，即便老严也不愿意。我自己更是不想卷进来，话又说回来，这事跟我有什么关系呢？

正在我犹豫不决的时候，老严松了一口气，对我说："不用了，背我回去吧。"

我的反应比老严迟缓，堆积起来的集尸船轰然崩塌，掉落在河床上。紧接着，黄河上游的河水如同千军万马一样咆哮而至，席卷了所有木船。浮尸在湍急的河水里翻滚，木船全部被水流击打成碎片。

"可以走了。"老严对我说。

我把老严背上车，平板车也恢复了动力，但是仍旧不能启动。张艾德下车了，过了一会儿，他在步话机里告诉方浊，平板车的每个车轮下都垫着一具浮尸。方浊正要想办法清理，结果张艾德在步话机里告诉方浊，那些尸体已经都瞬间消失了。

铜鼎过了黄河的大桥，继续前行。

我和张家岭、老严三人下的车，回来时却只有两个人。方浊终于打破沉默，询问老严，张家岭是不是淹死在河底了？

老严愣了一下，缓缓说道："他能把集尸船的龙骨掰断，应该有本事逃生。他这人，从来就没有把真正的本事显露在我面前。这个老东西，不到万不得已不会露出自己的看家本事。"

我不知道老严这么说是为了安慰我们，还是事实就是这样。无论如何，张家岭有本事对付黄河浮尸，这个是已经证实的事情。

车队一路朝着东南行走，来到了甘肃，又从甘肃到了陕西，然后从陕西进入汉中，途中必然经过秦岭，好在如今已经修建了高速公路，车队在秦岭大山中的隧道里穿行。

当车队行驶在露天的山路上，我看着茫茫群山，想到这是黄裳当年寻仙飞升的地方，冥冥之中，黄裳也会保佑诡道的后人顺利通过秦岭吧。

车队进入汉中后，接着就是进入四川盆地。其间也过了不少桥梁，都是长江流域的支流，每逢过桥，方浊都会下车，在桥头做两分钟的法事，这一路都十分顺利。

我的心里一直惴惴不安，老严说过，运送铜鼎最难的就是过黄河和长江，张家岭在关键时刻制住了黄河的浮尸，可长江这一关又该怎么过？

按理来说，保护铜鼎过长江，责任在王鲲鹏的身上。但王鲲鹏在荆州每天醉醺醺的，又怎么能指望这么一个醉汉呢？

过长江的地点，方浊已经布置好了，在宜宾。

车队到宜宾的时候是下午三点，也是铜鼎最重的时候。我们到了长江岸边，转过一个山头，长江大桥就在我们眼前。

方浊嘱咐车队放慢速度。

我心里开始紧张，忍不住问方浊："王鲲鹏会来吗？"

方浊没有说话，神色十分镇定。

车队终于开到宜宾的长江大桥北岸，桥头上站着一个人，那个人直直地走向我们所乘坐的中巴车。方浊的眉头舒展开了，看来她心里一直不能确定王鲲鹏会不会来。

不过这人来了，什么事情就都解决了。

黄坤上了车，对方浊说："方姐，你尽管过去吧。"

"你师伯……"

"他都处理好了。"黄坤的精神很好，不是我在荆州时看见的与世无争的样子。这也难怪，他的情绪总是受王鲲鹏影响，王鲲鹏能振奋起来，他自然也就精气十足。

车队过长江时十分顺利，至少表面上是这样。

我们在桥面上通行的时候，桥下是有动静的。江水里传来沉闷的低吼声，不过随即就被压制住了。车内的其他人都不为所动，只有我探头看了看江面，长江竟然在倒流，而且江面上有无数漩涡。

不过，无论发生什么事情，都不会影响车队通过。

虽然我们没看见王鲲鹏，但方浊看起来十分悠闲。

这就是王鲲鹏在所有人心中的地位吧，只要有他在，就什么都不用担心。大家对王鲲鹏有着绝对的信任。

铜鼎过了长江，一路上就没有什么波折了，一切看起来都那么顺利。黄坤也在半路加入车队，护送铜鼎的术士又多了一个高手。

车队绕过长江，从四川南部进入重庆，然后从重庆入恩施，到了恩施再折返北上，走到高家堰下高速公路，然后一路行驶，过土城、桥边、朱市街，最终来到紫阳。

这一路，王鲲鹏没有出现，但是我们都知道，王鲲鹏一直在跟着我们，他只是不想见人而已。如果到了紧急关头，他会出现的。

紫阳江边，申德旭已经等候多时。

现在不需要起吊机了，铜鼎被方浊搬上一艘滚装船。现在我才明白，为什么方浊一直不使用自己的能力，因为她要把自己的力气留在最重要的时候。

把铜鼎搬上滚装船只是方浊的其中一项任务，另外的任务比搬动铜鼎更加重要。

申德旭指挥滚装船，把铜鼎带到西陵峡的峡口，也是就牛扎坪和三游洞之间的河段。船身抛锚，铜鼎稳稳地停在长江中。

我们所有人都没有上船，而是走到牛扎坪上。牛扎坪的悬崖边，开山宝剑仍然只露出剑柄，剑身还插在石头之中，仿佛这把宝剑从来都是插在这里的。

牛扎坪上还有人在等着我们，何重黎、宋银花两人我都见过。我的目光掠过山顶，看见还有一个中年汉子，头上包着白布，胳膊上戴着黑色的袖筒，我稍微一想，这人一定是犁头巫家的钟安。钟安身边还站着两个女孩，其中一个女孩的脸色苍白，牵着另一个看起来有些痴傻的少女。我也认得她们，这是陈秋凌和秦晓敏。

人都到了，所有人都等着方浊把三铜齐聚，从古道里救出徐云风。

这些人都是我无比熟悉的，我抬头望着天，也许这个世界里还有另一双眼睛在看书，我现在所在的世界，在那双眼睛里，仅仅就是一篇文字而已，就如同我面前的这些人，在我被方浊第二次找到之前，他们也都是文字。

而我所有看到的一切都是由文字产生的想象而已。

我不愿意去想这个问题了，徐云风早已把这个问题给想明白了，我现在也一样。

方浊走到我的面前，把我拉到开山宝剑旁，面对着所有的人。

我依次把这些人一一看过：

坐在轮椅上的老严，他的生命已经走到了尽头。老严旁边站立的是张艾德，张艾德身边是申德旭。

这三个人站成了一排，最靠近我和方浊。

在他们后面，邓瞳和黄坤并排站立，一个手里拿着赤霄，另一个手里拿着灭荆。楚离在邓瞳的左手边，他手上的螟蛉泛着白色的火焰。

在他们身后，何重黎、宋银花、钟安也平静地站着。

山风吹过每个人，把他们的衣角都吹得猎猎作响。

方浊拿出铜炉和铜镜放在地上，目光四处搜寻。我知道方浊在找谁，三铜齐聚，一定要他出现才能破局。

有些事情，一旦你坚信它会发生，那么就一定会发生。

王鲲鹏终于出现了，跟着他的竟然是张家岭。张家岭果然没有死在黄河里，至于他如何从困境中脱险，没有人想去询问，因为我能真切感受到，只要有王鲲鹏在，任何事情都不会有阻碍。

王鲲鹏慢慢走向我和方浊，我终于看到了我所认识的王鲲鹏，而不是一个醉汉。

张家岭站在老严身边，我看见张家岭的脸上到处是伤痕，而且他的领口和袖口处露出的皮肤上都缠绕着绷带。

王鲲鹏的脚步十分坚定，跟我在荆州看到的样子简直判若两人，他面无表情，眼神却让所有人觉得无比安稳。

王鲲鹏的气质与老严有些相同，又有不同。老严给人巨大的压力，有着毋庸置疑的领导气质，但是老严做出决定的时候，所有人并不能彻底信任他；而王鲲鹏不需要说话，他的气场就能让所有人心安。

我想，古往今来的大英雄之所以能率领各种不同的追随者，都是因为具有这种压倒一切的领袖气质吧。

现在不仅是我，在场所有人，包括老严和张家岭，甚至海外归来的张艾德都被王鲲鹏折服。在关键的时刻，也只有王鲲鹏能镇住场面。

王鲲鹏和方浊站在了一起，两人并排，对我作揖。

我还沉浸在对王鲲鹏的崇敬之中，没想到他竟然对我这么礼貌。我惊慌无措，两只手都不知道往哪里放，连回礼都忘记了。

“感谢你。”王鲲鹏对我说，“其实我一直反对方浊把你卷进来，没想到你还是做到了。”

“我什么都没做……”我窘迫地说。

“蛇属在你身上，如果你中途放弃，铜鼎到不了这里。”王鲲鹏说，“你身为一个局外人，能做到这点，实在是出乎我的意料。”

若是这句话由别人说出来，那也就罢了，我权当是客套。可是这句话从王鲲鹏嘴里说出来，断然不会有半分虚伪，这让我内心感到十分骄傲。王鲲鹏果然擅长体察人心，也难怪他能一次又一次地把桀骜不驯的徐云风拉到身边。

王鲲鹏当然知道我在想什么，说道：“你写的小说我看了，也谢谢你。”

“不谢。”我指着方浊，“要谢就谢方浊吧。”

王鲲鹏对我说：“后面的事情就不需要劳烦你了，你也有自己的生活。我们把你牵扯进来，实在过意不去。”

“这将是我最难忘的经历。”我可没有虚假，“我很荣幸。”

我说完，把草帽递给了王鲲鹏，然后走到邓瞳的身后，我的任务已经结束了。

王鲲鹏把铜炉和铜镜拿在手里，然后搁在脚边，对方浊说：“我们开始吧。”

方浊的眼睛里闪烁着泪花，她向王鲲鹏点点头。

我身边所有人都对王鲲鹏拱手，一同说道：“听凭王抱阳差遣！”

王鲲鹏一把将自己的外套扯下来，露出一身诡道道袍，道袍在风中飘动。看到这个场景，有谁能不被王鲲鹏的气度折服呢？

“楚离！”王鲲鹏大喊，“你过来！”

楚离走上前，把螟蛉交给王鲲鹏。王鲲鹏接过螟蛉，炎剑变成红褐色的知了壳子，摊在他的手心里。

“黄坤！”王鲲鹏又喊。

黄坤走到王鲲鹏身边，把赤霄宝剑递给王鲲鹏。

“邓瞳！”王鲲鹏把赤霄宝剑挂在腰间，又指向邓瞳。

邓瞳努力保持镇定，他走到王鲲鹏面前，把灭荆递给王鲲鹏，叫了一声：“师父。”

王鲲鹏把灭荆反插在自己背后。

“今日我们诡道门人，”王鲲鹏顿了顿，“合力将三铜齐聚，破开梵天的轮回规则。若有人反对，请离开。”

“听凭抱阳子吩咐，我们都没有异议。”

说这句话的是老严，我完全相信，这句话是老严的肺腑之言。

铜炉、铜鼎、铜镜！三铜在百年一遇的杰出术士诡道门人王鲲鹏的手中聚齐。

现在所有人都钦佩地看着王鲲鹏，看他如何破解在华夏术士头顶持续了两千多年的梵天轮回。

在护送铜鼎的路上，张艾德已经把三铜破局的说法告诉了我，这就是方浊找到张天师后人最重要的缘由。

因为三铜破局的青词一直在张天师一脉流传，也只有张天师的后人才知道更多细节。而张艾德告诉我的这些事，是我之前根本没听说过的道教历史，普通的史籍更不可能记载，天下术士知道这件事的寥寥无几。方浊把张艾德从美国请回来，张艾德才把这么关键的事情告诉方浊，然后又告诉了我。

三铜破局的事情，有一个关键的门派和人物：飞星派和赤松子！

当年飞星遁地，最大的陨石在西域昆仑的大漠，即今日之大青山。当赤松子留下的铜镜推测出飞星的位置被中原术士探知，天下道教纷纷蜂拥而至，因此昆仑成为道教圣地。无数道教门派在昆仑聚集，共同商量如何破局。

一派人坚持挖出飞星，获得道家术法的终极力量；另一派人认为不能触动飞星，要顺应梵天的安排。

因此，两派术士在昆仑山上开始了论辩，他们论辩多年，仍旧没有任何结果，反而激化了矛盾。后来随着道教分裂，两派开始比拼，一心要挖掘飞星的道教门派联合一起，成为道教联盟，被称为“铲教”；极力阻止挖掘飞星的道教门派联合起来，被称为“截教”。

这就是道教分为铲截两教，并相互拼杀的起因。

飞星之争从南北朝始，到唐朝结束，其间几百年。无数道士宗师和强大门派全部灰飞烟灭，截教虽然落败，但是铲教也没有能力去挖掘飞星。

在铲截两派之外，还有几个小门派保持中立。经过几百年的铲截之争之后，这几个存活下来的小门派反而脱颖而出，其中就包括飞星派和开山派。

开山派一直抵御外敌，不参与中土道教的内部斗争，这个传统一直延续至今，因此开山派的门人受天下道教的尊崇。

另一个关键门派就是飞星派。隋朝时期，铲教将铜炉挖掘出来，截教倾尽所有力量与铲教对抗，阻止铲教继续挖掘大青山，所以铜鼎才没有被挖出来。

飞星派这么做只是为了稳定大局而已，之后道教也慢慢忘记了当年三铜的典故。

但是天下万事哪有这样滴水不漏的，这其中的转变就出现在九龙宗的身上。

九龙宗东渡后传入日本是在隋末唐初，也是飞星派门人平息铲截之争，镇守大青山的时期。

九龙宗本来是一个小门派，不被正宗的铲截两宗重视，东渡日本也是一件稀松平常的事情，可是在一千多年之后，这件事情就变成了大事。

中土的道家，除了张天师后人，没有人知道三铜的秘密，偏偏九龙宗的门人一直牢牢地记着。等到甲午战争之后，避水流——也就是九龙宗的后人同断，终于等到了机会。

中日两国，在甲午战争之前，一直都是中国强盛，日本弱小，日本的术士在中国难有作为。甲午战争之后，清朝积弱，日本强盛，同断就等到了这个机会。同断在中国游历多年，和古赤萧亦师亦友，亦友亦敌。两人交手后，古赤萧是赢了的。现在可以推测，古赤萧赢了同断后，从同断的口中知道了一点三铜的消息，这也导致梵天后来跟古赤萧有了联系。

也就是这件事情，让古赤萧开始布局，招揽天下能人异士，等待飞星三铜引发的天下术士大乱。

古赤萧的预测是对的，当时日本侵略中华的形势已经很明显，同断当然不会放过这个机会，于是他跟随日军进攻重庆，来到了三峡古道。

古赤萧也早有预谋，他拉拢了当时中国最厉害的术士张元天。张元天当时是无极派盗魁，也是过阴人、招魂师，天下术士无出其右。

古赤萧命令当年孛星家族的孙鼎进入三峡古道，帮助张元天对抗同断。这就是三峡古道冥战的来由。

古赤萧最担心的事情，就是同断把三铜的秘密吐露出去。但任古赤萧算无遗策，也无法阻拦同断在三峡古道里落败之后，把这个秘密告诉了张元天。

张元天本来已经是天下一等一的术士，知道了飞星三铜，也就明白了梵天的存在，当然立志要成为梵天。

于是张元天不再受人控制，为了接触梵天，他不惜入阴，在冥界修炼三年，本来打算在 1950 年出阴，出阴之后，就连梵天也无法抵抗他。张元天达到目的之后，一方面派人在海外联络张天师后人，打探飞星三铜的位置；另一方面准备取代梵天，将天下的术士重新洗牌，达到他所认为的天下太平的目的。

古赤萧得知张元天的目的后，考虑良久，终于决定从张元天身边的庄崇光下手。这是冒了极大风险的，因为庄崇光是张元天的义弟，是最不可能背叛张元天的人，但也只有策反了庄崇光，才有机会阻拦张元天。

古赤萧的计策成功了，七眼泉上，庄崇光在张元天出阴一刻，反水投奔到古赤萧的帐下，导致张元天无法出阴。

这就是六十多年来，所有恩怨的源头。

古赤萧后来终于在中国的西北部找到了大青山，开展大青山计划，而张元天则在暗中争分夺秒地谋划反扑。可惜的是，古赤萧死后，大青山计划因为耗费庞大，又刚好发生了“四二五”矿难，就被终止了。

古赤萧的做法只是权宜之计，不能真正地把事情解决。十多年后，诡道的王鲲鹏和徐云风也成为一等一的术士。

后来，王鲲鹏布置道教大阵七星阵法对抗张元天，结果徐云风和张元天在古道里生死未卜。于是方浊在随后的几年里，争取到了张艾德，重启了大青山计划，此时国家经济飞速发展，刚好能够给予方浊支持，最后大青山计划在方浊的手上才得以圆满完成。

现在方浊、张艾德、王鲲鹏三人站在牛扎坪的山顶。千百年来，引发道教分裂的三铜终于聚齐，他们要做的第一件事情就是打开古道，将徐云风和张元天带到长江之上，然后利用三铜的力量，击败张元天，破除梵天轮回。

这个计划如今已经到了最后一步，王鲲鹏和张艾德站在一起，我想，王鲲鹏当年立志要成为一名术士的时候，也没想到自己能和张天师后人平起平坐吧。

“准备好了吗？”王鲲鹏询问张艾德。

张艾德轻松地点头，说道：“你师父的事情我听说过。”

我这才意识到，这可能是王鲲鹏和张艾德第一次见面。张艾德在向王鲲鹏表达自己对赵一二的尊敬，实际上是在跟王鲲鹏示好。

而王鲲鹏早已对这种认可不在意了，经过这么多事情，他已经丢弃了当年的梦想和追求吧。

“都过去了。”王鲲鹏说，“都过去了……疯子当年跟我说过，一旦开始，我们就回不了头了。”

这句话让张艾德莫名其妙，可是我却能听明白王鲲鹏的意思。王鲲鹏做了赵一二没有做到的事情，然而可悲的是，王鲲鹏超越了赵一二的地位后，发现徐云风当年坚持绥靖是对的。

王鲲鹏回不了头，他也让徐云风回不了头。如果时间倒流，王鲲鹏可能会选择另一条道路。

只是那一切都只能在假设中成立了。

这也是王鲲鹏颓废了这么多年的原因，从徐云风和张元天坠入古道的那一刻起，王鲲鹏的信心受到了打击，他已经体会到什么是真正的无能为力，甚至连同归于尽的机会都没有。

但是王鲲鹏终究是王鲲鹏，不是赵一二。

为了从古道里救出徐云风，方浊用尽一切办法，甚至不惜向老严妥协，开启大青山计划，完成古赤萧的遗愿——三铜破局。

方浊知道，只有这样，才能让王鲲鹏从绝望中走出来。方浊成功了，她做到大家认为只有王鲲鹏才能做到的事情。

所以当铜鼎从大青山出来之后，王鲲鹏就决定做最后的努力。

在黄河的大桥上，老严和方浊可能已经猜到王鲲鹏有所行动，张家岭不可能靠自己逃出生天，能够救他的人，只有王鲲鹏。

而且王鲲鹏到达黄河大桥之前，就已经在宜宾把事情办妥，留下黄坤等着铜鼎经过。

这也是王鲲鹏的一贯风格。

所以方浊和老严早就明白，王鲲鹏必然会出现，完成计划的最后一步。

王鲲鹏示意张艾德把铜炉和铜镜拿起来，说：“我们去船上吧。”

三铜齐聚的一刻到了，我的身体忍不住微微发抖，我很庆幸，自己能目睹这么重要的一刻。

王鲲鹏看了看方浊，方浊已经稳稳地站在开山宝剑的旁边，说道：“我也准备好了。要我帮你们上船吗？”

“不用，时间还够。”王鲲鹏摇头，“你留着力气吧。”

王鲲鹏说完，对张艾德伸手：“走吧。”

山顶上的所有人都看着王鲲鹏和张艾德走下牛扎坪，张艾德走在前面，王鲲鹏跟在后面。他们走到了山脚下，登上了一条小舢板。小舢板在长江湍急的水流中，直直地朝着装载铜鼎的滚装船行驶过去。

我们都站在悬崖边，看着小船游到江心，等小船靠近滚装船之后，两人登上船去。滚装船上的船工都爬到小舢板上，小舢板顺着江水漂到下游。

几千年后，三铜在长江的西陵峡口再次齐聚。

滚装船上，王鲲鹏和张艾德具体做了什么，我们看不清楚，只看见滚装船上的铜鼎突然发出了强烈的白光。

三铜本来就是远古飞星分裂后最大的三块碎片，现在齐聚，谁也不能预测会释放出什么样的力量。

与此同时，我看见方浊已经深吸了一口气，双手握在了开山宝剑的剑柄上。

方浊在七星阵法后一直积攒力量，无论遇到多么凶险的情况，她都没有使用自己的能力，为的就是这一刻。

“天得一以清、地得一以宁、侯王得一以为天下正……”

张艾德念出他的青词，虽然我们距离很远，但他的声音并没有被峡谷里呼啸的江风盖住，而是清晰地传递到了我们的耳朵里。

这就是龙虎山张天师一脉，传承两千多年的三铜青词。到了今天，张艾德终于念出来了。铜镜、铜炉和铜鼎逐渐融为一体，三铜即将恢复成当年飞星的状态。

我看见所有人都毛发竖立，身上的金属小物件都飘浮在空中，发出轻微的嗡嗡声。

张艾德的语速越来越快，我已经听不清唱词的内容。钢铁铸就的滚装船发出刺耳的金属摩擦声，船身正在收缩扭曲，无数细小的金属物件从长江之下像飞矢一般射向江心。

三铜的光芒更加耀眼，瞬间变成了橙色。

方浊的面色通红，头发也被汗水浸湿，这个具有巨大力量的开山派后人，正用力把开山宝剑从石壁中拔出来。我看到开山宝剑从石壁中慢慢升起，露出了一寸的剑身。

长江上，张艾德在继续祈祷。我看见长江江心里的三铜突然暴长，体积已经比滚装船还大，所有人都被眼前的场面震撼住，谁也说不出一个字来。

张艾德的祈祷声仍旧在我们的耳边回响。

方浊的手发出骨节爆裂的声音，开山宝剑被拔出一半。方浊咬紧牙关，她必须在三铜化成飞星之前，把开山宝剑拔出来。

三铜还在不断膨胀，但是在我看来，三铜的表面已经十分模糊，如果再继续下去，三铜就会变成一个完全虚幻的影像。

巨大的三铜如同海市蜃楼浮现在我们面前，我看到两道光芒，一道白色，一道红色，光芒相互纠缠，盘旋着升入天际。

王鲲鹏出手了，螟蛉和赤霄，诡道流传的两柄宝剑在王鲲鹏的运用之下，发挥出强大的力量。

我猛然意识到一件事情，那就是在我的记忆里，螟蛉在徐云风和楚离的手上能化作炎剑，但是在王鲲鹏手上是做不到的！

现在，螟蛉已经化为白色光芒，与赤霄宝剑一起直冲云霄。

我还是低估了王鲲鹏，王鲲鹏不是一个轻易放弃的人，他用行动证明了自己。

我回头看了看面无表情的老严，或许当老严第一次见到王鲲鹏的时候，他就知道王鲲鹏必然会走到今天的这一步。

这世上，没有任何一条规则是不能被打破的，总有不甘心的人会去挑战，王鲲鹏就是这种人中最强大的一个。

除了王鲲鹏，还有谁能让所有人无条件地信服，我实在无法想象出第二个人来。

白色和红色的光芒在空中缠绕，本来晴朗的天空现在暗淡下来。四周山涧里的雾气和长江上下游的水雾，都从四面八方聚拢过来，形成了一片乌云，遮住我们所在的长江三峡的峡口。

赤霄和螟蛉的光芒在云中闪烁，空中发出隆隆的雷声，然后乌云中突然降下一道闪电。

闪电击中了巨大的三铜，就在那一瞬间，三铜逐渐变为了一颗通红的巨大陨石。接着，陨石开始缩小，缩小的速度比铜鼎膨胀的速度还快。

老严大喊："方浊，再不拔出开山，就来不及了！"

方浊没有回答，她所有的力量都集中在双臂，开山宝剑又从石壁中被拔出两寸，整个剑身已经露出大半。

长江之上的乌云继续压低，陨石已经缩到三铜原本的大小，变成了一块椭圆形的石头。

三铜齐聚之后，在张艾德和王鲲鹏的驱使下，化作了原本的样貌——天外飞星。

陨石还在缩小，如果不是因为陨石散发出强烈刺眼的光芒，以我们的肉眼应该是无法看清它了。片刻之后，滚装船上的陨石变成了一颗小小的星点，它的光芒仍旧十分刺眼。

陨石越来越重，滚装船无法支撑，在江面上旋转起来，船身侧翻，即将倾覆。

“方浊！”老严在一旁大喊。

我们所有人都看向方浊，方浊已经使出了全身的力气。

陈秋凌身边的秦晓敏忍不住了，她化作身材高大的人傀，大步走到方浊身边，伸出满是鳞甲的手掌，抓住剑刃，想替方浊分担。但是人傀的力气连杯水车薪都谈不上，人傀的胳膊发出清晰的断裂声，胳膊瞬间脱臼，然后软软地拖在肩膀下。

人傀换了一只手，结果一样。

我这才明白，方浊使出了多大的力量才能拔出开山。和这种力量对抗，远远不是人体能够承受的。

长江之上，陨石的体积不断缩小，重量却在增加，这就导致了一种现象，陨石能吸引四周的一切。尽管王鲲鹏手中还有螟蛉和赤霄，但他和张艾德已经无法脱身了，全部被陨石吸住。

方浊全身都在咔咔作响，她释放出最大的力量，但是开山宝剑仍旧有两寸没拔出来。

在众人的惊呼中，长江里的滚装船带着王鲲鹏和张艾德沉入水下。江面上只剩下一个巨大的漩涡，陨石仍在不断下沉，我清晰地看到陨石耀眼的光芒从江水之下映射出来。

如果还不把开山宝剑拔出来，陨石将带着王鲲鹏和张艾德沉入江底，然后把长江的河床击穿，坠向地底。不过在陨石进入地下之前，王鲲鹏和张艾德就已经在长江里毙命了。

他们毕竟是人，无法抵抗陨石的强大力量。

我突然明白了，为什么方浊要用这种方式，重新拔出开山。

因为开山已经使用过两次了，如果要再次使用开山宝剑，就必须吸取大山的精华，修复剑身，韩信当年正是用了这个办法。

我们都感受到地面的震动了，这表明，陨石已经落到长江的河床之上。

方浊没有时间了，不用任何人提醒，方浊自己也知道。

方浊扬起头，对着天空凄厉地大喊起来，她的声音让我忍不住捂住双耳。

如果开山宝剑拔不出来，飞星陨石不能被砍断，那王鲲鹏和张艾德两人将必死无疑，而徐云风也不可能从古道里被救出来，方浊之前所做的一切，全部就要付诸流水。

邓瞳和黄坤两人飞扑到方浊面前，黄坤身体里的鹿矫发挥了功效，他伸手按住宝剑下面的石头，开山宝剑又被拔出一寸来。

邓瞳跪在地上，双手紧紧握住开山宝剑的剑刃。

邓瞳在我们所有人面前消失，四周的高山和河流中，突然冒出无数黑影，黑影哭号着聚拢到开山宝剑的周围。

黄坤伸出一只手，黑影中也幻化出一只手，两只手紧紧攥住。黄坤的另一只手，抓住开山宝剑的剑刃，开山宝剑终于被拔出来了。

三人都已经脱力，黄坤和邓瞳甚至连站都站不住。三人同时松手，开山宝剑在方浊的驱动下，在空中飞速旋转。

开山宝剑在空中划出弧形的轨迹，旋转着投入江水，朝江底的飞星陨石飞了过去。水下飞星的光芒顿时暗淡下来，再也看不到了。

所有人都站到悬崖边，四周一片静寂，甚至能听到每个人的心跳声。

当我们看到长江中突然出现两个游动的人影时，全部人，也包括我，都发出了欣喜的喊声。

“出来了！”邓瞳指着江面上的人。

申德旭指挥的快艇飞快行驶到两个人旁边，把两个人带往岸上。

邓瞳和黄坤跑去和王鲲鹏、张艾德会合。方浊已经完全没了力气，楚离慢慢走到方浊面前，转过身，蹲下来。方浊趴在楚离的后背上，楚离站起来，背着方浊走下山去。

我和陈秋凌、钟安等人站在一起，也朝山下走去。张家岭推着老严的轮椅，紧跟着我们。

我们走下山时，快艇已经靠岸了。王鲲鹏和张艾德从快艇上下来，黄坤和邓瞳围着王鲲鹏，我们也都慢慢走到王鲲鹏身边。

方浊看着王鲲鹏："古道开了？"

"开了。"王鲲鹏点头。

"他人在哪里？"方浊朝着江面看过去。

"现在他还出不来。"王鲲鹏说，"我们得等着。"

"为什么？"方浊焦急地问。

"里面不止他一个人。"王鲲鹏说，"张元天也没死。"

"到底怎么啦？"方浊揪住了王鲲鹏的衣服。

王鲲鹏的表情却并不凝重，而是轻松地说："我服了疯子这个混蛋了，真有他的。"

王鲲鹏说完，忍不住笑了笑。

我们所有人都不问王鲲鹏了，这人就是喜欢吊胃口。

张艾德倒是直爽得多："徐，徐……徐大哥，我就这么叫他吧。他和张元天都没死，他们还在里面，他们竟然打了六年，一直打得不可开交。"

所有人听了这句话，都面面相觑。

方浊问："那怎么办？你们怎么不进去把他拉出来？"

"我们进不去。"张艾德说，"这里没人进过古道，我们要找一个认路的人。"

"古道不是开了吗？"邓瞳把脸凑到张艾德面前，唾沫星子喷到张艾德的脸上。

"飞星被砍碎了。"张艾德说，"入口不知道在哪里，我们得慢慢找。"

"铁板呢？"我立即问王鲲鹏，"铁板不是入口吗？"

"三铜没了，"王鲲鹏说，"铁板也没了。"

张艾德补充："铁板也是飞星碎片铸就的。"

“你们怎么知道徐云风和张元天还活着？”我不死心地问。

王鲲鹏和张艾德都笑了，我知道我的问题很幼稚，但是不知道问题出在哪里。

“他把我的螟蛉和赤霄都抢走了。”王鲲鹏苦笑着说。

张艾德这才告诉我们，他和王鲲鹏被飞星引到河床下，方浊驱使开山在水底把飞星劈成碎片后，王鲲鹏手里的赤霄和螟蛉就突然脱手，朝着上游去了。

这么一来，我们就明白了。螟蛉是黄裳炼成的诡道法器，在挂名徐云风的手里用了很长一段时间。徐云风若是想要螟蛉对付张元天，螟蛉必定会主动找到徐云风。

既然徐云风需要螟蛉，那么他一定是在跟人比拼。古道了除了张元天，再也没有第二个对手了。

“我们是等着他出来，”王鲲鹏询问大家，“还是进去找他？”

“我们进去。”方浊斩钉截铁地说。

“怎么进去？”王鲲鹏摊手，“就算入口开了，我们也要找很多年。”

“王所长。”申德旭的声音不大，“只要入口开了，我们就有办法。”

在这个当口，大家都把这个重要的人给忘了。三峡水文的高级工程师，几乎一辈子都待在长江三峡河段的白丹派术士、孙拂尘的副手，还有谁比申德旭更了解长江的地质结构呢？

整个三峡的河道，还有两座大坝，每一处都在申德旭的掌控之中。

申德旭对王鲲鹏说：“我带你们去一个地方。”

“入口？”方浊问，“你早就知道入口在哪里？”

“入口没开，我找不到，不过要是开了，就一定没问题。”申德旭说，“当年孙工留下一个秘密，我答应过他，永远不会说出去，可事到如今，我没有其他选择。”

申德旭看着王鲲鹏和方浊，说：“当年孙工临走之前，把大坝之下所有的秘密工程都告诉我了。一直以来，只有我有权限进入。也许这是天意吧，我本来要保守的秘密，却成了今天的转机。”

王鲲鹏感激地看着申德旭，也没什么客套话好说。

所有人跟着申德旭来到葛洲坝的一间机房前，我本以为申德旭会带我们进入葛洲坝的核心部位，却没想到秘密就藏在这么一个不起眼的、偏僻的地方。这间机房的外表看起来十分普通，就像是一间泵房，而且门锁已经生锈，位置处在大坝的边缘外围，只是个备用的设备机房而已。

申德旭深吸一口气，看着王鲲鹏：“古道里的情况谁也不知道，得有人留下。”

王鲲鹏点头，然后一一扫视过我们所有人。

老严对王鲲鹏说：“我进入古道，你需要一个熟悉环境的人带路。”

王鲲鹏对老严说：“好。”

张家岭推着老严的轮椅，走到机房的门口。

方浊和楚离两人一言不发，楚离沉默地背着方浊，站到老严身边。

邓瞳和黄坤两人看着王鲲鹏。

“好吧。”王鲲鹏点头，“诡道的门人都进去。”

邓瞳雀跃地蹦过去，黄坤也走到方浊身边。

“其他人，”王鲲鹏坚定地说，“之后的事情，已经跟各位无关，大家就此别过吧。”

既然王鲲鹏这么说了，钟安、何重黎、宋银花、陈秋凌这些人虽然很失望，但也没再坚持。

钟安对王鲲鹏说：“听你的安排，不过我们会等着你们出来。”

“多谢了。”王鲲鹏向三个外道家族的人拱手示意。

最后，王鲲鹏看向我。

我不知道该不该进去，古道里的情况一定很凶险，我一个什么都不会的人，进去后只能拖累他们，可是我既然参与进来了，如果在最后一步放弃，又心有不甘。

“你自己决定。”王鲲鹏竟然没有拒绝我。

我这一辈子按部就班，生活永远是平平淡淡、安安稳稳的。如果现在决定离开，那么我将永远回到我自己的生活中。

我的内心躁动起来，像我这样的普通人，能有机会体验到另一个世界的奇幻经历，一旦错过，就再也没有机会。

我想了一会儿，说：“我跟着你们。”

这是我这辈子最大胆的决定了吧，之前是因为方浊的邀请，而这次，是我真心想参加。

方浊对我说：“其实你不需要这么做的。”

我笑笑：“我相信你们会成功，每个人都会平安归来。”

申德旭掏出钥匙，把机房的门打开了，房间里只有多年没有启动过的陈旧设备。

申德旭绕到设备后面，转动一个圆环把手。金属摩擦声传到我的耳朵里，“咔嗒”一声，门开了，申德旭让我们一个个地进到门里，原来里面有一条通往地下的螺旋通道。

我仔细地看了看门的位置，就算有人误入这间机房，也很难找到这扇门。

整条通道没有任何升降系统，可见是在葛洲坝前期工程的时候，通道就修建完毕了。

“葛洲坝是大坝的基础，和三峡大坝的中堡岛一样，都是长江江心的一座小岛。这条通道能通入葛洲坝江心洲的下方，来到长江的江底。当年工程队在修建的时候挖出很多文物，甚至还发生了一些诡异的事情。”

申德旭在介绍这项工程。

我们走了很久，四十分钟后，我们终于走到螺旋通道的尽头。

通道的尽头是一间大厅，四周墙壁上画着无数浮雕壁画。

我看着壁画上各种形态的夜叉，问申德旭：“为什么这些浮雕上的夜叉和天然塔的夜叉十分相似？”

申德旭回答说：“当初他们就是依照天然塔的比例，修建了这座内塔。”

现在，我们已经到达内塔最底层。申德旭走到大门前，把门闩取下，双手顶住大门。邓瞳和黄坤走上前去，帮助申德旭把大门推开。

我们走出门，看到一片广阔的地下空间。这里有悬崖、峡谷和丘陵，唯一看不到的就是天空，如同苍穹一样的石顶把眼前的一切都覆盖住。我们之所以能将地貌看得清清楚楚，是因为石顶是由发光的白色玉石修建的。

我现在真正明白白丹派为什么不缺钱了，长江之下这么多奇珍异宝，果然全部在申德旭手中。

内塔在巨大峡谷的悬崖之上，下方是一条湍急的地下河。我看到前方有一条瀑布，从石壁顶上落下来，隆隆的水流声传进我们的耳中。

“这里已经接近古道了，”申德旭说，“我们中间没有任何人进入过古道吧？”

老严哼了一声：“我当年是从上游巴东进入的古道，到了双鱼龙门珠就碰上了日本人，的确没有去过下游。”

老严说到这里，所有人都想到了一件事情，我忍不住拍手说道：“日本人！”

申德旭恍然大悟，内塔不是孙拂尘在葛洲坝早期的时候修建的，而是在日军侵华时期，由日本人修建的。

李冰长江镇水的二十五神兽中，奰屃和傲天在秭归，也就是西陵峡。当年徐云风和孙六壬从下游进入古道，他们进入的地方就是西陵峡口，而葛洲坝就在西陵峡口下方。

同断武的爷爷带了一艘安宅船和十几个盲人武士，大费周章地进入古道，在葛洲坝下修建了内塔。他当年应该挖了一条更宽的通道，足以放置安宅船，只是后来那条通道被人堵上了，只留下内塔中的狭窄通道。

填堵通道的人是谁，如今已经无法判断了，可能是日本人，也可能是古赤萧或者孙拂尘。其中后一种可能性最大，因为古赤萧在1980年来过葛洲坝，那时候孙拂尘已经在暗中勘测三峡地区了，他们两人一定见过面。既然见过面，那么商量出如此浩大的工程出来，也是有可能的。

老严问："如果我们是同断，该如何找出入口？"

"同断要带安宅船下来，"王鲲鹏看着眼前的环境，"既然有船，就必须有水。"

我们所有人都看着前方的瀑布和下方的河流。

王鲲鹏立即向前走了两步，又蹲下来在地上摸索。邓瞳和黄坤知道王鲲鹏有所发现，也蹲在地上摸索起来。

邓瞳大喊："是一个大圆盘！"

王鲲鹏站起来，说："是个绞盘。"

邓瞳拿着灭荆宝剑，朝悬崖边的地面上砍了几下，石壁上的石头纷纷掉落。当年的石灰掩埋在这里，时间久了，虽然表面坚硬，但里面仍旧松软。

黄坤和王鲲鹏用手去抓松动的石灰，我和楚离、张家岭也加入其中。

片刻之后，一个圆形的绞盘出现在我们的面前，我们顺着绞盘上的绳索，朝悬崖走去。当我们来到悬崖的一侧时，发现还有另外三根绳索，我们又根据这三根绳索，找到了另外三个绞盘。

这四根绳索尽头的吊钩，是当年同断指挥手下，将安宅船送入地下河流的工具。同断带着安宅船下来后，日本人就把绞盘收了上去。这一切也很合理，同断下来之后，就没有想过要回去。

现在我们要做的事情就简单了，顺着同断当年走过的路前行就可以。

王鲲鹏、邓瞳、黄坤、楚离四个人分别把四根绳索放下去，楚离背着方浊，张家岭背着老严，邓瞳则背着老严的轮椅，所有人都顺着绳索到悬崖下面去。

这种事情，在这些术士看来都是稀松平常，而我却无论如何都不敢攀到绳索上。

黄坤在我身边，对我说："我先下去，你踩在我的肩膀上。"

即便是这样，我也没有胆量下去啊！

"把眼睛闭上。"黄坤安慰我，"千万不要向下看，眼睛就盯着手里的绳索。"

我照做了，把黄坤的肩膀当作支撑，一点一点地向下滑。整个过程我都不敢张望，怕自己被悬崖的高度吓到，失手掉下去。

我和黄坤是最后到的，其他人已经等了很久。

我的脚落在地上，心里这才踏实。我看了看四周，发现我们所有人都站在一条搁浅的木船上，汹涌的地下河流在木船旁奔腾而过。

"同断的安宅船怎么会在这里？"我看向老严。

老严冷淡地说："同断带下来的并不只有一条船。"

王鲲鹏看了看："古道里有纤夫鬼魂，看来同断是利用了这些纤夫。"

方浊说话了："可是徐大哥和孙家小姐进入古道的时候，已经把纤夫放了。"

没有纤夫，船动不了。

王鲲鹏看了看黄坤："你的避水符还好使吗？"

"放心吧，"黄坤的语气让人觉得十分可靠，"船沉不了。"

王鲲鹏又看了看方浊："你还有力气吗？"

"我能把船拖动。"方浊虽然身体虚弱，但仍旧坚定地说，"我能的。"

即便把船拖到地下河的河道上，又有谁能拉得动船呢？

王鲲鹏此时看向了邓瞳。

邓瞳愣了一会儿，才对王鲲鹏说："我试试。"

"没有试试的机会。"王鲲鹏说，"做不成，我们就只有死路一条，被地下河冲到更深的地下去。"

"好吧，好吧。"邓瞳摆摆手，"能成。"

"好。"王鲲鹏说，"方浊先来。"

安宅船剧烈晃动起来，发出了木头碎裂的声音。这条船重重地磕在礁石上，船体底舱有个巨大的缺口。方浊正在努力地把安宅船从礁石上拔起，送到地下河的河道上。

船身终于松动，顺着水流驶入河道。船舱后部有水漫了进来，船头立即翘起，我们所有人都紧紧抓住身边的东西，稳住身体。

黄坤已经脱了衣服，他的后背露出避水符的文身，黄松柏一生的心血再一次发挥了重要的作用。黄坤站在船舱后部的水中，当他站稳之后，船内就不再漏水，船身也恢复了平衡。

黄坤没有离开缺口，他要一直站在这里，用避水符阻挡河水的灌入。

现在就看邓瞳的本事了，安宅船要逆流而上，必须要由纤夫来牵引。地面上的纤夫是人，而地下古道里的纤夫，就一定是鬼魂。

能做到百鬼朝拜的，也就只有邓瞳了。

无数黑影从地下的石壁里钻出来，趴在石壁上。邓瞳扬起手，他的身边顿时闪烁着细微的金光。邓瞳也是聪明人，他留着驱使冉遗用的金线，可不是因为这玩意儿值钱，而是要用在这里。

王鲲鹏用绳索把邓瞳的身体绑缚在船头的绳桩上，邓瞳把手里攥着的金线分成好几根，每一根金线都牵着石壁上的黑影。

黑影在石壁上移动，安宅船也动了，船身破开地下河的水流，慢慢前行。

当安宅船驶过那条从石壁上落下的瀑布时，我才注意到石壁上的裂缝一直延伸到长江的河床，江水从裂缝涌入，这才有了如此壮观的景象。

我听见王鲲鹏在大声指挥邓瞳：“这个地方危险，赶快过去！”

王鲲鹏的话刚说完，安宅船就开始剧烈摇晃，船上的铁钉一个个地崩出来。飞星被开山劈斩之后，无数具有磁力的碎片就顺着瀑布来到了地下。

邓瞳指挥着石壁上的黑影快速移动，我们也朝着地下河的下游继续前行，这里的水面相对平稳，河面也随着地下空间而开阔起来。

虽然我们已经距离瀑布比较远了，但瀑布的隆隆声音仍然回响在耳边。接下来，我看到了让我目瞪口呆的一幕。

地下河的上游方向有一块巨大的岩壁，按照常理看来，这里的水流早应该被岩石断层给截住了。我无法判断地下河的河水从何而来，可能是从岩石断层下的缝隙流过来的。

现在，我们看到岩石断层出现了一个巨大的缺口，缺口后面黑洞洞的，不知道里面是什么情况。突然，我们听到了一阵巨大的岩石摩擦声，一块岩壁从岩石断层的另一侧垮塌下来，激起了巨大的水浪，把安宅船激荡得上下颠簸。

石壁垮塌之后，露出来的岩壁呈现出古朴的绿色，也就是说，石壁下是一块完整的青铜墙壁。

青铜墙壁也在震动，过了片刻，青铜墙壁猛然朝着下游方向倒塌，溅起来的水花比刚才要大得多。

黄坤大喝一声，安宅船勉强在水浪中保持平衡，水浪平静后，安宅船下的水花化作龙形，稳稳地把船体托放到水面上。

我看到黄家五行符中避水符的威力，而五行符还有开山符、剖木符、锻金符、祝融符。黄家能在西南术士家族中为首几百年，凭借的并不仅仅是当年黄铁俞的身份和血统。

“又来了！”黄坤大喊起来。

刚才的情形又出现了一次，这次是刚才垮塌的石壁旁边，又有一块石壁再次垮塌，露出了青铜色的墙壁。

我们所有人都看明白了，青铜墙壁就是隔断三峡古道下游入口的青铜门。

根据青铜门的大小判断，整个断层一共有四扇门，其中三扇已经塌了。

打开古道的入口，就是三铜破局的第一步。

现在，最后一扇青铜门也塌了，我们需要在四扇青铜门倒塌之后的缺口里，选择一个正确的入口。

所有人都看向老严，而老严摇了摇头，看向王鲲鹏。

王鲲鹏犹豫了很久，伸手指向第二个缺口。

没有人质疑，也没有人询问，这就是为什么只能由王鲲鹏带领大家。所有人把选择的权力都交给王鲲鹏，因为他们和我都相信王鲲鹏的选择是不会出现错误的。

王鲲鹏在这么多年的坎坷经历中，不仅表现出一次又一次的精准判断，而且他身上散发出来的气势和超出常人的能力，仿佛能够击败一切困难。

赵一二有徒弟如此，诡道有这样的门人，的确是一件十分幸运的事。

邓瞳当然是毫不犹豫，他驱使着黑影，把安宅船拉向了第二道青铜门后的缺口。当我们进入缺口后，看到了一只已经腐朽的安宅船悬挂在石壁之上。

这就是当年同断进入古道时所用的船。

有那么一瞬间，我真的认为王鲲鹏是一个通天彻地的人物，在肩负着所有人性命安危的关键时刻，他竟然能毫不犹豫地做出了正确的选择。

我看向一旁的王鲲鹏，他的脸上没有任何骄傲或者得意的表情，仍旧很严肃——换作我，无论如何也掩饰不了自己内心的激动。

古道里的环境十分凶险，王鲲鹏也不知道徐云风和张元天现在到底是什么情况，也许很乐观，也许会让人难以接受。

我发现，只要王鲲鹏出现，所有人就会毫不犹豫地把他当成领袖。这也是他在荆州酗酒时，方浊没有放弃他，黄坤和邓瞳也一直跟随他的原因。

王鲲鹏虽然酗酒，但并不意味着他在逃避这个世界，他只是需要休息。自从王鲲鹏拜赵一二为师，在研究所处理各种事件，从大鲵村、玉真宫、七眼泉一路走来，一直处在极度紧张的状态中，哪里有片刻的轻松。

所以在七星阵法结束后的这几年，王鲲鹏一直反思自己之前的作为，而他酗酒的原因，一方面是愧疚于无法挽回徐云风的悲剧宿命，另一方面是他真的累了。

但是，方浊的努力触动了王鲲鹏，他不会扔下身上背负的责任，而且也绝不是一个做事被动的人。

三铜能顺利通过黄河和长江，不就是因为他在暗中帮忙吗。

王鲲鹏这个人不用去质疑，任何人都没有资格去质疑他，当然也不会有人去质疑。

现在，王鲲鹏站在邓瞳身边，指挥邓瞳带领黑影，拉着安宅船在河道里前行。

我们进入古道了，真正的三峡古道。

古道比我想象中更宽阔，当年徐云风和孙六壬走的是上方的陆路，而我们现在走的是同断走过的水路。

我们来到地下非常深的地方，头顶上方悬挂着石梁，当年徐云风和孙六壬就是从上方的石梁上一步步走过去的吧。

古道里的河流十分平缓，每年的七月半，鬼魂都要经过我们所在的地方，然后从下游峡口出来。想到这里，我的内心就感到一股悲凉，这种情绪远远超越了恐惧。

我看到古道的栈道上，石壁残破不全，显得十分古朴，无数发光的蜻蜓在我们的头顶上飞舞。

关于八寒地狱的描写都是真的，徐云风经历的一切都被记录下来了。

我看了看方浊，方浊向我点点头。

终于，我们来到一扇狭窄的石门旁边，石门后方有一艘锈蚀斑斑的钢铁轮船，船上还有一座小型门炮。

安宅船在钢铁轮船的下方通过，我们看见石门两边各雕刻着一条鲤鱼，鲤鱼的嘴里吐出水流，两道水流之间，一个晶莹剔透的水球悬浮在半空中。

双鱼龙门珠到了，这里就是当年张元天带领四大外道、老严、孙鼎跟同断比拼的地方。

安宅船缓慢地通过双鱼龙门珠，驶入巨大的深潭中。深潭前方有一块小小的浅滩陆地，张元天等人当年就站在陆地上等着同断，而我们现在就处在同断所在的位置。

就是这里了，如果徐云风还活着，他一定会在这里等着我们。

“徐大哥——”方浊走到安宅船的船头，扶着船舷大喊，“我们来了，你出来吧！”

方浊的声音在古道里回绕，但是没有任何回应。

王鲲鹏仔细听着，时间一分一秒地过去。

方浊还在不停地呼喊，她的声音越来越绝望，最后已经声嘶力竭。

“方浊……”王鲲鹏劝道，“疯子一定没死，他还在。赤霄和螟蛉进入古道是追随他的，这两把宝剑只会追随诡道的门人。”

“徐大哥为什么还不出来？”方浊的声音已经沙哑，“他难道不想见我们吗？”

徐云风已经到了能够跟张元天一决高下的境地，他怎么想的，我们怎么能猜得到。

王鲲鹏看了看四周，对邓瞳说："把这条船固定住。"

邓瞳已经没有精力说废话了，他把金线绑在船舷上，黑影全部紧紧贴住石壁，整条安宅船被固定在水面上。

黄坤终于松了口气，从齐腰深的水中走出来，拍了拍邓瞳的肩膀，表示谢意。

王鲲鹏看着黄坤，说道："你试探一下水流，看看有没有你师父留下的痕迹。"

黄坤跳入深潭，双手平摊，感受水中的细微变化。过了很久，黄坤跳上甲板，向王鲲鹏摇摇头。

"古道上方是被隔绝的。"老严说，"他们不可能在上游。"

"那么只有一种可能，"王鲲鹏看着水下，"他们进到最深的地方了。"

"我下去看看。"黄坤主动请缨，"我爷爷能下去，我也能。"

"不用了。"王鲲鹏摆手，"我们等着他吧，他一定会出现的。"

所有人都静默地等待，我也坐在甲板上，看着古道石门上的双鱼龙门珠。这个东西十分有趣，看着看着，我突然笑了。

我走到方浊身边："王鲲鹏说得没错，徐云风就在这里。"

所有人都看向我，我知道在这种时候不能卖关子，不然立马会被这些人揍个半死。

"徐云风就在深潭的下面，"我对方浊和王鲲鹏说，"而且，就是我们的脚下的深潭。"

"可是我刚才下去看了，"黄坤否定，"我的避水符感知不到他。"

我摇了摇头，轻松地说："他一定在。"

"跟这个双鱼龙门珠有关系？"王鲲鹏立即找到了重点。

"是的。"我指着双鱼龙门珠，所有人都看过去。

王鲲鹏首先看出了端倪，脸色顿时轻松起来，而其他人却还没有反应过来。

双鱼龙门珠在此时发生了变化，由一个悬浮在两道水流交汇处的水球，变成一个知了壳子。喷水的鱼头没有变，有人在下面刻了两个大大的圆盘，圆盘上又寥寥地刻了几笔，仔细看来，是乌龟壳子。

以徐云风不学无术的本事，他也只能刻出这种粗陋的东西出来。

徐云风知道王鲲鹏会进入古道，所以留下记号，让王鲲鹏明白，他不仅没死，而且还有闲心在这个地方刻两个王八。龙门珠显出螟蛉的样子，就更能证明，他在向王鲲鹏显摆。

我忍不住笑起来，方浊也轻松了很多。徐云风既然还能跟王鲲鹏恶作剧，那就证明他现在的处境并不糟糕。

如果徐云风留下“王鲲鹏，我没死”这样的话，那就不是徐云风了。刻两个大王八在这里，才是他的一贯风格。

还有一点，双鱼龙门珠是三峡古道里的上古神物，自古以来的术士都不敢触碰，如今却被徐云风随意刻画，这一点能够体现——徐云风的能力，比他进入古道之前，更上一层楼，已经到了不受双鱼龙门珠影响的地步。

邓瞳看着两个大王八，已经哈哈大笑起来，完全不顾及王鲲鹏是自己的师父。

其他人只能勉强压抑着笑意，他们都对王鲲鹏无比敬仰，遇到这种尴尬的事情，只能尽量忍着。

我之所以知道徐云风在深潭之下，是因为这里就是当年同断和张元天一较高下的地方，也是几千年来无数术士交战，拼得你死我活的位置。

徐云风和张元天也选择了这里。

现在我们唯一要做的事情，就是等待。

所有人都坐下来休息，心情激动地等着徐云风出现。

我的内心无比复杂，如果我真的见到了他，那会是一个什么样的情形呢？

王鲲鹏到了我的身边，他明白我在焦虑什么。

“现在已经跟你没有任何关系了，你只需要在一旁看着就行。”王鲲鹏说，“没有你想的那么复杂，你是存在的，不存在的应该是他。”

我深吸一口气，其实这种说法，对于我来说，无法打消我的顾虑。

我们在古道里察觉不到时间的流逝，现在的时间是凌晨五点，我们在深潭上继续焦急地等待。从凌晨到中午，从中午到下午，接着到了晚上七点，也就是戌时。

时间一分一秒地过去，方浊焦躁起来，她和王鲲鹏一起站在船上。

到了晚上十一点钟，也就是子时的时候，事情终于有了转机。

“来了。”我轻声告诉其他人。

我不知道自己为什么能感觉到，但我就是知道，我的另一半——那个在我的笔下的徐云风，就要来了。

王鲲鹏双手抓着船舷，我第一次看到他激动的神情，他说：“来了！”

黄坤把手放进水里：“我感受到了，水在下面翻滚，上来的人力量很大，一定是我师父。”

方浊激动地看着深潭：“一定是徐大哥，一定是他！”

深潭的水面如同沸腾了一样，水中有一条长长的黑影在盘旋，当黑影接近水面的时候，我看清楚了，这东西比蟒蛇大得多，像是龙，但是没有鳞和角。

蛟龙！

我记得徐云风和同断武比拼的时候，已经突破了自身的能力，化身为蛟。

看来是他了，所有人的心情都十分激动。

蛟从水里凌空而起，露出了上半截身体，弹跳到安宅船上来。

一个浑身湿漉漉的男人站在甲板上，他满脸胡须，一头长发被随意地挽起来，身上的衣服倒是挺干净的。

我看不出这人的年龄，但是也不用猜了，他必定是徐云风。

方浊一把将徐云风的脖子搂住，不肯放开。

没人觉得方浊的行为有什么不妥，即使她是一个女道士。

“谁带了刮胡刀？”徐云风说出来的第一句话，就让我们莫名其妙。

王鲲鹏怀里拿出了一把剪刀，递给徐云风。

我傻眼了，这什么情况？

徐云风松开了方浊，拿过剪刀，在自己的胡须上胡乱铰了两下，又顺手把自己的头发给铰了。

徐云风对王鲲鹏说：“看到两个大王八没有？”

“看到了。”王鲲鹏说，“祸害遗千年，知道你死不了。”

“屁。”徐云风说，“这几年的清明和七月半，你他妈的给我烧了不少纸钱吧，你以为我不知道？”

方浊紧紧地贴着徐云风，看样子，她是片刻都不愿意跟徐云风分开了。此时的方浊不是清静派司掌，也不是威风凛凛的研究所所长，更不是力大无穷的开山派传人，只是一个满怀欣喜的女人。

徐云风看了看黄坤：“你过来。”

黄坤郑重地走到徐云风面前：“师父。”

“本事大了。”徐云风说，“避水符使得不错。我像你这么大时，没这个本事。”

邓瞳凑到徐云风面前，用大拇指指着自己：“我呢？还有我呢！你看石壁上的那些鬼魂，都是我招来的。”

徐云风对邓瞳翻了一个白眼，说道：“你本事大，跟我有什么关系？你又不是我徒弟。”

邓瞳说：“好歹是我把大家带过来的吧！”

“那又怎样？”徐云风懒得理会邓瞳，走到王鲲鹏面前，紧紧地拥抱了王鲲鹏，然后又把他推开，握住了他的手，说道，“你还知道下来找我？”

王鲲鹏用拳头打了徐云风的肩膀一下，说：“我是准备给你收尸的，结果没想到你还活着。”

“这里盼着我死的人，可不止你一个吧。”徐云风松开王鲲鹏，走到老严面前，“不好意思，我死不了。”

“我知道。”老严说，“我腿瘸了，眼睛还没瞎。”

“哦，”徐云风对老严说，“我差点忘了，还有件事情，我要告诉你。”

“你尽管说。”老严问徐云风。

“张元天也没死。”徐云风轻松地说，“他等会儿来找你，你跟他叙叙旧。”

张元天没死！

这个倒是出乎我们所有人的预料。

“这几年到底发生了什么？”王鲲鹏问出了我们每个人心里的问题。

“等张元天出来了，”徐云风说，“我再说。”

“他什么时候出来？”老严问。

“快了。”徐云风说，“丑时吧，今天应该是丑时，丑时一刻。”

徐云风看向张艾德和楚离：“这两个哥们是谁，我认识吗？”

张艾德走到徐云风面前：“我认识你，你不认识我。”

“你是龙虎山张天师的后人，”徐云风指着张艾德，“我就是客套一下，你还当真了。”

张艾德是一个实诚人，跟方浊和王鲲鹏这样的人打交道倒还适应，可是在徐云风这种人面前，他就不知道该如何应答了。

徐云风又看向了楚离，楚离不说话。

“你爹救过我的命，我就不说他坏话了。”徐云风拍了拍楚离的肩膀，“你师父金老二是个人物。”

楚离仍旧沉默。

徐云风看了看楚离，叹口气，对王鲲鹏说：“看来咱俩的徒弟没希望做诡道的司掌了，他可比咱俩的徒弟都靠谱。”

黄坤倒还罢了，邓瞳的脸面挂不住，说道：“哪有长辈这么说话的？”

“过几年，你就打不过他了。”徐云风说完，又转头看向黄坤，“我可没说瞎话，还有你也一样。”

徐云风突然低下头，过了一会儿，又猛然抬起来，严肃的神情跟刚才玩世不恭的样子判若两人。

徐云风说：“提前了，张元天这个老东西从来就不守规矩。”

“他要来了？”老严立即问道。

“你怕了？”徐云风抽动了一下鼻子，“放心，还真能让他弄死你不成？有我在呢。”

“你跟张元天……”王鲲鹏问了一半。

“是的。”徐云风说，“我跟他在古道里斗了好几年，不过昨天他被我打败了。”

徐云风说完，两把长剑突然从他的手里冒出来。

左手螟蛉，右手赤霄。

徐云风挽着剑花，慢慢走到船舷上。

“所有人都到岸上去！”王鲲鹏嘴里大喊。

邓瞳将安宅船移到靠近上游的位置，我跟着他们跳上石头浅滩。徐云风夹在红白两道光芒之间，紧紧地盯着脚下的深潭。

徐云风在古道里跟张元天打了这么多年，直到昨天才胜了一次……

我无法想象他是怎么活下来的。

还有一件事情，我一直忍着没告诉王鲲鹏。徐云风从头到尾都没有看向我，我很肯定，他是真的没看见我，而不是对我视若无睹。

我没想明白其中的缘由，但是我隐隐有种预感，这件事可能十分重要。

张元天出来时的排场比徐云风大得多。

深潭上长出了几片青翠的荷叶，荷叶漂浮在水面上，荷花也冒出头来。当荷叶把水面全部覆盖之后，莲花变成了一个人，盘膝坐在荷叶上。

或许只有这种方式才能彰显张元天的身份吧，毕竟他是这一百年来，天下最顶尖的术士。

张元天站立起来，一副留着八字胡的老者模样。他仰头看了看徐云风，然后又看向我们这边，目光只在老严和王鲲鹏身上停留了一会儿，仿佛其他人都不存在似的。

我身边所有人都没有出手的意思，这不是他们能参与的比拼，没人能插手。

不过，徐云风现在手里有了螟蛉和赤霄，所以才能在昨天第一次击败了张元天。

徐云风跳上深潭上的荷叶，与张元天面对面。

“你的老朋友来啦！”徐云风对张元天大声说，“你不过去打个招呼？”

张元天所有的注意力都在徐云风身上：“他们来或不来，没有任何区别。”

“那就打吧。”徐云风说这话的时候，螟蛉已经砍到了张元天的身上。

张元天没有反应，身体被劈成两半。

所有人都发出惊呼，不敢相信眼前的场景。

徐云风嘴里咒骂：“又来了。”

张元天被劈中后，分身成两个人，各自拿着一柄黑色的短剑，一左一右地逼向徐云风。

徐云风手持螟蛉和赤霄，不断格挡，火星四溅。

在我眼里，这两个人的动作已经快到看不清身影，只有黑、红、白三道光芒纠缠在一起，不断迸发出火星。

突然，红色光芒和白色光芒都消失了，只剩下张元天的两个分身站在荷叶上。

张元天的身体渐渐合二为一，又恢复成一个人。

张元天气定神闲地站立在荷叶上，他全身散发出淡淡的青色气体，青色气体在空中弥漫开来，触碰到周围的石壁时，立即缩回来。

就这么一瞬间，我们都看得心惊肉跳。

突然，我看到王鲲鹏的身后多了一个人影，正是徐云风躲在王鲲鹏后面，只是大家的注意力都集中在张元天身上，没有发现。

青色气体开始飘散，一直飘到我面前，突然把我围拢起来。

我的眼前一花，张元天的脸瞬间就出现在我身前，而王鲲鹏、方浊等人却站在他身后的岸上。

我被拉到深潭的荷叶上了！

张元天的脸立即变得狰狞，我被逼迫得无法呼吸。

紧接着，张元天瞬间向后撤去，我看见张元天的脖子上被一条绳索紧紧缚住，他的身体被绳索拽到深潭之下。

我脚下的荷叶全部消失，我落入水中，向下沉去，看见深潭下仍旧有红白两道光芒和黑色光芒纠缠。

我立即奋力游向岸边，王鲲鹏把我拉上岸。

“张元天把我当成徐云风了。”我气喘吁吁地对王鲲鹏说。

“是的。”王鲲鹏回答，“我们都看见了。”

“张元天这次可能要倒霉。”王鲲鹏说，“他分不清楚你和徐云风，所以徐云风才有机会从他身后击败他。”

王鲲鹏的话刚说完，徐云风和张元天就又从水下冒出来了。

张元天手里的黑色短剑到了徐云风手上，徐云风现在右手赤霄，左手短剑，而螟蛉在张元天的头顶上不断旋转。

黑色短剑和赤霄堵住了张元天的去路，螟蛉炎剑从上至下，狠狠地刺下来。

炎剑从张元天的头顶刺入两寸，张元天的身体开始熔化。

时间就在这一刻静止了。

我本以为是我在关键时刻太紧张，导致产生时间停滞的幻觉，过了很久后我才发现，原来是徐云风和张元天两人同时凝固在空气中。

隆隆的号角声传来，徐云风和张元天两人同时消失。

又过了很久，徐云风从深潭中爬上来，累得不断喘气。

“真可惜。”王鲲鹏说，“就差一点，时间却到了。”

“如果不是每天只能打一刻钟，”徐云风苦笑着说，“我哪里有机会见到你们，早就被他弄死了。”

徐云风恢复了体力，悠闲地说：“刚才张元天怎么突然傻了？他擅长露出破绽，让我上钩，要不是他把注意力都放在前面，我还不敢从他背后偷袭。”

我和王鲲鹏对看了一眼：“他看不见我。”

王鲲鹏对我说：“他也听不见你。”

徐云风回头：“你在跟谁说话？”

王鲲鹏说：“你看不见的人。”

“邓瞳吗？”徐云风从我身边走过，一把抓住邓瞳的衣领，“这小子不是一直在这里吗。”

我看着徐云风推开邓瞳，又看向所有人。

事情变得比我想的有趣多了。

我问王鲲鹏：“要告诉他吗？”

王鲲鹏想了一会儿：“没必要隐瞒了，他现在还有什么事情是不能接受的。”

徐云风听见王鲲鹏这么说，立即明白了他在跟谁说话。

我走到徐云风的面前，跟他面对面站立。

“哦。”徐云风应了一声，“好，就这样吧。”

“对不起。”我也只能说出这么一句话了。

徐云风是一个不存在的人，他在世界上的位置被我顶替了。

我忽然想起来，在我还读书的时候，班上有一个叫“刘俊涛”的人。我们叫他的名字，他都不答应，或者愣一下才答应。我们觉得很奇怪，这人平时看起来很机灵，怎么打招呼的时候反应迟钝呢？

后来我们快毕业的时候，“刘俊涛”跟我们熟悉了起来，也成好哥们了，他告诉我们，其实他不叫“刘俊涛”，他叫张三华，是顶替了一个叫刘俊涛的人上的大学。

刘俊涛家里穷，供不起儿子读大学，干脆就把这个名额卖给张三华的家人。20 世纪 90 年代中期，身份证都要在 20 岁之后才能办理，户口本也是手填的，联网的户籍制度根本就无从谈起，所以这种事情很好操作。于是，张三华家里花了七千块买了刘俊涛的身份，而真正的刘俊涛则南下打工。

毕业后一年，张三华用“刘俊涛”的名字考上研究生，然后出国留学。真正的刘俊涛可能在家里种棉花，或者是在北上广的工地里做建筑工，再或者是在珠三角的某个厂里做流水线工人。

刘俊涛只有一个，但是有两个人用同一个身份，演绎了不同的生活。

如果在美国的“托尼刘”回国后见到了刘俊涛，两人相见，会有什么样的感触呢？

我想，就跟我与徐云风一样的无奈吧，只是无话可说罢了。

徐云风也没什么可跟我说的，他把脸转向方浊。

方浊用手碰了碰徐云风的额头：“你这些年是怎么过的？”

徐云风看着方浊：“日子不好过，但幸好张元天每天十二个时辰里只有一刻钟能化成实体跟我打斗，不然我早就死了。”

“一刻钟？”王鲲鹏和我同时想起了一件事情，但是都没有说出口。

徐云风看着王鲲鹏说：“七眼泉上的红水阵，有一刻钟是多出来的。”

“我摆布红水阵的时候，一直想不通这点，”王鲲鹏回答，“无论用哪一种算法，总是有一刻钟的水分圆不上。”

徐云风看向楚离，说：“金老二提醒我的，没想到就因为这件事情，让我活到今天。”

这倒是一件新鲜事，大家都不说话，急切地等徐云风自己说出他这些年的遭遇。

虽然天下术士最强的三个人分别是张元天、王鲲鹏、徐云风，但是王鲲鹏和徐云风的能力加起来，还是比不过张元天。徐云风和张元天进入古道后，徐云风独自一人，哪里是张元天的对手。

好在他们碰上地震，古道塌了。

张元天和徐云风在古道里都自顾不暇，只顾躲避落石和汹涌的河水，这才勉强保命。

古道封闭之后，张元天和徐云风就不可避免地斗起来。张元天说服不了徐云风，徐云风倒不是否定张元天的观点，而是不想干涉孙六壬。

张元天对徐云风惺惺相惜，最开始也没有痛下杀手，只是想制服徐云风并说服他。可是徐云风已经铁了心要跟张元天作对，他利用张元天的手下留情，偷袭张元天。张元天恼羞成怒，就真想杀掉徐云风了。

但此时已经晚了，徐云风已经发现，张元天每天只有一刻钟的时间能化作实体，跟自己拼斗。在其他的时间里，张元天只能用幻象蛊惑徐云风，而徐云风怎么可能被这种招数蒙骗。

徐云风想来想去，当初铲截两宗在七眼泉红水阵决战的时候，双方共同设下时间上的规矩。张元天要在七眼泉出阴，就得遵守这个一刻钟的规矩，所以两个人每天交手的时间只有一刻钟。

徐云风知道自己每天只需要熬过一刻钟即可，于是干脆就在古道里跟张元天捉迷藏。好几次张元天找到了徐云风，要出手杀死他的时候，时间到了。

头两年，徐云风就是这么苟延残喘地活着。不过随着时间的流逝，徐云风对古道的环境越来越熟悉，并且凭借记忆，从头学习诡道的算术和法术。

他的能力越来越强，到了最后一年，哪怕是与张元天正面比拼，张元天也无法在一刻钟里制服徐云风。

如果王鲲鹏和方浊不进来，徐云风和张元天就要打成平手了，不过徐云风要是想超越张元天，那至少还需要几十年。

当三铜破开古道之后，螟蛉和赤霄入地，徐云风得了两个诡道的兵器，一下就把张元天击败了。

“古道里就这么点地方？”方浊犹豫地问徐云风。

“你错了。”徐云风看着深潭，“深潭之下，有无数地下洞穴，不知道会通向什么地方，我和张元天都不敢深入。”

“你和张元天在这个地方待了好几年，闷都闷死了。”邓瞳插嘴，“你就没有想过会永远留在这里，一直到死？”

徐云风看了看方浊和王鲲鹏，笑吟吟地说：“我知道你们一定会来的，不然我进去的第一天就认命了。反正都出不去，还跟张元天打什么？”

“所以你在双鱼龙门珠上给我刻了两个大王八，”王鲲鹏“哼”了一声，“生怕我们看不到。”

“那个王八我刻了好久。”徐云风笑，“我把螟蛉的样子嵌到龙门珠里，好歹打发了不少时间，也让我知道了一个秘密。”

“秘密？”邓瞳最好奇，率先问出来。

“这个秘密可以让我在没有赤霄和螟蛉的情况下，也能击败张元天，”徐云风沮丧地说，“只是你们来得早了点，要是我现在打败了张元天，别人还以为是你们帮了我，我们以多胜少，欺负了他。”

所有人都朝双鱼龙门珠看去，只见双鱼龙门珠漂浮在两条鲤鱼吐出的水柱中。

“我刚才说错了，”徐云风摆摆手，“就算没有你们，我能打败张元天，凭的还是以多胜少。”

“你能在古道里找到帮手？”王鲲鹏立即醒悟。

老严也明白了：“这里的确有很多帮手。”

方浊看着徐云风，点了点头：“是的，就算我们不来，你也会打败张元天。”

徐云风故意轻松地对方浊笑：“我是不是很厉害？”

“我宁愿你没有这么强大。”方浊说，“我是不是很傻？”

没人觉得这句话好笑，徐云风和王鲲鹏都笑不出来。

徐云风对老严说：“张元天已经在我手下输了两次，第一次是他猝不及防，我只赢了一点点；第二次是他注意到了其他人，我赢得不够磊落；第三次，你看着，我要光明正大地击败他！”

“我信。”老严说，“还有十一个时辰，我看着你击败他。”

接下来的十一个时辰显得很漫长，徐云风和王鲲鹏、方浊一起坐着，他们都没有说话，等着最后的决战来临。

我和其他人都很紧张，我好奇徐云风到底掌握了什么本事，能有足够的信心击败张元天。

到了第二天的亥时，一直打盹的老严睁开眼睛，提醒徐云风：“时间到了。”

徐云风已经走到双鱼龙门珠之下，他把手探向龙门珠，把龙门珠攥在手里，捧到自己的胸口。

我不知道隐藏在龙门珠里的秘密到底是什么，只能等着徐云风施展出他的本事。

张元天不知道什么时候出现了，这次他站在安宅船上。

徐云风捧着龙门珠走到张元天的面前，说道："这是最后一次了。"

"我早该杀掉你的。"张元天的声音很虚弱，他已经知道今天是自己的末日。

"是的，你有很多次杀掉我的机会，可是你没有那么做。"徐云风说，"我却不会放过你。"

"你客气了。"张元天说，"你比我的年纪小了几十岁，只要你能赢我一次，以后就会永远赢下去，而我再也没有机会。"

我很想说，既然如此，为什么还要打一场注定失败的冥战呢?

随即我明白了，张元天这种人不会投降，即便是败了，也要败在对手的手里。

张元天的身体慢慢化成黑色的烟雾，把徐云风的身体笼罩起来，我只能看见黑雾中的红白两道光芒。

深潭之下，无数怨灵冒出来了。

怨灵面容枯槁，身上都带有寒光，它们不断地从水中慢慢爬上来，然后稳步走到安宅船上，规规矩矩地站在徐云风身后。

张元天的黑雾逐渐消散了。

老严挣扎着从轮椅上爬下来，对安宅船行礼，王鲲鹏和张家岭也一样。其他人虽然不明白其中缘由，但是看见老严和王鲲鹏这么做了，也跟着行礼。

只有一个人例外，就是张艾德。

"我的天！"张艾德目瞪口呆，看上去比我们任何人都惊讶。

他是明白人。

徐云风稳稳地站在那里，几十个怨灵恭敬地站在他身后。

张元天的身体在徐云风面前越来越小。

"这些都是当年铲截两宗的前辈高手。"张艾德喃喃地说，"左边站的都是铲教门人，右边站的截教门人。他们在世的时候，都是当年天下一等一的术士，后来在古道里同归于尽，被封印在双鱼龙门珠里。”

王鲲鹏问：“你有办法把它们送回去吗？”

“没有。”张艾德说，“三铜破局，飞星已散，双鱼龙门珠也已经被破了，不知道还能不能收场。”

张元天动手了，黑气中一只巨大的手掌就要把徐云风抓住。

一个怨灵走到徐云风的面前，挡住了张元天的攻击。

这个人我们都不认识，但是老严认识，老严的身体瑟瑟发抖，很明显，他非常害怕这个人。

“同断的怨灵回来了。”老严说，“招魂师竟然是徐云风。”

“有我呢。”王鲲鹏冷静地说，“这次，我不会再扔下我的兄弟离开。”

方浊把头转向王鲲鹏，说道：“还有我。”

王鲲鹏摇了摇头。

同断的怨灵已经逼向了张元天，怨灵的能力比生前打了折扣，张元天勉强把同断推开。

此时，徐云风身后又走出来一个怨灵，这个怨灵谁也不认识，武器是一把巨斧。

接着是第三个，第四个，第五个，第六个。

张元天的身影已经看不到了。

不用再等，这一场比拼的胜负已分。

冥战部

张元天的败局已定。

徐云风招来的无数怨灵，都是当年在古道里拼搏殒命的术士高手，他们的魂魄一直凝聚在古道里，千年不散。

张元天无法面对这些来自阴间，已经死了千年的术士，他把头转向老严。

张元天再次输给这些怨灵。上一次，是老严在七眼泉上带动的无数怨灵；而这一次，是徐云风召唤的古道之下的怨灵。

这些怨灵都佩戴着宝剑，虚幻的刀刃在张元天身上不断刺杀。张元天的身上流不出鲜血，也看不到破裂的伤口。

徐云风收手了，他在怨灵的帮助下，实力已经远远强于张元天。张元天认输后，徐云风把怨灵收入回龙门珠。张元天在徐云风面前，再也没有一丝一毫的胜算。

张元天看了徐云风很久，苦笑了几声，又咳嗽起来。

寂静的古道里，张元天苍老的咳嗽声萦绕在所有人耳边。老严把眼睛闭上，两手狠狠抓着轮椅上的把手。

张元天乌黑的头发和胡须瞬间变白了，他脸上的皮肤如同抹布一样皱成一团。他的身材变得十分矮小，后背佝偻起来，终于显露出他本该具备的老态。

张元天的命数到了，作为一个正常人，他已经活到了一个不可思议的年龄。就算徐云风等人不对付他，他也活不了几天。

张元天注视着徐云风，说："为了身边的人，你宁愿选择闭上眼睛，不去看真正存在的东西吗？"

"我已经说过很多次了，"徐云风说，"如果连身边的朋友和亲人都保护不了，把一切都弄明白了，又有什么意思？没办法，我目光短浅，舍不得牺牲我的朋友。"

张元天与徐云风的对话结束了，他慢慢地走下船，来到老严面前，对老严说："我又败了。"

老严不敢睁开眼睛。

张元天对老严说："崇光，都结束了，一切到此为止。"

老严说："这么多年来，死了多少人？"

"我没算过，"张元天说，"我哪里记得住那么多人。"

"其他人我就不提了，"老严睁开眼睛，对张元天说："当年跟你一起站在这里，和你出生入死，对你马首是瞻的那些兄弟，他们全部因为你而互生龃龉，兄弟相残，受人排挤，郁郁而终。"

张元天看了看四周的人，老严说得没错，当年跟他一起在古道里对抗日本避水流同断的那些兄弟，现在只剩下老严一个人了。

"我们这些人，因为跟你在古道里参加过冥战，而你又始终不肯与古赤萧妥协，下场都不太好。"老严说，"孙鼎死得早……"

"孙鼎怎么死的？"张元天平静地问，"可惜神仙索绝技要失传了。"

"孙鼎回了老家，没几年就病死了，就连他的儿子也受了牵连。"老严说。

"孙鼎有儿子？"张元天问了一声。

"有，可惜被人当成疯子和灾星。"老严说，"他在 1957 年就开始屯粮食，说饥荒要来了，结果饥荒来了，他囤积的粮食成了他的罪证，又被人批斗。后来，他的老婆饿死了，他知道水库马上要溃坝，也提前告诉了村民，可是村民不相信。批斗他的那晚，水库溃坝了，他淹死在洪水里。我冒着危险，找到了孙鼎的孙子。"

"竟然还有这种事情，"张元天说，"我一直以为孙家人被古赤萧安排妥当了。"

"这些都是他安排我做的。"老严说，"当然，古赤萧也找不到更好的人选。"

张元天黯然："孙家到了这个地步，也不算太窝囊。"

"黄家兄弟在七眼泉自相残杀，你是知道的。"老严说，"钟家没人了，黄家去报仇，黄家和钟家斗了几十年，哪里还有高手。魏家赶尸的手艺只能传给何家，辰州寨姓魏的也没了。苗家一代不如一代，还跟魏家内耗。这些家族，都败在你的手上。是我，在暗中看着他们一步步走向消亡，但是我也没有办法，这一切都是因为你不肯妥协。”

张元天说：“我如果不被你暗算，这些事情都不会发生。”

“你错了。”老严说，“如果我不这么做，情况只会更糟。”

“这话怎么讲？”张元天问。

“天下所有道门首领，都被请到了北京。”老严说，“你改变梵天有什么用，那些人如果都没了，这个世界上就永远不会再有中国术士。”

“原来是这样。”张元天叹口气，“古赤萧的确是个豪杰，他用同归于尽来要挟你，可惜你却临阵退缩了。”

“我们都得死。”老严说，“但是这个世界却不会改变，只是没有了我们这些人而已。”

“古赤萧到底用什么说服了你？”张元天大声问道，“这么多年来，我一直不敢相信你就这样背叛了我！”

老严不说话了。

不知道什么时候，徐云风走到了张元天身边。

“我来告诉你。”徐云风说，“让你输个明白。”

“你知道？”老严问徐云风，“你没见过古赤萧，古赤萧死的时候，你还不到十岁。”

“可是我见过孙拂尘，做了梵天的孙拂尘。”徐云风说，“后来我在网吧里待了几年。”

“你在说些什么？”

“你当然不知道，”徐云风抽了抽鼻子，“你在下面看不到。这个世界变小了，我可以从另一个途径找到我要的答案，甚至可以对话。”

张元天说：“我不信。”

“你不信？”徐云风说，“那你为什么败在我手下？”

张元天问：“这跟崇光背叛我有关？”

“有关。”徐云风说，“老严，你的兄弟，当年之所以要反你，是因为古赤萧给了他一个承诺。”

“一定是重大的承诺。”张元天的声音变小了。

术士会慢慢消失，术士的世界会被慢慢淘汰，这是就连梵天也不能阻拦的。

作为这里唯一一个不是术士的人，我十分明白徐云风想要说什么。

“古赤萧给了老严一个能够解决困境的方法，老严没有理由拒绝。”徐云风对张元天说。

“是什么方法？”

“首先，让三铜陨灭在我们面前。”徐云风说，“三铜破开古道后，需要把三铜劈斩为碎片。这就是古赤萧答应的事情。”

张元天看向老严和张家岭，老严和张家岭对视了一眼。

“古赤萧不可能把所有任务都交给你。”张家岭说，“你负责对付张元天，我负责三铜齐聚。”

“那张红玉呢？”王鲲鹏插嘴问，“古赤萧培养了‘两张一严’，我不信他会让张红玉退出。”

张艾德和方浊同时抬起头，看着王鲲鹏。

王鲲鹏瞬间明白了。

张红玉的能力不在老严之下，再加上张家岭，他怎么可能被老严排挤。实际上他根本就是在古赤萧死前，领了另外一个任务，去往美国。至于他去美国要完成什么任务，现在看来，已经非常明了了。

一个完整的计划清晰地显现在我的脑海里。

三铜要齐聚，化作飞星。古赤萧培养了“两张一严”，三个国内的术士顶级高手。

老严——张元天的副手，崂山派的精神领袖，对中国的道教十分了解和熟悉。留下老严，就能一直稳住张元天，而张元天的再次出阴，一定要等到三铜齐聚之后。

张红玉——20 世纪 80 年代赫赫有名的气功宗师，在古赤萧去世后，奔赴美国，为的就是与龙虎山的张天师后人接触。张艾德和方浊联手，就是要挖出最后的铜鼎，让三铜齐聚。

张家岭——与张红玉齐名的气功大师，他的任务是不惜一切代价，死死盯住铜鼎，并留下铜鼎的线索，等着张天师的后人张艾德到来。

只有张艾德能让三铜化作飞星，这是龙虎山张天师独有的能力，也是龙虎山为天下道教之尊的理由。

好了，现在让我梳理一下整个事件的顺序。

1943 年，张元天在同断口中知道了梵天的存在，孙鼎也把古道之下的秘密告诉了古赤萧。古赤萧去过东南亚，也去过苏联，他一定是打探到了中土之外关于梵天的消息。

以古赤萧的见识和能力，他开始有所动作。

古赤萧知道，早期他们根本无法从大青山挖掘出铜鼎，于是这个计划的第一个任务就是等待。张元天急于出阴，取代梵天，古赤萧就把这个危机转化为事件的动力。

这就导致张元天出阴时，古赤萧策反了老严。古赤萧要将张元天的势力一网打尽，可是老严——也就是庄崇光不愿意，他不能让张元天死在自己的手里。于是，古赤萧和庄崇光商量的结果就是，让张元天无法出阴，继续维持这个状态。这个状态很难维持，但是庄崇光愿意用一生的时间去维护平衡。换句话说，他不能死，他要等下去。

随即，苏联援助了我国的大青山计划。古赤萧拒绝了梵天的邀请，并不是因为他向往闲云野鹤的生活，放弃这个地位，而是他所追求的事情更加重要。

张元天出阴的时候，古赤萧已经把中土所有术士和道教首领聚集到北京，用来要挟庄崇光。此外，古赤萧还有一个目的，他没有告诉庄崇光，那就是中国的术士既然都到齐了，那么境外宗教组织的首领也会来，那些首领很可能代表着他们所在的国家的梵天。

他们达成了协议。这个协议就是，徐云风马上要说出来的秘密。

“梵天不止一个，”徐云风说，“可能还有三个，或者四个，而且他们已经跟古赤萧见过面了。古赤萧在攻打七眼泉，阻拦你出阴前，已经得到了那几个梵天的承诺，只要阻拦你取代中土梵天，术士世界就能够延续下去。”

“你也说了，大势所趋。”张元天无法理解，“术士终究要被淘汰。”

徐云风看着张元天，说：“古赤萧和他们有一个约定，一个至少看起来比较完美的办法。”

“真的有这个办法？”张元天虚弱地问。

“有。”徐云风说，“我来告诉你当时古赤萧是怎么对老严说的。”

老严呆若木鸡，一脸茫然。

“再造一个术士的世界，让术士全部躲避在深渊之中。”徐云风把头转向老严，问道，“我说的对不对？”

老严沉默了很久，嗓音沙哑地说：“一个字都没错。”

“哈！”徐云风指着老严，对张元天说，“没错吧！”

这种情况下，老严绝不会撒谎。

“怎么会一个字都不差？”张元天还在坚持，“崇光没有告诉过你。”

“因为古赤萧和他们承诺的深渊已经存在了。”徐云风说，“这就是我一直跟你较劲的原因。”

“在哪里？”张元天焦虑起来，“怎么可能，我不相信这个世界上存在一个这样的地方。是在海洋里的岛屿上？还是在地下的无尽深渊中？”

徐云风慢慢摇头：“我这几年，一直在找那个地方，后来我找到了，还见到了其中一个人。他是印度人，也是锡克教的一个年轻长老，他的爷爷是跟古赤萧谈判的人之一！不过可笑的是，他说他的名字叫什利方，我就是从这个名字上找到了线索。”

“什利方？”不仅是我，连王鲲鹏和方浊等人也都惊呆了。

“懂的人，什么都不用问，什么都不用说，看了对方的名字，就懂了。”徐云风说，“我在网吧打游戏里用的名字也叫什利方。”

“网吧里打游戏！”黄坤脱口而出。

不用再解释了，除了张元天，每个人都知道徐云风说的那个“深渊”是在什么地方。

很无稽，很可笑吗？一点都不。

因为飞星之后的世界就是虚无，虚无中再造就一个虚无，有什么难以接受的。

道不可言，无始无终，道生一，无中生有。一又生二,二再生三。

这就是古赤萧和他们的约定。

“古赤萧到底是一个什么样的人？”王鲲鹏钦佩地说，“一个计划竟然部署了六十年，还能按部就班地完成每一个细节，甚至计算出最精准的时间点。”

“还是有意外的。”徐云风说，“七星阵法本来是由另一个人布置，只是这个人的身世太坎坷，承担了太多世俗的责任，所以老严把时间推迟了二十多年，为的就是培养一个取代他的人。”

王鲲鹏也无法接受这个现实。

“不是王鲲鹏，就是李坤鹏，或者刘坤鹏。”徐云风笑着说，“偏偏不会有徐云风，我是附赠的……但是无所谓了，计划还是到了今天这一步。”

“我只想问一句,”王鲲鹏看着徐云风，“你什么时候明白这一切的？”

徐云风抿了抿嘴，说：“其实孙六壬给我顶包了之后，我就差不多明白了。后来我天天泡在网吧里，就是为了去了解那个深渊，印证这一切。”

没有人再询问徐云风了，一切都水落石出。

张元天虽然不知道徐云风说的“天天泡在网吧”里是什么意思，但是他也清楚，徐云风说的事情是毋庸置疑的。

徐云风把身体转向张元天，问：“你是不是觉得这辈子坚持的一切都毫无意义？”

“只是错了而已。”张元天说，“只要是坚守过的事情，就都是有存在的意义的。”

“如果你晚生八十年，”徐云风说，“可能会更有意思。”

“为什么不是你和王鲲鹏早生八十年呢？”张元天已经把全部都放下了，“可能和什利方谈判的就不是古赤萧，而是我们。”

“到现在了，你还觉得古赤萧不如你？”徐云风问。

“他比我强太多，我佩服得五体投地。”张元天的身体佝偻得更厉害了，在我看来，这就是一个行将就木的老头，脸上遍布着尸斑。

“当年是谁送同断上路的？”张元天用最后的气力询问徐云风。

“我。”

张元天点头，对徐云风说：“我当年布下的彀，现在又开了……”

“多谢。”徐云风冷淡地回答。

张元天看着徐云风，说：“我这一生经历过的最凶险的冥战，不是在七眼泉，而是在这里。现在我将死在这里，也算是一个交代吧。”

张元天说完，盘膝坐在甲板上，静静地打坐。

一切都到此为止了，古赤萧完成了他的计划。虽然古赤萧的计划在中途出现了一些变化，可是最终，他还是得偿所愿了。古赤萧本以为“两张一严”会完成的任务，结果却由徐云风和王鲲鹏、方浊三人进行最后的了结。

可能他是一个能看到大势所趋的人杰吧。

我不太相信这个世界上有所谓的预言家，但是我相信有人能看到这个世界运行的规律，并且去推动、去迎合。

我面前的这些术士们，都完成了自己一生的使命。也许年轻的一代还有他们想要追求的梦想和目标，但是至少王鲲鹏、徐云风、老严、张家岭已经到了自己在这个世界上的终点。

当然还有那些已经逝去的前辈：赵一二、金盛、吕泰、魏如喜还有钟家的几个兄弟……

古道里的双鱼龙门珠已经消失，两条鲤鱼突然从石壁上崩塌下来。

在我们的头顶上，有水珠开始滴落，片刻之后，水珠越来越密集，成了水帘。

又过了一会儿，水帘开始扩大。

古道之上，长江河床之下，江水从缝隙渗透进来，已经漏到了这里。

中国最后一个古道，现在要真正地崩塌了。

“我们得走了。”张艾德提醒王鲲鹏和方浊。

老严看了看四周的环境，说：“上游和下游都已经塌方，被江水灌满了。”

徐云风看着方浊说：“他给我们留了一条生路。还记得当年他留下的那个毂——那条缝隙吗？”

“好吧，”方浊说，“我们离开吧。”

老严让张家岭把自己背到张元天的身边，然后坐在张元天的左边。

这时候我才看清楚，张元天的身体已经变成一具干尸。

“你们走吧。”老严说，“我跟张真人比谁活得长，现在我的岁数也到头了。”

张家岭看着老严，问：“你真的决定不走了？”

“不走啦。”老严说，“我的命是张真人的，现在都结束了，我得把我的命还给他。虽然生前做不到，但现在可以为他殉葬了。”

没人能够在这种情况下劝说老严，王鲲鹏也走到了安宅船上，对老严恭敬地拱拱手，说道：“那么，保重了。”

古道在崩塌，地下空间也在不断地扭曲。河道变成了深渊，石壁开始松动，当年那艘日本战舰从石壁跌入地下河，立刻沉没在水中。

战舰沉没之后，石壁显露出当年的栈道。王鲲鹏和徐云风带我们顺利地通过双鱼龙门珠的断层，踏上去往下游的栈道。

在我们走后不久，安宅船没有了黄坤的保护，也在深潭中沉没。

方浊回头跪拜了一下，她在向老严告别。

来到灵村之下，我们看到一个由人的尸体组成的梯子。梯子很长，从古道底部一直通向头顶的缝隙，上面的尸体都已经枯槁。

“上去吧。”徐云风说，“我在跟同断武比试之前，把灵村当年的那个石板撬开了，方浊没有问题。”

“嗯。”方浊说，“绝对没有问题。”

方浊第一个上去，然后是我，我后面是邓瞳、黄坤，然后是张艾德、楚离。我爬上去的时候，王鲲鹏和徐云风正扶着楚离爬到这个由尸体组成的梯子上。

这个彀，是张元天当年为了对付同断，让长江水面上的阴阳师布置的一个阵法，使同断的阴阳师和军队无法顺利通过。结果在冥战之后，同断发现了这里，准备让受困的士兵从古道之下，贴着石壁，爬上缝隙的顶部。不过，这个计划还是功亏一篑，因为当士兵们到达顶部后，全部精疲力竭，最终死在了这里。没想到多年后，这些石壁上的士兵尸体，竟然成为我们逃离古道时用的“人梯”。

我们攀爬在“人梯”上，一步步地向上攀登。虽然我上下都看不到尽头，但是我相信，我们都能爬上去。

我不知道爬了多久，在十分漫长的一段时间后，我们终于爬到了尽头。

让我觉得奇怪的是，缝隙尽头的石板并不是像徐云风说的那样，而是已经被人掀开了。

方浊好像意识到了什么，她第一个爬了上去。

我们陆续都上来了，等了很久，楚离才爬上来。

然后我们继续等待，等了很久，也没看见徐云风和王鲲鹏。

方浊明白了，她立即要回到缝隙里，但是缝隙下面已经被黑色的息壤填满，再也没有任何空隙。

方浊跪在缝隙之上。

楚离站在方浊身边，看着冒出来的息壤，说道："他们是我的长辈，他们要去深潭之下，我劝说不了他们。"

我以为方浊会哭，但是方浊没有。

相反，方浊坦然地说："可能这就是徐大哥和王师兄最后要做的事情了吧，他们最终还是不要我。"

"徐师叔让我告诉你，别做道士了，好好活下去。"楚离对方浊说。

方浊苦笑："其实他当面说也行，就算告诉我他们要扔下我，我也会听他们的。"

方浊说话的声音很轻，语气也很平静，不过她天生的能力出卖了她。

缝隙之下的息壤被撕裂开来，裂痕贯通地下。如果方浊真能把息壤全部撕裂，她一定会跳下去，我十分坚定地认为她会这么做。

可是息壤不会给方浊这个机会，息壤瞬间将裂缝填补，并且无穷无尽地继续生长。

方浊的力气是有尽头的。

在这个时候，我觉得徐云风和王鲲鹏还是挺对不起方浊的。或许他们觉得这样对方浊是公平的吧，因为在这个世界上，还有一些人需要方浊。

谁知道他们怎么想的呢。

不过这只是我暂时的疑惑而已，我看着大家的表现，很快就知道了，任何事情都是有理由的。

徐云风和王鲲鹏不出来，我认为所有人都应该很意外才对，但他们并没有露出惊愕的神情。除了方浊，大家都十分平静。

楚离对方浊说：“你已经很努力了，但是两个师叔都不愿意这么干。”

方浊看向我，说：“对不起。”

干吗要跟我说对不起？我现在非常疑惑，这事跟我有什么关系？

我茫然地看着其他人，而邓瞳、黄坤、张艾德都看向远方的山峦和汹涌的江水，不敢面对我。

只有楚离没有避开我的目光，他们在我面前共同维护着一个术士之间的秘密，一个一直没有向我透露的事情。

方浊对楚离说：“告诉他吧，已经这样了。”

“嗯。”楚离点头，对我说，“其实，徐师叔在古道和张元天是一样的。”

“一样的？”我有点摸不着头脑了，“什么意思？”

“你和徐师叔只能有一个人存在。”楚离说，“这是三铜破局之后，必须要面对的事情。”

我似乎明白了点什么，但是我无法相信这种事情是真的。

想想其实很简单，徐云风是过阴人，他能入阴，也能出阴。这不就是一样的吗，我自己都差点忘记了，张元天也是过阴人。

古道里的一刻钟，不仅仅是针对张元天的，这个规则对徐云风来说也一样。

那我看到的徐云风，和跟王鲲鹏交流的徐云风又是谁？

我仍然在怀疑这件事情的真实性。

方浊已经向我跪下了，这件事已经被坐实。

我勉强压抑着心中的震惊，把方浊扶起来，说道：“没，没事……我能理解……我，我不怪你……而且这事不是没有成功吗……

我不是这个意思，我是说……我能原谅你……”

方浊在哭，我心里一时还不能平静。

不用楚离和方浊解释了，我自己有脑袋，我会回忆。

我被李小福、李小禄带到长江上喊魂。

我在荆州见到王鲲鹏，王鲲鹏一直不愿意面对我，原因是王鲲鹏不愿意接受方浊的计划，他并不赞成这件事。如果王鲲鹏这么做了，那他跟张元天又有什么区别？

直到他下定了决心。

我是七星阵法的第二个暗星。

我们进入古道里，徐云风看不见我。

张元天把我当成徐云风。

关键就在这里。

在徐云风和张元天最后两次交手的时候，没有人跟我交谈，而我只是冷眼看着徐云风……

我回忆起那时候的徐云风，他威风凛凛地驱动怨灵，脸上的胡须没有了，头发也整理成平头短发。

我看着徐云风跟张元天打斗的时候，那一刻钟，实际上是我自己在跟张元天比拼。我的意识在旁边，谁也看不见我，所有人都看不见我。

最后徐云风赢了，张元天认命了。

徐云风带我们到了灵村，我们登上“人梯”的时候，徐云风的头发和胡须又长出来了。

徐云风一再地说，他是一个不存在的人。

方浊要把他拉出来，并不仅仅是要拉一个不存在的人出来，而是要一个活生生的人陪着她。

徐云风拒绝了，就跟他当年拒绝孙拂尘一样。没有什么合理的理由，只是他自己愿意这么做而已。

“那王鲲鹏呢？”我把话题岔开，问楚离。

楚离回答我：“其实王师叔进入古道之后，也是这个想法。他本来就不打算出来了。”

我苦笑着说：“我懂了，王鲲鹏知道徐云风会这么做的，他也就抱着留下来的想法了。”

我敬重地看着方浊，还有楚离，说道：“其实我跟你们任何人都没有交情，无论你们怎么做，从你们的角度来看，都是正确的。但是你们从内心里不愿意这么做，所以到了最后的时刻，也没有为了自己的目的，牵连不相干的无辜之人。因为你们是你们，不是张元天。”

方浊已经在我的面前泣不成声。

“你在内心里也不愿意这么做的，我知道。”我劝慰方浊，“在爬上来的时候，你有很多机会能把他们调换上来，可是你没有。你心里还是抱有希望，觉得他们能跟上来，是不是？”

方浊抹去了眼泪，站起来说：“很抱歉把你牵扯进来，现在一切都结束了，你该回家了。”

“是啊。”我看了看天空和长江，“我该走了，再见。”

我的故事就到此为止了。

我回到了我的生活里，每天写作，后来又去了云南，然后到了北京。无论如何，方浊这些人还是改变了我的人生。按照我之前的人生道路，我本应该成为一个工地上的技术员，一直工作到退休，但我现在成为一个真正凭借写作为生的人。

我仍旧是一个无神论者，至少我身边的人都是这么认为的。

不过，当我在高楼林立的城市里穿行，在茫茫的山间野林里徒步，在荒野里的夜间，抬头看着满天繁星的时候，我会突然想起来，这个世界可能并不是我们看到的样子。

我们对事物的看法越来越客观，天地万物也已经能够被科学规律解释。风、雨、雷、电已经在人类的预测之中，“旅行者 1 号”飞到了太阳系，人类的基因图谱也被破译，暗物质已经被证实，欧洲的大型强子对撞机也发现了希格斯玻色子，弦理论正在建立……

这一切，导致人类所有的古老的神话在崩溃。

这个世界上的一切开始变得无趣，我们对宇宙的认知越真实，也越冷酷。

这都是我们的选择。

有时候我倒希望这个世界是另外一个样子，但是这一切都已经一去不复返。在世界上其他的地方，一定有人和徐云风、王鲲鹏一样坚持过，而他们的结局，也都有一样的归宿。

至于我这样平凡而普通的人，更加是宇宙中微不足道的一粒尘埃。

如果，我说的是如果，这个世界有另一个样子呢?

比如黄裳。

——终南山的通天殿上，已经斩尽天下十万厉鬼的黄裳，拿着被鬼魂加持的螟蛉，看着被自己击败的冉怀镜。冉怀镜坦然受死，黄裳却对冉怀镜说：“你走吧，诡道后世要有人拿到你手中的灭荆宝剑。荡离之术，不能由此断绝。”

冉怀镜离开后，黄裳将螟蛉祭起，十万厉鬼聚集在黄裳的身边。老道终于现身，看着黄裳说：“恭喜穷奇转世，斩鬼飞升！”

黄裳看着老道身边的一条巨蟒，潸然泪下。

黄裳坐化，老道带着弓衣隐没于绵绵的终南山中。

比如叶珪。

——乾隆十年，叶天士在家中寿终正寝，享年八十岁。叶家开枝散叶，桃李天下，苏州名流都来吊唁，西南的魏家也来人奔丧。灵堂之上，金山寺住持香筑大师亲自为叶珪超度。一个妇人孤零零地站在灵堂中，妇人扶棺痛哭，而香筑大师只是垂头念诵《往生咒》。

比如陈平。

——汉孝文帝二年，右丞相、曲逆侯陈平躺在卧榻上，怀中抱着赤霄宝剑，行将就木。

陈平看着房间里的铜壶滴漏，水珠一滴一滴地落下。陈平在想自己一生的选择，为了成就自己的伟业，他放弃了做太平道的首领，在这个时候，也不知道自己到底后不后悔。

有两个人不知道什么时候出现在他面前，陈平已经没有力气呼唤身边的侍从，他看了很久，才认出这两个人是张良和什利方。

陈平瞑目了，什利方就是赤松子。

张良和什利方在陈平旁边站立良久，然后两人破窗，驾云而去。

比如钟秉钧。

——在云南的崇山峻岭中，魏易欣走在前面，钟秉钧紧紧跟随。

魏易欣拿着手中的铜铃，铜铃每摇动一下，钟秉钧就听从铜铃的声音，亦步亦趋。

夜间的微风拂过，把钟秉钧脸上的黄表纸吹开，露出钟秉钧一张血肉模糊的脸。

一切的一切，所有的过往。

我宁愿相信，这些都是我脑海里的无端想象。他们是真实的历史，还是虚无的传说，对我来说，已经没有继续追究的意义。

我把这些人和事情，用 Word 文档写在电脑里。

是真是假，也就作罢。

我从灵村回家之后，再也没有见过这些人。我已经彻底离开了他们的世界——术士的世界。

真实和虚幻可能并不是最重要的问题，只要有人还能记得他们，他们就有存在的意义。

我很感谢方浊给了我《青冥志》《黑暗传》《大宗师》这三本书，

让我在文字中了解了那么多可爱的人。他们是术士，也是活生生的人。我不仅在文字里见到了他们，我还真的和他们走到了一起。

我看着他们的努力和挣扎，他们的喜怒哀乐，他们的追求和梦想。

在无数的闲暇时光里，徐云风、王鲲鹏、金仲等人就在我眼前闪现，我似乎觉得他们并没有远去，而是继续生活在这个世界上。

每当想起这点的时候，我的内心就十分温暖。人生已经太无趣，而他们的事迹让我的生活有趣了很多。

从方浊给我三本书的那一刻起，我就已经进入到他们的世界里了。看着他们一步步迎着朝阳成长，看着他们留下孤单的背影走向夕阳。

当然，我也寻找过他们在这个世界上留下的痕迹。

我去过荆州，也寻找过邓瞳的家，但那里已经是一片废墟，一台小型挖掘机在残垣断壁上作业。春茂恒的员工听我找一个叫邓瞳的人的时候，他们的表情比我还迷茫。

我也去过水文局找黄坤，得到的答案是查无此人。曾经是工程师的申德旭已经退休，他离开了宜昌这个城市，至于去了哪里，谁也不知道。如果他是一个普通的工程师，可能就回老家养老去了；如果他是白丹派的司掌，那他可能是在哪座深山里炼丹吧。我宁愿相信后一种猜测。

我也去了秀山，当地有很多姓黄的人家，不过他们都否认了黄家家族的存在。

既然去了秀山，那我距离湘西也不远了，干脆去了辰州寨。我记得那个叫何重黎的小伙子，可惜，即便是辰州，当地人也不认为赶尸是一件真实的事情，更多的人认为是他们当地旅游的一个卖点而已。是的，当地人也不相信赶尸的存在了，就算赶尸还存在，魏家人已经没有了，何重黎还能把这个手艺继续传承下去吗?

至于犁头巫家，他们家族的事迹仍旧在鄂西的民间流传，无论问哪一个端公，都会对我讲出一大段关于犁头巫家的传说。

诡道的门派中，还有一个楚离，但是我也知道，我这辈子永远不可能遇到这个人了。

我很喜欢《暗战》里的那两句台词，医生对刘德华扮演的患有癌症晚期的劫匪说："我想我们不会再见面了。"

劫匪轻松地说："这辈子而已。"

是的，这辈子而已。

不过我还是遇到了一个人，当然是方浊。

遇见方浊的时候，已经是两年之后了。

我回到了宜昌，在家里跟我的一干兄弟聚会喝酒的时候，我看见方浊坐在邻桌，这次就她一个人。

我当时很惊愕，方浊向我微微点头，示意不用打招呼。等我跟兄弟们喝完酒之后，兄弟们都各自回家，我一个人走在大街上。

方浊走到我的身边，以她的身份，找到我当然是非常轻松的。

方浊告诉我，需要我再帮一个忙。

我没有问帮什么，就答应了。

方浊的要求也很简单，她希望我能陪她去一趟七眼泉。

这个要求对我来说，没有任何为难的地方，我当即就答应了。

第二天，我和方浊到了七眼泉上。

七眼泉的七座山峰仍旧矗立着，山峰之下有一片湖水，湛蓝的湖水清澈见底。

方浊站在湖边，静静地看着湖水。头顶的白云在山风的吹拂下不断变换位置，方浊对我说："徐大哥，我想看看他们现在怎么样了。"

我被这句话难住，突然意识到方浊到底想要什么。

我拉着方浊走到湖水的对岸，然后让方浊闭上眼睛，说道："我来告诉你……"

方浊听从我，把眼睛闭上。我开始告诉她我看见的一切。

我说："徐云风现在正在扛着一根木头，从树林里走出来……"

——徐云风扛着一根木头，从树林里走出来，走到湖边。湖边有一座修建了一半的栈桥，徐云风在栈桥上，把木头用锯子锯成两块，然后就在我的面前躺下来，看着天空。休息了片刻之后，徐云风站起来，把木头扛到栈桥的尽头。

徐云风的嘴里咬着两颗钉子，他蹲下来，将木头平放，用手里的锤子一下一下地钉着木头。他做这一切的时候十分专注，不一会儿，两块木头就在栈桥上固定好了。

徐云风吹着口哨，从我和方浊的面前走过，我拉着方浊，不紧不慢地跟着。

徐云风再次回到了树林里，我们也跟着走进树林。王鲲鹏正在用一把斧头砍一棵树，树干倒下，树冠上的枝叶与其他的树木的枝叶相碰，发出"哗哗"的声音。

树干倒下后，王鲲鹏用手中的斧头，砍掉树干上的枝丫。王鲲鹏在做这一切的时候，徐云风就在旁边悠闲地看着。

王鲲鹏做完手中的活，示意徐云风把木头扛走。徐云风却蹲着不愿意动弹，手里拿着一块石头。

王鲲鹏走到徐云风的对面，也蹲下来，在地上比画着数字。

我拉着方浊走到徐云风和王鲲鹏的中间，我告诉方浊，他们在下棋。

我和方浊站立的位置，纵横十九道，是一个棋盘。

方浊闭着眼睛，听我在静谧的树林里，蝉虫的鸣叫中告诉她，现在徐云风要把刚落下的一块石头拿起来，却被王鲲鹏阻止，两人正在争吵。他们吵架的样子，就跟他们年轻的时候一模一样。

方浊闭着眼睛微笑，眼泪从眼角渗出来。

徐云风不吵了，他一动不动地躺在树林里的草地上。

王鲲鹏拿他没有办法，用脚踢他。徐云风站起身，把木头扛起来，王鲲鹏帮忙扛着木头的后端。

两人又慢慢走到了湖边，我拉着方浊跟着他们，从树林走到湖边，从湖边走上栈桥。

然后，我看见两人同时把木头放下，徐云风坐在栈桥的尽头，盘膝看着远方的山峦和落日。王鲲鹏靠着栈桥的栏杆站着，也和徐云风一样，注视着天空中涌动的云彩。

方浊问我："他们开心吗？"

"很开心，"我告诉方浊，"他们很开心，你绝对想象不到他们脸上的表情有多么平静。"

"他们的样子变了吗？"方浊追问我。

"没有变，就跟你当年和他们在一起的时候一样。"我哽咽着告诉方浊。

我和方浊站在栈桥中间，陪着徐、王两人安静地看着落日。

湖面一阵轻微地晃动，一个人从我身边走过，是个女人。

方浊问我是谁，我犹豫了一下，说是一个我不认识的女孩。

"她好看吗？"方浊问。

"好看，"我回答，"很清秀。"

女孩走到徐云风身边，陪着徐云风坐下，两人依靠着看向远方，而王鲲鹏就在旁边。

三个人的背影，融入湖水和山峦之间。

我不知道过了多久，三人站起来，慢慢从栈桥上走向湖边，顺着湖边的小路，走到树林和湖水间的一片空地上。

一间木屋出现在我的面前，木屋后方的烟囱冒出了袅袅的炊烟，前方有一张用石头凿成的桌子，桌子上有几盘菜蔬。

王鲲鹏和徐云风两人坐下来，女孩从木屋里端出一个瓷瓶，她用瓷瓶给王鲲鹏和徐云风两人分别斟上酒。徐云风和王鲲鹏悠闲地饮酒。

木屋不大，十分精致，搭建木屋的木头在墙壁外侧长出了很多枝干，枝干上还有树叶。

藤蔓爬满木屋的一侧，上面开满了鲜花。

我慢慢地拉着方浊后退，看着三人在傍晚的夕阳下，围坐在饭桌前。他们一定在说着什么很开心的事情，徐云风笑得前俯后仰，女孩抱着徐云风的肩膀大笑，王鲲鹏也莞尔一笑。

我对方浊说："我们要走了。"

方浊闭着眼睛，对我说："等一会儿，再等一会儿。"

我对方浊说："好吧，我们再等一会儿。"

太阳落下，夜幕笼罩，王鲲鹏、徐云风和那个女孩的身影渐渐融化在黑夜里，直到再也看不见。

天上的北斗七星十分明亮，斗转星移，星河变换，太阳又从东方升起，清晨的阳光铺洒在湖水上。

我告诉方浊："我们走吧，我也看不到他们了。"

我和方浊沿着原路走去，方浊睁开眼睛，和我一起看着七眼泉上的一切。

我们看着七眼泉上的风景，眼前一片繁花似锦，云卷风起，碧云长空……

看到那湖边的一片鲜花，有鲜红、有淡红、有紫、有黄、有白……蓓蕾慢慢绽放，花团锦簇，鲜艳地盛开。

看到那湖面的波光粼粼，微微晃动。

看到那葱翠的树木，新叶在风中摇曳。

看到那无数的飞鸟在树枝上叽叽喳喳地鸣叫。

看到那日光穿过繁茂的树叶，在树林里显出琴弦，无数微尘在光线里尽情飞舞。

看到那竹林在簌簌摇动。

看到那青草上的鸣蝉吸着露珠。

看到那湖水上的荷叶追逐着开放。

看到那蜜蜂在鲜花边萦绕。

看到那无边无际的火红枯叶在漫天飞舞。

看到那金黄的雏菊在花丛中显现。

看到那大雁从天空缓缓飞过。

看到那细雨瑟瑟，润化着轻风。

看到那鱼儿在湖水里游动。

看到那鹅毛大雪在天空中飘散。

看到那冰雪在湖面连绵。

看到那蓑衣在栈桥上孤单。

看到那一只呼号的乌鸦从空中掠过。

看到那白茫茫把一切都覆盖住。

罢罢罢罢了深秋，罢了弄凉舟。海棠罢了，罢了老鱼鸥。原来旧事也罢，写花笺，赠与谁收？恁点弦月，却白了山头。

全书完。